トーマス・ベルンハルト

破滅者

岩下眞好訳

みすず書房

WITTGENSTEINS NEFFE
Eine Freundschaft

DER UNTERGEHER

by

Thomas Bernhard

First published by Suhrkamp Verlag, Berlin, 1982/1983

目　次

ヴィトゲンシュタインの甥

最後の古き佳きウィーンびと

二百人の友人が私の埋葬に集まるだろう。
そして私の墓の前で、　君が弔辞を述べるのだ。

一九六七年だった。私はバウムガルトナーヘーエのヘルマン棟に入院していたが、しんぼう強くそこで看護の仕事を続けている修道女たちの一人が、私の『当惑』を、これは一年前ブリュッセルのド・ラ・クロア通り六〇番地で書いたものだったが、ちょうど出来上がったばかりのその本を、ベッドの上に置いた。だが、ほんの数分前に長時間の麻酔から醒めたばかりだった私は、それを手に取るほどの力がなかった。麻酔をかけ頸部を切開して、医師たちは私の胸郭からこぶし大の腫瘍を摘出したのだった。思い出してみると、六日戦争[1]だった。コルティゾンを徹底的に使った結果、医師たちが望んだとおり、私の顔が丸くふくらんで月顔《ムーンフェイス》となった。回診のときに医師たちはこの月顔をウィットに富んだ表現でコメントしたが、それには私さえ、医師たちの言葉によるとあと数週間、もっともうまくいっても数ヵ月しか生きられないということだったこの私さえ、笑わざるをえなかった。ヘルマン棟は一階に七つの部屋があるだけで、ほぼ十三ないし十四人の患者がその中で、ほかならぬ死を待っていた。病院のガウンを着て廊下をのろのろと行ったり来たりしていたかとおもうと、彼らは、ある日永久に姿を消してしまうのだった。週に一度、胸部外科の分野で最高の権威者である有名なザルツァー教授がヘルマン棟に現れた。いつも白い手袋をはめ、その足どりにはおそろしく威厳を感じさせるものがあった。修道女の看護婦たちが、ほとんど音もたてずに、このとても背が高くとてもエレガントな教授を取り囲み、手術室に案内してゆく。ザルツァー教授に手術してもらうのは教授の名声にすべてを賭けるハイ・ソサエティの患者たちだったが（私じしんはヴァルトフィアテル[2]の農民の息子であるずんぐりとした体軀のこの病棟の医長に手術してもらった）、この有名な教授は、私の友人のパウルのおじ、今日学問の世界ばかりか似非《えせ》学問の世界にまでよく知れわたっている『論理哲学論考』の著者であるあの哲学者の甥にあたるパウルの、おじの一人だった。そしてちょうど私がヘルマン棟に横たわっていたとき、友人のパウルは二百メートルほど離れたルートヴィヒ棟に横たわっていたのである。だが、このルートヴィヒ棟はヘルマン棟のような胸部疾患関係の施設ではなく、またしたがっていわゆるバウムガルトナーヘーエには属してはいず、アム・シュタインホーフの精神病院[3]に属していた。ウィーンの西に広大に広がるヴィルヘルミーネンベルクの丘陵は、何十年も前から二つの部分に分割されていた。そのうちの一つが、短くバウムガルトナーヘーエと呼びならわされている肺病患者のための施設で、私が居たところ。もう一つが世間ではアム・シュタインホーフでとおっている精神病患者のための施設。小さいほうがバウムガルトナーヘーエで、大きいほうがアム・シュタインホーフだが、このいずれの施設とも病棟には男の名前がつけられている。友人のパウルがこともあろうにルートヴィヒ棟に居ることを知っただけで、これはもうグロテスクな思いだった。脇目もふらずに手術室へ急ぐザルツァー教授を見るたびに、私はいつも、友人のパウルがこの自分のおじを、繰り返し天才と呼んだり人殺しと呼んだりしていたことを思い出した。そして手術室に入ってゆく、あるいはそこから出てくる教授の姿を見やりながら、今入ってゆくのは天才なのか、それとも人殺しなのかと、あるいは、出て来たのは人殺しなのか、それとも天才なのか、などと考えるのだった。この有名な医師は大いに私を魅するところがあった。今日でも胸部外科の患者だけを収容し、しかもいわゆる肺癌手術を専門にしているこのヘルマン棟に入院する以前から、多くの医者に接し、またついにはそうした医者たちを研究するのが習慣になってしまっていた私だったが、ザルツァー教授は一目見たその瞬間から、それまでに知っていたすべての医者たちの印象をまったく色褪せたものにしてしまった。教授の素晴らしさを全般的に見渡すことは私には絶対にできなかった。私にとっての教授は、この目で観察してそこで驚嘆したかぎりの教授であり、また噂に聞くかぎりの教授だった。ザルツァー教授は、友人のパウルも言っていたが、長年にわたって奇蹟の担い手だった。ほとんど見込みのない患者が教授の手術に耐えて何十年も生き延びたという。だが別の患者は、これもパウルが繰り返し言っていたことだが、予期せぬ突然の天候の急変のために過敏になったメスのせいで命を落とさざるをえなかった。いずれにせよである。掛け値なしに世界的名声があり、それに加えて友人パウルのおじであるザルツァー教授に私が手術してもらわなかったのは、教授が私にとってそれほどに恐ろしい魅力をもっていたからであり、また教授の絶対的な名声が私に、ほかでもない癒しがたい恐怖心をおこさせたからだった。そうした恐れに捕われて、またさらに友人のパウルからおじザルツァーについていろいろ聞いていたこともあって、ウィーン一区[4]生まれのこの大家ではなく、ヴァルトフィアテル出身の実直な医長のほうを、私は選んだのだった。じじつまた、ヘルマン棟に入院して数週間のあいだに私が何度もこの目で確かめたのは、ザルツァー教授が執刀した患者にかぎって手術で死んでいるということだった。もしかするとこの世界的名医にとってアンラッキーな時期だったのかもしれないが、私はこれでいっぺんに当然ながら教授がこわくなってしまった。そして今になって考えると、ヴァルトフィアテルの医長に決めたのはたしかに幸運だった。とはいえ憶測はしてもはじまらない。私のほうは少なくとも週に一度、初めのうちはたとえドアの隙間からであれザルツァー教授を目にしていたのに対して、友人のパウルは、なんのかんの言っても自分のおじであったにもかかわらず、ルートヴィヒ棟に入院していた何ヵ月ものあいだ一度も教授に会ってはいなかった。ザルツァー教授のほうも自分の甥がルートヴィヒ棟に入っていることを明らかに知っていたのにである。ヘルマン棟からルートヴィヒ棟にちょっと足を向けるのはザルツァー教授にとってはなんでもないことなのに、と当時私は思ったものだった。なぜザルツァー教授が甥のパウルを訪ねるのを控えたのか私は知らない。もしかすると深刻な理由があったのかもしれないし、たんに面倒くささから甥を見舞う気がしなかったのかもしれない。私はヘルマン棟に入院するのは初めてだったが、パウルはすでに何度もルートヴィヒ棟に入院していた。最後の二十年間は少なくとも年に二度、いつも突然、しかも毎回最悪の状態でアム・シュタインホーフの精神病院に運ばれるはめになった。そして年々その間隔が短くなり、リンツ近郊のいわゆるワーグナー＝ヤウレッグ病院にも収容された。というのもパウルは高地オーストリアのトラウン湖[5]の近くで生まれ育ち、そこにある代々ヴィトゲンシュタイン家所有の農家《バウエルンホーフ》に終身の居住権をもち、そこで発作に襲われることもあったからだった。パウルの精神病は、いわゆる精神病と呼ぶしかないものだったが、それは非常に早く、およそ三十五歳ごろに発病していた。これについて、パウルじしんはほとんどなにも語ってくれなかったが、パウルについての私の知識を総動員すれば、パウルのこのいわゆる精神病の、その成り立ちについてさえ、それを想像することは難しくない。一度とて厳密に分類されたためしのないこのいわゆる精神病の萌芽は、すでに幼少の頃からパウルの中にあった。すでに生まれたとき精神病の子として生まれてきたのであり、そのいわゆる精神病がパウルを一生支配したのである。そしてこのいわゆる精神病とともにパウルは、他の人々がそのような精神病なしに生きているのとなんら変わることなく、きわめてあたりまえのこととして日々を生きたのである。この彼のいわゆる精神病に対しては、医師たちや医学の無力さというものが、一切合財、きわめて絶対的に明白となった。医師たちとその学問は、自分たちのこの医療上の無力さから、パウルのこのいわゆる精神病に繰り返しきわめて刺激的な呼び名を与えたが、しかし当然のことながら一度も正しい呼び名を見つけることはできなかった。無知だからそれができなかったのである。彼らが呼び名をつけると、パウルのこのいわゆる精神病に関しては、それがいつもきまって、どれも誤りでまったくナンセンスなものであることが判明し、医師たちの面目は丸つぶれでしかもまったく意気も消沈というかたちで、次から次と呼び名が変えられてゆくのだった。いわゆる精神科医たちはパウルの病気に、あるときはこれ、またあるときにはあれといった具合に、次々と名前をつけていったわけだが、それは彼らが、この病気については、そして他のすべての病気についても、およそ正しい呼び名など存在せず、あるのはつねに人を欺く誤った呼び名だけだということを認める勇気がなかったからだった。精神科医たちは結局のところ、他の医師たちと同じく、少なくとも繰り返し誤った病名をつけることによって自分の気持ちを軽くし、とどのつまりは血なまぐさい方法で快適さを享受していたのである。彼らはしょっちゅう躁病という言葉を口にしていたかとおもうと、今度はしょっちゅう鬱病という言葉を口にしたが、どちらであれそれはつねに誤りだった。しょっちゅう彼らは（他のすべての医者と同様に！）次から次と学術用語の中に逃げ込み、（患者ではなく！）わが身を守り安全にするのだった。他のすべての医者たち同様、パウルを手がけた医者たちもラテン語の中に身を隠して、そのラテン語を、堂々と、何百年も前から彼らの先輩たちがしてきたとおり、ただただ自分たちの無能力を取り繕《つくろ》ってペテン師ぶりをカモフラージュするために、自分と患者とのあいだの越えることのできない頑丈な防壁として用いてきた。実際には目に見えないものながら他にはない頑丈な壁として、彼らは診療のはじめからすぐにラテン語を自分とその犠牲者とのあいだに置く。いずれにせよ、その診療の方法たるや、誰もが知っているとおり、非人間的で血なまぐさく命取りにもなりかねない代物なのである。精神科医はなかでも最も無能力な存在で、学問とよりは、むしろ快楽殺人者と近しい関係にある。私がこれまでの人生でいちばん恐れてきたのは、なんといっても精神科医の手に落ちることだった。彼らに比べれば他の医者たちはすべて、実際のところ結局はいつも災いをもたらす人たちではあっても、はるかに安全だ。というのも、精神科医は今日の社会の中でもいまだ完全に閉鎖集団をつくって治外法権をもっているからで、彼らがパウルに長年にわたってはばかることなく適用した診療法を研究することができた私は、それ以後はいっそう強い恐怖心から彼らを恐れたのだった。精神科医たちは正真正銘の現代の悪魔だ。彼らは文字どおり遮蔽されたその商売を、厚顔無恥きわまりないやり方で、誰にも文句を言わせず野放しの状態で、良心のかけらもなく営んでいるのだ。ベッドから起きて窓のところまで行き、ついには廊下に出て他の歩行可能な重病人たちといっしょに病棟の向こう端からこちら端まで往復できるようになり、さらにとうとうある日ヘルマン棟から外に出たとき、私はルートヴィヒ棟まで行ってみようと思った。だがそれは自分の力をはなはだ過信していたのだ。私はすぐに、もうエルンスト棟の前で立ち往生するはめになってしまった。そこの石塀にねじで固定されたベンチに腰を下ろしてまず一休みしなくては、なんともヘルマン棟に一人で引き返すことができないのだった。何週間も、あるいは何ヵ月も横たわっている患者たちは、ふたたび起き上がれるようになると、自分の力を絶対的に過信してしまう。よくも考えずにあまりにも多くのことをしようと思い、あげくの果てに場合によってはそうした愚行のために何週間分か後戻りしてしまう。多くの人が、かえってそのような突拍子もない企てで、手術によってまぬがれた死をまたさっそくに呼び戻してしまっている。年季の入った病人で、これまでも大なり小なり重いといえる病気、そしてきわめて重い病気、果てはいつもいわゆる不治の病といっしょに生きて来ざるをえなかった私だったが、それでも繰り返し病気についてのうわべだけの知ったかぶりに陥り、許しがたい愚行を犯していた。最初はほんの少し、五、六歩ほど、それから十か十一歩、そして十三か十四歩、ついに二十歩なり三十歩、そんなふうに病人は振る舞うべきで、すぐに起きて外に出てどんどん歩いてはならない。それが実際にたいていは命取りになるのだ。だが何ヵ月も閉じ込められていた病人は、これらの期間、外へ出たくてうずうずし、病室を出ることが許されるその瞬間をじっと待ってはいられなくなる。そして当然のことながら廊下に二、三歩踏み出すだけでは満足がいかず、とうとう外に出て、そして自分じしんをあやめてしまう。ずいぶん多くの人が、医者の技術が功を奏しなかったためではなく、早く外に出すぎたために死んでいる。なんでもかんでも医者のせいにすることもできるが、よくよく考えてみれば、医者はもちろん患者の状態を良くすることだけを考えているのであって、彼らがいかに他人の痛みを感じず、それどころか良心を欠いた馬鹿者でありさえするとはいえ、合わせて患者も自分のなすべきことを果たさねばならず、起き上がるのが早すぎたり（あるいは遅すぎたり！）早く外に出すぎたり遠くに行きすぎたりして、医者たちの努力を台無しにしてしまってはならないのである。私はあの時、絶対に遠くまで行きすぎてしまっていた。エルンスト棟でさえすでに遠すぎていた。フランツ棟の前で引き返すべきだったのだ。だが私はほんとうに、どうしてもパウルに会いたかった。疲れ切って、まったく息も絶え絶えとなった私は、エルンスト棟の前のベンチに腰かけ、木々のあいだからルートヴィヒ棟を眺めていた。肺の患者であって精神病患者ではない私は、おそらくルートヴィヒ棟には入れてもらえはしなかっただろう、そう私は考えた。肺病患者が自分たちのエリアを出て精神病患者のエリアに顔を出すことは、そしてその逆も、厳しく禁じられていた。二つのエリアは金網で仕切られていたが、それがところどころ錆びてゆるみが生じ、網のいたるところに大きな穴があいていた。この穴をとおして隣のエリアに少なくとも言ってゆくことは簡単にでき、思い出してみても、毎日精神病患者が肺病患者のエリアに居たし、逆にいつも肺病患者が精神病患者のエリアに入っていた。だが、初めてヘルマン棟からルートヴィヒ棟に行こうとしたあの頃は、この二つのエリアの日常的な行き来に、まだ私は気づいてはいなかった。だがのちになると、精神病患者がいわゆる肺病エリアの中に居ることが、私にはまったくあたりまえの見慣れた光景になってしまった。夕方になると彼らはいやおうなく看護人に捕まえられて、拘束着を着せられ、私はこの目で実際に見たのだが、ゴム製のこん棒で肺病エリアから精神病のエリアへと無理やりに追い立てられてゆく。いつもきまって哀れな悲鳴が聞こえ、それが耳にこびりついて夜に夢の中にまで響いてくるのだった。肺病患者のほうは、なんといってもやはり好奇心から自分たちのエリアを離れて精神病患者のエリアに足を向けた。それは毎日、死ぬほど退屈でいつも目の前に死がちらつく恐ろしい日常の時間を少しでも切り詰めてくれるような、なにかセンセーショナルなことがらを期待していたからだった。そして、実際に私も、期待を裏切られたことがなかった。肺病エリアを出て精神病患者のところに行くたびに、私は元を取ることができたのだ。およそ目に入る精神病患者が、いたるところでショウを演じてくれるのだった。できれば私はのちに、精神科のこうした状況について稿を改めて書いてみたい。なにしろ私はその目撃者だったのだから。あのとき私はエルンスト棟の前のベンチに腰かけながら、ルートヴィヒ棟に行くという試みの二度目ができるには、まる二週間は待たねばなるまいと観念した。なぜなら、この日はヘルマン棟に引き返すのさえやっとなことがはっきりとしていたからだ。私はベンチにすわったまま、その位置からだと果てしなく広がっているかのように見える大きな庭のあちらこちらで、リスが木に登ったり降りたりして動きまわるのを観察した。リスたちはなにをおいてもたった一つの情熱しか持ち合わせていないように思われた。地面のいたるところに落ちている肺病患者たちが投げ捨てたちり紙をくわえては、めまぐるしい速さで木に登ってゆく。ちり紙を口にくわえたリスたちは、あちらこちらであらゆる方向に走りまわる。ついに夕暮れがやって来て、口にくわえたちり紙の白い点だけがあちこちで動くのしか見えなくなるまで、私はじっとすわってこの光景を楽しんでいた。当然のことながら私はこの光景に、いま眺めているうちに自然と胸に浮かんできたわれとわが思いを重ね合わせていた。それは六月のことで、病棟の窓が開け放たれていた。患者たちの咳が、じつに絶妙な対位法をつくり、ついにはそれがみごとな構成のリズムとなって窓辺から、迫り来る夕暮れへと響きわたっていた。看護婦たちの忍耐をぎりぎりのところにまで追いつめたくなかった私は、立ち上がってヘルマン棟に戻り始めた。手術のあと、思えば実際に前よりも具合が良く、それどころかたしかにとても楽に呼吸ができる。心臓も調子がいい。だが私は明るい見通しをもってはいなかった。コルティゾンという言葉と、この言葉と結びついている治療法に心が暗くなっていたのだ。とはいえ私は無条件に一日中絶望的になっていたわけではない。絶望的な気持ちで目を覚ましては、なんとかその絶望から逃れようとし、昼頃までには果たしてそこから脱出する。だが午後になるとまた絶望がやって来て、晩方にはまた姿を消す。そして夜に目を覚ますと、当然ながら今度はまったく情け容赦のない絶望に襲われる。医師たちが、すでに私が死を看とっていた患者たちと同じように私を扱い、彼らと交《か》わしていたのと同じ言葉で私に話しかけ、つまりは同じ話をし、同じ冗談を浴びせていることを考えると、私のたどる道は、もう死んでしまったあの人たちがたどった道と大なり小なり変わるところがない、と思えてくるのだった。彼らはヘルマン棟でひっそりと死んでいった。叫ぶことも、助けを求めることもなく、たいていはまったく音もたてずに。明け方には空《から》になったベッドが廊下に出されて、次に来る人のために新しいシーツに取り替えられた。看護婦たちは私たちが通り過ぎると微笑んだ。私たちがすべてを知っているということに、彼女たちは煩わされはしないのだった。ときたま私は、なぜ私だけが自分がたどらねばならぬ道を行くことを止《や》めようとするのか、そしてなぜ私だけ他の人たちと同じ道をたどることを良しとしないのか、と考えてみたりもした。目覚めるとき、全身を緊張させて死にたくないと念じるのは何のためなのだろう。いったい何のために。もちろん私は今日でもしばしば、抵抗しないほうが良くはなかったかと自問してみる。というのも、もしそうだったら、きっと間もなく私の行くはずだった道をたどっていたに違いないからだ。つまり私は数週間もたたぬうちに死んでいただろう。それはまちがいない。だが私は死なずに生きていた。そして今も生きている。友人のパウルは、私がヘルマン棟に居るのと同じときにルートヴィヒ棟に居ながら、私がヘルマン棟に入った最初の頃にはそれを知らず、ある日、私たちの共通の友人であり私たちを交互に見舞ってくれていたイリナのおしゃべりから、私がヘルマン棟に入院しているのがわかったのだったが、とにかくパウルもいっしょだということは、私には良い前兆と思われた。長年のあいだ何週間、あるいは何ヵ月もシュタインホーフに入院していながらパウルがいつもいつも退院できていることを知っていたので、私は自分だって退院できるだろうと考えた。パウルとはそもそもいかなる点でもまったく比較のしようもないのに、二、三週間、あるいは二、三ヵ月ここに居ればパウルのようにまた出られるものと信じた。そして最終的にそれは誤ってはいなかったのである。四ヵ月後、ついに私はバウムガルトナーヘーエを出ることができた。私は他の人たちのように死にはしなかったのである。そしてパウルは、その頃とっくに退院していたのだった。だがあのときは、エルンスト棟からヘルマン棟に引き返しながら、どうしようもなくずっと、死のことばかり考えていた。ヘルマン棟から生きて出られるとは思えなかった。そう思えるに足る事実を、私はヘルマン棟で見聞きしすぎてしまっていた。そして自分でもありとあらゆることを考えながら、希望の光を感じることだけは、僅かすらできなかった。黄昏《たそがれ》は、ひとが思っているほどには気持ちを軽くはしてくれず、それはむしろ重く、ほとんど耐えがたかった。当直の看護婦に尋ねられて、私の無責任な行動、このまったく馬鹿げた犯罪行為を白状したあと、私はベッドに倒れ込み、そのまま眠り込んでしまった。だが私は、バウムガルトナーヘーエでは一晩眠りとおすことができないでいた。ヘルマン棟で私はたいてい、もう一時間後には目が覚める。私を実存の奈落の際《きわ》にまで導くいつも同じ夢にうなされて、あるいはまた、隣室で誰かが緊急の助けを必要としたり、死んだりしたとき、廊下の物音のために目が覚めてしまうのだった。あるいは隣のベッドに寝ている男が尿瓶《しびん》を使うときもそうだ。音をたてずにするにはどうしたらいいかを繰り返し教えているのに、この隣の男は音をたてずにできたためしはなかった。それどころか、たいていは尿瓶を私の鉄製のナイトテーブルに、しかも一回ならず何回もぶつけるのだ。そのため彼は激怒した私の説教をがまんして聞かねばならなかったが、そこで私が何度も繰り返し、どのようにして尿瓶を取り扱えば私を起こさずにすむかを説明しても、それは無駄だった。反対側、つまりドア側の隣人も、ということは私は窓側に寝ていたわけだが、その彼、インマーフォル氏も、この男のためにいつも目を覚ましていた。この人は警察官で、トランプ遊びの二十一に熱中していた。私は二十一を彼から教わって、以後今日までやめることができず、そのためにしばしば異常というか、まさに狂気の瀬戸際にまで追い込まれている。知ってのとおり、ただでさえ睡眠薬でようやく眠りにつける患者が、そのうえさらに、重病と危篤の人ばかりが入院させられているここバウムガルトナーヘーエの病院のようなところに居ると、いったん目を覚ましてしまうともうなかなか眠れるものではない。問題の私の隣の男はいかにもというような神学生で、グリンツィング(6)、正確にいうとシュライバーヴェーク、つまりウィーンでもっともノーブルで地価の高い場所の一つに住んでいる裁判官夫婦の息子で、骨の髄まで甘やかされた育ち方をしていた。これまで他人と一つ部屋に暮らしたことが一度もなく、だから彼に、他人と同室している場合にはその同室者への配慮が絶対に必要で、神学生ならなおのことそれはきわめてあたりまえなのだ、ということを注意したのは、疑いなく私が初めてだった。だが、この男はほとんど聞く耳持たずで、いずれにせよ、最初のうちはまったくだめだったのである。彼は私よりあとにこの部屋に入って来たのだったが、それはやはり絶望的な状態でだった。そして私や他の人々とまったく同じように頸部の切開手術を受けて腫瘍を摘出したのだったが、この憐れな男は世にいう間一髪のところで術中死をまぬがれたのだった。執刀したのはザルツァー教授だった。だがこれはむろん、他の外科医だったなら、そうしたすんでのところで死んでいたという事態にはならなかった、ということを意味するわけではない。これはもう、できるものなら神学生になるしかない、と私は考えたものだった。この男が同室になったからにはである。というのも修道女の看護婦たちが、不愉快なまでに彼を甘やかすからだった。看護婦たちはあらゆる手を尽くして彼を甘やかしながら、ちょうどその分だけ私とインマーフォル氏を徹底してほったらかしにしたのである。たとえばそのつどの当直の夜勤看護婦は、私の隣のこの神学生のためにと、夜のあいだに患者たちからもらったものを全部、チョコレートやワイン、そしておよそウィーン市内で手に入れることのできるありとあらゆる甘いもの、しかも当然ながらいつもデーメルやレーマン、あるいはこの両店と並んで有名な市庁舎わきのスルカ[7]といった一流の洋菓子店《コンディトライ》のものを、明け方に神学生のナイトテーブルの上に置いておくのだった。また彼にはいつも、規定で一人が一杯だけもらえることになっているショードが⑻一度に二杯も配られていた。私がこの世で比べるもののないほど今日でもなお愛しているあのショードをである。ショードはヘルマン棟ではいつもきまって出てくる飲物だったが、それはヘルマン棟がもっぱら生命《いのち》も定かでない重病人のための施設だったからである。病床に運ばれてくるショードはつねにそうした重病人を特徴づけるものなのだ。しかし私はそれでも、この隣の神学生の行儀の悪い点の多くをごくわずかのうちに改めさせた。これに対しては、やはり彼の隣だったインマーフォル氏も感謝してくれた。彼もまたこの同室者のエゴイズムに、まったく私と同様、我慢の限界を越えて煩わされていたのである。私やインマーフォルのような長患いの病人は自分たちに与えられた役割、すなわち目立たない人、気配りのある人、控え目な人といった役割にとうに慣れてしまっていた。というのも、これらの役割を身につけることによってのみ、病気であることに長く耐えられるようになるからだ。反抗心や行儀の悪さや強情さは時とともに身体をじっさい致命的に弱らせるので、長患いの病人は長いことそうした態度ではいられない。神学生はじじつ起き上がって便所に行くことができたので、私はある日、尿瓶《しびん》を使うことを彼に禁止した。するとすぐに看護婦たちの反発にあった。彼女たちはむしろ神学生の尿瓶をよろこんで運んでいたのである。だが私は譲らず、彼が起きて部屋の外に行くのだと主張した。なぜなら、私とインマーフォル氏が小便をしに起きて外に出なければならないのに、神学生はベッドで尿瓶にすればよいことが納得できなかったからだ。そうでなくても部屋の中でされると部屋の中にいやな臭いが充満して、もうそれだけでほとんど耐えられなかった。私の勝ちだった。彼の名前は忘れてしまったが、ワルターであったように思う。だがそれももう確かではないが、とにかくこの神学生は便所に行った。看護婦たちは数日間私に一目もくれなかった。だがそんなことは、こちらにはどうでもよかった。私はただただ、パウルを実際に訪ねることのできる日、彼を訪ねてびっくりさせられる日を待ち望んでいた。だが、最初の試みが、エルンスト棟のところまで来てもう諦めて引き返さざるをえなくなったために挫折して以来、その日ははるか彼方に遠のいてしまったと私は考えていた。私はベッドに横たわって目を外にやり、いつも同じ視角から松の大きな枝の茂みを見つめていた。その後ろに陽が昇っては沈んでいった。私は一週間のあいだ部屋を出る勇気を持てずにいた。とうとう私を、パウルを訪ねた足で、私たちの共通の女友達であるイリナが訪ねてくれた。私がパウル・ヴィトゲンシュタインと知り合ったのは、このイリナのブルーメンシュトックガッセ(9)の家でだった。シューリヒト(10)がロンドン・フィルハーモニーを指揮した〈ハフナー交響曲〉についての議論のまっただ中へと入っていったのだったが、これは私にとってまったくもってこいの話題だった。というのも私も、また会話の相手も、シューリヒトがムジークフェライン(11)でこの曲を指揮したのを前日に聞いたばかりで、私はといえば、これまでの全音楽体験の中でこれほどまでに完全なコンサートは聞いたことがないという印象を受けていたのだった。私たち三人、私とパウルとその女友達のイリナ、彼女は音楽がとてもよくわかるというばかりか、そもそも芸術全般に異常なまでに通じた女性の一人だったが、その私たちは、このコンサートについてはまったく好みが一致したのである。ここで交わされた議論は当然のことながら根本的な事がらをめぐってではなかったが、だがしかし決定的な事がらに及んでいた。その事がらが三人の注意を同じように、また同じ強さで引いていたとはいえないが、とにかくそうした議論の中で、ひとりでにという感じで、数時間のうちに私のパウルへの友情の基盤が築かれたのだった。私はすでに何年も前から何度も彼を見かけていたが、一度も言葉を交わしたことはなかった。ここブルーメンシュトックガッセで、この世紀転換期に建てられたエレベーターのない家の、階段をはるか上まで昇っていった五階の一室で。それが始まりだった。簡素な、だが心地よい家具の置かれた大きな部屋。その部屋で私たちは、私が大好きな指揮者シューリヒトについて、私が大好きな交響曲〈ハフナー交響曲〉について、そして私たちの友情にとって決定的だったこのコンサートについて語り合ったのである。何時間も、くたくたに疲れ果てるまで。音楽に対するパウル・ヴィトゲンシュタインのわき目もふらぬ情熱が、この点についてはイリナもつねにきわ立っていたが、その情熱が、即座に彼への好意を私に抱かせたのだった。とりわけ、モーツァルトとシューマンの偉大な管弦楽作品についてのパウルのまったくけたはずれの知識。とはいえ、すぐに私には気味悪くさえ思えてきた、そのオペラ狂いぶりだけは別である。これはウィーン中で有名だったが、じじつ、恐れられているといった段階を通り越して、これは間もなくわかったことだが、致命的な病気となっていたのである。そして、パウルの音楽ばかりか芸術のあらゆる分野にわたる高度な教養。パウルは聞いた音楽、訪れたコンサート、研究したヴィルトゥオーゾやオーケストラを大なり小なり絶えず比較し、またいつでもそれを再検証するというようなことができた。しかも、間もなくわかったのだが、そのすべてがきわめて信頼に値するものだった。芸術についてのパウルの教養は、たとえばこうした点で、他の人のそれとはまったく別物だったのである。こうしたすべてを目のあたりにして、私はパウル・ヴィトゲンシュタインを、すぐに自分の新しい、まったくもって特別な友人と認め、そして受け入れることができたのだった。私たちの女友達のイリナ、この女性はパウル・ヴィトゲンシュタインのそれと少なくとも同じほどに波瀾に富んだ注目すべき運命の持ち主で、たとえば指折り数えるのができないほど数多くの異性関係と結婚とを経験していたが、そのイリナがヴィルヘルミーネンベルクでのこうした困難な日々にしばしば私たちを見舞ってくれたのである。赤いカーディガンを着て、面会時間などおかまいなしに、イリナはヴィルヘルミーネンベルクに姿を現した。すでに述べたように、残念なことに彼女は私がヘルマン棟に居ることをある日パウルに洩らしてしまい、私がもくろんでいた不意打ち、つまりルートヴィヒ棟を突然に訪ねる計画を台無しにしてしまった。だがなんといってもこのイリナのおかげで、彼女は今日世にいうところの音楽学者と結婚していてブルゲンラント(12)の田舎に引っ込んでしまっているが、その彼女のおかげで、私はパウルとの友情を結ぶことができたのである。パウルと知り合ってからヘルマン棟に入院するまでに二、三年の年月があったが、私たち二人が同じ時にいっしょにヴィルヘルミーネンベルクで、いわばふたたび人生の終末にさしかかっていたということを、私は偶然とは思わなかった。とはいえ、私はこの事実をあれこれ深読みしはしなかった。私はヘルマン棟でこう思っていた。ルートヴィヒ棟には友人のパウルが居る。だから私は一人きりではないのだ。だがほんとうはパウルが居なくても、バウムガルトナーヘーエでのこの幾日、幾週間、幾ヵ月のあいだ、私は一人きりではなかった。それは、私には私の生涯の人がいたからだ。この人は私にとって祖父の死後ウィーンでは決定的な人物で、私は私のこの生涯の女友達《とも》に、たいへん多くというどころか、三十年以上前に彼女が私のかたわらに現れたその時以来、正直なところ、大なり小なりすべてにわたって世話になっていたのである。この人がいなければ、私はそもそもこの世にはいないだろうし、いずれにせよ、今日の私、いつもながらこんなにもどうかしていて、こんなにも不幸で、とはいえ幸福なこの私ではなかっただろう。事情に通じた人たちならこの生涯の人という言葉の背後に隠されているすべての含蓄を知っている。この人から私は三十年以上も力を得、そしてこの人によっていつも生き永らえてきたのだ。この人以外のなにものでもない。それは真実だ。私にとってあらゆる点で手本となるこの賢い、決定的な瞬間に私をただ一度たりとも見捨てたことのない女性。この人から私はこの三十年間、ほとんどすべてを学び、あるいは少なくともすべてを理解することを学んだ。そしてなお今日でも、決定的なことを学び、少なくともそれを把握することを学んでいる。そんな人が当時私をほとんど毎日見舞ってくれ、ベッドのかたわらに腰掛けていてくれたのだ。彼女は灼熱の中、坂道を登って、重さに耐えながら山のような本と新聞をバウムガルトナーヘーエまで運んできてくれていた。誰もが知っていると思われる、この場所の独特な雰囲気の中へである。しかも、とにかくこの私の生涯の人は、当時すでに七十歳を越えていた。だが思うに、彼女は八十七歳の今日でもまったく同じことをしてくれるだろう。だが、この生涯の人は、パウルについて書こうとしているこの覚え書きの中心ではない。私がヴィルヘルミーネンベルクに入院させられ、隔離されて、もはや見込みのない者としてのけ者にされていた当時も、この人が私の生活の中で、私の生き方の中で、もっとも重要な役割を演じていたとはいえである。この覚え書きの中心は、当時私と同じくヴィルヘルミーネンベルクに入院させられ、隔離され、もはや見込みのない者として除《の》け者にされていた、友人のパウルである。パウルのことを、私はこの覚え書きでもう一度鮮明にしたいのだ。この回想の断片、これはたちどころに、パウルの出口無しの状況とともに私じしんの当時の出口の無さを明らかにし、また思い出させるものとなるだろう。というのも、当時パウルがふたたび彼の人生の袋小路に入り込んでいたのと同じに、私もまた、私の人生の袋小路に入り込んでいた。あるいはもっとふさわしい言い方をすれば、押しやられていたのである。パウルと同じく私は、こう言わねばならないのだが、私の存在をまたもや度を過ごして考えすぎ、ということはつまりそれを過大評価し、そしてつまるところ限界を越えてしまい、それを使い潰《つぶ》してしまっていた。パウルと同じく私じしん、またもや自分のすべての可能性を越えて自分を使い潰してしまっていた。自分とあらゆるものとに対する病的な仮借の無さによって、すべてを、すべての可能性を越えて使い潰してしまっていたのである。そしてこの仮借の無さがある日パウルを破壊したのであり、また私を、まったくパウルと同じく、ある日破壊することだろう。というのもパウルが彼の病的な自己過信と世界への過信とから破滅したように、私もまた早晩、私じしんの病的な自己過信と世界への過信とから破滅するだろうと思うからだ。パウルも私も、当時ヴィルヘルミーネンベルクの病床で、この自己過信と世界への過信の産物として、ほとんど完全に破壊されて目覚めるのだった。まったく理の当然として、パウルは精神病棟で、私は肺病の施設で、つまりパウルはルートヴィヒ棟で、そして私はヘルマン棟ではあったが。パウルが彼の狂気から、長年のあいだ大なり小なり突っ走ってはほとんど死にそうになっていたように、私は私の狂気から、大なり小なり長年のあいだ突っ走ってはほとんど死にそうになっていた。パウルの行路がいつも繰り返し精神病院にたどりつき、そこで中断されずにはいなかったように、私の行路は、いつも繰り返し肺病院にたどりつき、そこで中断を余儀なくされていた。パウルがいつも繰り返し自分と周囲とに対する反抗の極限に達し、そのあげくに精神病院に送り込まれねばならなかったように、私じしんは、いつも繰り返し自分とその周囲に対する反抗の極限に達して、そのあげくに肺病院に送り込まれるのだった。パウルが、察するにいつも繰り返し、そしてますます短い間隔で、自分じしんと世界とに耐えきれなくなったように、私もまた、ますます短い間隔で私じしんと世界とに耐えきれなくなり、ちょうど精神病院でパウルがそうだったように、肺病院で、言ってみればわれわれに帰ったのだった。そしてパウルが、精神科医たちによって繰り返しめちゃくちゃにされながらも自分の力で立ち直ったように、私も繰り返し肺病医たちにめちゃくちゃにされながら、自分の力で立ち直ったのだった。結局のところ精神病院がパウルという人間をつくりあげたように、肺病院が私という人間をつくりあげた、と私は言わざるをえない。思うに、人生の長い道のりのあいだでパウルを狂人たちが育て上げたように、肺病患者たちが私を育て上げたのである。パウルが狂人たちの共同体の中でつまるところは成長したように、私は肺病患者の共同体の中で成長したのであり、しかも狂人たちの中での成長と肺病患者の中での成長は大きく異なりはしないのである。彼には、狂人たちが生きることと人生とをしっかりと教え、私には同じ明確さで肺病患者がそれを教えてくれた。彼は狂気に教えられ、私は肺病に教えられたのである。ある日、言ってみれば自制を失ったためにパウルはいわゆる狂人となった。同様に私は、ある日自制を失ったために肺病となったのである。パウルが狂ってしまったのは、一挙にすべてに敵対し、当然ながらそのことによって圧倒されてしまったからで、同様に私もある日、彼と同じようにすべてに敵対したために圧倒されてしまったわけである。ただ彼のほうは、私が肺病になったのと同じ原因から狂気になってしまったのである。とはいえ、パウルが私じしんよりも狂っていたというわけではない。というのも、私は少なくともパウルがそうであったのと同じほど狂っていた、少なくともパウルのことを人々がそうだと言うのと同じほどには狂っていたのである。ただ私は、私の狂気に加えて肺病にもなったまでである。パウルと私の違いはただ、パウルが彼の狂気に完全に抑え込まれていたのに対し、私は私の、やはり同じほど大きな狂気に、一度とて完全に抑え込まれたことがないという点に尽きる。パウルはいわば彼の狂気に専念していた。これに対して私は、私の狂気をこれまでずっと使い尽くし、抑え込んできた。パウルが彼の狂気を一度とて抑え込まなかったのに対し、私は私の狂気をつねに抑え込んでいたのであるが、もしかするとこのことから、私じしんの狂気のほうが、パウルのそれよりもはるかに狂った狂気だったとすら言えるかもしれない。パウルがもっていたのはただ狂気だけで、彼はその彼の狂気を拠《よ》りどころに生きていた。私は、自分の狂気に加えて肺病ももっていて、その両方を、つまり狂気と肺病をともどもに使い尽くしていた。そしてそれらを、私はある日突然、自分の全生涯にわたる、生きてゆくための源泉としたのだった。パウルが何十年も狂人を生きたように、私は何十年も肺病人を生き、パウルが何十年も狂人を演じたように、私は何十年も肺病人を演じたのである。そして彼が狂人であることを彼の目的のために使い尽くしたように、私は肺病人であることを私の目的のために使い尽くしたのである。他の人々が大なり小なりのまとまった財産や、大なり小なり立派と言いうる、ないしは立派である芸術品を、ずっと引き続いて、あるいは一生のあいだ自分のものとしてしっかりと所有していようとし、その財産と芸術品とを生きているかぎりありとあらゆる手段を用いて、しかもありとあらゆる場合に利用し尽くして、それらをあえて自分の唯一の生きがいとするように、パウルは、彼の狂気を一生のあいだしっかりと保ち、所有し、使い尽くし、ありとあらゆる場合にありとあらゆる手段を講じて自分の生きがいとした。それは私が、私の肺病を、また狂気を生きがいにし、ついにはこの肺病から、そしてこの狂気から、私の芸術をつくりだしたのと同じだった。だが、パウルが彼の狂気とますます手加減せずに付き合っていったように、私は私の肺病と、そして狂気と、ますます手加減せずに付き合っていた。私たちは、いわば、私たちの病気とますます手加減せずに付き合ったことによって、私たちの周囲の世界ともますます手加減せずに付き合うことになったが、そのために当然ながら逆にまわりの世界のほうも、ほかならぬ私たちとますます手加減せずに付き合うようになった。そして私たちはますます短い間隔で私たちにふさわしい施設に、つまりパウルは精神病院に、私は肺病院に入るようになったのである。そして一九六七年に突然、それまでいつも遠く離れればなれにそれぞれにふさわしい病院に入院していた私たち二人が、同時にヴィルヘルミーネンベルクに来合わせることになり、ヴィルヘルミーネンベルクで私たちの友情が深められることになったのだった。もし私たちが一九六七年にヴィルヘルミーネンベルクにやって来なかったとしたら、おそらくそのような友情の深まりには至らなかったと思う。長年にわたって不本意ながら他人と友情を結ぶことをおさえてきたあと、私は突然にふたたび本物の友人をもったのだった。それは、私のなんといってもきわめてややこしい、つまりまったくもって単純ではない頭に発する、狂いきった奔放な行いを理解し、私の頭のそうした狂いきった奔放な行いにあえて関わり合ってくれる友人だった。こうしたことは、それまで私のまわりの誰一人として、そうするつもりが毫《ごう》もなかったために、一度たりともできずにいたことだった。私があるテーマに、文字どおり軽く触れると、私たちの頭の中で、それが展開すべき方向に早くも寸分も違《たが》いなく展開していった。しかもそれは、彼と私の第一の、そして最高の得意分野である音楽についてばかりではなく、他のすべての得意領域にわたってそうだったのである。私はそれまで、これほどに鋭い観察の才をもった人間、これほど膨大な思考能力をもった人間を知らなかった。ただパウルはこの思考能力を、その金銭能力とまったく同じように次から次と窓から投げ出す、すなわち湯水のように浪費したのである。とはいえ、金銭のほうは間もなく窓から投げ尽くしてなくなってしまっていたが、思考のほうはじっさい無尽蔵だった。彼はそれを次から次と窓から投げ出すのだったが、するとそれが（同時に）次から次と増殖した。彼が（彼の頭の）窓から投げ出す思考が多ければ多いほど、それがいっそう多く増大していった。これはじっさい、まず狂っていて、ついには精神錯乱のレッテルを貼られてしまうような人たちの特徴なのである。そうした人たちは、どんどん多く、そしてどんどん次から次へと、自分たちの精神的財産を（自分たちの頭の）窓から投げ出してゆくのであるが、その精神的財産は、みずからが（自分たちの頭の）窓から投げ出すのと同じ速度で、頭の中で増殖してゆく。こうして、そうした人たちは、精神的財産をどんどん多く（自分たちの頭の）窓から投げ出してゆき、そのため、同時にそれが頭の中でどんどん増え、当然ながらどんどん今にも溢れるばかりとなってゆく。そしてついには（自分たちの頭からの）精神的財産の投げ出しのほうがもう間に合わなくなってくる。そして、絶え間なく頭の中で増殖してはその頭の中に蓄積してゆく精神的財産に、頭がもはや持ちこたえられなくなり、爆発してしまうのである。なんのことはない、このようにしてパウルの頭は爆発してしまったのだ。（彼の頭からの）精神的財産の投げ出しが間に合わなくなったからである。このようにして、ニーチェの頭も爆発した。このようにして、これら狂った哲学的頭脳はすべて、最後には爆発したのである。精神的財産の投げ出しがどうにも間に合わなくなってしまったためにである。これらの頭の中ではついには絶え間なく、そしてじっさいに次から次と精神的財産が生まれ、しかもその速度は、彼らがそれを（彼らの頭の）窓から投げ出すよりもはるかに、残酷なほど速いのである。そのためにある日、頭が爆発し、彼らは死んでしまう。このようにして、パウルの頭はある日爆発し、パウルは死んだのである。私たち二人は、同じであるとともに、やはりまったく違ってもいた。たとえばパウルは貧しい人々に関心を寄せ、しかも心を動かされた。私は貧しい人々に関心を寄せたが、しかし心は動かされなかった。私の思考のメカニズムからして、この古くからの世界的テーマにパウルのようなかたちで感激することはできなかったのであり、今日でもなおそうなのである。トラウン湖のほとりで、うずくまっている子供を見て、パウルが突然に泣き出してしまったことがある。じつのところこの子供は、すぐに私は気づいたのだが、ずるがしこい母親が、道行くひとの涙をさそって良心を刺激し、その財布の紐をゆるめさせようという、ただただ怪《け》しからぬ魂胆から、トラウン湖畔にすわらせたものだった。私はパウルと違って、強欲な母親に虐待されている子供とその悲惨さばかりではなく、その背後を、すなわちこのもっとも卑劣な虐待を受けている子供の当の母親が、茂みに身をかがめ、吐き気をもよおさせるようなしたたかさで束になった紙幣を数えているのも見てしまっていたのだった。パウルは子供とその悲惨さだけを見て、その後ろにすわってかねを数えている母親が目に入らず、泣き声さえ立てて子供に、いわば自分じしんの在り方を恥じて、百シリング札(13)を与えた。私がこの場全体を見抜いたのに対し、パウルはこの場の表面の部分しか見なかった。罪のない子供の苦難だけを見て、背後の卑しい母親を見ていなかったのである。自分のいわゆる人の良さが、このように倒錯した卑しむべきかたちで食い物にされていることに、パウルは気づきようもないままだったが、私はそれを目のあたりにしなければならなかったのである。私がこの場全体の不快きわまりない不埒さをすべて見抜き、当然ながら子供になにも与えなかったのに、パウルが、子供が苦しんでいるという表面的な光景だけを見て、その子に百シリング札を与えたということは、パウルという人物の特質をよく表している。そして私は、私の観察を自分の胸におさめ、茂みの後ろで下劣で卑しい母親がかねの勘定をしていたこと、子供は母親に強要されてしかたなしに哀れな様子を演じていたのだということを、パウルには、彼を守るためと思って話しはしなかったが、これは私たちの関係の特質をよく表しているといえる。私はパウルがこの場を表面的に眺めるがままにしておき、子供に百シリング与えるのも妨げず、また声を上げて泣くがままにしておいた。そして後《のち》になってもこの場の全体について明かしはしなかった。パウルはよくトラウン湖畔のこの場面に触れ、(私の目の前で)かわいそうなひとりぼっちの子供に百シリングをわたしたことを話したが、私は彼に一度たりともこの出来事の場全体の、事実について明らかにしはしなかったのである。パウルは、悲惨さというもの、そして人間たち(と人類全体)のいわゆる悲惨さに関しては、トラウン湖畔で場の表面しか見なかったように、つねに表面しか見ず、私のように全体を見はしなかった。思うに、パウルが場の全体を見ることを拒み、しかも一生のあいだ拒み続け、そうした個々の場の表面だけで満足したのは、おそらくまったく単純に、自己防御からだった。私はけっして(そうした場の)表面だけでは満足しなかったが、それもまったく同様に自己防御からだった。これが私たちの違いである。パウルはいわば人生の前半で、困っている人たちを(そしてそれを通じて自分じしんを!)助けるのだと信じて、何百万ものかねを窓から投げ出した。ところが現実には、そして真実のところは、その何百万ものかねを、まったくふさわしくない下劣な部分にむざむざと投げ与えていたのである。とはいえ、当然のことながら自分じしんはじっさいそれで救われていた。パウルはほかならぬ我が身が一文無しになるまで、困っていると思われる人、哀れむべきと思われる人に持ちがねを投げ与えた。そしてとうとう彼はある日、まったく親類の温情だけを頼みとする身になってしまっていたのである。だがその温情もほんの僅かのあいだばかりで、間もなく打ち切りになってしまう。それは親類一同にとって、温情という概念はどうにも馴染みのないものであったからだった。パウルは、そら恐ろしいことに、三つ、ないしは四つのオーストリアきっての富裕な家柄のひとつの出であった。その莫大な財産は帝国時代には年を追って順調に増え続け、このヴィトゲンシュタイン家の資産の成長が止まるのは、ようやく共和国の樹立[14]が宣言されてからだった。パウルは彼の財産を、そうすれば貧困と戦うことができると大なり小なり信じて、すでに若い頃にせっせと窓から投げ出した。そのため人生の大部分を大なり小なり無一物で過ごすことになったが、パウルはおじのルートヴィヒと同じように、そのいわゆる汚《けが》れた莫大な財産を、清らかな民衆と自分じしんとを救うために、そうした清らかな民衆に投げ与えねばならないと信じていたのである。パウルは百シリング札の分厚い束を手に、それらの汚れた百シリング札の束を清らかな民衆に分かち与えることだけのために、街々を徘徊した。だが彼は自分のかねを大なり小なりいつも、ちょうど先ほど書いたとおり、トラウン湖畔の子供たちのような連中にばかり分かち与えていたのである。パウルがかねを与えたこれらの人々はすべて、あのトラウン湖畔の子供たちと寸分も違わなかった。どこであれパウルはそうした人たちに、彼らを助けるためにまた自分じしんが満足するために、かねをむりやり押しつけたのである。パウルじしんが無一文になると短期間は一族の人々が援助してくれたが、それはある種の倒錯した名誉心からであって、けっして気前の良さからではなかった。またそうするのが当然と考えてそうしてくれたわけでもなかった。それは彼らが、こう言わざるをえないのだが、パウルをめぐるその場の表面ばかりではなく、その全体としての恐ろしさをも見てとっていたからだったのである。一世紀にわたって、ヴィトゲンシュタイン家は武器と機械とをつくってきたが、とうとう最後になってルートヴィヒとパウルを、あの有名なエポックメーキングな哲学者と、少なくともウィーンではそれに劣らず有名な、あるいはウィーンでならむしろより有名な狂人とをつくり出したのだった。パウルは根本的にはおじのルートヴィヒと同じほど哲学的だったが、逆に哲学のルートヴィヒは、甥のパウルと同じほどに狂っていた。一人は、つまりルートヴィヒはその哲学で有名になったが、もう一人のほう、つまりパウルは狂人であることで有名になった。一人、つまりルートヴィヒは、もしかするとより哲学的で、もう一人、つまりパウルは、もしかするとより狂っていたかもしれない。だが場合によっては、一人のほう、つまり哲学のヴィトゲンシュタインを私たちは、彼が彼の狂気をではなくその哲学を紙の上に書きしるしたから哲学者だと信じ、もう一人のほう、つまりパウルを、彼が彼の哲学を押さえつけて発表せず、ただその狂人ぶりを人目にさらしたから狂人だと信じているだけかもしれない。二人とも、まったくもって並はずれた人間、まったくもって並はずれた頭脳だったが、一人はその頭脳を公表し、もう一人はそれをしなかった。それどころか、こうさえ言えるだろう。一人はその頭脳を公《おおやけ》に発表し、もう一人はその頭脳を実際に使ってみせたのだ。とすると、公表され、さらに次々と公に発表されてゆく頭脳と、実践され、さらに次々と実際に使われてゆく頭脳との違いはどこにあるというのか。とはいえむろん、パウルがもし著作を公表していたとしたら、それはルートヴィヒとはまったく違ったものとなっていただろうし、同様に、ルートヴィヒは、当然ながらパウルとはまったく違った狂人ぶりを実践していたことだろう。いずれにせよ、ヴィトゲンシュタインという名前は高度な、いや最高の水準を保証していた。哲学者ルートヴィヒの水準に、パウルは疑いなく到達していた。前者は無条件に哲学と精神史のひとつの頂点を、そして後者は無条件に狂気の歴史の中のひとつの頂点をかたちづくっている。私たちが、かの哲学を哲学と、そしてかの精神を精神と、そしてかの狂気をそれ、つまり言ってみれば歴史概念の倒錯と呼ぶ気があればである。ヘルマン棟に居て、ほんの二百メートル離れていただけだったのに、それでも私はパウルと完全に隔てられていた。私はなににもまして、久しぶりに私たちの再会の日の来ることを、今か今かと待ち望んでいた。もうずいぶんと月日が流れていた。その間私は、パウルの頭脳と向かい合えないことの寂しさを抑えぬまま、他の何百という、たいていのところは残念ながら完全に不毛な頭脳をもった人々と付き合って、ほとんど窒息しそうになっていた。というのも私たちにとっては正直のところ、たいてい関わり合いをもつことになる頭脳というものは、つまらない頭脳なのである。あわれっぽい身体に大なり小なり趣味の悪い衣服をまとって、みすぼらしい、だが残念ながら憐れむにあたいしない人生を細々と送っている連中と関わって、芽の出てしまった馬鈴薯《じゃがいも》といっしょにいるような思いをするのは、私たちはもうたくさんだ。だが、パウルを実際に訪ねることになる日がやってくる。そう私は考えて、パウルと会ったら話そうと思っていることに関して、それはすべて長いあいだ誰とも話すことのできなかったような事がらだったが、それらに関して、早くもいくつかメモをしたためていた。パウルがいなくては、その頃、音楽について話をすることなど私にはまったく不可能だった。哲学について、政治について、数学についてもそうだった。心の活力がなくなりそうになったとき、私は、パウルを訪ねて、たとえば音楽についての私の思考を活気づけさえすればよかった。かわいそうにパウルはルートヴィヒ棟に閉じ込められて、ことによると拘束着さえ着せられて、それでもオペラに行きたがっているのだろう。そんなことを私は思っていた。パウルは、ウィーンで、およそこれまででもっとも熱狂的なオペラ・ファンだった。このことはウィーンの事情通の人々ならよく知っている。パウルはオペラ狂いだったのである。彼は貧乏のどん底に沈んだあとも、そしてその果てにどうにもしようのない人間嫌いに陥ったあとも、毎日、少なくとも立ち見で、オペラ座通いを続けた。死にそうなほどの重病人となっても、六時間立ち通しで〈トリスタン〉を見て、なおその終りに、彼以外には国立歌劇場であとにも先にも例のない大声でブラヴォーやブーを叫ぶ力を余していた。パウルは初日に公演の運命を決定づける男として恐れられていた。パウルが他の人々よりもほんの数秒早く歓呼の声を上げると、オペラ座中がパウルと同じ感激の渦に巻き込まれた。またいっぽう、パウルが最初にブーの声を上げたために、きわめて偉大な演出や高価きわまりない演出の数々が沈没の憂き目にあった。ただただ彼がそう望み、また彼がそうする気を起こしたためにである。ぼくは成功をつくり出すことができる。ぼくがその気になり、そしてそのための条件が与えられていればね。しかも条件というものは、そのためにならいつもあるものなんだ。こうパウルは言い、またこうも言っていた。ぼくは同じように完全な失敗だってつくり出せる。そのための条件が与えられていればね。しかも条件というものは、そのためにならいつもあるものなんだ。ぼくがブラヴォーを叫ぶ最初の人、あるいはブーを言う最初の人になればいいだけなのさ。何十年ものあいだウィーンの人々は、ウィーンでのオペラ上演の成功の産みの親がとどのつまりはパウルであったこと、同様に国立歌劇場《ハウス・アム・リング》[15]での上演失敗の仕掛け人がこれまたパウルであったことに気づかなかった。彼がそう望みさえすれば、そうした失敗は、これ以上ないほどに徹底的で壊滅的なものとなったのだった。オペラでのパウルの賛意や反対は、しかしながらいささかも客観的なものではなく、ひとえにパウルの気まぐれ、その突拍子のなさ、またその狂気に関連したものだった。パウルの気に入らなかった多くの指揮者が、ウィーンでパウルの陥穽《かんせい》に落ちていた。パウルは文字どおり口から泡を吹きながら、そうした指揮者たちにブーの声をあげて野次りまくったのである。ただカラヤンにだけは、パウルはカラヤンをひどく嫌っていたのだが、それが通用しなかった。カラヤンという天才はパウルをもってしても僅かの衝撃すら与えられぬほど大きかったのである。カラヤンを私は何十年にもわたって観察し研究してきたが、カラヤンは私にとって、シューリヒトと並んで今世紀でもっとも重要な指揮者である。シューリヒトは私が愛していた指揮者だったが、カラヤンには子供の頃から、体験をとおして感服していたと言わざるをえない。そしてつねに、少なくとも彼といっしょに仕事をしたことがあるすべての音楽家と同じほどには、彼を高く評価していた。パウルはカラヤンを、自分が用いることのできるあらゆる手だてを尽くして憎悪し、変わらぬ憎しみから、彼をいかさま師と呼び習わしていた。私のほうは自分の長年の観察から、カラヤンを音楽に従事する世界中のあらゆる人々の筆頭に立つ人物だと考え、有名になればなるほどカラヤンは良くなっていったという見方をしていた。だがこのことをパウルは、音楽界全体がそうであるように、認めようとはしなかった。子供の頃から私はカラヤンの非凡な才能が成長し完成してゆくのを見てきた。彼のザルツブルクとウィーンでのほとんどの練習《プローベ》に、それがコンサートのであれオペラのであれ、私は立ち合っていた。私が生まれて初めて聴いたコンサートを指揮していたのはカラヤンだったし、初めて聴いたオペラもカラヤンが指揮していた。このため私は、その後に音楽の面で進歩を遂げてゆくための良い前提条件を最初から手中にしていたと言わざるをえないのである。カラヤンという名前を挙げただけで、もうすぐに私とパウルとのあいだではきまって激しい論争となった。しかも私たちはパウルが世を去るまで、繰り返しカラヤンについて論争を続けたのである。だが私はカラヤンに関する私の論法で、パウルにカラヤンの天才ぶりを納得してもらうことはできなかったし、パウルもカラヤンに反対する彼の論法で、私にカラヤンのいかさま師ぶりを納得させることはできなかった。パウルにとっては、彼の哲学上のシステムの妨げを受けることもなく、その死まで、オペラがいわば世界の頂点だった。いっぽう私にとっては、オペラはすでにその頃、かなり背後に押しやられた、遠い昔の情熱となっていた。かつてと同じように愛してはいたが、もう何年とご無沙汰していても苦にならない芸術となっていた。パウルはまだかねと時間があった頃、何年も旅行を続けて、世界中のオペラを次から次と訪ね歩いていた。そして最後には、いつもウィーンのオペラがすべての中で最高であると言ってはばからなかった。メトは問題にならない。コヴェントガーデンは問題にならない。スカラは問題にならない[16]。どれもみな、ウィーンに比べたら問題にならなかった。だがむろんとパウルは言っていた、ウィーンのオペラがほんとうに良いのは一年にたった一度きりだけど。一年にたった一度きり、だがとにかくそうなのだ。パウルはかつて三年間にわたる狂った旅を続け、その道すがら、次々といわゆる世界的オペラハウスを訪ね尽くすことができるような身分だった。その際に、パウルはまずはありとあらゆるそれなりの、そして大物の、さらには真にすぐれた指揮者たちと知り合い、また、それらの指揮者たちに飴と笞《むち》で指導されていた多くの歌い手たちと知り合いになっていたのだった。パウルの頭は根本的にオペラの頭だった。そして、パウルの人生そのものは、しだいしだいに、そしてこの数年間はものすごいスピードで、恐ろしいさまを呈するようになってきていた。オペラに、当然のことながらグランド・オペラになり、またそれに相ふさわしく悲劇的な結末に終わっていたのである。そして今、パウルはこの彼のオペラを、なんとまたもやシュタインホーフで、しかもそのシュタインホーフの中でももっともすさんだ場所の一つであるルートヴィヒ棟で演じていたのである。間もなく私は、それを目のあたりにしなければならなかったのだ。パウルはみんなから男爵《ヘル・バローン》と称号で呼ばれ、私の知るかぎりではクニーツェ[17]で仕立てた白い燕尾服を着て、いわば私に隠れて、最晩年になってからもなお、夜な夜なというほどに、主にいわゆるエーデン・バー[18]に出没していた。そんな彼がまたもやその白い燕尾服のかわりに拘束着を着ていたのである。そして、昔同様にたくさんいた金持ちや大金持ちの貴族や貴族でない友人たちから、あいかわらず折りに触れてザッハーやインペリアル[19]での晩餐に招待されていたパウルが、今は「ルートヴィヒ棟用大理石テーブル」の上に置かれた金属皿を前にしていた。そしてまた、エレガントなイギリス製のソックスとマッリやロッセッリやヤンコ[20]の靴のかわりに、ルートヴィヒ棟で決められている、ごわごわした白いウールの長靴下と不格好なフェルトのスリッパをはいていたのである。しかもパウルは、すでに繰り返し、一連の電気ショック療法を受けてきていた。これについて彼は、シュタインホーフから退院するたびに、私に、皮肉やあざけりを交えながら、それがいかに残酷でいやらしく卑劣なものであるか、つまりいかに非人間的なものであるかを話して聞かせてくれた。パウルは、まわりの人間が彼に対して恐れを抱くようになると、つまり彼が突然にみんなを殺してやると夜どおし脅し続けたり、自分の兄弟たちを問答無用に射殺ないしは絞殺すると予告したりすると、シュタインホーフに送り込まれ、そして、医師たちとその医学上の誇大妄想によって完全にめちゃくちゃにされ、もはやほとんど心の動きがなくなり、ほとんど頭も、いわんや声も上げられなくなると、ようやくそこから出してもらえるのだった。すると彼はトラウン湖のほとりに身を隠した。そこには今日でもヴィトゲンシュタイン家所有の土地が森と森とのあいだに点在している。湖の入り江や、谷が行き止まるいちばん奥のところなど、いろいろな素晴らしい場所に、丘の上や山頂に、別荘《ヴィラ》や農家《バウエルンホーフ》いわゆる離れ屋《シュテッケル》や邸宅《アンジッツ》があり、それらの中でヴィトゲンシュタイン家の人々は今日でもなお、財産ゆえにむしろ不愉快な手続きに追いまくられる毎日からどうしても必要となる休息を取るのである。ルートヴィヒ棟は目下のところ彼の城だった。そして私は急に、私のほうから、つまりヘルマン棟から、ルートヴィヒ棟のほうに連絡をつけることがはたして賢明かどうか、むしろそれが私たちの両方にとって益するというよりは害になるのではないかと尻込みを始めた。というのも、パウルが実際にどんな状態にあるのか誰が知ろう。もしかすると私にとってただただ悪い影響を与える状態にいるかもしれない。だからこうしたほうがいい。差しあたり私のほうからはまったく出向かないことにする。ヘルマン棟とルートヴィヒ棟との連絡をつけることはやめるのだ。また逆に、とも私は考えた。私がルートヴィヒ棟に現れることが、しかも思いがけなく現れることが、パウルにとって壊滅的な影響を与えることだってありうるのだ。じじつ私はこうなるといっぺんにパウルと会うのが怖くなってしまった。そして、ヘルマン棟とルートヴィヒ棟とのあいだでコンタクトをとるのが適切であるか否かを、イリナに決めてもらおうと考えた。だが私はその思いつきも、すぐに引っ込めてしまった。彼女が私たちについていつものように決定を下して、そのことからやっかいなことに巻き込まれてはいけないと思ったからだ。だが差しあたり私にはルートヴィヒ棟まで行く力がない。私はこう思い、ルートヴィヒ棟を訪ねようという計画を完全に諦めてしまった。それがあまりに不条理なことに思えたからだった。そしてつまるところは、パウルがある日ここにまったく何の前ぶれもなくやってこないともかぎらない。こればかりは私にはわかりようもないのだ。いや、これはなんともじつにありうることだ、と私は思った。おしゃべりなイリナが、ここヘルマン棟に私が居ることをパウルに話してしまったからだった。そして実際に私は、このことを恐れた。パウルが突然ここヘルマン棟に、この二つとない、厳格に管理され、そして実際に死に支配された施設に、狂人の衣服を着て、狂人のスリッパをはいて現れたならば、と私は考えた。狂人のシャツを着て、狂人の上着をはおり、狂人のズボンをはいて。私はそれが怖かった。そうなったら彼にどのように応対したらよいのか、彼をどのように迎え入れ、どのようにあしらったらよいのか、私にはわからない。彼が私を訪ねることのほうがその逆よりも簡単だ、と私にはそう思えた。彼がほんのいくらかでも身体を動かすことができるとすれば、今度ここに最初に現れる人物は彼なのだ。そのような訪問はどんなことがあっても悲惨な結果に終わるにちがいない。そう私は考えた。私はこうした考えをなんとか押しのけ、まったく別のことを考えようとしたが、むろんそんなことはできなかった。パウルが訪ねてくるということが、私にはついに悪夢となってしまっていたのである。今にもドアが開いてパウルが入ってくるような、そんな気がしてならなかった。狂人の服を着て。そして、ついには看護人に見つけ出され、拘束着を着せられてこん棒でシュタインホーフまで追い立てられてゆく彼の姿を、私は心に思い描いた。この恐ろしい光景がくっきりと脳裏に焼きついてしまった。彼はまったく不注意だからミスを犯してしまうだろう、そう私は自分に言って聞かせた。金網の下を潜《くぐ》り抜けてヘルマン棟に駆け込み、私のベッドめがけて突進して私を抱きすくめるのだ。いわゆる危険な状態のときのパウルは、他人めがけて走り寄ってゆき、相手がもう窒息してしまいそうだと思うほどに強く抱き締め、その人の胸にすがってさんざん泣き声を上げた。私は実際に、パウルが急に飛び込んで来て、私を抱き締め、私の胸元でさんざん泣くことになるかもしれないと恐れていた。パウルのことを愛してはいたが、パウルに抱き締められたくはなかった。五十九とか六十にもなったパウルにすがりつかれて泣かれるたびに、もう嫌で嫌でたまらなかった。そうしたとき、彼は全身を震わせ、意味のわからない言葉を途切れ途切れにつぶやいた。そして口を泡だらけにして、渾身の力で、それがあまり強いので間もなくこらえきれなくなって力ずくで身をふりほどくことを余儀なくされるまで、すがりつくのだった。私はしばしば彼を突き返さざるをえなかった。もちろんそうしたいわけではなかったが、それ以外に方法がなかったのである。さもなければ彼に圧《お》し殺されてしまっただろう。最後の数年間になると、パウルのこの抱擁の症癖はいっそうひどくなり、それから身をふりほどくためには、ぎりぎりまで自制をかさね、それから超人的な力が必要だった。もうとっくにはっきりしていたことであったが、そのような人間は完全に致命的な病《やまい》にかかっているのである。彼がいつそうしたまったく突然にやってくる発作の果てに窒息死するはめになるのかは、ただただ時間の問題だった。きみはぼくのたった一人の友達、たった一人の人間。ぼくがもっている、ぼくのなによりもこれひとりきりの人と、彼は抱きついて途切れ途切れにつぶやきかける。抱きつかれたほうはどのようにしたら、したがってまたどのようななだめかたでこの憐れな男を落ち着かせることができるのかわからない。私はこうした抱擁を恐れ、パウルがまったく突然にドアのところから飛び込んでくるかもしれないと不安だった。だが彼は来なかった。私は毎日、いやそれどころか毎時間、彼が飛び込んでくることを恐れていた。だが彼は飛び込んではこなかったのである。イリナの口から私は、パウルがルートヴィヒ棟で板張り寝台の上に死んだようにに横たわり、食事をとることをいっさい拒んでいることを知った。この方法は彼を完全に衰弱させるものだったが、医者たちは彼を破壊したのち、そのままそっとしておく。そして彼が骨と皮だけにまで痩せ細ると、まだとうてい一人では起き上がれぬうちに退院させてしまうのだった。すると彼は兄弟のうちの誰かの車で、あるいは兄弟の付き添いがないときにはタクシーでトラウン湖に向かい、彼が死ぬまで契約できちんと保証された居住権をもった、あのヴィトゲンシュタイン家の持ち家の中に数日、あるいはなお数週間身をひそめるのだった。その家は建てられてからもう二百年にもなる農家で、アルトミュンスターとトラウンキルヒェンの間の山間《やまあい》の小高い谷にあり、ヴィトゲンシュタイン家に忠実に一生仕えている一人の年取った雇われ農婦が、田舎での休暇を過ごすヴィトゲンシュタイン家の人たちの個人的な必要をみたすために、僅かばかりの農業を営んでいた。パウルの妻のエディットは、こうした場合にはウィーンに残ったままだった。彼女は、パウルが立ち直るにはまわりに誰もいないことが必要で、結局のところ彼にとってはつねにもっとも近しい存在であり、また実際に死ぬまで恋人であり続けた彼女その人であっても、そばに居てはならないことを知っていたのである。トラウン湖畔に居るとき、パウルは私を訪ねてたびたびやってきた。それは着いたばかりの頃ではなく、しばらくたってからで、思い切ってふたたび人前に出て、自分に向けられる無遠慮でセンセーショナルな目をもはや恐れずにすむようになると、そしてふたたび人と会話をする、そればかりかふたたび哲学する気になるのだった。そうなると彼はナータール[21]にやって来て、まず初めに一度、天候がふさわしければ、ひとり中庭にこしかけて目を閉じ、私が階上でかけるレコードに耳を傾けた。大きく開《あ》け広げた窓から流れる音は、下の中庭でたいへん良く聞くことができたのである。モーツァルトをたのむ。シュトラウスをたのむ。ベートーヴェンをたのむと彼は言った。私はパウルを適切な気分にするにはどんなレコードをかけたらよいかを知っていた。私たちはいっしょに何時間も、一言もしゃべらずにモーツァルトの音楽を、ベートーヴェンの音楽を聴いた。私たち二人はそれを好んでいた。私が拵《こしら》えたほんのちょっとした夕食でそうした一日は終り、私は夜道を車で、彼を家に送り届けるのだった。パウルとのこれらの無言の音楽の夕べを私は忘れることがないだろう。パウルは、そうなると、彼じしんの言い方によれば正常化されるまでに約二週間を必要とした。田舎が気にさわり、何をおいてもウィーンに帰りたくなるまでは、彼は居続ける。そしてウィーンでふたたび病気の最初の徴候が現れたりするのは、それから四、五ヵ月してからだった。私たちの交遊が始まって最初の何年かの頃は、彼はほとんどひっきりなしに飲んでいた。当然ながらそれが彼の病気の進行に拍車をかけたのだった。飲酒をやめると、実際に彼は文句も言わずにそうしたのだったが、初め心配なほどに悪い状態になり、それから著しく回復した。彼はその後はアルコールを口にしなかった。パウルほどの酒飲みはいなかった。シャンパンをザッハーで午前中から瓶で注文して飲み、しかもパウルにとっては、それは取るに足らない日常のことで、とりたてて言うに値しないことだった。そして晩にはヴァイブルクガッセにある小さなワイン酒場オーベナウス[22]で、白ワインを何リッターも飲んだ。そしてその報いを受けることになったのだった。パウルが酒をやめたのは死ぬ五、六年前だったと思う。そうしなければ三、四年は早く死んでいたことだろう。そしてもしそうだったら、それはまったくの痛恨事だったと思う。というのも最後の数年間に、パウルはようやくほんとうの哲学者へと成長したからだった。それまでのパウルはただ哲学を味わう人でしかなかった。とはいえ、私のこれまでの人生で他に一度とて出会ったことのないような味わい方ができる人ではあった。そしてそれが実際、彼の魅力となっていたのである。ヘルマン棟で、そして最終的には死の不安の中で、私は、パウルとの関係が現実にどれほど価値あるものであるかを、はっきりと意識するようになっていた。それは真実、私の同性とのあらゆる関係のうちもっとも価値のあるもので、ほんの短い間の付き合いという以上に長続きさせることのできた唯一の関係だった。そして、どんなことがあっても解消したくはない関係だった。すると突然、いつしか私にとってもっとも親しい存在となっていたこの人間《ひと》を失ってしまうかもしれない、しかも二つの可能性から、すなわち私が死ぬことによって、そして彼が死ぬことによって、といった、そんな不安が私をとらえた。というのも、私じしんは、最終的には自分で肌身に感じていたとおり、この何週間、何ヵ月のあいだ、ヘルマン棟で死をごくごく身近に迎え入れていたわけであるし、彼のほうは彼の死を、ルートヴィヒ棟で、やはりごく身近なところに迎えていたのである。パウルへの思いが急に募ってきた。彼こそはただひとりの、私が自分にふさわしいかたちの会話ができ、ひとつのテーマを掲げて、それがどんな種類のものであれ、またきわめて難しいものであっても、それについて議論を繰り広げることのできる、ただひとりの同性の友ではなかったか。なんと長いこと、こうした会話、相手の言うことに耳を傾けながら相手を啓発し、同時に相手を受け入れるこうした能力に接する楽しみから遠ざかっていることだろう。そう私は思った。なんと長いこと、二人でヴェーベルンについて、シェーンベルクについて、サティーについて、また〈トリスタン〉や〈魔笛〉について、〈ドン・ジョヴァンニ〉や〈後宮からの誘拐〉について語り合っていないことだろう。いっしょにナータールの中庭でシューリヒトの〈ライン〉[23]を聴いてからなんと長いことたっていることだろう。いまヘルマン棟で初めて、欠けているもの、今度の病気のために取り上げられてしまったもの、そしてしかも、私が生きようと思うならば本質的に無くてはならぬもの、それが私にわかったのである。友達はいろいろある。とてもいい友達だっている。だが独創性の豊かさと感受性でパウルと比較できるような人間は一人もいない。そう私は思った。そしてその瞬間から、私の不幸せなこの精神上のパートナーとの交際をできるだけ早く再開するために、あらゆる手立てを私は尽くした。私たちが二人とも退院し、しかも健康ならば、私は、バウムガルトナーヘーエに入院していたあいだなおざりにしてきたことのすべてを埋め合わせようとするだろう。そう私は自分に言って聞かせた。私は、言ってみるならば私の頭が恐ろしいほどに埋め合わせを欲しているという状態にあったのである。数えきれないほどたくさんの話題が頭の中にたまってきた。それらは会話の相手を待ち受けていた。だがその会話の相手、つまりパウルは、おそらくはほんとうにまだ、イリナが二、三日前に話してくれたように、拘束着を着せられて板張り寝台の上に横たわり、一切の食べ物を拒んで、他に二十四人も収容されている病室の天井を絶えずじっと見つめているにちがいなかった。できるだけ早く彼のところへ行かなくてはならない。そう私は自分に言って聞かせた。この何週間かものすごい暑さで、それがとりわけこたえたのはインマーフォルだった。彼はトランプ遊び、例の二十一をやめざるをえなくなっていた。そしてもう次の日には、もはや起き上がることができなかった。顔がいつのまにかげっそりと落ちくぼみ、鼻が急に大きく膨らみ、頬骨がなにか不気味にグロテスクな表情をつくっていた。青ざめて透けるような肌となり、たいていの時間、なにも掛けずにベッドに横たわっていた。人目も気にはならなくなり、ついにはほとんど肉のない両足を大きく開いて。彼はもはや自分で尿瓶《しびん》を取ることができず、しかも絶えず小水が出たので、そして看護婦たちは当然ながら私たちの部屋にずっと居られるわけではなかったので、尿瓶を彼にわたすのは私だった。しかし彼はもうじょうずに使えず、わきに洩らしてしまうばかりだった。たいてい口を開けっぱなしにし、その口もとから黄緑色の液体が流れ出て、昼ごろにはもう彼の枕を染めていた。そしていつのまにか、私のよく知っている、あのにおいを漂わせていた。あの、死にゆく人のにおいを。例の神学生はこの数日、あまりインマーフォルのほうを向かずに私のほうを向いていた。彼はたいてい神学の本を読んでいた。私の印象ではそもそも彼はほかの本を読まなかった。グリンツィングから両親がこちらにやって来ると、二人してベッドのそばにすわり、息子に向かっておおむねは、自分たちにはこの世におまえしかない、どうか見捨てないでおくれといったことばかりを言い聞かせていた。だが彼については、そんなことをうんぬんするような状況に至っているという印象は、私にはまったくなかった。インマーフォルはある日、夜中にベッドに入ったまま廊下に運び出されていた。彼は私が眠っているうちに死んでしまったのである。早朝、体重検査のために検温板をもって私が診療室に行ったときには、彼のベッドがすでに新しいシーツに取り替えられて廊下に置かれていた。私じしんもまた骨と皮だけにまで痩せてしまっていたが、顔と腹だけは大きく膨らんでいた。顔は月顔《ムーンフェイス》で、腹はまったく感覚を失った球体となり、いまにも破裂しそうな感じがし、表面にはぶつぶつと瘻孔《フィステル》ができていた。隣の神学生のラジオからモンツァの自動車レースの中継が聞こえたとき、パウルが音楽への情熱のほかに、それと同じほど激しい情熱をほかでもなく、いわゆるモーター・スポーツに傾けていたことを思った。パウルは、若い頃は自動車レースにみずから出場していた。そして親友に数えられる人々のなかには、この分野の世界チャンピオンたちがずらりと並んでいた。私じしんはといえば、これほど馬鹿げたものもあるまいと思い、こうした世界に反感を抱いていた。だが、これが私の友人パウルだった。彼にはほとんどすべての可能性が与えられていたのだ。ベートーヴェンの弦楽四重奏曲について私の考えでは最高の卓見を述べた人、ただ一人ついに私にハフナー交響曲を正しく解読してみせてくれ、ハフナー交響曲が数学上の驚異であることをわからせてくれた人、そしてそれ以後私がハフナー交響曲をそのように感じられるようになる、その発端をつくってくれた人、その同じ人が自動車レースの熱狂的なファンであったというのは、想像を絶している。その耳には、私にはわかるのだが、血なまぐさいコースを疾駆する自動車の騒音が、同じくひとつの音楽に聞こえていたのである。長年のあいだ夏になると、そろって自動車レース狂だった、そして今でもそうであるヴィトゲンシュタイン家の人々は、最高のレーサーたちをトラウン湖畔の彼らの地所のあちこちに招待した。私じしんも思い出してみると、たとえばあのジャッキー・スチュワートやグレアム・ヒル、そうした陽気な連中や、その直後モンツァで事故死したヨッヘン・リント(24)とも、パウルにすすめられるままにトラウン湖畔の丘の上の彼の家で、夕べや夜半の一時《ひととき》を何度も過ごしていた。六十を越えるともちろん見方も変わって、君がいつも自動車レースというものは馬鹿げたものだと言っていたそのとおり、実際たしかにあれは馬鹿げたものだと思っている、と彼は言っていた。とはいえ、フォーミュラ1《ワン》は明らかにパウルの念頭からつねに離れることがなく、いっしょにいて彼がいきなり大好きな自動車レースに話題を転じるのを避けることは、ほとんど不可能だった。唐突に自動車レースの話題を持ち出すチャンスをつかんだかとおもうと、もちろんもう、その話は止《とど》まることを知らなかった。そしてこうなると、どのようにしたらパウルを、突然にまたも優位を確保したこの話題から、彼にとって実際に終生おそろしい狂気となっていたこの自動車レースというものから引き離せるのか、またもや考え込ませられてしまうのだった。音楽と自動車レース。じじつ、パウルが情熱を傾けたのはこの二つで、それが同時に二つの大きな病気となっていた。生涯の前半は彼にとって自動車レースがすべてであり、後半はそれが音楽だった。それからヨット。だがいま、彼がこうしたスポーツへの情熱を現実に発散させる時間がどこにあっただろうか。私が彼と知り合いになった頃、この自動車レースへの情熱はすでに理屈のうえだけのものとなっていた。とうの昔から彼はもう実際にレースで走ってはいなかったし、ヨットにも乗っていなかったのである。パウルは一文無しだったが、親戚の人々は彼を甘やかしてはいなかった。もうすでに長いこと憂鬱にとらわれているばかりの状況にいたっていたパウルを、その間に、ショッテンリングにある、ある保険会社に押し込んでいた。いわゆるリングトゥルム(25)の中の会社で、そこでパウルは急に、それしか残された道がなかったので、自分のかねを自分で稼がねばならなくなったのである。およそ想像がつくように、書類を運んだりリストを作ったりする仕事で、あまり多くはもらえなかった。だがしょせんは妻のある身であったし、スペイン乗馬学校[26]の筋向かいにあるシュタルブルクガッセの住まいの家賃を払わなければならなかった。しかも家賃は、一区がウィーンではいちばん高いときていた。これまで自由の身であった男爵殿《ヘル・バローン》がいまは朝七時半に出勤し、この種のオフィスに生じるありとあらゆる仕事に直面しなければならなかった。だがこうしたことにパウルは屈しなかった。彼はたいていはこれを面白がり、気分が乗ってくると想像力を羽ばたかせ、いわゆるディ・シュテーティッシェ・フェアズィッヒェルングスアンシュタルト[27]での情況を描き出して、まわりの人々を沸かそうとした。そうした話だけで、パウルは一晩中まわりを楽しませてくれた。自分はうれしい。とうとう民衆の中に入ることができ、現実がどんなであるか、どんな仕組みになっているのか、それがいっぺんにわかって。私が思うには、親戚の人々がパウルをこの保険会社に就職させたのはひとえにこの会社の社長と関係があったからだった。そうした関係がなければ、保険会社は彼を雇わなかっただろう。しかも年齢からいっても、どんな会社も、彼のようなカテゴリーのほとんど六十にもなろうという男を採用しはしまい。かねを稼ぐために、いわば自分の生計のために働かなければならない、これは彼にとってまったく新しいことであり、誰もが挫折を予想した。だがそれは思い違いだった。パウルは死ぬほんの少し前まで、つまりもうどうしてもショッテンリングの会社に行くことができなくなるまで出かけ続け、しかるべく時間通りの出社と退社を繰り返したのである。ぼくはまったくもって模範的な勤め人なんだ。パウルはしばしばそう言っていたが、私はその言葉をいちども疑ったことはなかった。妻のエディットとは、それが二度目の妻だったが、パウルはベルリンで知り合ったのだと私は思う。私の推測ではオペラの開演前か後《あと》、あるいはそのあいだにである。彼女は〈アンドレア・シェニエ〉を作曲した作曲家のジョルダーノの姪で、身内の多くがイタリアに住んでおり、毎年、パウルは三度目の夫だったが、そのパウルといっしょにかあるいはパウルと別れて、とはいえたいていはパウルと別れて、イタリアに息抜きに旅行していた。私は彼女がたいへんに好きで、ブロイナーホーフ(28)でコーヒーを飲んでいる彼女を見るといつもうれしくなった。私は彼女ととても気持ちよく会話することができたが、彼女は、良家の出身であるということを別にしても、それ相当の水準を越えたインテリジェンスがあり、それにチャーミングだった。またとてもエレガントだったが、これはパウル・ヴィトゲンシュタインの妻として当然のことだった。夫の病気が、間近い死を予感するほどに急速に、そして止《とど》まることなく悪化し、発作が起こる間隔がますます短くなって、ウィーンやトラウン湖畔に居るよりもシュタインホーフやリンツのワーグナー＝ヤウレッグ病院に入っていることのほうが多くなっても、それは彼女にとって疑いもなくもっとも辛い年月だったが、そして私は彼女がどれほど困難きわまる情況に在《あ》らざるをえなかったかよく知っていたが、彼女はけっして愚痴をこぼさなかった。離れている彼女はパウルを愛しており、パウルを一分たりとも一人ぼっちにすることがなかった。彼女はときがほとんどだったにもかかわらずである。というのも、夫がシュタインホーフや以前はただニ、ーデルンハルト、とだけ呼ばれたリンツのワーグナー＝ヤウレッグ病院のぞっとするような一室で、拘束着を着せられて同じような人たちといっしょに大なり小なり植物化されて露命をつないでいるあいだ、彼女はいつもシュタルブルクガッセに、この小さな世紀転換期につくられた住まいに居たのだった。パウルの発作は突然ある瞬間にやって来るのではなく、つねにすでに何週間か前からその到来が予告された。急に手を震えさせ始め、一つの文を終わりまで話すことができず、だが絶え間なくしゃべり続け、何時間もそれを止めることができなくなる。まったく不規則な歩行を急に、つまり誰かと並んで突然に十歩か十一歩きわめて速く歩いたかと思うと、今度はまた三、四歩あるいは五歩とりわけゆっくり歩くようになる。顔見知りでもなく、またはっきりとした理由もないのに通りで人に話しかけたり、あるいは、たとえばザッハーで朝の十時にシャンパンを一本注文し、だが飲まないまま置いておいてなまぬるくしてしまう。そんな場合がそれだった。だがこれらはまったく無害なものだった。ゆゆしきは、パウルが、自分で注文しておきながら、給仕がもってきた朝食のセットをトレーごとつかんで絹張りの壁に投げつけたりしたときだった。ペータースプラッツ(29)でパウルは、私は知っているのだが、あるときタクシーに乗ってただ一言パ、リ、とだけ言った。これを聞いて運転手は、パウルの顔を知っていたのだったが、ほんとうにパリまで乗せて行ってしまった。パリでは、そこに住んでいるヴィトゲンシュタイン家のおばの一人が運賃を払わなければならなかった。ナータールの私のところにもパウルは何度もタクシーでやって来た。たった三十分だけ、パウルの言葉によるとただ君に会うためだけで、もうすぐにウィーンに引き返してゆくのだった。なんといっても片道二百キロの道のりであり、ということは往復で四百キロである。パウルは、彼自身の言葉によれば期がまたもや熟してくると、グラスをもはや手に持つこともできず、絶えず自制を失って急に泣き出すのだった。パウルはつねにたいへんエレガントないでたちで人に対した。それらの衣服は、死んだ友人が遺言で贈ってくれたか、まだ生きている友人からもらったものだったが、たとえば彼は、午前十時に白のスーツでザッハーにすわっていたかと思うと十一時半には灰色の縞のスーツでブロイナーホーフに、一時半にはアンバサダー[30]に黒いスーツで、午後の三時半にはまたもやザッハーに芥子色ので、といった具合だった。歩いていようと立っていようと、どこでもパウルは、いくつものワーグナーのアリアを、それればかりかまったくしばしば〈ジークフリート〉や〈ワルキューレ〉の半分ほどを、しわがれ声で歌った。まわりにはおかまいなしにである。通りでは、まったく知らない人たちに、クレンペラー[31]のあとは音楽が聞くに耐えられなくなったと思うが同感ではないか、などと話しかけた。こんなふうに話しかけられた人たちはそのたいていが、クレンペラーのことなど一度も耳にしたことがなく、音楽についてそもそもまったく門外漢の人たちだったが、そんなことはパウルにはなんの妨げにもならなかった。その気になると、パウルは通りの真ん中でストラヴィンスキーや〈影のない女[32]〉についての講演を始めた。そして、自分は〈影のない女〉をじきに、世界最高の音楽家たちを使ってトラウン湖上で上演すると告げるのだった。〈影のない女〉は、ワーグナーのオペラを別にすれば、パウルの大好きなオペラだった。実際にパウルは、きわめて有名な女性歌手、男性歌手たちにトラウン湖上の〈影のない女〉に客演する場合ギャラはいくらになるかと何度も問い合わせていた。ぼくは浮かぶ舞台をつくるんだ。彼はしばしばこう言っていた。そしてフィルハーモニカー[33]がトラウンシュタインの下のもう一つの浮かぶ舞台で演奏する。〈影のない女〉はトラウン湖上がふさわしいんだ。トラウンキルヒェンとトラウンシュタインのあいだで[34]上演されなくてはならない。そう言うのだった。クレンペラーの死でぼくの計画はおしまいになってしまった。そして曰く、ベーム[35]なんかで〈影のない女〉を聴いたら二日酔いになってしまう。ある時パウルはクニーツェで、あのウィーンでいちばん値のはる最高の仕立屋で、一度に二着の白い燕尾服を注文して寸法を取らせた。全部できあがったとき、パウルはクニーツェにこう伝えた。ほんとうに二着の白い燕尾服を納品するなど、まったくどうかしている。自分は黒のだってまだ一度もクニーツェで仕立てたことがないのに。もしかして、自分を気違いだとクニーツェは思っているのだろうか。事実はだが、ただただ注文した二着の白い燕尾服を何回も手直しさせるために、パウルは何週間にもわたってクニーツェに足を運んでいた。何週間どころではなく何ヵ月もクニーツェはパウルの手直しの要望に煩わされていたのに、その二着の白い燕尾服ができあがった瞬間に、パウルはクニーツェに対して、二着の燕尾服を注文したことを否認したのである。白い燕尾服とは。連中は何を考えているのだ。二着の白い燕尾服を、しかもよりによってクニーツェで仕立てさせるほどぼくは狂っていない。クニーツェは証拠を山ほど用意してパウルに報酬を要求した。だが当然のことながら、パウルにはかねがなかったので、それはヴィトゲンシュタイン家から支払われることになったのである。言うまでもなくパウルはこの事件のあとシュタインホーフ行きとなった。親戚たちは、パウルにそこに居てもらったほうが自由でいられるよりもよいと思っていた。自由をパウルは、と彼らは考えざるをえなかったのであるが、いつも粗野きわまりなく濫用していたからである。彼らはパウルをひどく嫌っていた。パウルが、彼らの産物のうちで私にとってはいちばん愛すべき存在だったにもかかわらずである。いや、まさにそんなパウルだったからこそ、彼らは嫌っていたのである。私たち二人が同時に私たちの運命の山《ベルク》、ヴィルヘルミーネンベルクにやって来ているということは、それだけでもうグロテスクだった。私は私にふさわしい肺病科に、パウルはパウルにふさわしい精神科に。繰り返しパウルは、自分がすでにどれほどシュタインホーフとニーデルンハルト、つまりワーグナー＝ヤウレッグ病院に入ったことがあるかを私に指折り数えてみせようとしたが、十本の指では足りず、けっきょく一度も正確な数をあげることができなかった。おじのルートヴィヒにとってと同じように、自分の自由になるかねがたくさん、そして二人にはそう見えたとおり無尽蔵にあったので、パウルの人生の前半ではかねというものがおよそなんの役割も果たしていなかった。これに対し、そもそも文無しになってしまっていた後半では、それがきわめて大きな役割を果たしていた。後半の人生でもパウルは数年は前半と同じように振る舞ったが、それは当然のことながら親戚の人たちとのきわめて大きな軋轢をまねいた。もはやパウルは親類縁者に対して、少なくとも法律的にはなんの要求を掲げる権利もなかったのである。かねがもう一銭もなくなってしまうと、一夜にしてそうなってしまったわけだが、パウルはなんの躊躇もなく自分の持ち家の壁から絵をはずして、それらをウィーンとグムンデン[36]のあつかましい商人たちにたたき売った。パウルがもっていたみごとな家具類も抜け目のないいわゆる古物商たちのトラックの中に次々と消えていった。彼らはパウルに、貴重な品々の対価として、ほんの雀の涙程度のかねしか払うつもりがなかった。ヨーゼフ二世時代[37]の収納箪笥《コモード》に対して彼らは、シャンパン一本の値段以上には支払わなかったのである。しかもまさにその収納箪笥を買った古物商と、そうしたシャンパンを一本あけてしまうパウルだった。最後になってパウルは、せめてヴェネチアに行ってグリッティ[38]で一度ゆっくり眠りたいと何度も願ったが、そうした願いがかなうには時すでに遅しだった。シュタインホーフやワーグナー＝ヤウレッグ病院に居たときのことについて、パウルは私に信じられないようなことを話してくれたが、そしてそれは伝えられてゆく価値があるものと思われるが、ここはその場所ではない。医者たちとは、ぼくがまだかねを持っているあいだは仲が良かったがと彼は言っていた。だけどもうかねがなくなると、連中はぼくらをぶた畜生のように扱うのさ。こう彼はしばしば言っていた。男爵殿は看護人たちの手で檻の一つ、つまりずらりと並んだ、サイドだけではなく上部にもきっちりと格子がはめこまれた柵つきベッドの一つに入れられ、打ちのめされてその結果骨抜きにされるまで、そこに押し込められるのだった。その間何週間も電撃療法とショック療法が施されるのである。私はそうしたパウルに再会するのが不安だった。だがある日、その時がやって来た。昼食と面会時間のあいだでヘルマン棟が静まりかえっていたとき、私は額の上に置かれたパウルの手で目を覚ましたのである。彼がそこに立っていた。そして、すわっていいかいと彼は尋ね、私のベッドの上に腰をおろしたが、すぐさま笑いの発作に襲われた。私と同時にヴィルヘルミーネンベルクに居ることが、彼にも突然おかしく感じられたからだった。きみはきみの場所に居るんだねと彼は言い、ぼくはぼくの場所に居るんだと続けた。パウルはほんの少ししか居なかった。私たちは互いにちょくちょく会おうと約束した。私がシュタインホーフのほうに行ったり、彼がシュタインホーフから私の居るバウムガルトナーヘーエに来たり、つまり、私がヘルマン棟からルートヴィヒ棟へ行ったり、彼がルートヴィヒ棟からヘルマン棟の私のところに来たり、そうしようというのである。だが私たちはこの計画をたった一度しか実行に移さなかった。私たちはヘルマン棟とルートヴィヒ棟の中間で出会い、ベンチに腰かけた。それは肺病エリアのいちばん端にあるベンチだった。グロテスクだ、グロテスクだ！　とパウルは言うと、泣き始め、止《とど》まるところを知らなかった。長いこと泣いて全身を震わせていた。私は彼をルートヴィヒ棟の前まで送っていったが、そのドアの前にはすでに二人の看護人が待ち受けていた。どうしようもなく悲しい気持ちで、私はヘルマン棟に戻った。二人とも決められた制服、つまり私は肺病人の、彼はシュタインホーフの精神病者の制服を着てベンチにすわっていたこのときの出会いは、私に、たいへん深刻な影響を及ぼした。私たちはこの出会いのあともふたたび会うことができたと思う。だが私たちはもう会わなかった。ほとんど耐えられぬようなこうした重荷の下に、私たちは身を置きたくはなかったのである。このときの出会いによってヴィルヘルミーネンベルクでさらに続けて会うことが不可能になってしまったということを、二人はともに感じていた。このときのことについて一言とても話す心境ではなかったのだった。とうとうヘルマン棟を退院できる日がやってきて、予告されていた死をまぬがれた私はナータールに戻ってきたが、それからしばらくの間は、パウルの消息を耳にすることもなかった。私は、もっぱら自分を正常化することに力を傾けていたのだった。新しい仕事にとりかかることはまだとても考えられなかったが、居ないあいだに実際にかなり荒れ果ててしまっていた家の整備に精を出していた。ゆっくりと、と私は自分に言い聞かせた。とにかくゆっくりと、だんだんに、ある日また仕事を始めることのできるような環境をつくってゆくのだ。何ヵ月も家を空《あ》けていたあと帰宅した病人はこんなふうなのだ。彼にはすべてが見慣れぬものとなってしまっている。そして、それらすべてのものとふたたび親密になり、それらをまたもや自分のものにするのには、どうしても、ただだんだんに、そしてたいへんな苦労をして、ということになってしまう。それがどんな方面のことであれ、彼はそれをこの間に実際になくしてしまっている以上は、今ふたたび、それを見つけ出さねばならないのだ。そして、病人というものは原則的につねにひとりきりにしておかれているので——これ以外のすべての見解はとんでもない嘘である——、自分が数ヵ月前に、あるいは私がすでに何度かそうだったように、二、三年前に、ストップしてしまったその場所でもう一度やりなおせるようにと望むならば、まったく超人的な力を身につけるべく奮闘しなければならないのである。健康な人はこれがわからず、すぐに我慢できなくなって、その苛立ちから、帰ってきた病人には本来やりやすくしてやらねばならぬことがあるのに、逆に、そのすべてをやりにくくしてしまう。健康な人々が病人たちに寛大であるということはこれまで一度もなかったし、当然のことながら病人たちが健康な人々に寛大であることもけっしてなかった。このことは忘れられてはならない。というのも病人は、当然のことながらすべてについて健康な人よりもはるかに高い要求を出すのであり、健康な人は健康であるがゆえに、そうした高い要求を出す必要がないのである。病人たちは健康な人たちのことを理解できず、逆に健康な人たちは病人たちのことが理解できない。そしてこの葛藤がじつにしばしばものすごい葛藤となり、病人は結局それに耐えられない。しかしまた当然のことながら、健康な人もそれに耐えられず、そうした葛藤のために病気になることもすでにしばしば見られるのである。病気によって何ヵ月も、あるいは何年も、とりもなおさずべてから引き離されていた病人が突然もとの場所に戻ってきたとき、その病人と付き合うのは容易なことではない。しかも健康な人々はたいてい病人に手を貸す意思などまったくない。実際に彼らは、もってもいない、そしてもつ気もないヴォランティア精神を装い続けるのである。そしてそれは、本心を偽ったものであるがために、病人にとって害になるばかりで少しも役には立たない。病人というものは実際いつもひとりきりなのであり、知ってのとおり、外から差しのべられる助けの手は、ほとんどつねに障害や妨害でしかないことがわかるのである。病人は手助けのうちでもっとも目立たない手助けを必要としているのに、健康な人々にはしかしそれができないのだ。彼らは、とどのつまりエゴイスティックなものでしかない上べだけの手助けで病人を痛めつけるばかりで、病人に対してすべてをやりやすくしてやるどころか、むしろやりにくくしている。病人に手を貸している人たちはたいてい病人を助けてはおらず、病人を煩わせているのである。ふたたび家に帰ってきた病人のほうはしかしながら、けっして人を煩わせることは許されない。まわりの人々は自分を手助けしてくれるかわりにほんとうは自分を煩わせているのだということを、病人が指摘したならば、彼を手助けしていると称している人たちから反発を食らってしまう。ぎりぎりの正当防衛をしているだけなのに、高慢だ、際限のないエゴイズムだ、と糾弾されてしまう。健康な人々の世界は、家に帰ってきた病人を、ただ見せかけの好意だけで、ただ見せかけの親切さだけで、ただ見せかけの犠牲精神だけで迎え入れる。だがこの好意と親切と犠牲は病人の吟味をひとたび受けようものなら、それらが、病人からすればお断りにしたい見せかけの、つまり人に見せびらかすための親切でしかないことがすぐに判明する。だが当然のことながらほんとうの好意、ほんとうの親切、ほんとうの犠牲ということほど難しいこともなく、ほんとうのことと見せかけのこととの間に境界線を引くことは、この場合もまた難しい。私たちは、それが見せかけのものにすぎなかったのに、とても長いことそれがほんとうのものだと信じたりする。その場合には、見る目がずっとなかったのである。健康な人の病人に対する欺瞞は、もっともよく世にゆきわたっている欺瞞である。根本的には、健康な人は病人にもはや関わり合いたくはなく、病人が、私はほんとうの重病人のことを言っているのだが、そうした病人が、突然また健康であることを要求しだすと、それがまったく気に入らないのである。健康な人たちは病人が健康を取り戻すことや、少なくとも自分じしんを正常化すること、あるいは少なくとも自分の病状を改善することを、いつもなんともことさら難しいものにしてしまう。健康な人は、正直であるならば、病人と関わり合いたくはなく、病気や、またその当然のなりゆきとして死のことなぞを思い出さされたくはない。健康な人はそうでない人に邪魔されたくはなく、自分と同じように健康な人たちとだけいっしょに居たい。彼は結局のところ病人に我慢がならないのである。私じしんいつも、病人たちの世界から健康な人々の世界に戻ることを困難にさせられていた。病気の時期、つまり家を空けていたそのあいだ、健康な人たちは病人にまったく背を向け、彼を見捨て、それによって自分の自己保存本能だけを追っていた。ところが今急に、もうすでに片をつけてしまった、そしてとどのつまりはもうまったく考慮の外にあった人間が、ふたたび現れ、その権利を主張する。だが当然のことながらすぐに周囲は、基本的にはいかなる権利もない彼であることをほのめかす。病人は健康な人々からみれば、もはや権利がないのである。私がずっと話をしているのは、私やパウル・ヴィトゲンシュタインのような生涯の病《やまい》をもった重病人についてである。病人たちは病気によって、健康な人たちから与えられる施しのパンしか食べられない禁治産者となっている。病気によって自分の席をあけ渡したはずの病人が、今になって急にその席を返してくれという。これが健康な人々にはつねにまったく非常識な行為だとの印象を与える。こうして、家に帰ってきた病人はつねに、突然、もはや自分が来るべきところではないところに入り込んでしまった、との感じを抱くことになるのである。このプロセスは世界のどこででも広く知られている。病人が出てゆき、姿が見えなくなる。すると健康な者たちがすぐに彼の席を占領してしまい、その席を実際に自分のものにしてしまう。そして突然、予想されていたようには死なずにすんだ病人が戻ってきて、自分の席を取り戻そうとし、それを手中におさめようとする。それが、健康な者たちを刺激する。すでに勘定から外された人間がふたたび現れたことによって、改めて自分たちの生活を制限しなければならないからである。それはまったく彼らの意に反したことであり、その結果、病人はますます超人的な力を要求されることになる。すなわち彼は、自分の席をふたたび占領して、自分のものにするのである。いっぽう私たちは、重病人が家に帰ってきてなんとも傍若無人に再占有に向かう場合も知っている。彼らはときおり、健康な人たちを押しのけ、完全に排除し、それどころか殺してしまう力すらもつ。だがこうした場合はきわめて稀で、よくあるのは私が先に話したような場合である。つまり、家に帰ってきた病人は自分に対するなによりも慎重な取り扱いを期待しているのに、結局は残忍な欺瞞に出会うばかりである。病人はものがよく見えるので、すぐにそれを見破ってしまう。家に帰ってきた病人には、あくまでも重病人のことだが、慎重な態度で接するべきである。だがこれはとても難しいことで、家に帰ってくる重病人に慎重な態度で接しているのを私たちはほとんど見かけることがない。健康な人たちは帰宅した病人にすぐさま、自分はもうまったくここには縁がない、つまり彼らの一員ではない、といった感情を抱かせ、あらゆる手を尽くして、口では正反対のことを言いながら、彼を突き返そうとするのである。だがこうしたすべての困難を私は当時まぬがれることができた。というのは、私が戻ったのは、なんといってもまったく人の住んでいない家だったからである。そして、この間にやはり退院していたパウルも、幸いなことに妻のエディットのところに戻っていた。私はパウルの妻のこのエディットほどに人助けを厭わない人に出会ったことがない。彼女はパウルの面倒を愛情を傾けてみてきたが、ある日、パウルの死のおよそ半年前、卒中に見舞われ、それ以後身体が一部不自由になってしまったため、それも不如意となった。彼女は長い入院生活のあと、何ヵ月かのあいだ市の中心街に姿を見せていたが、それはもう以前と同じエディットではなかった。発作に見舞われるまえよりもいっそうひっこみ思案になった彼女は、もはや買物は住まいのごく近くですまし、とはいえ料理をすることはやはりたいへんだったので、昼はドロテーアガッセにあるグラーベンホテル[39]で食べるようにしていた。グラーベンホテルの食事は今でも安いが、かつては今日と比べると内容も素晴らしかった。レギーナとローヤル[40]の所有者でもあったグラーベンホテルの二人の所有者が世を去ったあと、二人ともいわゆるパーキンソン氏病で死んだのだったが、これら三つのホテルのレストランの食事はもはや食べられるものではなくなった。私ももう長いこと食べに行ってはいないが、残念でならない。というのもグラーベンホテルはきわめて居心地のよいところだからである。ある日そのエディットが死に、パウルはいわばひとりきりで立ちつくすことになった。パウルは急速に坂を転がり落ちた。あたかも昔どおりのパウルであるかのように見えることもときおりはあったが、死がやはりすでに、世に言うように顔に刻み込まれていた。パウルは自分じしんでそれがわかっていた。彼がこの世で失うものはもはやまったく何一つとしてなかった。何度かザルツカンマーグート[41]に行って元気を取り戻そうとしたが、もうそれも役にはたたなかった。生きていた頃はエディットをブロイナーホーフの上にある住まいにたいていは一人ぼっちに置き去りにしていたパウルだったが、いざ彼女が死んでしまうと、彼女なしにはもはや生きられないのだった。パウルはもうおしまいという印象を漂わせていたが、なんとしても、もうどうしようもなかったのである。ほかの友人たちといっしょに私たちはパウルを、しばしば、世によく言う元気づけるために、料理屋に連れていった。だが、うまくゆかなかった。パウルのほうでも、私や私の友人たちをエディットの死後何度かザッハーに招待し、そこで昔のようにシャンパンを注文した。だが彼は、それによっていっそう沈んだ気持ちになってしまうばかりだった。晩年、ちょうどシュタインホーフやワーグナー＝ヤウレッグ病院に入院していないときには（この精神病院にその名前が冠されているワーグナー＝ヤウレッグもパウルの親戚だった）、妻のエディットと幾度か行ったところ、つまりトラウンキルヒェンに、パウルは今は一人で旅行していた。だがその効果はやはりもはや壊滅的なものでしかなかった。遠くからでも絶望ぶりがわかるような姿で彼はあたりを歩きまわり、もはやひとところに落ちついてはいられなかった。アルトミュンスターとトラウンキルヒェンのあいだの丘陵の上のパウルの住まいは、家そのものは、半分は彼の持ちものではなく、一年のほとんどをスイスで暮らしている彼の兄弟の一人のものだったが、いつも、ということはどの季節でもとても寒く、すでに中に一歩入っただけで、じきに凍え死んでしまうに相違ないと感じるほどだった。それに加えて、天井のところまでじめじめと湿った高い壁に、四枚の大きな、クリムトの時代の、すでに黴に覆われた不快な絵が掛かっていた。おまけにその脇にあるそうした一つは、クリムトその人の手になるものだった。武器製造業を営んでいたヴィトゲンシュタイン家の人々はクリムトに肖像画を描いてもらっていたのである。さらにその時代の他の有名な画家たちにも描いてもらっていたが、それは、世紀転換期の成金たちのあいだで、芸術を後援するという美名のもとに肖像画を描いてもらうことがたいへん流行していたからだった。ほんとうのところはヴィトゲンシュタイン家の人々は、他の同種の人たち同様、そもそも芸術に関心がなかったが、それでも芸術の後援者になりたかったのである。部屋の片隅にはベーゼンドルファーのグランドピアノが置いてあった。容易に想像がつくように、その時代のあらゆる著名なヴィルトゥオーゾたちがこのピアノを弾いたのだった。凍え死にそうなほど寒かったのは、だがとりわけ、一階にあるこの大きな部屋にある巨大なタイル張りの暖炉がもう何十年も前からこわれていて、もう何十年も火を入れることができず、そのためそれが暖炉ではなく冷蔵庫のような役割を果たしていたからだった。私はパウルとエディットがいつも毛皮の上着に身を包んでこの暖炉のかたわらにすわっていたのを見ている。六月に入ってまで、いわゆるザルツカンマーグートでは暖房が必要である。そして八月の半ばからまた暖房をしなければならない。寒い、不快な地方なのに、それがまったく倒錯的にいとも愛情を込めて夏の保養地などと呼ばれている。ザルツカンマーグートはだが、ただ寒く不快で、あらゆる繊細な人にとって毒なのである。ザルツカンマーグートでは例外なくみんながリューマチを患い、年を取ると誰もが腰が曲がり、身体に障害をもつ。ここで頑張りとおせるには、まずきわめて頑強でなければならない。ザルツカンマーグートは数日なら素晴らしいが、長く居ると誰にとっても壊滅的なのである。パウルは幼年時代を過ごした場所だったのでザルツカンマーグートが好きだったが、この地が彼をますます陰鬱にしていった。パウルは、自分の状態を改善できるかもしれないと期待してウィーンからこの地を希求した。だがザルツカンマーグートに居ると、彼の状態は悪化するばかりだった。ザルツカンマーグートはますます容赦なくパウルの心を、パウルの身体を、圧迫した。その頃私はパウルといっしょにアルトミュンスターのあたりを散歩したが、なんの甲斐もなかった。理想的な会話を続けることはできたが、エディットの死後やはり急にすべてが、実際に絶望的になってしまっていた。そう言わないまでも以前とは違ったものに、なにか粉々な印象を与えるようになっていた。笑っても、それは無理につくる苦しい笑いだった。妻であり恋人であった人の死ということを別にしても、パウルは年も年で、以前に比べてすべてが急に倍ほど困難になっていたのだった。私たちがすわっていた部屋は、外は晴れた日だというのに、窒息してしまうに違いないと思うほどに空気がよどんでじめじめしていた。パウルがなぜ、エディットとほとんど一度もこの家に住まず、たいていは下の街道沿いの小さなペンションに住んだかが、私には理解できた。そこならば彼らは、なにも全部を自分たちでやらなくても済む。六十を過ぎると誰でも自分で全部やるのは勘弁してもらいたくなるものだが、エディットは死んだとき、なんともうほとんど八十に近かったのである。パウルは私と弟といっしょに、私は忘れもしないのだが、馬鹿げたことに今一度、トラウン湖でヨット遊びをした。波の高い中でヨット遊びとは、と私は恨みがましい気持ちだったが、重病人のパウルは昔のようにすっかり熱中して、水を得た魚のようだった。弟はこれからもいっしょにヨット遊びをしようとパウルに勧めたが、これは実現しなかった。つまるところパウルはもうそうするには身体が弱りすぎていたのである。私と私の弟といっしょのこの初めてのクルーズは、湖上ではパウルを幸せにすることができたが、岸に上がると、もうパウルの気持ちを曇らすものでしかなくなっていた。パウルには、ヨットに乗るのもこれがもう最後だということがわかっていたのだった。この頃パウルは繰り返し、そしてあらゆる機会に、これがもう最後だという言葉を口にした。それが口癖となってしまっていたのである。私のところに友人がやって来たときなど、パウルは彼らと、そして私と連れ立って、散歩に出かけた。いやいやではあったが、とにかく散歩をしたのである。私もまた散歩好きではなく、これまでずっと散歩といえばいやいやしている。いつもいやいや散歩をしてきた人間なのである。だが私は、友人たちといっしょに散歩に出かけ、しかもこれらの友人たちは私が散歩を熱愛していると信じてしまうのである。というのも、私は彼らが驚嘆するほどの芝居がかった素《そ》振《ぶ》りで散歩をするからである。私はぜったいに散歩好きなどではなく、また自然愛好家でもなく、自然通でもない。だが友人がやって来るといつも出かけ、彼らは、私が散歩好きであり、自然愛好家であり、自然通だと信じるのである。私は自然になどそもそもまったく通じていないし、自然が大嫌いだ。自然は私を殺すからだ。私が自然の中に生活しているのは、ただただ医者たちに、生き永らえたいのなら自然の中で生活しなくてはいけないと言われたからにすぎない。ほかになんの理由もない。じっさい私は、自然だけはどうしても愛することができないのである。それは、自然が私には不気味であり、私が自然の意地悪さと仮借のなさとを我と我が身で、そして我と我が心の中で体験しているからである。自然の美しさをつねにその意地悪さと仮借のなさといっしょにしか見ることができないので、私は自然を恐れ、できるかぎり自然を避けるのである。私は都会っ子で、自然というものは仕方がないので受け入れているにすぎない。これは真実だ。私はまったく意思に反して田舎に暮らしている。田舎は何から何まで私の心を逆撫でする。そしてもちろんパウルも、私と同様に根っからの都会っ子で、私と同様に自然の中に居るといつもすぐにまいってしまっていたのだった。あるとき私は、どうしても『ノイエ・チュルヒャー・ツァイトゥング』[42]が欲しかった。『ノイエ・チュルヒャー・ツァイトゥング』に掲載が予告されていたモーツァルトの〈ツァイーデ〉[43]についての論説が読みたかったのである。『ノイエ・チュルヒャー・ツァイトゥング』はここから八十キロ離れたザルツブルクでしか手に入らないと思ったので、私はある女友達の車に彼女とパウルといっしょに乗って、『ノイエ・チュルヒャー・ツァイトゥング』を買いにザルツブルクに、いわゆる世界に名だたるフェスティヴァルの町に行った。だがザルツブルクでは『ノイエ・チュルヒャー・ツァイトゥング』は手に入らなかった。そこで私は『ノイエ・チュルヒャー・ツァイトゥング』をバート・ライヒェンハル[44]で買おうと思い立ち、私たちは世界に名だたる保養地バート・ライヒェンハルに行った。だがバート・ライヒェンハルでも『ノイエ・チュルヒャー・ツァイトゥング』は手に入らず、私たち三人は大なり小なり失望してナータールへと道を引き返した。だがナータールまでもうほんの僅かのところまで来たとき、パウルが突然、世界に名だたる保養地のバート・ハル[45]まで行こうと言い出した。そこならばきっと『ノイエ・チュルヒャー・ツァイトゥング』を手に入れることができ、したがって〈ツァイーデ〉についての論説も読めることになるというのだった。そこで私たちは実際に八十キロの道のりを、ナータールからバート・ハルへと向かった。だがバート・ハルでも『ノイエ・チュルヒャー・ツァイトゥング』を手に入れることができなかった。バート・ハルからシュタイア[46]まではほんの猫の一跳び、二十キロばかりなので私たちはさらにシュタイアまで足をのばした。だがシュタイアでも『ノイエ・チュルヒャー・ツァイトゥング』は手に入らなかった。そこで私たちはヴェルス[47]で運だめしをすることにした。だがヴェルスでも『ノイエ・チュルヒャー・ツァイトゥング』は入手できなかった。私たちはただ『ノイエ・チュルヒャー・ツァイトゥング』をもとめて総計三百五十キロの道のりを走り、けっきょく成果を得られなかったのだった。こうして私たちは、容易に想像がつくように精も魂も尽き果て、なにか食べて休もうとばかりヴェルスの町のとあるレストランに入った。『ノイエ・チュルヒャー・ツァイトゥング』探索で私たちは体力の限界にまで達していたのである。この『ノイエ・チュルヒャー・ツァイトゥング』をめぐる話を思い出して今考えてみると、多くの点でパウルと私はそうとうな似たもの同士だったのだ。もし私たちが完全に疲れ果てていなかったならば、まちがいなくさらにリンツまで、そしてパッサウまで、もしかするとさらにレーゲンスブルクやミュンヒェンにまで行っていただろう。そしてついには、『ノイエ・チュルヒャー・ツァイトゥング』をまっすぐにチューリッヒに買いにゆくことも厭《いと》わなかっただろう。チューリッヒでなら、と私は思うのだが、私たちはまちがいなくこの新聞を入手できたであろうから。ここに挙げた、これら、この日に私たちが訪ねた町々のどこでも『ノイエ・チュルヒャー・ツァイトゥング』が手に入らなかったこと、それはつまり夏場のシーズン中でもこれらの町にはこの新聞が入って来ないからなのであるが、このことから私は、これらの町をただただ悲惨な糞田舎《くそいなか》と呼ぶばかりである。まったくもってこうした品のない呼び名がふさわしいのである。もっと汚らしい呼び名がふさわしいとは言わないまでもである。そして当時、私がはっきりと思い知らされたのは、精神的な人間は『ノイエ・チュルヒャー・ツァイトゥング』が入手できない土地には生活できないということだった。考えてもみてほしい。たとえスペインでもポルトガルでも、そしてモロッコでも、一年中、しかもあやしげなホテルがたった一軒だけといったまったくの寒村ですら、『ノイエ・チュルヒャー・ツァイトゥング』は入手できるのである。それが私たちの国では入手できないのだ！　そして、主要な町と世にいわれている多くの町々で、それもザルツブルクでさえ、『ノイエ・チュルヒャー・ツァイトゥング』を入うこの事実に、反動的で偏狭、田舎根生でいて同時にほとんど不愉快なまでに誇大妄想狂的なこの国に対する怒りが私たち皆にこみあげてきた。少なくとも『ノイエ・チュルヒャー・ツァイトゥング』が手に入るところにいつも居るべきだと思う、と私は言ったが、パウルもまったく同意見だった。となるとぼくたちにはオーストリアでは実際にウィーンしか残っていないわけだ、とパウルは言った。というのも、他のすべての町では、そこでなら入手が可能だという偽った印象を与えるだけで、実際には『ノイエ・チュルヒャー・ツァイトゥング』は手に入らないからだ。いずれにせよ、毎日は入手できず、そして、ちょうど欲しいときに、どうしても必要なときに手に入らないわけである。気がついたのだが、私は今日まで〈ツァイーデ〉についてのその論説にお目にかかっていない。その論説のことを長いこと忘れていた。そして当然のことながらその論説がなくても生き延びてきた私である。だがあのときにはどうしてもそれを手に入れたいと思ったのだった。そしてパウルが、どうしてもその論説を読みたいという私を支持してくれたのである。いやそれどころか私を、実際に論説の探索へと、オーバーエスターライヒ中を走り回ってバイエルンにまで及んだあの『ノイエ・チュルヒャー・ツァイトゥング』捜しへと、駆り立てたのである。しかも、これはどうしてもはっきり言っておかなければならないのだが、屋根のないオープンカーで。その結果、私たちは三人とも風邪をひいて、何週間も患《わずら》う羽目になってしまった。とりわけパウルは、かなり長いこと、世に言うようにベッドに縛りつけられることになった。私はパウルといっしょに、私の家から二キロのところ、シュタイラーミュール[48]の北のいわゆるコールヴェーアからトラウン川に沿って、何時間も散歩をしたものだった。トラウンの川岸はだが、私は知っているのだが、その土地の所有者のはばかるところを知らぬ金銭欲のためにずたずたに切り売りされ、トラウン湖まで十三キロ続くたぐい稀な公園とはもうほとんどいえない姿になってしまっている。とはいえ道のりは、かの有名なリッツ氏[49]から鱒の水域として世界最高と折紙をつけられたトラウンの流れにそのまま沿って進むのである。気持ちのよい、いわゆる半影の薄暗がりで、川から上がってくるすばらしい冷気に包まれて、私たちは急に昔と同じ話題に打ち込みだした。パウルの関心は、いまや当然のことながら、しかも彼の変化にまったく相応して、もはや大規模なオペラにではなく、いわゆる室内楽にあった。パウルは精神的にも、大きなオペラハウスから身を引いてしまっていたのだった。パウルはもう、シャリアピンやゴッビについて、ディ・ステファーノやシミオナートについては語らず、ティボーとカザルス[50]、そしてその芸術について語った。ジュリアード・カルテットについて、また、アマデウス・カルテットや大好きなトリエステ・トリオ[51]について語った。アルトゥーロ・ベネデッティ・ミケランジェリはポリーニとどう対照的なのか、ルービンシュタインはアラウやホロヴィッツ[52]とどう違うのか、などなどについて語った。パウルの顔にはいま、世に言われるように、死の影が刻まれていた。パウルと知り合ってもう十年以上になるが、その間パウルはすでにいつも、死も間近の重病人で、死が刻印されていた。ヴィルヘルミーネンベルクで私たちは、すでに述べたように、言葉なく、永遠にわたる友情を認めあったのだった。あのベンチで。そのときパウルは、ただグロテスク、グロテスクとだけ言ったのだった。いろいろなことが、いまはもう想像するのも難しかった。十三年、そして十四年ほど前には、パウルは恋人、それは世界のほとんどすべてのオペラ劇場で夜の女王とツエルビネッタ[53]を歌ったアメリカ人のソプラノだったが、そのあとを追ってまさに世界中を旅していた。だがついにはこの恋人を諦めねばならず、その後は彼女のことを夢に思い描くばかりとなってしまったが。こんなことも想像できはしまい。まだそれほど遠い昔ではないそうした時代に、パウルはヨーロッパの有名な自動車レースの会場のあちこちに顔を出し、みずからもレースに出場したのである。また、最高のヨット乗りの一人でもあったのだ。いまではもう想像もつかないことだった。パウルはほとんど毎晩ヨーロッパきっての有名なバーの数々で時を過ごし、何十年ものあいだ明け方の三時や四時前に床に就くことはなかった。そしてあげくの果てに、ヴィトゲンシュタイン家の主義からくるあらゆる規則に反して、酒場で婦人相手のダンサーまでしたことがあったのだ。また彼は、新旧ヨーロッパの最高級のホテルの数々に実際に自分の家のように出入りしていたということだった。そして、何十年ものあいだ、ウィーンのオペラの最高の頂点と最低のどん底を大声と口笛でつくり出したのが彼であったということも、いまではもう想像できなかった。彼が身をもって生きたすべてのことが、この晩年の痛ましい時間の中で、すでに想像もつかぬことになってしまっていたのだった。彼は私といっしょにナータールの農家の壁ぎわに腰をおろし、夕暮れの陽だまりの中で、何度パリに、何度ロンドンに、そして何度ローマに行ったことがあるか、どれほど多くのシャンパンを抜いたか、どれほど女性を誘惑したか、そして、どれほど本を読んだかを数えあげた。というのも、この、人目には上《うわ》っ面《つら》だけと映る人生を送っていたのは、まったくもって上っ面だけでない、むしろその逆の人間だったのである。他人《ひと》に話題を合わせて深く考えてゆくことが僅かでも負担になるような話題などパウルにはほとんどなかった。むしろその逆で、もともと私が得意とし、それに精通していると信じていた、まさにその領域で、私を窮地に追い込むのはしばしば彼だったのである。彼はしばしば私の誤りを正してくれた。しょっちゅう私はこう思った。哲学者とは彼のことであり、私はそうではない。数学者とは彼のことであり、私はそうではない。通《つう》とは彼のことであり、私はそうではない。音楽の領域をまったく別にしても、なおそうなのである。音楽の領域には、パウルがすぐに反応できないことなどまずはなく、それがどんなテーマであれパウルにかかると、少なくとも興味ぶかい音楽談義へのきっかけとなった。こうしたすべてのことに加えてパウルはまた、これら精神科学や芸術といった分野に関しては、まったく並外れたコーディネーターだった。他方彼は、じつに多弁とお喋りとからのみ成り立っているようなサークルの中では、けっして多弁家ではなく、ましてやお喋りではなかった。ある日、私はパウルに、きっと彼のまったく桁外れの体験談の一つに強い印象をもったからだったが、多くの哲学上の考察にもとづいて私にいわば報告してくれたことのすべてを、ひとつ書きつけてみてはどうだろうか、時とともに記憶が薄れてしまわないうちに、と提案した。だがパウルに、誰にとっても興味ぶかいその見聞と体験を書きとめてみようという気を起こさせるには、それから何年かかかった。山ほど紙を買って来たあと、パウルはこう言った。自分は自分の環境から、つまり芸術と精神の敵である愚かな親類どもの牙から、ということは当然、すべて精神と芸術に敵対するように建てられているヴィトゲンシュタインの持ち家から離れて、どこか誰にも嗅ぎつけられないような場所に、この目的のための部屋を借りる必要があるのだ。こうして彼は、トラウンキルヒェンの町のはずれにある、とある小さな宿屋に部屋を借りたのだった。だがパウルはほんの少しやってみただけでもうやめてしまった。のちになって、死の一年半前に、突然に、彼は実際に秘書の女性を雇い、自分の奇異な人生を口述して書き取らせようとした。しかし、最晩年には経済的にきわめて厳しい情況にあったこともあって、むろん大なり小なり嘆かわしいかたちでそれも挫折してしまった。この秘書にパウルは、私が秘書じしんとパウルの両方から聞いたところによれば、ひとかどの財産を与えることを約束していた。自分の奇異な人生についての口述を筆記してくれたら莫大な財産を与えるというのだった。というのもパウルは、自分の、彼の言うところの愚かな回想録が、世界的ベストセラーとなることを確信していたのだった。ともかくもパウルは十ページか十五ページ仕上げはした。パウルが、彼の言葉によるとものすごい成功を信じたのは、根本的にはおそらく不当なことではなかっただろう。そうした本なら実際にそうしたものすごい成功となりえただろうし、また疑いもなくほんとうにいわゆるまたとないものだったろうからだ。だがパウルは、こういう目標を見定めて、少なくとも一年ほど籠もりきることのできるような人間ではなかったのである。だが、パウルの書いたそうした断片がもう残っていないのは残念である。ヴィトゲンシュタイン家の人々は商売にかかわることとなると、つねに何百万という単位でしかものを考えなかった。この一族の中の変わり種だったとはいえ、パウルが、自分が口述したものを本にするとなると何百万という単位で考えたのも、またまったく無理からぬことだった。ぼくは三百ページほどのものを書くだろう、とパウルは言っていた。出版社を見つけるのも難しくはない。パウルは私がきっと、原稿をふさわしい出版社にもっていってくれるだろうと考えていたのである。それはどこからどこまで哲学的な回想録になるはずだった。パウルの言葉を借りると、けっして無駄話などではなかった。私は実際にしばしば、パウルが原稿用紙を小脇に抱えていたのを見ている。そこにはもう幾分かが書きつけられていたが、思うに、パウルが実際に今あるよりももっと多く書いていた可能性がある。それどころか、何度も発作に見舞われたパウルであるから、そうした発作の際に、あるいは草稿のなんと大部分を、徹底した自己批判的な精神状態に陥って破棄してしまったかもしれない。私のパウルについての知識からすれば、これはまったく自然なことであるとさえいえる。あるいは、パウルが書き留めておいたものが別なかたちで、いわば芸術や哲学に対する敵意から行方不明になってしまい、世に言うように、傍《かたわ》らにうち捨てられてしまったということも考えられる。というのも、パウルが少なくとも二年のあいだ、十ページか十一ページばかりのいつも同じ部分に手を染めたままウィーンやトラウン湖畔を歩きまわっていたとは思われないからである。だが、誰がこの真相を解明できるだろうか。体調を取り戻してしゃんとすると、パウルは、気の合った友人たちの仲間うちで、自分のほうがこの私よりもはるかによい作家だと言った。たしかに私には感心するが、自分には及ばない。たしかに自分の文学上の、また哲学上の手本ではあるが、自分はとっくに私と私の思想とを越え、もう長いこと一人立ちして私を追い越してしまっているのだ。自分の本が出れば、文学界はただ驚嘆するばかりだろう。そうパウルは言うのだった。ついにパウルは人生の終わり頃になって、つまりものを書くことがきわめて困難になってから、散文を書くよりは明らかに楽だと考えて、いわば左手を使ってもできそうなほどにすらすらと、いくつかの韻を踏んだ詩を書いた。それらの詩の突飛さとウィットには、ほんとうに笑わされた。パウルはみずから、たいていは彼の精神病院のうちのどれかに再び入院させられるすぐ前頃に、これらのおかしな詩篇のうちいちばん長いものを、誰かれかまわずに読んで聞かせた。パウルじしんとゲーテのファウストとが中心に据えられたこの詩のいわゆる録音テープがある。パウルが朗読するのを聞けば、誰もが最高に面白がり、そして、きわめて深い衝撃をうけるのである。私はここで、パウルをめぐる逸話の数々を披露することもできる。パウルを主人公にした逸話は何百どころか何千とあり、それらは、周知のように何百年もほかならぬ逸話だけを食べて生きてきた、そしてパウルもその一員だったいわゆるウィーンの上流の社会では、よく知られている。だがそうしたことを述べるのが私の意図ではない。パウルは落着きのない、いつも神経がぴりぴりとした、絶え間なく自制のきかない人間だった。もの思いに沈みがちで、絶え間なく哲学的にものを考え、絶え間なく人を咎《とが》め立てする人間だった。パウルは信じがたいほどに年季を積んだ観察者だったので、そして、時とともに観察の芸術というべきものにまでなっていたそうした観察法によってまったく情け容赦のない人間になっていたので、つねに人を咎め立てするあらゆる根拠にこと欠かなかった。パウルが咎め立てしないものなどなかった。パウルの目に触れた人々はたちどころに赤裸にされてしまい、すぐにパウルの疑いを呼び、ある犯罪、あるいは少なくともある違反行為を犯してしまうことになるのだった。そしてその人たちはパウルに糾弾される。その罵《ののし》りの言葉は、私が、抵抗したり身を守ったりするとき、世の破廉恥さに抗して何か言い立てねばならぬとき、貧乏くじを引いて彼らにやられるなどまっぴら御免とばかりに使う言葉と同じ言葉なのである。夏には、ザッハーのテラスに私たちがいつもすわる席があり、私たちはたいていの時間を、何をするというよりもまず、他人を咎め立てして過ごしていた。目の前に現れるものなら何でも咎め立ての対象だった。何時間も私たちはザッハーのテラスにすわって咎め立てをした。私たちはコーヒーを一杯注文してすわり、世界全体を咎め立てした。徹底的に咎め立てした。私たちはザッハーのテラスにすわり、よく整備された私たちの咎め立てのメカニズムを作動させていたのである。パウルじしんの表現によればオペラ座のけつの後ろで。パウルがこう呼んだのは、ザッハーの前のテラスにすわってまっすぐに目をやると、ちょうどオペラ座の建物の後ろ側が見えるからである。オペラ座のけつ、パウルはこうしたような定義の仕方を面白がっていた。その言葉がただ、自分がこの世の何にも増して愛したウィーンのオペラハウスの、何十年にもわたって、生きるために必要だったすべてのものを大なり小なり供給してくれたオペラ座の、その建物の後ろの部分のことをさしているにすぎないことは充分承知のうえでである。何時間ものあいだ、私たちはザッハーのテラスにすわって、目の前を行き来する人々を観察した。実際、私にとっては今日でも、夏のザッハーのテラスにすわってそばを通り過ぎる人たちを観察すること以上の（ウィーンでの）楽しみはちょっと考えられない。私がそもそも人々を観察するにまさる楽しみを知らない人間だとはいっても、ザッハーの前にすわって人々を観察するということは、また格別なご馳走で、パウルはしょっちゅう私とそれを味わっていたのだった。男爵殿《ヘル・バローン》と私、私たち二人は、ザッハーのテラスのうちでも私たちの目的にとってとりわけ都合のよい一角を見つけ出していた。そこにすわれば見たいものをすべて見ることができたが、逆に誰からも見られることがないのだった。びっくりしたのは、パウルといっしょにいわゆる旧市内を歩くと、パウルがなんと多くの人たちと知り合いであり、また、それらの知り合いのうちどれほど多くが実際にパウルと親戚関係にあったかということだった。パウルは自分の一族について、ほとんど語りはしなかった。語るとすればただ、自分はほんとうのところ自分の一族にはかかわりたくはない、また逆に一族のほうでも自分とはかかわりたくなく思っている、といったようなことばかりだった。ときどきパウルは、自殺しようとして自宅の窓からノイアー・マルクト[54]に飛び下りたユダヤ人の祖母のこと、そしておばのイルミーナのことに触れた。このイルミーナのほうはナチ時代にいわゆる全国農民指導者だった人で、トラウン湖を見下ろす丘の上にある彼女所有の農家を何度か訪ねたことがあるので、私も顔を知っている。パウルはぼくのきょうだいという言葉を口にするとき、いつもそれにぼくの疫病神という言葉を付け加えた。ただ一人だけ、ザルツブルクに住んでいる女きょうだいについては、愛情をこめた話ぶりだった。パウルは、つねに自分の一族に脅かされ、孤立無援の状態にされていると感じていた。そして彼らのことをつねに、巨万の富に窒息した、芸術と精神とに敵対的な一族と呼んでいた。だが結局のところ、ルートヴィヒとパウルをつくり出したのはこの一族なのだ。そしてルートヴィヒとパウルに、ちょうど最適の時期に反発を感じさせたのもこの一族なのだ。ナータールの農家の壁ぎわにパウルといっしょに腰をおろしながら、このパウルが七十年以上歩んできた道はいったいなんという道なのだ、と私は思った。およそ人間が得られる最高の程度に財産に恵まれ、庇護され、初めはいわゆる無尽蔵のオーストリアに生まれ育ち、当然のことに有名なテレジアーヌム[55]に通い、だがそれから自覚するところがあって自分の家とは対立する方向に道を切りひらき、表面的にはヴィトゲンシュタイン家が価値を置いていたと思われること、すなわち金持ちで財産があり、しかも庇護されているといった境遇を捨て、自己救済のために、最終的には精神的な人間として生きようとする。世の言い方にしたがえばこう言えよう。パウルは、早々にエスケープしてしまった人間なのだ。おじのルートヴィヒがすでに何十年も前にそうだったように、自分やおじルートヴィヒのような人間をとどのつまりは可能にしてくれた、あのすべてのものを捨てて。そしておじのルートヴィヒがすでにそうだったように、一族からみれば恥知らずとなったのである。ルートヴィヒが恥知らずの哲学者になったのに対し、パウルは恥知らずの狂人となったのだが、哲学者というものは、ルートヴィヒのように自分の哲学を書いて公表してはじめてそう呼ばれうるのだとは言いきれない。自分が哲学した内容を公表しなくても、ということはまた、なにも書かず、なにも公表しなくても、その人もまた哲学者なのである。公表というのは実際ただ人目につくようにし、そしてその人目につくようになったものを他人の評判になるようにするにすぎない。公表されなければ人目につきようがなく、したがってまた評判になりようもないのである。ルートヴィヒは（その哲学を）公表した人だった。パウルは（その哲学を）公表しない人だった。そしてルートヴィヒがつまるところはなんといっても（その哲学の）生まれついての公表者だったように、パウルのほうは（その哲学の）生まれついての非公表者だったのである。だが二人とも、それぞれの方法で、その時代、そればかりかその時代以外の時代もが誇りにできる、偉大な、つねに刺激的で独創的で革命的な思想家だった。もちろんパウルが、おじのルートヴィヒとは違って、実際に自分の哲学を、紙に書いて印刷し、つまり公表することによって天下に証明しなかったことは残念である。おじのルートヴィヒのほうのそうした証明は私たちが手にし、頭に入れているのにである。だが、ルートヴィヒとパウルとの比較をおこなうのは無意味だ。私はルートヴィヒについてパウルと話をしたことは一度もなかった。ましてやその哲学についてもである。ただパウルは時たま、そして私にとってはかなり唐突に、君はぼくのおじのルートヴィヒを知っているねと言うことがあった。それだけだった。たったの一度だって私たちは『論考』[56]のことについて話したことはなかった。ただたった一度だけパウルは、自分のおじのルートヴィヒは一族の中でいちばん狂っていた人だったと言った。億万長者が村の小学校の教師をしているなんて、やはり異常だとは思わないかい。パウルはそう言った。私は今日にいたるまで、おじのルートヴィヒに対してパウルが実際にどんな関係だったのかについて、なにも知らない。私はパウルに、それについて一度も尋ねたことはなかった。二人が会ったことがあるのかどうかすらも、私は知らない。ただ知っているのは、ヴィトゲンシュタイン家の人々がルートヴィヒのことをあげつらい、ルートヴィヒ・ヴィトゲンシュタインの哲学をからかって笑い種《ぐさ》にするようなとき、パウルは、いつもおじのルートヴィヒを弁護したということだった。ルートヴィヒは一生のあいだ、私の知るかぎりでは、一族にとっては不愉快な存在だったのである。あのルートヴィヒ・ヴィトゲンシュタインは、一族にとっては、つねにまったくパウル・ヴィトゲンシュタインと同様に、ばか者だったのである。そのばか者を、変わり者の言うことをいつも聞いてやる耳をもっていた外国が、ひとかどの人物にしてくれたのだ。首を振りながらヴィトゲンシュタイン家の人々は面白がるのだった。世界がわが一族のばか者にだまされたのだ、無用者《やくたたず》が急にイギリスで有名になり、そして知の世界の有名人になった、と。その傲慢さからヴィトゲンシュタイン家の人々は、一族から出たこの哲学者をまったく頭から受け入れず、敬意の一片すら払うことがなく、今日にいたるまで軽蔑してきたのだった。彼らは、パウルと同じようにルートヴィヒを、裏切り者にほかならないと考えている。パウル同様にルートヴィヒのことも、一族から除《の》け者にしたのだった。パウルが生きているあいだじゅうパウルを一族の恥と思っていたように、今日にいたるまでルートヴィヒのことも一族の恥と思っていた。これはほんとうのことだ。しかもこの間、ルートヴィヒがかなり有名になってきても、それでルートヴィヒを軽蔑する彼らの習慣がしぼみはしなかった。なんといっても、ルートヴィヒ・ヴィトゲンシュタインが結局のところは今日でもほとんど認められておらず、今日でもほとんど知られていない国での話である。ウィーンの人々は、これはほんとうのことなのだが、今日でもジークムント・フロイトすら認めてはいない。いや、その所説にきちんと耳を傾けてすらいない。これは事実だ。あまりにも陰険すぎてそうできないのだ。ヴィトゲンシュタインについても事情は変わりないのである。ぼくのおじのルートヴィヒ。この呼び方が、パウルにとってはつねに最高の尊敬をこめた意見表明だった。だか、あえてそれ以上に言及を進めることはけっしてなかった。同じく印《しるし》を帯びた人間であったパウルは、こうした表現だけにとどめておきたかったのである。イギリスで偉大な人となったおじに対するパウルの関係は、私にはほんとうのところはまったくわからぬままに終わってしまったのだった。私たちの女友達のイリナのブルーメンシュトックガッセの部屋で始まった私のパウルとの関係は、当然のことながら難しいものだった。それは日々新しく獲得し更新されるような友情で、時とともに、最高に緊張感ある友情であることがはっきりとしてきた。それは山あり谷あり、また、友情の証明に出会う瞬間もあった。私へのいわゆるグリルパルツァー賞(57)授与のとき、たとえばパウルがどんな役割を果たしたかを私は思い出す。パウルは、私の生涯の人以外では、この賞の授与のまったく徹底的なばかばかしさを見通した唯一の人で、そのグロテスクさを、まさにそれがそうであったとおりに、オーストリア的陰険さそのものと呼んだのだった。私は覚えている。学士院での賞の授与のために私は新しいスーツを買った。学士院には新しいスーツでないと顔を出せないと思ったからだ。そこで私は、私の生涯の人とコールマルクト(58)の洋服屋にゆき、体に合ったスーツを探し、試着し、そのまま身につけた。新しいスーツはチャコールグレーで、私はこのチャコールグレーのスーツのほうが古いスーツよりも学士院での私の役割をよりよく果たせるだろうと考えた。当日の朝にはまだ、この賞の授与はたいそうな出来事だと思っていたのである。それはグリルパルツァー[59]の百回目の命日で、ちょうどグリルパルツァーのこの百回目の命日にグリルパルツァー賞を授けられることは格別のことだと私は感じていた。ようやく私の母国であるオーストリアの人々が、これまでいつも私を踏みにじってきたのに、なんとグリルパルツァー賞を授けてくれる。そう私は考え、実際に、自分は頂点を極めたと思ったものだった。もしかすると朝から手が震えさえし、頭に血がのぼっていたかもしれない。それまで私をつねに無視し、嘲笑するばかりだったオーストリア人が突然その最高の賞を私にくれるということを、私は最終的な罪滅ぼしなのだと考えたのだった。幾分誇らしい気持ちで、私は新しいスーツを着て洋服屋の店を出て、学士院に行くためにコールマルクトを歩み始めた。これまでの人生でこれほど高揚した気持ちでコールマルクトを歩いたことはなかった。また、グラーベン[60]を歩き、グーテンベルク像[61]の前を通り過ぎたことはなかった。私には高揚感があった。だがスーツの着心地がよかったとは言えない。いわゆる他人の監督下で、つまり誰か連れがいるときに洋服を買うと、いつも失敗である。私はその失敗をまたもやしでかしてしまったのである。新しいスーツは小さすぎた。それでもこの新しいスーツを着た私はけっこう見栄えがするにちがいない。そんなことを思ううちに、私は生涯の人とパウルとともに学士院の前までやって来ていた。賞の授与というものは、賞金がもらえるということを別にすれば、この世でもっとも堪えがたいことである。そうしたことを私はすでにドイツで体験ずみだった。賞の授与とは、賞というものを初めてもらうまで私が考えていたのとはちがって、ひとを誉め上げるものではなく、貶《おとし》めるものなのである。しかもきわめて恥ずべきやり方で。ただただもらえる賞金のことを考えて、私は我慢してきた。ただその理由だけから私はじつにあちこちの古臭い市庁舎に出向き、味もそっけもない講堂に顔を出してきた。四十《しじゅう》まで。私はこうした賞の授与による貶めを受けてきた。四十まで。私はそうした市庁舎や講堂で、相手の言いなりになって頭を下げてきた。というのも、賞を授与されるということは、言われるままに頭を下げさせられることにほかならないからだ。賞を受けるということは、金銭を受け取るのと引き換えに、相手の言いなりになって頭を下げるということを認めることにほかならない。私は賞の授与というものをおよそ考えうる最大の貶めだとつねに感じてきた。誉め上げてくれるものだと思ったことはない。それは賞というものが、いつでも、まったくその資格がないような連中から授与されるものだからだ。彼らは人を言いなりにして頭を下げさせたくてしようがないといった連中で、賞を受け取る人があれば思う存分言いなりにして頭を下げさせるのである。しかし彼らがそのように頭を下げさせるのはまったくもっともなことではある。受け取る側も、そうした連中の賞を受け取るほどに下劣で程度が低いのだから。苦境のどん底にあり、生活と存在が脅かされているときのみ、そして四十までに限って、賞金つきの賞、あるいはそもそも賞というものや表彰といったものを受け取る権利があるのだ。私は苦境のどん底にもなく、また生活や存在が脅かされてもいないのに賞を受けてきた。そしてそのことで自分を下劣で低級なものに、そして言葉のもっとも真の意味で嫌味な存在にしてしまった。だが、私はグリルパルツァー賞をもらいにゆく道すがら、今回はべつなのだ、と考えた。この賞にはいかなる金銭もついてはいないのである。学士院はそれなりのものだし、そこが出す賞もそれなりのものなのだ。学士院への道すがら私はそう考えた。そして、私たち三人、私の生涯の人とパウルと私とで学士院に着いたとき、この賞は、グリルパルツァー賞という名で、学士院から授けられるのだから例外なのだ、と思ったのだった。そして実際に、学士院に向かいながらこんなことを思っていたのだ。きっと学士院の前で出迎えを受けるだろう。当然の敬意を表して。それは当たりまえだと私は思った。だが、まったく誰も迎えには出てはいなかった。私は連れの二人といっしょに学士院のエントランス・ホールでたっぷり十五分も待っていた。その間、連れの二人共々ずっときょろきょろとあたりを見まわしていたにもかかわらず、誰もまったく私だということに気づかず、いわんや迎えに出てくる者など一人もいなかった。式典にどっと集まってきた人々がすでにホールをびっしりと埋めていたというのに、その後も私はまったく誰にも気に留めてもらえなかったのである。そこで私は、すでに中に入っていった他の人たちと同じように、連れの二人といっしょにもうさっさと講堂に入ってしまおうと思った。講堂のちょうど真ん中、あそこにまだ二、三空席があるのでそこにすわってやろうという考えが浮かんだ。

私は連れの二人といっしょに中に入って行き腰をおろした。私たちが着席したとき講堂はすでにいっぱいで、担当の女性大臣もすでに演壇のすぐ下の最前列の席を占めていた。もうフィルハーモニー・オーケストラが神経質に調弦をしていて、学士院の院長が、フンガーという名前の男だったが、壇上を苛立って行ったり来たりしていた。なぜ式が始まらないのか、私と私の二人の連れ以外には誰にもわからなかった。何人かの学士院会員が壇上を小走りに行き交《か》い、式の中心人物の姿を捜していた。女性大臣も後ろを振り返って会場の四方八方に目をやっていた。突然、一人の男性が壇上から、会場の真ん中にすわっている私を見つけ、フンガー院長の耳元に何事かささやき、壇を降りて私のほうに向かってきた。その列の座席は全部埋まっていたので、会場の真ん中の私のところまでやって来るのはそう簡単ではなかった。その、私と同じ横列にすわっていた人たちは全員立ち上がらねばならなかった。彼らはしぶしぶ立ち上がったが、それは私が観察したところでは、私に対して悪意ある視線を注ぎながらであった。会場の真ん中にすわるとは、なんとまあ陰険な思いつきをしたものだ、と私は思った。私のところにやって来ようとしている男性が、それは当然のことながら学士院の会員だったが、私のところまで到達するのにたいへんな苦労をしていたからだ。おまえのことがわかった人間は、と私は即座に考えた、この男性をおいてはどうやらここには一人もいなかったのだ。今、その男性が私のところにやっとたどり着いたので、彼らはみな、私に目を注いでいたのだった。だがその目つきたるや、なんとも鋭い、人を非難するような目つきだったのである。私に賞を与えながら、私の顔をまったく知らず、あげくに私が自分から名乗り出なかったからといってすぐに鋭く非難がましい視線を浴びせかける、そんな学士院などもっと陰険な仕打ちを受けてもしかるべきだったろう、そう私は思った。ついにその男性は私に、私の席は今すわっているここではなく、最前列の女性大臣のとなりなのだ、だからどうかいい加減に最前列に行って女性大臣のとなりにすわるように、といわば注意をうながした。私はこの人の言うことに従わなかった。それは、私に対するこの要求を彼がまったく不快きわまりない横柄な調子で申し述べたからだった。結局のところそれは反感を感じさせるほどに自分の勝利を確信した言い方だったので、私は自分の自尊心を守るためには、席を立って彼とともに演壇のほうに向かうことを**どうしても**拒まないわけにはいかなかった。**フンガー氏その人**に来てもらいたい、と私は言った。演壇のほうへと私を誘うのは誰でもない、**学士院院長**でなければならないのだ。ほんとうのところは、席を蹴って連れの二人といっしょに、賞をもらわぬまま学士院から出ていきたくてならなかった。だが私はすわり続けていた。自分で自分自身を檻の中に閉じ込めてしまっていたのだった。自分で学士院を檻にしてしまっていたのだった。逃げ道はなかった。とうとう学士院の院長が私のところにやってきたので、私は院長とともに演壇の前まで行き、女性大臣のとなりにすわった。私が女性大臣のとなりにすわったその瞬間、パウルがこらえきれなくなって、会場全体をゆるがすような大声で突然笑いだした。それはフィルハーモニーのメンバーによる室内楽が始まるまで続いた。グリルパルツァーに向けられた二、三のスピーチがあり、私について二、三言葉があり、とはいえ全部ひっくるめると一時間も、ということはこの種の場合いつもそうであるように長々とスピーチが続き、それらがまた、当然のことながらナンセンスなものなのだった。こうしたスピーチのあいだ、女性大臣は居眠りをし、私ははっきりと耳にしたのだが、いびきをかいていた。そしてふたたびフィルハーモニーの室内楽が始まるとようやく目を覚ましたのだった。式典が終わると、およそ考えられるかぎりの多くの人が壇上に群がって女性大臣とフンガー院長を囲んだ。私のことをもはや誰も顧《かえり》みはしなかった。私は連れの二人といっしょにまだしばらく講堂を出ずにいたので、女性大臣がちょうどこんなふうに叫ぶのを耳にした。あの詩人気取りはいったいどこにいるの。これが最後の一撃だった。私はできるかぎり足早に学士院をあとにした。賞金がなく、しかも言いなりにされて頭を下げさせられる。これはもう疑いもなく即座に堪えがたいことだった。私は連れの二人を大なり小なり引きずるようにして表の通りに走り出た。この間にパウルが私に言ったことは今でも耳に残っている。君は辱《はずかし》められたんだ。奴らは君の頭の上に糞をひっかけたんだ。実際に、と私は考えた、彼らはおまえの頭に糞をひっかけた、頭を下げさせてしたいほうだいのことをしたのだ。彼らはいつもおまえにしてきたように、きょうもまたおまえの頭の上に糞をひっかけて貶めたのだ。だがおまえが奴らにそうさせたのだ、と私は考えた。それもまたウィーンの学士院で。私は連れの二人とザッハーに行き、このまったく異常な授賞式の経緯をターフェルシュピッツ(62)を食べて忘れようとしたが、その前にまず、式の前に新しいスーツを買ったコールマルクトの洋服屋に立ち寄った。このスーツは小さすぎるので別なのが欲しい、と私は言った。その言い方があまりにもずうずうしい高圧的な調子だったので、文句も言わずに店員はすぐ代わりのスーツを見させてくれた。私は二つ、三つ、陳列してある場所に手をのばして自分で勝手に試着し、そのうちでいちばん着心地のいいものを選んだ。そのスーツをそのまま着て、少しばかりの追加分の代金を支払い、ふたたび通りに出たときふと思ったのは、間もなく別の人物が、学士院でのいわゆるグリルパルツァー賞授賞式で私が着たそのスーツを着てウィーンの町を歩きまわるだろう、ということだった。それを思うと愉快だった。パウルが一本筋のとおった人物であったことをこれに劣らずよく示している出来事がほかにもある。それは、私へのいわゆる文学部門の国家賞授与のときのことである（グリルパルツァー賞よりはずっと以前のことだ）。当時の新聞が書いたように、これはスキャンダルに終わったものだ。本省の引見の間《ま》で大臣が私へのいわゆる祝辞《ラウダーチオ》を述べたが、この祝辞は私についてナンセンスなことばかりを並べていた。それもそのはずで大臣はただ、文学担当の役人の一人が書きつけた一枚の原稿を棒読みするだけだったのである。たとえば私は南太平洋についての長篇小説を書いたというのであるが、むろん私はそんなものを書いたおぼえは一度もない。変わることなくオーストリア人であったのに、大臣が言うには私はオランダ人だった。まったく思い当たるふしもないのに、大臣の申し立てによれば、私は冒険小説のスペシャリストだった。そのスピーチの中で大臣は何度か、私が外国人で、オーストリアに客人として来ているのだと述べ立てた。だが私は、大臣が棒読みする馬鹿げた科白《せりふ》に憤慨しはしなかった。シュタイアーマルク出身のこの愚かな人間にはどうしようもないことがわかっていたからだ。なにしろこの男は大臣になるまえはグラーツで農業会議所の書記をしていて、主として家畜の飼育関係の担当だったのである。実際この大臣は、他のすべての大臣も例外なくそうであるように、愚かさを絵にかいたような顔をしていた。嫌悪感を覚えはしたが、怒りを催しはしなかった。私はこの大臣の祝辞を、目くじら立てずにじっと我慢したのだった。それから私が、いわば賞に対する感謝の言葉として、ほんの少しばかりの文章を、それは授賞式の直前に大急ぎで、しかもまったくいやいや紙に書きつけておいたもので、ちょっとした哲学的余話だったが、それをいわば話して聞かせた。そこで私が述べたのは、人間はみじめであり、確実に死ぬのだ、ということにほかならず、全部合わせても私の話は三分にもならなかった。するとこの話に、かの大臣が、私が言ったことなどそもそもまったく理解できなかったのに、憤慨して席を立ち、私の鼻づらにげんこつを突きつけたのだった。そして怒りに息も荒らげ、出席者全員の前で私を犬呼ばわりし、広間から出て行った。ものすごい力でガラス扉を閉めたので、ガラスが粉々になって砕け散るありさまだった。引見の間にいた人たちはみんな席から飛び上がり、部屋の外に飛び出していった大臣を啞然として見送った。一瞬、世に言うまったくの静寂が支配した。それに続いて注目すべきことが起こった。居合わせた全員が大臣を追いかけていったのである。私は彼らをただただ日和見主義者《オポチュニスト》の、群れと呼ぶばかりであるが、彼らは、行きしなに私のところに寄ってきて罵《のの》りの言葉を浴びせたばかりか、げんこつを突きつけたのだった。私は芸術院の院長のヘンツ氏が私に向かって振り上げたげんこつをよく覚えている。この瞬間に私に向けられたそれ以外の栄誉礼もである。居合わせた人たち、何百人もの、芸術でただ飯を食っている連中はみな、その中心は作家たち、つまり世に言う私の同僚と、それにくっついてやって来た人たちだったが、大臣を追いかけていった。大臣が粉々にこわしてしまったガラス扉を通ってあとを追いかけていったあれらの連中の名前をいちいち全部挙げることはお断りする。こんなくだらないことで法廷に立つ気などないからである。だが、大臣を追って引見の間を飛び出して階段を駆け降りていったのは、そして私と私の生涯の人を引見の間に置き去りにしたのは、たいへん名の通った、名声もあり世の尊敬も受けている人たちだった。私たちは癩病患者のように置き去りにされた。誰一人として私と私の生涯の人のそばに残ってはくれなかった。みんなが、用意されていたビュッフェの前を通って部屋の外に飛び出し、大臣のあとを追って下に降りていってしまったのである。——パウル以外のみんなが。パウルが、私と私の生涯の伴侶、つまり私の生涯の人のそばに残っていてくれたただ一人の人だった。この突発事件に驚き、同時にそれを面白がりながら。のちになって、もはや自分たちを危険にさらす心配がなくなってから、まずは一旦姿を消していた人たちが何人か、そっと引見の間に戻ってきて、意を決して私のところにやって来た。小さな集団ができ、ようやく、このくだらない出来事を食事といっしょに飲み込んでしまうにはどこに行ったらいいだろうかと相談が始まった。それから何年か経ったあとも、パウルと私は、あの時、国家と大臣とに対するはばかるところのない卑屈さからこのシュタイアーマルク出身の愚鈍な大臣のあとを追いかけた連中の名前を一人ずつ数えあげた。私たちはその一人一人について、なぜそうしたのかがよくわかった。この事件の翌日、オーストリアの新聞は、大臣に非礼をはたらき、自分の国に泥をかけるベルンハルトのことを話題にした。事態はまったくその逆で、大臣のピッフル＝ペルチェヴィッチが作家のベルンハルトに非礼をはたらいたのにである。だが、オーストリア官庁とそれによる補助金交付のすべった転んだをあてにしなくてもいい外国では、この出来事はきちんとコメントされた。賞を受けるということはもうそれだけで異常な行為なんだ、とわが友パウルは当時私に言った。国家賞を受けるなんて、なかでもいちばん異常な行為さ。音楽のうえでの友達のイリナをブルーメンシュトックガッセの家に訪ねるのを習慣にして、それをなによりの楽しみにしていた私たちだったので、イリナが突然田舎に引っ込んでしまったのは大異変だった。しかもそこはニーダーエスターライヒ(63)の辺鄙な片田舎で、鉄道による接続さえまったくないので、私たちは車で二時間もかけなくてはそこにたどり着くことができなかった。都会人のイリナが田舎になにを求めたのかは想像もつかなかった。来る年も来る年も毎晩コンサートやオペラや芝居に通っていたこの女性が、突然に平屋建ての農家に部屋を借りたのである。その家の半分は豚小屋に使われており、これを知ってパウルと私はぞっとせざるをえなかった。しかも家の中に雨漏りがするばかりか、地下を掘っていない家なので屋根のてっぺんまでじめじめしていた。イリナと、音楽学者で長年ウィーンの新聞や雑誌に文章を書いていたその連れあいは、二人そろって、アメリカ製の鋳物のストーブに身を寄せ、自分で焼いたいわゆる百姓風パンを食べながら、古い、擦り切れてぼろぼろの服を着てすわっていた。そして、豚小屋の刺すような臭いに鼻をつままずにはいられないでいる私に田舎への讃美を聞かせ、都会を呪うのだった。音楽学者の彼は、もはやヴェーベルンやベルクについて、ハウアーやシュトックハウゼン[64]についての論文を書かず、家の窓の前で薪割りをしたり、便所の肥え溜めから肥やしを汲んだりしていた。イリナも、もはやいまでは「第六」や「第七」について語ることもなく、自分で手ずからかまどの煙道に吊るしたという燻製肉のことを語るばかり、シュヴァルツコップやクレンペラーについて語ることもなく、早くも朝の五時になると小鳥の声とともに隣家のトラクターの音で目を覚ますといったことを語るばかりだった。初めのうちは、イリナと夫の音楽学者が農業に魅了された状態からじきに音楽に戻ってくるだろうと思っていた私たちだったが、それは思い違いだった。間もなく音楽のことなど、まるでこの世に音楽というものが存在していなかったかのように、まったく一言も話題にのぼらなくなってしまった。私たちは彼女を訪ねて行って、彼女が自分で焼いたパンと自分でつくったスープをふるまってもらい、そのうえ自家栽培した大根と自家栽培のトマトまで出されて裏切られたような気分に、いいように彼女にあしらわれてしまったといった気分になった。イリナは僅か数ヵ月のうちに、洗練された都会女性から、そしてきわめて情熱的なウィーン女性から、燻製肉をかまどの煙道に吊るし、野菜を栽培する、土臭く実直なニーダーエスターライヒの田舎女になってしまった。それは私たちから見れば極端に自分を低めることと同じで、反感を覚えざるをえなかった。そんなわけですぐに私たちはもうイリナのところに行かなくなり、彼女は実際に私たちの視界から消えてしまったのである。私たちは会話や議論をするための新しい舞台をさがすことを余儀なくされたわけだったが、それは見つからなかった。ブルーメンシュトックガッセのようなところは他にはなかったのである。イリナがいないので、向かうところは自分たちじしんだけになってしまった私たちだったが、ミューズの神に見捨てられたかのように、いっぺんに音楽に向かう思考が止まってしまっていた。とはいえ、いまはザッハーかブロイナーホーフ、あるいはアンバサダーに陣取っていた。これらの店には私たちのような人間にとって理想的な一角があった。そこに場所を占めれば、誰にも見られずに自分はすべてを見ることができ、また、始まったばかりの話をすぐに止《や》めざるをえなくなってしまうこともなかったのである。私たちは散歩が好きではなかったので、落ち合うとすぐさまザッハーか、あるいは私たちの目的にかなっていると思われる他のカフェーハウスに一目散に向かうのだった。ザッハーの私たちの一角にすわれば、すぐに私たちの憶測談義の犠牲者が見つかった。この店で、容易に想像がつくように、全身を引きつらせながらトルテや、あるいは人気ある西洋わさびクリームを取り囲むようにして皿に並べられたプラハ風ハムを食べ、コーヒーを飲み、しかも先立つ市内観光の強行軍で力を使い果たしているのでトルテは異様に慌ただしく食べ、コーヒーは異様にがぶがぶと体に流し込む同国人や外国人を見て、それがそのいずれであれ、たとえばその人のことから始まって、話は一般にこの何十年かのうちに世に蔓延した愚かな大食ぐせを糾弾するにいたる、という具合だった。まるで罰せられてそうしているかのように趣味の良くない毛皮のコートに身を沈め、泡立てクリームを残らず掻き集めているドイツ女からは、ウィーンにいるすべてのドイツ人に対する嫌悪感をストレートに演繹することができた。どぎつい黄色のセーターを着て窓際にすわっているオランダ人の男、この男は誰にも見られていないと思って右手の人指し指でひっきりなしに鼻から大きな鼻糞をほじくり出していたが、この男のことから、オランダのすべてに対するトータルな呪いへと、わけなく話が進んだ。つまりいっぺんにオランダというものが、私たちには金輪際、厭わしいものに思われてくるのだった。これらの何の縁もゆかりもない人たちは、私たちが誰か顔見知りの人物を目に留めないかぎりは、私たちの慰みものになることに甘んじなければならなかった。だが、そうした、私たちが顔を知っている人物が現れると、私たちはその人に、まさに当のその観察されている人物にふさわしい見解を結びつけた。こうしたことを考えることで、はっきり言って私たちは何時間も楽しむことができた。私たちはこうした談義を、退屈しのぎを目的としたものではない、もっと高度だと思えるようなテーマのために濫用したからである。それはまったく別種のテーマだった。私たちは、しいて言えば、それを哲学的なものにほかならぬと思っていた。こうして、何のこともない、話をショーペンハウアーに進めるきっかけとなったのがコーヒーを飲んでいるまったくもって普通の人間であったり、あるいはまた、たとえばプラド(65)にあるベラスケス筆の宮廷道化師たちをともすると何時間にもおよぶ談話の中心に私たちが据えることになった、そのきっかけを与えてくれたのが、大公の肖像画の下で行儀の良くない孫といっしょにシュトゥルーデル(66)を食べている婦人だったり、というようなことが稀ではなかったのである。床に落ちた蝙蝠傘から、人がすぐにも思い当たるチェンバレンばかりにではなく、同時にルーズヴェルト大統領にまで話題を進めることもできた。また、小さなペキニーズ犬を連れて外を行く人を見るとインドのマハラジャ(67)たちの並外れて豪奢な生活が話題となる等々、という調子であった。田舎に居てなにも刺激がないと、私は思考が萎縮してしまう。頭全体が萎縮してしまうからである。大都市では、こうした破滅的な体験をしたことはない。大都市を離れて田舎で自分の精神の水準を保とうと思う人たちは、これはパウルが言ったことだが、どうしてもあらかじめとてつもなく大きな潜在能力をもっていなければならない。つまり脳の中に信じられぬほどの貯えがなくてはならない。だがそうした人たちもそのうちに停滞してしまい、萎縮してしまう。そうしてたいていは、自分の萎縮のプロセスに気づいたときではもう、自分の目的にとっては遅すぎるのである。彼らはいやおうなしに枯れてしまい、そうなってしまうと、もう何をしようとも手遅れなのである。そんなわけで私は実際、パウルとの交遊が続いていたこれらの年月のあいだ、都会と田舎を行き来するという私の人生にとって不可欠のリズムを、自分の習慣としてずっとこころがけてきた。そして私はこのリズムを一生守り続けるつもりである。二週間ごとに少なくともウィーンに行き、二週間ごとに少なくとも田舎に行く。というのもウィーンで頭の中いっぱいに吸収するのが早ければ早いだけ、田舎で頭が空《から》になってしまうのも早いからである。しかも実際には、都会で頭いっぱいに吸収するよりも田舎で頭が空になるほうが早いのである。それは、田舎というのはどんな場合でも、都会が、それは大都会のことだが、いつかそうでありうるよりも、頭とそれが抱く関心とに対してつねに無慈悲だからである。精神的な人間から田舎はすべてを奪ってしまうが、彼に（ほとんど）なにも与えはしない。これに対して大都会は絶えず与えてくれる。このことを見、そして当然のことながら感じてもらわなくてはいけない。だがたいていの人はこのことを見もせず、また感じもせず、反感を覚えるほどにセンチメンタルなかたちで田舎に惹かれるのである。そこでどのみち精神的なものをあっという間に吸い取られてしまい、それどころかポンプで汲み出されてしまい、けっきょく最後には破滅させられてしまうのに、である。田舎では精神の成長ということはありえない。それは大都市でだけだ。それなのに今日、みんなが大都市を出て田舎に向かう。畢竟彼らは、大都市で当然に要求されるラディカルな頭の使い方をするにはあまりにも安逸すぎる人間たちだからだ。これはほんとうのことだ。そしてまた、自然の中で朽ち果てることのほうが、都市がもつ、とりわけ大都市がもつ、莫大な、時間と歴史を経てまったく素晴らしいまでに増大し増加するその長所を利用することよりもいいからだ。そうする能力がきっとまったくないのだ。彼らは自然というものを知らないまま、その愚かしい盲目さからセンチメンタルに自然に驚嘆するばかりなのである。私は致命的な田舎というものを知っているので、できるときにはいつでもそれを避ける。大都市に生活できるという代償を求めて。つまるところはその大都市がなんという名前でもかまわない。どんなに醜かろうともかまわない。それでもなお田舎よりは百倍もいいのである。私はこれまで絶えず病気の肺を呪っていた。このために、本来私にはふさわしいはずの大都市で生活し続けるということが不可能であったのだ。だが、現実に変更不可能なことで何度も頭を痛めるのはナンセンスである。このことはもう何年も前から、考えるべきテーマではなく、また私にとってはもはやテーマであってはならないものだった。不断にりっぱな肺をもっていて、生きるために不可欠だとして田舎に居ることを命じられたりなどしないパウルは、なんと好運な男だったのだろう、と私は考える。パウルには私の感情からすれば最高のことができた。すなわち大都市に居るということが。それは、生き続けようと思うならば、私には続けられないことだった。すでに何年もまえからアルコールを口にしなくなっていたパウルだったが、ウィーンでの夜のお気に入りの場所は人生の最後の年になってもエーデン・バーだった。というのも、エディットが死んでからというもの、当然のことながら家に居ることが、もはやまったくやりきれないものになっていたのだった。そんな頃のこと、なぜパウルが、もう何百回となくいっしょにブロイナーホーフで時を過ごして居るのに、同じ建物の中にある自分の住まいに私を呼んでくれなかったのかということが、一挙にわかるときがやってきた。パウルの住まいは比較的広めの部屋が一つあるだけで、キッチンとトイレットはそのとなりの小部屋にまとめられていた。パウルはその死のわずか数ヵ月前に、この彼の住まいへの階段を私といっしょにやっとの思いで昇っていった。ここでどうしても言っておかねばならないのはおそらくは私のほうが昇ってゆくのにいっそう困難が大きかったということである。私はもう長年のあいだほとんど階段を昇るということができず、三、四段も上がるともう息が切れてしまうのだった。エレベーターはこわれていた。通路はほとんど真っ暗だったので、私たちは手探りで、あえぎを互いに掛け声がわりにして上に昇っていった。住まいそのものとしてはなんの取り柄もないのさ。中に入るとパウルはそう言った。だけど場所がなんといっても最高なんだ。場所が（もっと町の真ん中というのはだめだ、とパウルは言った）自分には肝心だった。それから、この住まいなら金銭的にも手ごろだったということもある。もっと広いのは無理だった。エディットにとってはやはりこれがとても気持ちを暗くしたんだ、とパウルは言って、キッチンと便所に通じる半開きのドアを指さした。その後ろには洗濯物と食器が山のように積み重なり、使わないままもうだめになってしまった食料品がうず高く積んであった。挫折した人間の最後の穴ぐらを思わせるものだった。私たちは二人とも、黒みがかった緑色のビロードが張られたソファーに腰をおろしてまずは一息ついた。そうして初めて、考えをめぐらせて、そうした、狭さや汚れ、暗さや理想的なロケーションといったことについての取ってつけたようなコメント以外の意見を述べることができたのだった。このソファーは自分の子供時代からあって、両親の家にあったものでとても気に入りの家具なんだ、とパウルは言った。今日ではもう、何を私たちがそのソファーにすわって話したのか、私は言えない。とはいえ、私は間もなく立ち上がって別れを告げ、黒緑色のソファーにどうしようもなくすわったままの友を一人残して立ち去った。急にパウルがもはや耐えがたい存在になってしまったのだった。私はずっと考え続けた。もはやじつにあれは、生きている人とではなく、とっくに死んでいる人といっしょにすわっているということなのだ。私はパウルと交際を絶った。まだ私が彼の家に居たとき、パウルは両手を膝のあいだに挟み込んで泣き始めた。終わりがやって来ているということを、急に、またもやはっきりと悟ったからだった。だが、私はもはや振り返ろうともせずに階段を下り、できるだけ素早く外に出た。足早にシュタルブルクガッセを抜け、それからドロテーアガッセをとおり、シュテファン広場[68]からヴォルツァイレ[69]に出た。

そこでようやく何歩か落ち着いて歩くことができた。いわゆる市立公園(70)で私はベンチに腰かけ、頭から指令された呼吸のリズムに従うことによって、いまにも窒息してしまいそうに思われるこの恐ろしい状態からなんとか逃れようとした。市立公園のベンチにすわったまま、もしかするとこれがパウルと会った最後になるかもしれない、と私は思った。生きることへの意志がもはやまったく失われたため、もはや生気のひとかけらもない、これほどまでに弱った身体が、あと数日以上もつとはとても思えなかった。そして、このパウルという人間が、ふと気がついたときなんと一人ぼっちになってしまっていたのか、ということを思って、いとも深く心が揺さぶられた。いわゆる上流階級の人間として生まれ育ち、大きくなり、そしてついには年を取り、老年を迎えた、そんな人がよりにもよって。そして私は、私のほんとうの友人であったこのパウルという人間とめぐり合うことになった次第を思い出した。そのパウルこそ、私という、それ自体としてはたしかに不幸ではないものの、ほとんどいつも厄介なことずくめの人間を、しばしば、おおいに幸せにしてくれた男である。私にまったく未知であった多くのことをわからせてくれ、それまで私が知らなかったいろいろな道を教えてくれ、それまで私には完全に閉ざされていたさまざまな扉を開いてくれた男である。また、私がナータールの田舎で朽ち果てそうだった、まさに決定的な瞬間に、私を自分じしんに立ち帰らせてくれた男でもある。というのも実際に私は、パウルと知り合いになる前の時代、すでに何年にもわたって、鬱病とまではいわないまでも、病的な憂鬱と戦わねばならずにいたのだった。そして当時はほんとうに自分はもうおしまいだと思い、何年ものあいだもはや本格的な仕事もせずに、ほとんどいつも、日々へのまったくの無関心とともに毎日を迎え、そして終えていた。そして当時はまったくしばしば、いまにも、そもそも自分の人生にわが手で終止符を打ちそうであったのだ。何年ものあいだ、私はほかでもない、精神を殺害する恐ろしい自殺想念の中に逃避していた。これはすべてを堪えがたくし、また、自分じしんをもっとも堪えがたくするものだった。だがそれは、私を取り囲んでいた、そして私じしんがおそらくは全般的な弱さから、そしてとりわけ性格の弱さからその中に転落してしまっていた、日常の無意味さというものへの抵抗から出たことだった。私はじつにもう長いこと、生き続けることができるなどとはとても考える気がしないでいたのである。ただ存在し続けることができるということですらだった。私はもはやいかなる人生の目的も受け入れられず、そのため、それで自分をコントロールすることもできずにいた。そして早朝に目覚めると、この、自殺を考えるメカニズムに支配されることを余儀なくされ、もう一日中それから抜け出さないでいるのだった。また私は当時、すべての人から見捨てられていた。私のほうが彼らすべてを見捨てたからだった。これはほんとうのことだ。私が彼らすべてをもはや欲しなかったからだ。もはやなにも欲しもしなかったのであるが、自分に終止符を打つには臆病すぎていた。そしておそらく私の絶望の頂点に、と私は言うが、この言葉を発することに躊躇はしない。もはや私は、すべてが不断にしかも不快なかたちで美化されてゆくような世界の中で、社会の中で、美化されるべきものなどなにもないのに、自分じしんに嘘をついてなにかを美化しようなどというつもりはないのだ。さてそうした絶望の頂点に、パウルが現れたのだった。ブルーメンシュトックガッセにある私たちの共通の女友達イリナの家で、私はパウルと知り合ったのだ。彼はちょうどそのとき、私にとってまったく別の、新しい人間だった。そのため、そしてまた、私がもう何十年ものあいだ誰にもまして讃美してきたある一つの名前とも結びついて、私はたちどころに、ここに私を救ってくれる男がいる、と感じたのだった。市立公園のベンチでこうしたすべてのことがいっぺんに、またもやはっきりと意識にのぼってきた。私は自分の悲壮な心持ちを恥ずかしいとは思わなかった。私の中にぐいとばかりに入り込んできたおおげさな言葉を恥ずかしいとは思わなかった。そうした言葉をいつもはけっして自分に許さなかったのに、それが異常にも突然心地よいものに感じられたのだ。私はそれらを少しといえどもトーン・ダウンさせはしなかった。爽やかな雨のように、私はそうした言葉の一語一語を、すべて自分に降りそそぐがままにしておいたのである。そして私は今日こう考える。私たちの人生の中でほんとうになにがしか意味のあった人間というものは、片手で指折り数えられるほどしかいない。そしてその片手さえ、もし私たちが正直ならばこうした人間を数えるのにおそらく一本の指すらいらないはずなのに、五本の指全部を使わねばならないと考えてしまう異常《おかし》さに、じつにしばしば抵抗するのである。周知のように年齢とともに増してくる狭猾さで、そうした尋常でない病的な使い方をするまえからすでに我慢の限界まで疲れ果てさせられている頭にありとあらゆる芸当をさせて、日々なんとか我慢のできる状態というものをつくり出さざるをえない私たちだが、そんな、せいぜい我慢できるという状態でなら、なんとかときおり、さもないともう諦めるよりほかはないので、三、四人なら、長いことなにがしか、それはありかたいへん多くのことを与えてくれた人、そう、存在にとってのある種の決定的な瞬間や時間に頼みの綱と思え、そしてまた実際に頼みの綱であった人を思い浮かべることができる。とはいえ同時に、ここでのその僅かの人たちとはもっとも死者のこと、つまりすでに、あるいはもうとつくの昔に、死んでしまっている人たちのことなのだ、ということを申し添えておかねばならないが。私たちは自分の苦い体験から、ばつが悪く笑止千万なことといったらない根本的な思い違いをしてほかならぬ自分を自分の笑いものにしてしまう危険を冒したくないならば、当然のことながら、まだ生きていてともに人生を送っている人たち、場合によっては傍《かたわ》らをともに歩んでいることさえある人たちを、判定の輪の中に入れることはできないのである。哲学者ルートヴィヒ・ヴィトゲンシュタインの甥パウルに関するかぎりは、たとえ彼がまだ生きていても明らかに私はこうした危惧を抱きはしまい。それどころかである。私はパウルに、その死までの長い年月のあいだ、ありとあらゆる情熱と病気をとおして、そしてまたそうした情熱や病気から絶えず生まれ成長する観念をとおして結びついていたのであり、パウルはまさに、それらの年月をとおして私にいい効果を与え、私の生き方をもっとも役に立つかたち、すなわち私の資質と能力と必要にかなったやり方で改善してくれた人たち、そもそも私に生きるということをじつにしばしば可能にしてくれた人たちの一人なのである。そのことを私は、パウルが死んでから二年経《た》ったいま、まったくはっきりと思い知らされ、そしてまたわが家のこの一月の寒さと空虚さに目をやりつつ、確信するのである。私にとって、こうした目的にかなう人は生きている人ではもう誰もいはしないから、せめて死者たちとともにこの一月の寒さと空虚さに耐えることにしよう。そう私は自分に言って聞かせる。そして、そうした死者たちのうち、この日々、そしてこの今のとき、誰よりも私の近くにいるのはパウル、私の友であったパウルなのだ。この私のというところに私は強いアクセントを置く。なんといってもこの覚え書きは、私の友パウル・ヴィトゲンシュタインから私が受け取ったその人物像を書きつけるもので、それ以外のなにものでもないからである。私たちは時とともに互いに関して、また互いの内部に、たいへん多くの共通点を、だがまた同時にたいへん多くの相違点を見い出していたので、友情の難しさの程度は、まずはブルーメンシュトックガッセでの最初の出会いからほどなくして、すでにそうとう大きく、そしてその後当然のことながらきわめて大きなものとなり、ついには極限に達することになったのだった。この一つの友情に、私はパウルが死ぬまでの年月、実際に満たされ導かれ続けたのだった。意識的に、あるいは無意識的に、つねに根源的に。私は今こう思うのだ。一つの友情に満たされ導かれていた。それは、簡単に見つかった友情ではなく、またその後それを簡単に維持できたわけでもなかった。むしろ、私たちは、それが維持されて私たちにとって相応に有益かつプラスをもたらすものになるためには、絶えず細心の慎重さでその壊れやすさに注意を払い、いつもとことん骨を折ってそれを仕上げてゆかねばならなかった。そんな友情だった。パウルは、と私は市立公園のベンチで考えていた、じじん何度も繰り返し言い張っていたように、椅子のすわり心地がいいので、だがとりわけそこに掛かっている絵がはるかにいい出来のものなので、ザッハーのカフェーハウスの二つの部屋《サロン》のうち右側のほうに入るのが好きだったが、いっぽう私はいつでも外国の、とりわけイギリスとフランスの新聞が読めるので、そしてはるかに通気がよいので、当然のことながら左側のほうが好きだった。そんなわけで私たちは、私がウィーンに居る場合には、しかも私はその頃たいていウィーンに居たのだったが、ザッハーにゆくと、ザッハーが私たちのいちばんのお気に入りだったのであるが、私たちの憶測談義には実際にまたとなく、したがってまた理想的な場所であったそのカフェーハウスの、あるときは左側の部屋に入り、またあるときには右側の部屋に入るという具合だった。むろんのこと、私たちは落ち合うのにもザッハーでと約束した。あるいは、なにかザッハーがだめだという事情があると、アンバサダーでということもあった。私はザッハーを今から数えるとほぼ三十年も前の時代から知っている。その頃、私はほとんど毎日、天才的であり同じほどに狂気だった作曲家ランペルスベルク(72)を囲む友人サークルといっしょにザッハーにすわっていた。この人々が、学生時代の、それはもっとも苦しい時代だったが、その終わりにさしかかっていた私を、五七年頃のことだが、ウィーンのカフェーハウスのうちで最上のこの店のデリケートな世界に案内してくれたのだった。しあわせだったのは、根本のところで私にはいつもどうもかちんとくる文学関係の人たちが集まる典型的なカフェーハウスではなく、彼らの犠牲者たちが集まるこのカフェーハウスに連れてこられたことだった、と今日私は言わざるをえない。ザッハーでは、私は二十二、三歳のとき以来目を通さずにはいられない各種の新聞をすべて、いつでも手に取ることができ、それらを、左側の部屋のどこか気持ちのよい片隅で何時間もまったく妨げられることなく、丹念に読むことができた。いや、今日でも私は午前中ずっとそこにすわって『ル・モンド』や『タイムズ』を広げる。この楽しみのさなかに、ほんの一瞬たりとも邪魔が入ることはない。ザッハーでは、私の記憶のかぎりでは、実際そうしたことは一度もなかった。文学カフェーハウスでは、午前中をずっと、誰にも妨げられずに新聞を読むことに捧げることなどできないだろう。半時間もしないうちに、誰かあるもの書きとその取り巻きの登場に邪魔されてしまっているのだ。これらの連中ときたら私にはそうでなくてもいつもまったく不快だった。彼らは私の本来の意図を阻《はば》み続け、私が本質的な事柄に近づくのをいつも粗野なやり方で邪魔し、そればかりか私が自分の望みどおりにそうした本質的な事柄に到達するのをそもそもまったく不可能にしてしまうのだった。文学カフェーハウスの空気は臭く鼻につき、神経を苛立たせ、精神を殺してしまう。しかも私はそこで一度だってなにか新しいことを体験したことがなく、いつもただ苛立たせられ、煩わされ、いたずらに気持ちを曇らされるばかりだった。だがザッハーでは苛立たせられ気持ちを曇らされたことが一度もないばかりか、煩わされたことすらなく、そのためザッハーでは、私はじつにしばしば仕事をすることさえできた。とはいえ私のやりかたで。文学カフェーハウスで仕事をするあの連中のやり方ではなく。ブロイナーホーフ、パウルが私と知り合う前からもう何十年ものあいだ住んでいた住居の下にあったブロイナーホーフでは今日でもなお、通気の悪さと、おそらくは度を越した倹約精神からの、つねに明るさを最小に抑えた照明とに悩まされる。この照明ではたったの一行だって骨を折らずに読めたためしはなかった。ブロイナーホーフの腰掛けも私は好きではない。ほんの少しばかりすわっただけでも必ず背骨にひどい損傷を与えるからだ。ブロイナーホーフの、しばらく居ただけでも衣類にしみついてしまう調理場の鼻をつく臭いのことはまったく論外にしてもである。とはいえブロイナーホーフも、私のきわめて個人的な目的には添うものではないが、いくつかのきわめて大きな長所をもっている。そのような長所のひとつは、たとえばブロイナーホーフで働いている給仕人《ケルナー》たちのきわめて細やかな気の使いようとオーナーのまさに理想的な礼儀正しさである。これはすなわち、掛け値も割り引きもなしにそうなのである。だがブロイナーホーフは、一日中なんともしがたい薄暗闇に支配されている。これは若い恋人たちや老いた病人たちにはつごうがよくても、私のように精神を集中させて本や新聞をじっくり読む人間には好ましくはない。この私は毎日午前中に本や新聞を読むことになにより増して大きな価値を置き、ドイツ語のものは読み始めるとすぐに我慢がならなくなるので、精神生活が進むうちにとりわけ英語とフランス語の本や新聞類が専門となってしまった人間である。たとえば『フランクフルター・アルゲマイネ』[73]は、『タイムズ』に対してなにほどのことがあろうか。『ジュートドイチェ・ツァイトゥング』[74]は『ル・モンド』に対してなにほどのことがあろうか。そう私は何度も繰り返し自問してきたし、今日でもなおそうしている。だがドイツ人はイギリス人ではないのだし、むろんましてやフランス人ではまったくないのだ。そして私は英語とフランス語の本や新聞が読めるという長所を高く評価している。きわめて若い時代から私がもっている最大の長所だと思っている。もし、全般的にみれば低級なくず新聞にすぎないドイツの新聞だけに頼らざるをえなかったとしたならば、私の世界はどんなだったろう、と私はいつも考える。オーストリアの新聞はまったく論外である。これはそもそも新聞と呼べるものではない。毎日何百万と発行される無益な便所紙にすぎない。ブロイナーホーフではすぐに思考が、もうもうたるたばこの煙と調理場の臭いと、そして昼頃にやって来ては自分たちの社会的憤激をぶちまけるウィーンの四分の三知識人、半知識人、四分の一知識人たちのおしゃべりに窒息してしまう。ブロイナーホーフでは人々の話し声が、私には大きすぎるかあるいは小さすぎるかのどちらかで、また給仕人のサービスも、私には遅すぎるか速すぎるかのどちらかである。だがよく考えてみるとブロイナーホーフは、私が日々自分のために果敢に要求しているすべてのことに背反するという、まさにそのことゆえに、少し前に流行の店になり最近になって同じほどの速さで完全に凋落してしまったカフェ・ハヴェルカ[75]とちょうど同じような、あのウィーンのカフェーハウスなのである。典型的なウィーンのカフェーハウス、それは世界中に有名だが、私はそれを、つねにとても嫌っている。そこでのすべてが私に背反するものだからだ。いっぽう私は、つねにまったく自分に背反する存在だったブロイナーホーフを（ハヴェルカも同様だ）、長年にわたってなんとアットホームなものに感じていた。カフェ・ムゼーウム[76]も、ウィーンに住んでいた時代に足繁く通ったその他のカフェーハウスもやはりそうだった。ウィーンのカフェーハウスをつねに嫌っていた私だが、その私がいつも、大嫌いなそのウィーンのカフェーハウスに足を運んでいたのである。毎日行っていたのである。というのも、ウィーンのカフェーハウスをずっと嫌っていたにもかかわらず、あるいはまさにずっと嫌っていたがゆえに、私はウィーンではずっとカフェーハウス通い病にかかっていたからである。他のどんな病気よりも、このカフェーハウス通い病に悩んでいたのである。そして私は、正直いうと、今日でもなおカフェーハウス通い病に悩んでいる。このカフェーハウス通い病が、私のすべての病気のうちあのもっとも癒しがたい病気であることが、はっきりとしてきたからである。ウィーンのカフェーハウスを私がつねにとても嫌ってきたのは、それらの中でつねに自分と同類の人たちと対決させられていたからだった。これはほんとうのことだ。私は絶えず自分と対決させられてなどいたくない。ましてやカフェーハウスでなど御免だ。なにしろ私はそこへ自分というものから逃れるために行くのだから。だがまさにそこで、私は自分や自分と同類の人たちと対決させられているということになってしまうのだ。私は自分のことにだって耐えられないのに、ましてやあれこれ思いわずらってものを書いている私と同類の人たちの群れになど耐えられるはずもない。私はできるだけ文学を避ける。できるだけ自分じしんを避けたいからだ。だから私はウィーンでカフェーハウスに行くことを自分に禁じなければならないのである。あるいは少なくとも、状況が本質的に変わらぬかぎりは、ウィーンに居るときに、いわゆるウィーンの文学カフェーハウスに行かないようにと気を配らねばならないのである。だが私はカフェーハウス通い病にかかっているので、私の中のすべてがそれに抵抗しても、どうしても繰り返し足が文学カフェーハウスに向いてしまう。ウィーンの文学カフェーハウスへの嫌悪が増せば増すほど、そして深まれば深まるほど、それだけ足繁く、またそれだけ熱心にそこに足を運んでしまっていた。これはほんとうのことだ。まさにあの危機の頂点でパウル・ヴィトゲンシュタインと知り合わなかったとしたら、私の成長の過程はどんなふうになっていたか、誰が知ろう。パウルがいなかったら、きっとやはりいっきにまっさかさまに、もの書きの世界に、つまりあらゆる世界のうちもっとも憎むべき世界であるウィーンのもの書きの世界とその泥沼に、転落していたことだろう。というのも、当時そんな危機の頂点にあっては、ものごとを気楽に考えて卑劣になり、つまり従順になって、そしてつまりは諦めてもの書きたちの一団に加わることが、確かにもっとも簡単なことだったろうからだ。パウルがそうなることから私を守ってくれたのだった。パウルもすでにずっと文学カフェーハウスが嫌いだったからだ。りっぱな動機から私はある日突然手のひらを返したように、大なり小なり自己救済をもとめてパウルといっしょにザッハーに行き、以後いわゆる文学カフェーハウスには行かなかった。アンバサダーに行き、もうハヴェルカやその他には行かなかった。文学カフェーハウスがもはや致命的な作用を私に及ぼさなくなる瞬間がやってきて、そこに行くことがまたもや許されるまでずっとそうしていた。文学カフェーハウスというものは作家に致命的な作用を及ぼすからである。これはほんとうのことなのだ。他方で私は、これもまたほんとうのことなのだが、今日でもなお、ウィーンのカフェーハウスに居るほうが、ナータールの自宅に居るときよりもアットホームな気分になれる。そもそもウィーンに居るほうが、オーバーエスターライヒに居るよりもアットホームなのである。生き永らえるための治療手段としてオーバーエスターライヒに住むことを十六年前に自分で決めた私だったが、オーバーエスターライヒを故郷であるなどとは、実際に一度として、その可能性を頭の中で考えてみることすらできなかった。故郷どころではなかったのであるが、それもそのはずだった。私はナータールでは最初から極端に世間から孤立し、また、そうした孤立に抗《あらが》いもせずにいた。いやむしろ逆に、意識的にも無意識にも、その孤立を最高度の絶望状態にまで押し進めていたのである。私はやはりつねに都会人だった。大都市に住む人間だったのである。なにはともあれ人生の最初の時間を大都会、つまりヨーロッパ最大の港湾都市ロッテルダムで過ごしたということは、その後の私の人生のなかで絶えず大きな役割を演じていた。ウィーンにやって来るとすぐにほっと一息大きくつくのも、いわれのないことではないのだ。だが逆にウィーンに数日居ると、ナータールに逃げ出さずにはいられなくなる。ウィーンのひどい空気に窒息してしまうのは御免だからである。そんなわけで私はこの何年か、少なくとも二週間のリズムでウィーンをナータールと、また逆にナータールとウィーンとを交換することを習慣としてきた。二週間ごとにナータールからウィーンに逃げ、そしてまたもやウィーンからナータールに逃げる。そのことによって、ということはつまりは生き永らえるために、私はウィーンとナータールのあいだを追い立てられて動く人間となったのであり、今はもう、心にしかと決めてつくり出したこのリズムを拠《よ》りどころにして、かろうじて生きられるばかりなのである。ナータールに、私はウィーン症を鎮めるためにやってくる。また逆にウィーンに、ナータール病を治すためにやってくる。この落ち着きのなさを私は母方の祖父から受け継いでいる。祖父はそうした神経を消耗させる落ち着きのなさのうちに一生を送らねばならず、そして結局のところはこの落ち着きのなさのために死んだのだった。私の先祖はみな、そのような落ち着きのなさに取り憑かれた人たちで、一つの場所、一つの椅子に長くじっとしてはいなかった。三日ウィーンに居るともう耐えられない。三日ナータールに居るともう耐えられない、というのが私なのである。晩年のパウルは、私のこの往《い》ったり来たりのリズムに合わせて、しばしば私といっしょにナータールに行っては戻り、戻っては行きを繰り返していた。ナータールに着いたときには、いったい自分はナータールになにをもとめているのかと自問する。そしてウィーンに着けば、いったい私はウィーンになにをもとめているのだ、と自問する。九十パーセントの人がそうであるように、私はそもそも、今自分が居ない場所、自分がそこから逃げ出してきたまさにその場所に居たいのだ。この宿命は近年いっそう由々《ゆゆ》しさを増すばかりで好転することはなく、私は、間隔をどんどん短くしながらウィーンに行き、そしてまたナータールに戻り、今度はナータールから他の大都市、ヴェネチアとかローマに行き、また戻ってはプラハに行き、また戻るというありさまである。しかもほんとうを言うと、私が幸福なのは自分がいましがた立ち去った場所からこれから向かう場所をめざして車の中にすわっているときだけなのである。車の中に居て走っているときだけが幸福で、到着した者としてはおよそ考えられうるかぎりもっとも不幸な人間なのである。どこに到達するのであれ、到着すれば私は不幸なのだ。私は、基本的にこの世のどこにも我慢ができず出てゆく場所と向かう場所という二つの場所のあいだでだけ幸福な人間の一人である。ほんの数年前までは、そうした病的な宿命はかならずや時を経ずまったくの狂気に行き着くものと思っていたが、私はしかし、そうした完全な狂気に到りはしなかった。実のところはこうした宿命が、それまで全人生にわたって私がもっとも恐れていたそうした狂気から、私を守ってくれたのである。そしてまさにパウルも、私と同じ病気だった。彼もまた何年、何十年のあいだ、つねに一つの場所から他の場所へと、一つの場所を去って他の場所へいくためだけが目的で動きまわり、到着するのがどこであろうとも幸福にはなれないのだった。一度だってそれがうまくいったためしはなかったのであり、私たちはしばしばそのことについて話し合った。パウルは生涯の前半は、その家柄と財力にふさわしく、パリとウィーンのあいだを、またマドリードとウィーン、ロンドンとウィーンのあいだを行き来していた。私はといえば、同じ病気の熱に浮かされていたとはいえ、容易に想像ができるとおりもっと小規模に、まさしくナータールとウィーンを往復し、またヴェネチアからウィーン、とはいえ後にはローマからウィーンその他もあったが、とにかくそんなコースで動いていた。私はもっとも幸福な旅人であり、移動者であり、さすらい人であり、さすらいへと去り行く者である。そしてもっとも不幸きわまりない到着者なのである。当然のことながらこれはもう、疾《と》うに病的な状態である。そしてもう一つ、パウルと私が取り憑かれていたことで病気に分類できるものがあった。いわゆる数え病である。ブルックナーもとりわけその晩年にこの病気にかかっていた。たとえば何週間、何ヵ月も引き続いて、私は市電に乗って町に出るたびに、車窓の外にながめられる建物の窓と窓のあいだの数とか、窓そのものの数、あるいは扉の数や扉と扉のあいだの数とかを数えずにはいられなくなる。そして市電が速く走れば走るほど私も速く数えることになり、しかも頭がもうおかしくなると思われる寸前まで、数えることを止《や》められないのである。だから私はほとんどいつでも、この数え病から逃れるために、ウィーンやその他の町で市電に乗るときには、窓から外をながめず、視線をとにかく床に落とすということを習慣とした。しかしこれには途方もない自制心が必要で、いつもうまくできる保証はないのである。パウルもやはり数え病だった。だがパウルの場合はもっと強度で、彼がしばしば私に語っていたところによると、そのために市電に乗ることには耐えられないのだった。またパウルには、これと同じように私のことまで頭がおかしくなる寸前にしてしまう、そんな習慣がまだあった。自分が歩く舗道の敷石を、他の人たちのようにただ無差別に踏むのではなく、きわめて緻密に定めた順序にしたがって踏んでゆくのである。たとえば、きっちり二つとばしたあと三つめの敷石を、しかもただ無差別に、大なり小なりよくも考えず石のちょうど真ん中を踏むというのではなく、場合に応じて石の下の端または上の端をきわめて精確に踏んで歩みを進めるのである。パウルや私のような人間にとっては、なにものもいわゆる偶然や怠慢にまかされることがあってはならなかった。すべてがきわめて綿密に構成されて、幾何学的で、シンメトリックで、数学的でなければならなかったのである。私はパウルに数え病があることを、同時にまた、舗道の敷石を無差別にではなくきちんと決められた順序で踏んでゆくという特質があることも、どちらもはじめから見てとっていた。反対のものが互いに引き合うということがよく言われるが、私たちに関するかぎりは、やはり共通なもののほうが多かった。パウルについて私がごく僅かのうちに気づいたのと同じことを、パウルのほうでも私について気づいていたというようなことが、何百何千とあったのである。また私たちは何百何千と共通に贔屓《ひいき》するものがあり、何百何千と共通に反感を抱くものがあった。さらに私たちはたいへんしばしば同じ人間に心を惹かれ、同じ人間に反発を感じていた。だがむろん、私たちがいつでも、またどんなことについても同じ意見、同じ趣味、同じ結論をもっていたわけではない。たとえば、パウルはマドリードが好きだったが、私は嫌いだった。私はアドリア海が好きだったが、パウルは嫌いだった。等々である。だがショーペンハウアーは二人とも好きで、ノヴァーリス、パスカル、ベラスケス、ゴヤもそうだった。いっぽう、たしかに奔放ではあるがまったくもって技巧に欠けるエル・グレコには、二人ともまったく同じほどに反発を感じていた。あの男爵殿《ヘル・バローン》が、人生の最後の数ヵ月は実際、世にいう過去の影にすぎなかった。そして次第に幽霊のような相貌を獲得してきたこの影から、次第にみんなが身を引いていった。私じしんも当然のことながらこのパウルの影と、以前パウルと結んでいたのと同じ関係を結ぶことはできなかった。私たちはほとんど会わなくなってしまった。それはひとえに、もうパウルがしばしば、一日中シュタルブルクガッセの住まいから外に出ることがなかったからである。また、会う約束をすることもごく稀になってしまっていた。男爵殿は実際に、世にいう火の消えた存在となっていた。私は二、三度、彼を町中《まちなか》で観察した。彼のほうはそれに気づいてはいなかった。なんとかやっとのこと、とはいえ自分に適した姿勢を保つことに絶えず気を配りながら、パウルはグラーベンを建物の壁づたいに歩いていた。コールマルクトを通ってミヒャエル教会(77)のところまで行き、そこからさらにシュタルブルクガッセへと折れてゆく。実際に、そして言葉の本来の意味で、もはや一人の人間の影というばかりで、私は急に恐ろしくなった。どうしても声をかけることができなかった。パウルと顔を合わせるよりは後ろめたさに堪えるほうがましだった。私はパウルを観察しながら、後ろめたさを押さえつけて、パウルに近寄りはしなかった。急にパウルが怖く思われたのである。私たちは死の刻印を帯びた人々を避けるものだが、私もそうした卑しい心情に負けてしまったのだった。私は人生の最後の数ヵ月に会った友を、じゅうぶん承知のうえで卑しい自己保存本能から避けたのである。これは自分じしん許しがたいことだ。私は通りの片側から反対側をゆくパウルを見ていた。それは、この世からもうとっくに登録を取り消されているのにこの世にあることをいまだに強いられ、この世に置かれてはいないのに、まだこの世の中に入っていなければならない男の姿だった。痩せ細った腕には、グ、ロ、テ、ス、ク、グ、ロ、テ、ス、ク、にも、買物用の網袋がぶらさがっていた。買い求めた野菜や果物をそれに入れて家まで引きずっていくのである。当然のことながら、誰かが自分のこのまったく哀れな姿、みすぼらしい姿を見、それに心を痛めるかもしれないという不安をつねに抱きながら。だからといって、そんなパウルをこちらのほうからかばってやろうという気持ちだったのだなどと言えば、それは、私がパウルに声をかけずにいたこと、パウルに声をかけようという気持ちを抑えていたことの、私のほうでの、同じく苦しい理由づけになってしまう。そもそももう死そのものになってしまっていた人に対する恐れというものが私にあったのか、それとも、まだ同じ道に踏み込むことになってはいないこの私とパウルが会わずにすむようにしてやりたいという気持ちがあったのか、それはわからない。おそらくはその両方があったのだと思う。私はパウルを観察し、同時にわが身体を恥じた。パウルがもう終着点にいるのに自分はまだそうではないということが恥辱に思われたからである。私は性格のいい人間ではない。とにかくけっしていい人間ではないのである。パウルの他の友人たちと同じように、私はパウルとの交際を避けた。彼らと同じく、死と交際したくはなかったからである。私は死と睨み合うのが怖かった。というのもパウルのすべてが、すでに死だったのである。当然のことながら、パウルは最後の頃はもう活動的ではなかった。私のほうから連絡を取るべきだったのだろう。実際にも私はそうしている。ただ、私が連絡を取ったのはつねにそうとう長い間隔を置いて、しかもつねに新しくくだらない口実を考えてのことだった。時おり私たちはまだザッハーやアンバサダーに、そしてもちろん、なんといってもパウルにとっていちばん快適な場所だったので、ブロイナーホーフにも行った。ほかにどうしようもないときは私は一人でパウルのところに行ったが、友人たちといっしょに行くほうが望ましかった。そうすれば、今やパウルから発散するなんともすごい凄まじさを分かちあえてもらえたからだ。

パウルと二人きりだったならばとても堪えられはしなかっただろう。そう思うほどだったのである。衰えが容赦のないものになればなるほど、パウルの服装はいっそうエレガントになっていった。これらの高価な、同時にエレガントな服は、数年前に死亡したシュヴァルツェンベルク侯(78)の遺産としてパウルが受け取った衣裳類の中にあったものだが、もうほとんど死人になってしまっていたパウルの姿をいっそう痛々しいものにしていた。だが今パウルが見せているその姿は、けっしてグロテスクなものではなかった。それは心を揺さぶる姿だった。実際のところ、急にみんながパウルと付き合いたがらなくなっていた。というのも、こうなってもまだ時折り見かける、食料品を入れる網袋をさげて旧市内を歩くパウル、あるいはまったく疲れ果てて建物の壁に寄り掛かって立ちつくしているパウル、それは何年、何十年となくみんなにとって魅力的な存在であり続けたあのパウル、嫌がらずみんなと付き合ってくれ、みんなを楽しませてくれたあのパウルと同じパウルではもはやなかったのである。あらゆる世界からの尽きることのないお道化《ふざけ》でみんなのくだらない退屈を切り詰めてくれ、ジョークや面白い話でみんなのウィーン的またオーバーエスターライヒ的なぼんくらさに、みんなにはとうてい真似のできないあ、あ、し、た在り方を対置してみせたあのパウルでは、もはやなかったのである。パウルの口から、世界のあらゆる場所についての突拍子もない旅行談や、自分を軽蔑するばかりか最終的には憎んでいるとしか言いようのない自分の一族についての情け容赦のない人物描写、つまり彼らをまったくの赤裸《あかはだか》にしてしまうような描写は、もう出てこなくなっていた。パウルはいつも自分の一族のことをカトリックとユダヤとナチが入り混じった骨董品陳列棚だと、いかにも皮肉と当てこすりをなによりも好んだ人間らしく、また、持って生まれた芝居がかった表現のうまさで、言い表していたのだった。今やパウルが時折りそこでしゃべって聞かせてくれることには、もはや世に言う上流社会の香りや息吹はなく、貧困と死の臭いがするばかりだった。着ているものも以前とかわらずエレガントなものだったが、もはや今では、見る者に上流社交界の人間であるという印象、あるいはいずれにせよ畏敬の念を起こさせるような印象を与えはしなかった。急に、まったく擦り切れたみすぼらしい印象を与えるようになってしまっていたのだったが、それは、彼がなんとか口にする言葉のすべてにも、またあてはまっていたのだった。パウルはもう、タクシーでパリに行ったりもしなかった。トラウンキルヒェンやナータールに行くときは言うまでもなかった。毛編みのソックスをはいて、いつのまにかお気に入りの靴になってしまっていた汚れた運動靴が入った小さなビニール袋を持ってどこか二等車のコンパートメントの片隅に身をひそめ、グムンデンなりトラウンキルヒェンなりに向かうのだった。最後にナータールに現れたときのパウルは、終戦後のものでほとんど半世紀近くも時代遅れの、だがヨット狂だった当時のこととてあつらえてつくった、もうけっしてきれいとはいえないポロシャツに、先に述べた運動靴という出で立ちだった。ナータールの中庭に入ってくると、今はもう上に目をやることもなく、ただうつむいているばかりだった。いちばん愉快な気分の音楽を聞かせても、それはとあるボヘミアの管楽五重奏曲だったが、ほんの一瞬たりとてパウルの沈みきった暗澹とした気持ちを晴らすことはできなかった。いろいろな名前がたくさんあがってきた。それらはみな、長いあいだずっとパウルに付き従ってきながら、今となってはもう久しくパウルの前に姿を現さない人たちだった。だが、ほんとうの会話ができる状態では、もはやなかった。パウルが口にするのは文の切れ端ばかりで、どうやっても脈絡をつけることができなかった。人に見られていると感じたとき以外はたいていパウルは口を開け、手は震えていた。トラウンキルヒェンの彼の丘まで車に乗せて送っていったとき、パウルは無言のまま、ナータールの私の家の庭で手ずからもぎとった林檎がいくつか入った、白いビニール袋を握りしめていた。この道すがら、私はパウルが私の『狩猟仲間』[79]のいわゆる初演のときにどんなふうに振る舞ったかを思い出した。この作品は、他に前例もないほどのまったくの失敗だった。ブルクがそうなるためのあらゆる前提条件をつくり出したからだった。出演したのはどう考えても三流の俳優たちで、彼らが一瞬たりとも私の作品を支えてくれなかったということを、私は間もなく思い知らされざるをえなかった。それは俳優たちがまず第一に作品を理解していなかったから、そして第二に彼らじしん、作品をほとんど評価していなかったからだった。そのうえ彼らは大なり小なり間に合わせにあてがわれた役柄を演じなければならなかったのである。それは私の知るところでは間接的にといえども彼らの罪ではなかった。この作品をパウラ・ヴェッセリーとブルーノ・ガンツ[80]で上演するという計画がその前に挫折してしまっていたのである。そもそもこの二人のために私はこれを書いたというのにである。二人は私の『狩猟仲間』にけっきょく出演しなかった。ブルク、と愛情あふれた倒錯ぶりで呼ばれているこの劇場のアンサンブルが、大なり小なり閉鎖的にブルーノ・ガンツのブルク劇場出演に抵抗したのである。それはいわば存在の不安からばかりではなく、同時に存在の妬みからでもあった。スイスがこれまでに生んだもっとも偉大な俳優であるこのブルーノ・ガンツが、ブルク劇場アンサンブル全体を、私が述べた言葉だが芸術上の死亡恐怖そのものへと駆り立てたわけである。スイス出身のとてつもない演劇の天才。そして、ウィーンの劇場史の中で悲しくも不快な異常事態として、またドイツ語圏の劇場全体の取り返しのつかない恥辱として、実際に今なお私の頭の中にこびりついているのは、ブルク劇場の俳優たちが当時、決議文を起草して劇場管理当局を威嚇し、そこにあった言葉によればどんなことがあっても、またどんな手段によってもブルーノ・ガンツの出演を阻《はば》もうとし、また周知のように、実際にそれを阻んだという事実である。それというのもウィーンでは、劇場というものができてからこのかた、決定を下すのは実際に総監督《ディレクトーア》ではなく、俳優たちが決定を下しているからである。総監督、とりわけブルク劇場のそれはなにも口が出せず、いわゆるブルク劇場の人気俳優たちがつねに決定を下してきた。ただこれらの人気俳優たちだけが。彼らは無遠慮に馬鹿者と呼ばれてもいいような連中である。劇芸術というものがまったくわかっていないいっぽうで、無類の厚かましさで劇場で春をひさぎ、劇場に、そして観客に危害を加えているからだ。観客たちは、私はそう言わざるをえないのだが、これらブルク劇場の売春婦たちに、何百年とはいわぬまでも何十年も平気で御座敷をかけ続け、その彼らから、あらゆる良くない劇場のうちで最悪の劇場を提供されてきているのである。盛名を誇りながらも演劇というものがよくわかっていないこれらのいわゆる人気俳優たちから。彼らはひたすら、自分の芝居の貯えをつくることをなおざりにし、また、自分の人気をもっとも恥知らずなやり方で利用し尽くすことによって、いわばその非芸術の頂点にあぐらをかいて、またいっぽうではまったく愚かなウィーンの演劇ファンたちから人気の絶頂に祭り上げられて、何十年も、たいていは死ぬまでブルク劇場にとどまるのである。ブルーノ・ガンツの出演がウィーンの同僚たちの卑劣な行いによって不可能にされてしまうと、パウラ・ヴェッセリーも、私の最初にして唯一の大将夫人[81]なのだが、この企画から降りてしまった。ところが私は、『狩猟仲間』についておろかにもブルク劇場と取り交わした契約からもはや抜け出すことができず、私のこの作品の初演となる公演は最終的には甘受しなければならなかった。なんといってもこの公演は食指をそそられないとしか言いようがなく、すでにほのめかしたとおり、ウィーンのブルク劇場にかかる多くの、いやほとんどすべての出し物同様、まったくもって気分よく話すことなどできないしろものだった。それは主役を演じたこれらのまったく才能のない俳優たちが、無抵抗に観客たちと手を結んでいたからだった。そのやり方は、ウィーンの俳優たちが通算何百年となく、伝統的に観客とつねに手を結び、連帯して、彼らが演じている作品、彼らが演じている作家に対抗してきた、まさにその恥知らずなやり方そのものだった。彼らは、観客たちがその作品とその作家を、その人と作品が難しすぎて理解できないがためにはなから欲していないことに気づくと、すぐさま、さしたるためらいもなしに、その作家に裏切りをはたらくのである。というのも、ウィーンの俳優は、とりわけいわゆるブルクの俳優は、それがまったく当然のことであるかのように、かつてのヨーロッパの俳優たちのごとく、一人の作家とその作品のためには、おまけにそれが新しいもので定評がまだ確立していない場合には、世に言う火の中に飛び込むような真似はしないからである。むしろ彼らは、幕が上がったあと目に見え耳に聞こえてくるものに観客が即座に感激していないと知ると、早々に作家とその作品に背を向けてしまう。早々に観客と手を結び、春を売り、彼らじしんが子供じみた思い上がりからそう呼んでいるドイツ語圏第一の劇場を、世界第一の売春劇場にしてしまうのである。そんなふうになってしまうのは、なにも私の『狩猟仲間』の初演のあの不吉な晩だけではなかったのである。これらのブルクの俳優たちは、幕が上がるとすぐに、私はギャラリー[82]の席から見て取ることができたのだが、即座のいわゆる客の反応が良くなかったので、私と私の作品とに背を向けてしまったのだった。そしてそのため、ただちに私と私の作品に逆らう演技をし、第一幕の全部をまったくがさつに流して演じ、あたかも彼らがいわば職務上私の『狩猟仲間』を演ずることを強要されているかのような、私たちは実際この反発を感じさせる、不愉快で質の悪い作品に反対していますと主張しているかのような、そんな印象を与えたのだった。この作品に出演することを私たちに強いた劇場管理当局には文句を言いません。私たちはこの作品を演じていますが、これと関わりたくはないのです。私たちはこれを演じていますが、これにはなんの価値もありません。私たちはこれを、ただいやいや演じているのです。彼らは早々に何も知らない観客と手を結び、私と私の作品に、世に言う止《とど》めを刺し、そのことによって演出家をも裏切り、私の『狩猟仲間』からこれ以上ない厚顔無恥さで精神《たましい》を追い出してしまったのだった。当然、私の書いた作品は、これら低級な俳優どもが、すなわち演劇という芸術への裏切者たちが、この初演のときに演じたのとはまったく違ったものだった。私は第一幕だけでもほとんど我慢できず、幕が降りるとすぐに席を蹴って飛び出した。意図的に、しかも不愉快なやり方で欺かれたのだという思いが頭にあった。すでに最初のいくつかの科白《せりふ》を聞いただけで、俳優たちが私に逆らって演技をしていることが、そして彼らが作品を台無しにしてしまうであろうことが、私にはわかった。彼らはもう最初の数分間のところで、作品を非芸術と観客への迎合主義とでいっぱいにしていた。彼らは私を裏切り、本来自分たちが情熱を傾けて産婆役を務めるはずであった私の作品を、恥知らずなやり方で笑いものにしたのだった。ギャラリーを出てクロークのところまで駆けてくると、クローク係の女性が旦那様にもお気に召さなかったのですか、そうでございましょうと私に話かけた。ブルク劇場に私の『狩猟仲間』の上演をまかせてしまった自分の異常なほどの愚かさと馬鹿げた契約とに激怒しながら、私は階段を駆け降《お》り、ブルク劇場の外へ出た。私はあれ以上一瞬たりともこんな『狩猟仲間』を観てはいられなかっただろう。ブルク劇場をあとにしながら、今自分があたかも自分の作品の廃棄処理場から、そしてさらには自分の全精神的財産の廃棄処理場から逃れて来たような気がしていた。リングをぐるりと一周して、それからまたもや旧市内に戻って来たが、怒り心頭に発して駆け足で行ったり来たりした自分を、当然のことながら静めることはできなかった。終演後、私はこの上演を観ていた何人かの友人と出会った。友人たちは口々に、彼らの言葉によれば大成功だった、終わるとものすごい拍手だったと言う。彼らは私を欺いていたのだった。大破局となったであろうことは私にはわかっていた。私はいつもよく勘のはたらく人間だったからだ。とあるレストランに入っても、友人たちはまだ大成功、ものすごい拍手と言い続けていた。嘘つきの彼らみんなに平手打ちをくれてやることもできたかもしれない。そればかりか彼らは、俳優たちまでも、まったく愚かな大根役者たちだったにもかかわらず、そしてつまるところは私の『狩猟仲間』のまさしく墓掘り人であったにもかかわらず、褒め上げたのである。ただ一人、私に真実を語ってくれたのはわが友パウルだった。パウルは上演全体をまったく誤った解釈と断じ、完全な失敗であるとし、これをウィーンの文化上の厚顔無恥さの典型、作家とその作品に対するブルク劇場の陰険ぶりの代表例の中に入れた。君もまたブルク劇場の馬鹿さ加減と陰謀と腹黒さの餌食になったのさとパウルは言った。それにべつに驚きはしないがね。私には勉強になるだろうというのだった。当然のことながら私たちは、私たちに嘘をつく人たちを軽蔑し、私たちに真実を言ってくれる人たちを尊敬する。だから私がパウルを尊敬したのはまったく当たり前のことだった。死にゆく人たちは頭を引っ込めてしまうもので、生きていて死のことを考えてはいない人たちにもはや関わろうとしない。だからパウルは頭を引っ込めてしまい、またわが身を完全に隠してしまっていた。もう誰もパウルの姿を見かけなくなっていた。ただ時折りパウルの近況を尋ね合うばかりだった。共通の友人たちは私に、そして私は彼らに、パウルはどうしているのかと質問するのだった。これらの友人たちとまったく同様に、私はパウルを家に訪ねる勇気がもはやなかった。パウルの住まいの下にあるブロイナーホーフに来てコーヒーを飲むにも、もう長いことパウルといっしょにではなく、空っぽの彼の席のとなりにすわって、シュタルブルクガッセの通りを眺めやりながら、ひとりカップを傾ける私だった。そうしていると、このブロイナーホーフに対して、ただたんにパウルがいないということからばかりでなく、パウルがいないのにそれでもなお自分がいつもそこに顔を出しているということから、二重に嫌悪の情がこみ上げてくる。そして思うのだった。おそらく私の一生のうちで最高の友。その友が、いま自分がすわっているここの真上《まうえ》にある住まいで、まちがいなく哀れな状態でベッドに釘づけになっている。それなのに私は、死と直接に向かい合わねばならぬのが実際になんとも恐ろしく、彼を訪ねぬままにいるのだ。こうした思いを私はいつも押しのけてはいたが、結局のところは押しのけそこなってそれを押さえつけたのである。私は、私の覚え書きの中に、パウルに関連していて、かつまた、いま考えてみると部分的にはもう十二年以上も前にさかのぼる当のこの覚え書きの中から、パウルの姿がありありと浮かび上がるような、そんな箇所を探し求めることだけを行なってきた。しかもそのパウルの姿とは、私がいつまでも記憶にとどめておきたいパウルの生きた姿であって、死者などではなかった。ただ、ナータールで、そしてウィーンやローマやリスボンで、またチューリッヒやヴェネチアでしたためたこれらの覚え書きは、私はいまはっきりと認めるのだが、最終的には明らかにひとつの死の物語にほかならなかった。私がパウルと出会ったのは、そう私はいまは思うのだが、明らかにパウルが死んだ、その時点からだった。そして私はこれらの覚え書きが示しているように、その死を十二年以上にわたって追跡してきたのだった。そしてそのパウルの死から私の利益を引き出してきたのだった。私はそれを、私にできうるかぎり利用し尽くしたのである。私は結局のところ、パウルの死の十二年にわたる証人にほかならなかった。そう私は思う。しかもその証人は十二年にもわたって、この友の死から自分が生き永らえるための力の大部分を引き出したのだ。こんな考え方もあながち的《まと》はずれではなかろう。パウルは、私が私の生に、あるいはより正確に言うと私の実存に、いずれにせよいくぶんでも耐えられるようになるために、そして長い間とは言わないまでも、そもそもそれらを私に可能にしてくれるために、死なねばならなかったのである。私がパウルについてしたためた覚え書きの大部分は、音楽と犯罪的行為についてだった。そして、ヘルマン棟とルートヴィヒ棟について、両者の緊張した関係について、私たちの運命の山ヴィルヘルミーネンベルクについてと、この運命の山に一九六七年に居た医師と患者たちとについてだった。だが政治や、富と貧困についても、パウルは自分の経験から、それは私がこの人生で出会ったもっともセンシブルな人間に数え上げられる一人の人間の経験にほかならなかったが、そこから注目すべき意見を述べることができた。あらゆる事がらに関してみずからの歴史を否定し、パウルじしんがかつて口にした言葉によれば、そのことによって過去も未来もなく、また阿呆な原子力科学の手に落ちた社会を、パウルは軽蔑していた。パウルは腐敗した政府と誇大妄想狂の議会とを糾弾し、同様に芸術家たち、とりわけいわゆる再現芸術家の頭に巣くう自惚《うぬぼ》れを糾弾した。彼は政府と議会と国民全体を、そして創造的芸術といわゆる追創造的芸術、またそれらの芸術家たちを疑い、同様に自分じしんを疑い続けた。パウルは自然を、同じくまた、芸術を愛し、そして憎んだ。また同じ情熱と傍若無人さで、人間を愛し、そして憎んだ。金持ちとして金持ちたちの本質を、貧乏人として貧乏人たちの本質を見抜き、健康な人として健康な人たちの本質を、病人として病人たちの本質を、そしてついには頭がおかしい人として頭がおかしい人たちの本質、狂人として狂人たちの本質を見抜いていた。死のわずかばかり前に、パウルは、いま一度、もう何十年も前から自分じしんが、そしてまた友人たちがつくり出してきたパウル伝説の主人公を演じた。弾丸《たま》がこめられたリヴォルヴァーを持って激《げき》しきって、かつて両親の家であったハイアー・マルクトのケッヒェルト宝石店[83]に押し入ったのだった。パウルは、伝えられているところによると、すでに戸口のところで、宝石の陳列ケースの後ろに立っていた従兄弟《いとこ》のゴットフリートを、ゴットフリートは当時も今もこの店の所有者なのだが、その彼を、今から言うあるひとつの真珠をよこさないとすぐにも撃つぞと脅した。驚いたパウルの従兄弟ゴットフリートは、伝えられているところによると、死の恐怖にすくんで手を上げたが、それに向かってパウルはこう言ったという。おまえの冠の真珠を。すべて戯れにすぎなかったのである。これがパウルの最後の戯れだったということになる。従兄弟の宝石屋は戯れがわからなかったが、だがしかし、伝えられているところによれば、自分の従兄弟が突然またもや責任能力を失ったと見て取り、病院行きだと断じたのである。伝えられているところによると、彼は暴れるパウルをなんとか取り押さえて警察に知らせた。警察の手でパウルはシュタインホーフに運ばれていった。二百人の友人が私の埋葬に集まるだろう。そして私の墓の前で、君が弔辞を述べるのだ。パウルは私にそう言ったことがあった。だが彼の埋葬には、私が知るところでは八人か九人の人が参列しただけだった。私じしんはちょうどその時クレタに居て、ある芝居を書いていた。だがその芝居は、書き上げるとすぐに廃棄してしまった。パウルは、私がのちに知ったところによると、従兄弟を襲ってからわずか数日後に、なんと私が最初思っていたのとはちがって、自分の本来の故郷と彼じしん言っていたシュタインホーフではなく、リンツのある病院で死んだ。彼はウィーンの中央墓地に葬られているという。その墓を私は今日まで訪ねていない。

訳注

（1）六日戦争　一九六七年六月にアラブ諸国とイスラエルの間に起こった戦争はこう呼ばれる。
（2）ヴァルトフィアテル　ウィーンの北西、チェコスロヴァキアとの国境方面に広がる森林地帯。
（3）アム・シュタインホーフの精神病院　ウィーンの西部のバウムガルトナーヘーエと呼ばれる高台にはウィーン市の大規模な療養施設がある。一九〇七年開設。その中心を成すのがアム・シュタインホーフの精神病院で、この病院のモニュメンタルな付属教会はオットー・ワーグナー（一八四一―一九一八）の設計で、ウィーン＝アールヌーヴォーの建築の精華の一つである。
（4）ウィーン一区　リング通りの内側、王宮や国立オペラのあるウィーン市の中心部。
（5）トラウン湖　オーバーエスターライヒ州の州都リンツの南西約六十キロ、風光明媚な湖沼地帯ザルツカンマーグートにある湖。
（6）グリンツィング　ウィーン十九区、市の中心の北に位置し、緑多い高級住宅地となっている。
（7）デーメル、レーマン、スルカ　いずれもウィーン風菓子の老舗として名高い店。
（8）ショード　卵に熱い牛乳をかけ砂糖と香料を加えてつくるクリーム状の飲み物。
（9）ブルーメンシュトックガッセ　ウィーン一区にある小さな通り。
（10）シューリヒト　カール・シューリヒト（一八八〇―一九六七）は地味な存在ながら、二十世紀最高の指揮者の一人に数えられる。とりわけウィーンでは尊敬を集め、ウィーン・フィルハーモニーの指揮台に立つことも多かった。
（11）ムジークフェライン　ウィーン・フィルの定期演奏会場として、またコンツェルトハウスとともにウィーンのコンサート活動の中心として名高いこのコンサート会場は一八六七―六九年にテオフィール・ハンゼンの設計によって、ウィーンの楽友協会の本拠として建てられた。大ホールと「ブラームス・ザール」と呼ばれる室内楽用ホールとからなる。

(12) ブルゲンラント　オーストリアの東端にある州でハンガリーと国境を接する。州都はアイゼンシュタット。

(13) 百シリング札　シリングは一九二四年に採用された現行のオーストリアの貨幣単位。

(14) 共和国の樹立　一九一八年オーストリア゠ハンガリー帝国が崩壊し、ウィーンを中心とする旧帝国のドイツ語圏部分は新しい共和国となった。このオーストリアの「第一共和制」は一九三八年のナチによるオーストリア併合まで存続する。

(15) 国立歌劇場《ハウス・アム・リング》　ウィーン国立歌劇場はリング通りに面しているので、ウィーンの人々からしばしば「ハウス・アム・リング」(リング通りに面した建物)と呼ばれる。

(16) メト、コヴェントガーデン、スカラ　それぞれニューヨークのメトロポリタン歌劇場、ロンドンのコヴェントガーデン王立歌劇場、ミラノのスカラ座のこと。

(17) クニーツェ　ウィーンの中心街グラーベンにある最高級紳士服店。

(18) エーデン・バー　ウィーンの中心街、リーリエンガッセにある、市中でもっともノーブルな社交クラブ。

(19) ザッハーやインペリアル　いずれもウィーン市中心部にあるヨーロッパでも屈指の高級ホテル。

(20) マッリやロッセッリやヤンコ　ウィーンで特に評判のいい有名ブランド。

(21) ナータール　トラウン湖畔グムンデンの町から数キロ奥に入った小村オールスドルフの一地区。トーマス・ベルンハルトはここに百姓家《バウエルンホーフ》を購入し、一九六五年以降そこを生活の本拠とした。

(22) オーベナウス　本文にもあるとおり、ウィーンの中心部、一区のヴァイブルクガッセにあるワイン酒場兼ウィーン料理店。

(23) 〈ライン〉　シューマンの交響曲第三番変ホ長調作品九七〈ライン〉のこと。

(24) ジャッキー・スチュワート、グレアム・ヒル、ヨッヘン・リント　いずれも一九六〇年代から七〇年代初めのF1《ワン》の自動車レース界のスター。
(25) リングトゥルム　「リングの塔」の意味で、リング通りがショッテンリングでドナウ運河沿いにカーヴするところの角にある（ウィーン旧市内としては）高層のビル。
(26) スペイン乗馬学校　ウィーン市中央部一区にある元宮廷の冬の乗馬学校。リピツァーナー種の白馬によるパフォーマンスで有名。
(27) ディ・シュテーティッシェ・フェアズィッヒェルングスアンシュタルト　直訳すると「市保険会社」となるが、「ディ・ウィンナー・シュテーティッシェ」と通常呼ばれているウィーンの大手保険会社のことを指す。
(28) ブロイナーホーフ　ウィーン一区シュタルブルクガッセにあるカフェ。
(29) ペータースプラッツ　ウィーンの中心街グラーベンに面する小さな広場で、ペーター教会があるのでこう呼ばれる。
(30) アンバサダー　ウィーン一の繁華街ケルントナー・シュトラーセにある高級ホテル。
(31) クレンペラー　オットー・クレンペラー（一八八五―一九七三）。二十世紀を代表する偉大な指揮者の一人。
(32) 〈影のない女〉　リヒャルト・シュトラウス作曲のオペラ〈影のない女〉のこと。
(33) フィルハーモニカー　ウィーン・フィルのこと。
(34) トラウンキルヒェンとトラウンシュタインのあいだ　トラウンシュタインの岩山は、トラウン湖をはさんでトラウンキルヒェンの町と向かい合っている。したがってここでは、両者のあいだの湖上でという意味になる。
(35) ベーム　カール・ベーム（一八九四―一九八一）。オーストリア、グラーツ生まれの名指揮者。
(36) グムンデン　トラウン湖北岸にある人口一万三千ほどの町。保養地としても有名。

(37) ヨーゼフ二世時代　ヨーゼフ二世は女帝マリア・テレージアの息子で、その統治時代は一七六五―九〇年。
(38) グリッティ　ヴェネチアの大運河に面した世界有数の高級ホテル。
(39) ドロテーアガッセにあるグラーベンホテル　ドロテーアガッセはウィーン一区の繁華街グラーベンから奥にのびる横町で、グラーベンホテルはいわゆるデラックス・ホテルではないが、ウィーンの中でももっとも由緒あるホテルの一つである。とりわけ、アルバン・ベルクの〈アルテンベルク歌曲集〉の詩人ペーター・アルテンベルクが住まいがわりにしていたことは有名で、このほかフランツ・カフカやその友人で重要なカフカ紹介者となったマックス・ブロートもここに投宿している。
(40) レギーナとローヤル　同じくウィーンのホテル。
(41) ザルツカンマーグート　オーストリアのザルツブルク州、オーバーエスターライヒ州、そしてシュタイヤーマルク州の一部にまでまたがる風光明媚な山岳湖沼地帯。トラウン湖もこの地域の代表的な湖の一つである。
(42)『ノイエ・チュルヒャー・ツァイトゥング』「新チューリッヒ新聞」の意味で、スイスで発行されるドイツ語圏の高級日刊紙の一つ。
(43)〈ツァイーデ〉モーツァルト作曲の未完のジングシュピール。K三四四（三三六b）。
(44) バート・ライヒェンハル　ドイツのバイエルン州にある温泉保養地。ドイツ、オーストリアの国境にあり、ザルツブルクからも十数キロ。
(45) バート・ハル　ヴェルスとシュタイアの中間にある温泉保養地。二十歳のグスタフ・マーラーが初めて指揮をしたのは、この地の小さな夏期劇場でだった。
(46) シュタイア　リンツの南方四十キロほどにある人口四万ほどの町。オーストリアでもっとも美しい小都市の一つに数えられる。一八一九年シューベルトがこの地を訪れ、室内楽の作曲を依頼され、それを契機に「鱒」の主題による五重奏曲ができあがった。

(47) ヴェルス　ザルツブルクとリンツの中間、トラウン湖畔からは四十数キロのところにある。オーストリア有数の美しい広場のある町で人口約五万五千。
(48) シュタイラーミュール　トラウン湖畔のグムンデンから北へトラウン川沿いに約三キロのところ。
(49) リッツ氏　ツェザール・リッツ（一八五〇―一九一八）。スイスのホテル王。
(50) シャリアピン、ゴッビ、ディ・ステファーノ、シミオナート、ティボー、カザルス　フェオドール・イヴァノヴィッチ・シャリアピン（一八七三―一九三八）、ティト・ゴッビ（一九一三―一九八四）、ジョゼッペ・ディ・ステファーノ（一九二一―一九八二）、ジュリエッタ・シミオナート（一九一〇―二〇一〇）は、それぞれ一世を風靡した世界的オペラ歌手。ジャック・ティボー（一八八〇―一九五三）はヴァイオリニスト、パブロ・カザルス（一八七六―一九七三）はチェリストとして、いずれも二十世紀最大の器楽奏者の一人。
(51) ジュリアード・カルテット、アマデウス・カルテット、トリエステ・トリオ　前二者はともに二十世紀中葉を代表する弦楽四重奏団。トリエステ・トリオは一九三三年に結成されたピアノ・トリオで、一九九五年まで活動を続けた。
(52) ミケランジェリ、ポリーニ、ルービンシュタイン、アラウ、ホロヴィッツ　アルトゥーロ・ベネデッティ・ミケランジェリ（一九二〇―一九九五）、マウリッツィオ・ポリーニ（一九四二―）、アルトゥール・ルービンシュタイン（一八八七―一九八二）、クラウディオ・アラウ（一九〇三―一九九一）、ウラディミール・ホロヴィッツ（一九〇四―一九八九）は、いずれも二十世紀を代表するピアノのヴィルトゥオーゾ。
(53) 夜の女王とツェルビネッタ　夜の女王はモーツァルトのオペラ〈魔笛〉、ツェルビネッタはリヒャルト・シュトラウスの〈ナクソス島のアリアドネ〉の中の役で、いずれもコロラトゥーラ・ソプラノの至難の技巧が要求される。
(54) ノイアー・マルクト　ウィーン一区、中心街のケルントナー・シュトラーセのすぐ裏に広がる広場で、老舗の商店などが並ぶ。
(55) テレジアーヌム　ウィーンきっての名門の高等学校《ギムナージウム》。
(56) 『論考』　ルートヴィヒ・ヴィトゲンシュタインの主著『論理哲学論考』のこと。
(57) グリルパルツァー賞　オーストリアの文豪フランツ・グリルパルツァーにちなんで贈られる文学賞。
(58) コールマルクト　グラーベン（註60）と直角に交わるウィーンの中心街の一つ。
(59) グリルパルツァー　フランツ・グリルパルツァー（一七九一―一八七二）はオーストリア最大の劇作家の一人。
(60) グラーベン　ウィーンのメインストリートの一つ。通りの両端でそれぞれケルントナー・シュトラーセとコールマルクトと直角に交わる。
(61) グーテンベルク像　ウィーンの旧市内一区のアム・リュゲックと呼ばれる小さな広場にある。
(62) ターフェルシュピッツ　ウィーンの代表的な料理で牛のフィレ肉をうす味で煮こんだもの。
(63) ニーダーエスターライヒ　首都ウィーンを取り囲むようにして広がるオーストリアの州の一つで、「低地オーストリア」を意味する。州都はザンクト・ペルテン。
(64) ヴェーベルンやベルク、ハウアーやシュトックハウゼン　アントン・ヴェーベルン（一八八三―一九四五）、アルバン・ベルク（一八八五―一九三五）、ヨーゼフ・マッティアス・ハウアー（一八八三―一九五九）、カールハインツ・シュトックハウゼン（一九二八―二〇〇七）。いずれも二十世紀の新しい音楽の発展に寄与した作曲家。
(65) プラド　マドリードのプラド美術館のこと。
(66) シュトゥルーデル　オーストリアで好まれる、クレープ状の薄皮で中身を包んだ菓子で、りんごを用いたアップェル・シュトゥルーデルが特に有名。
(67) マハラジャ　インドの支配者の称号で「大王」の意。
(68) シュテファン広場　ウィーン一区の中心、ウィーンのシンボルであるシュテファン教会の前の広場。

(69) ヴォルツァイレ　シュテファン広場からドナウ運河よりに少し奥に入ったところから東にリング通りの市立公園わきまで続く通りで、地元の人々に人気のある繁華街の一つ。
(70) 市立公園　ウィーンの旧市内一区の南東のリング通り沿いに広がる公園で、この中にあるヨハン・シュトラウス像はウィーンのシンボルの一つとなっている。
(71) ザッハーのカフェーハウス　ホテル・ザッハーの中にあるカフェ。ここの菓子ザッハー・トルテは有名。ウィーンではカフェのことをカフェーハウスと呼ぶ。
(72) ランペルスベルク　作曲家ゲアハルト・ランペルスベルク（一九二八―二〇〇二）のこと。ベルンハルトによる台本にランペルスベルクが音楽を付けた『頭たち』が一九六〇年に初演されている。
(73) 『フランクフルター・アルゲマイネ』　フランクフルトで発行されるドイツの最高級日刊紙。「フランクフルト一般新聞」ほどの意。
(74) 『ジュートドイチェ・ツァイトゥング』「南ドイツ新聞」の意で、ミュンヒェンで発行される。『フランクフルター・アルゲマイネ』と並ぶ高級日刊紙。
(75) カフェ・ハヴェルカ　ウィーン一区ドロテーアガッセにある有名な芸術家カフェ。
(76) カフェ・ムゼーウム　ウィーンの中心部カールスプラッツにある由緒あるカフェ。かつてはオペレッタ関係者や画家、キャバレー芸人のたまり場だった。ウィーンのカフェーハウスの典型を今日でもとどめている。
(77) ミヒャエル教会　コールマルクトの通りが王宮の裏側にぶつかるミヒャエル広場にある教会で、建物は十三世紀のもの。
(78) シュヴァルツェンベルク侯　シュヴァルツェンベルク家はウィーンの大貴族の家柄の一つ。
(79) 『狩猟仲間』　ベルンハルトの戯曲で、一九七四年五月ウィーンのブルク劇場でクラウス・パイマン演出で初演された。
(80) パウラ・ヴェッセリーとブルーノ・ガンツ　ドイツ語圏演劇界きっての演技派として著名な女優と男優。

(81) 大将夫人　『狩猟仲間』の中の役で主役の一つ。
(82) ギャラリー　劇場の最上階のいわゆる天井桟敷の部分。
(83) ノイアー・マルクトのケッヒェルト宝石店　客筋が良くノーブルなことで知られる、ウィーンの代表的な宝石店。

訳者あとがき

一九七九年の十一月、リンツのとある療養施設で、ひとりの老人が肉体と精神の衰弱の果てに寂しく世を去っていった。その老人の名はパウル・ヴィトゲンシュタイン。ウィーンきっての名門ヴィトゲンシュタイン家に生まれ、二十世紀最大の哲学者の一人ルートヴィヒ・ヴィトゲンシュタインをおじにもち、狂気に取り憑かれて破滅と隣り合わせの人生を送りながらも無類の音楽通として、また熱狂的な音楽ファンとして、ウィーンでは知る人ぞ知る存在だった人物である。なかでも、マリア・イェリッツァ、マックス・ローレンツ、マリア・チェボターリらによるウィーン・オペラの黄金時代を目の当たりにして培われた彼のオペラへの情熱は有名で、さまざまな逸話となって、ウィーンのカフェーやバーで、またオペラ・ファンのあいだで、今日でもなお語り継がれている。たとえば、戦後の国立オペラのカール・ベーム指揮のプレミエで「金か芸術か、それが問題だ」と彼が叫んで引き起こしたスキャンダルは、そんな席で好んで語られる〈パウル・ヴィトゲンシュタイン神話〉の一つである。

本書『ヴィトゲンシュタインの甥』は、そうしたパウル・ヴィトゲンシュタインの晩年の数少ない親友の一人だったオーストリアの現代作家トーマス・ベルンハルトによる自伝形式の物語である。ベルンハルトはここで、自身のパウルとの交遊の思い出を、鋭敏な、あるいは鋭敏すぎる感性をそなえた一つのノーブルな精神が滅びゆくさまを見届ける、深みある文学的覚え書きにまとめあげている。それは今は亡き友に心をこめて捧げる墓碑銘といってよいが、モノローグ的な思考が変奏曲のように微妙に変化しつつ繰り返しを重ねて延々と進行してゆくその文体、そしてまた、死、狂気、病気、破滅をテーマとして人間存在の暗黒面を正面から見据えるというその内容を考えるならば、短篇ながらもトーマス・ベルンハルトの文学の在り方の典型を示した、深刻な文学作品といえよう。

とはいえ、そもそも音楽への情熱が軸となって深められてゆく二人の友情の記録は、シューリヒトやカラヤン、あるいはクレンペラーやトリエステ・トリオなどをはじめとする多数の演奏家や、作曲家とその作品が実名で登場することとも相まって、一九六〇年前後のウィーンの音楽的雰囲気を伝える読物として、いわばある種の「音楽小説」として、音楽ファンの興味をそそる。また、物語には随所に国立歌劇場やムジークフェラインをはじめ、ザッハー、アンバサダーなど有名ホテル、カフェーやレストラン、さらにはメーンストリートの老舗から郊外の病院にいたるまで、ウィーンのさまざまな場所が現れる。これらの場所を点として結んでゆくと「ベルンハルトのウィーン」とでも言うべきものが現れ、この観点から作品を見ると、ひとつの個性的な「ウィーン論」「都市論」となっていて、ウィーンという都市とその文化に関心をもつ者にも、たいへん興味ぶかい。『ヴィトゲンシュタインの甥』はウィーンを描いた「ウィーン小説」であると見ることもできるのである。

しかしここで「ウィーン小説」とはいっても、それは単に場所としてのウィーンを扱っているというばかりではない。ここでの「ウィーン」は、はるかにシンボリックだ。この物語はウィーンの文化そのものを、世紀末に飛翔をとげ一九二〇年代にラディカリズムへと昇華するあのウィーン文化を、そして現在のその黄昏を、テーマとしているのである。というのも、主人公パウルを生んだヴィトゲンシュタイン家、この「ヴィトゲンシュタイン」という名前それ自体が、世紀末から二十世紀前半のウィーン文化の同義語にほかならないからである。

ヴィトゲンシュタイン家は、十九世紀の後半に入ってパウルの大おじにあたるカール・ヴィトゲンシュタインの代に鉄工業で成功し、またたく間に当時のオーストリア＝ハンガリー帝国有数の富裕な一族となった。このカールはもともと音楽好きで、遠縁にあたるヨーゼフ・ヨアヒムとも早くから親交があり、また姉もブラームスに音楽を習うといった環境にあったが、経済的な成功を遂げた後は新しい芸術のパトロンの役をも引き受け、世紀末には名実ともにウィーンの社会的・精神的中心人物となっていた。一八九七年、グスタフ・クリムトらが〈ウィーン分離派〉を結成したとき、その資金の大半を援助したのもカール・ヴィトゲンシュタインだった。こうしてヴィトゲンシュタイン家にはブラームスやヨアヒムのほか、クリムトをはじめとする〈分離派〉の芸術家たち、そして若き日のグスタフ・マーラー、ブルーノ・ワルター、パブロ・カザルスらが出入りしていた。

三人までもが自殺したカールの息子たちのうち、生き残った二人がピアニストのパウル・ヴィトゲンシュタイン（一八八七―一九六一）と哲学者のルートヴィヒ・ヴィトゲンシュタイン（一八八九―一九五一）である。後者は言うまでもなく二十世紀最大の天才の一人であり、『論理哲学論考』をはじめとするその著作は、哲学のみならず二十世紀の学問や思想の全体に決定的な影響をあたえている。また前者は、第一次世界大戦で右手を失い、ラヴェル、プロコフィエフ、リヒャルト・シュトラウスらが左手のための協奏曲を贈った〈左手のピアニスト〉で、音楽ファンには馴染み深い。本書における「ヴィトゲンシュタインの甥」パウル・ヴィトゲンシュタインは一九〇七年の生まれで、この二人のいとこの子、つまりルートヴィヒ・ヴィトゲンシュタインからみれば「甥」にあたる。

つまり、この物語のパウル・ヴィトゲンシュタインは、そうしたヴィトゲンシュタイン家、すなわち、世紀末、そして二十世紀前半を迎えるまでのウィーン、今となっては「古き佳《よ》き」とでも言うべき時代のウィーンをシンボライズする家系としてのヴィトゲンシュタイン家の末裔、いわば最後の人なのである。

ここで逆に、そうしたヴィトゲンシュタイン家によって象徴される二十世紀を迎えるまでのウィーンを鳥瞰図的に振り返ってみるならば、「ヴィトゲンシュタイン」という名前が象徴するものの内実が、いっそうはっきりしてくるにちがいない。

オーストリアの帝国は、つねにカトリックの帝国であった。そのカトリックの伝統は、ドイツから吹きつける宗教改革の西風に触れたとき、首都ウィーンを中心にバロック文化の華《はな》を咲かせる。周知のようにバロックとは本質的に反宗教改革の運動にほかならず、バロックの芸術は、新教に対抗して自己をアピールする旧教側のいわば宣伝芸術だった。バロックの特質は、すべてここから生まれる。すなわち、目を奪うばかりの華麗な装飾性、人の心を釘付けにする演劇性、わかりやすいメッセージの背後に深い意味を込めるアレゴリー性。これらがバロックの特質となってゆくが、それがまさにそのまま、ウィーン文化の特質となっていったのである。

ウィーンのバロック文化が内包する装飾性、演劇性、アレゴリー性——これらは世紀末に〈ウィーン分離派〉で創造的で特異な頂点を迎えると同時に、それに対する本質的批判を誘発する。華やかなデコレーションの背後で、大仰な演劇的身振りや舞台上の書き割りの背後で、あるいはアレゴリーの背後で、それらに覆われることによって在るのかどうかさえ疑わしくなってしまった「真実」をふたたび明るみに出すことが求められる。装飾を洗い落とし、それに窒息しそうになっている「真実」を見つけ出し、救い出すこと。そのためには、伝統の中にはびこる装飾的なものを批判しつつ、「真実」なるものを構成している論理を明らかにしてゆかねばならない。

建築家アドルフ・ロースの「装飾は犯罪だ」という叫びはその端的な表現であったし、伝統和声を排して組織的無調としての十二音技法の中に内的真実を表現するための音楽表現の論理を見い出してゆくアルノルト・シェーンベルクの立脚点も同じところにあった。そしてなによりも、語りうる「真実」を成立せしめている言語の論理をくまなく解明し——そしてそのことによっておそらく、語りえぬ「真実」の領域を騙し絵のように描いてみせた——ルートヴィヒ・ヴィトゲンシュタインこそ、ウィーン文化の伝統の中で装飾の背後に隠されてしまった「真実」の、そのもっとも徹底した探究者だったのである。

こうして、パウルのおじルートヴィヒ・ヴィトゲンシュタインが出現することによって、「ヴィトゲンシュタイン」という名前は、バロックに根ざすウィーンの文化的伝統を象徴すると同時に、それに対する本質的批判をも象徴することになるのである。バロックと近代。装飾と装飾批判。過剰と禁欲。ヴィトゲンシュタイン家の末裔であるパウルは、そうした分裂をにないつつ、まさにそうしたものであるウィーン文化の最後の生き身の化身として、狂気のうちに滅んでゆく。

パウルのオペラ熱——オペラ、とりわけバロック時代以降三百五十年の歴史を誇るウィーンのオペラは、装飾性と演劇性とアレゴリー性の極致として、ウィーンのバロック的伝統の今日にまで続く継承にほかならないといえる。ベルンハルトが、「パウルの頭は本質的にオペラの頭」で、その人生そのものが「グランド・オペラ」だったと述べるとき、それは単なる比喩ではなく、パウルの存在の本質規定なのである。同時にパウルは、カラヤンをめぐるパウルと「私」の論議、グリルパルツァー賞や国家賞の授賞式のエピソードが語るように、人間と社会、そしてなによりも芸術の、書き割り（装飾）の背後の真実を追求する。まさにこうしたパウルの二律背反的な在り方そのものが、「ヴィトゲンシュタイン」という名前に象徴される世紀末から二十世紀前半までのウィーン文化の本質にほかならないのである。

『ヴィトゲンシュタインの甥』は、こうしてひとつの「ウィーン文化史」をも内包した、多層的で奥行きの深い「ウィーン小説」なのである。さらには、先に述べた「音楽小説」といった側面。そして肝心の、この物語の本筋である、パウル・ヴィトゲンシュタインの狂気と死を見守りながら、書き手ベルンハルトじしんがみずからの、そして人間全体の宿命としての病気と死を見つめてゆく、その記録であるという面。

このように『ヴィトゲンシュタインの甥』は、いろいろな読み方が可能である。『ヴィトゲンシュタインの甥』を読むことは、あたかも、巧妙につくられた騙し絵をながめるようである。少しばかり視線を動かすと、ひとつのものが異なる図柄に見えてくるのだ。それが、この作品の魅力であり、またトーマス・ベルンハルトの作家としての力量としたたかさの証しとも言えるだろう。

トーマス・ベルンハルトは、一九三一年二月十日、オランダのヘールレンに生まれ、一九八九年二月十二日、オーストリアのグムンデンで死去した。オランダの生まれであるが、両親ともオーストリア人なので、生粋のオーストリア人である。母方の祖父は、作家のヨハンネス・フロイムビヒラー（一八八一―一九四九）で、ベルンハルトは満一歳でウィーンのこの祖父のもとに預けられ、祖父母とともにザルツブルク州のゼーキルヒェン、オーバーバイエルンのトラウンシュタインで生活した。ベルンハルトじしん認めているように、この敬愛する祖父の人となりと生き方が、ベルンハルトの人格形成や世界観に大きな影響を与えた。

ベルンハルトは、もともと音楽を専門的に学び、その後に文学の道に入っている。すでに幼少の頃から音楽を学ぶ機会に恵まれ、ザルツブルクのギムナジウムの寄宿生となったあとも、ヴァイオリン、歌唱、音楽美学などの音楽の勉強を続け、その後、肺の病気のため中断を余儀なくされたがザルツブルク・モーツァルテウム音楽院で音楽と演劇（このとき学んだアルトーとブレヒトがのちの創作に影響を与えている）を学び、一九五七年に同校を卒業している。

この年、最初の詩集『地上で、そして地獄で』を出版、また、一九五九年には『荒れ野の薔薇、バレーと声とオーケストラのための五章』という音楽作品を発表している。一九六〇年に、ケルンテン州の小さな劇場で演劇活動に加わり、このために短い劇をいくつか書くことによって、劇作に手を染める。一九六三年、長篇小説『霜』（邦訳『凍』）を発表後、文筆活動に専念し、『アムラス』『当惑』など小説を次々と発表、一九六七年には文学部門のオーストリア国家賞、七〇年には西ドイツの権威ある文学賞ゲオルク・ビューヒナー賞を受賞し、ドイツ語圏を代表する現代作家の一人となった。『ヴィトゲンシュタインの甥』で語られている出来事や体験は、ちょうど六〇年代後半のこの頃のことが中心となっている。

七〇年代に入ると、『ボリスのための祝祭』『狩猟仲間』『習慣の力』『ミネッティ』『イマヌエル・カント』など続々と演劇を発表し、ドイツ語圏の諸劇場でのそれらの上演がつねに話題となり、劇作家としても注目の人となる。またこの時代、小説では、ベルンハルトの作品の中でも一般にもっともよく知られているもののひとつ『石灰工場』（これには竹内節訳、早川書房刊で邦訳がある）のほか、七五年以降八〇年代にまたがって五編の自伝小説を相次いで発表している。

その後、短い間隔で話題作を矢継ぎ早に生み出し、八〇年代を通じて、その死まで、ベルンハルトはドイツ語圏でもっとも刺激的で、もっともプロダクティヴな作家であり続けた。八〇年代には、散文作品では『ヴィトゲンシュタインの甥』をはじめ、『コンクリート』、グレン・グールドを扱った『落ちゆく人』（本書所収の『破滅者』）など。また演劇作品では『単純に複雑』『芝居づくり』『リッター、デーネ、フォス』などがあり、演劇作品はそれぞれザルツブルク音楽祭の演劇部門やウィーンのブルク劇場、あるいはパリで上演されて全ヨーロッパ的な評判を呼んだ。一九八六年には、ベルンハルトの世界観、哲学の集大成とも言うべき長篇小説『抹消』(邦訳『消去』)が出版され、また一九八八年には、そのブルク劇場での初演をめぐって文壇や演劇界ばかりか政界まで巻き込んだ大スキャンダルに発展した『英雄広場』が発表されたが、この二つが、結果的にベルンハルトの最後の代表作となった。

このようにエネルギッシュな、ものに憑かれたような創作活動を繰り広げ、作品の数もけっして少なくないベルンハルトであるが、そのテーマと書きぶりは、初期から一貫して、ほとんど同一といってよい。ベルンハルトは、いわば文学上の全仕事をとおして、ひとつの基本的認識を語り続けてきたのである。それはおよそ、〈人間は滅びゆく存在なのであり、それゆえあらゆる事物は最終的に没落にかかわっているのだ〉といった認識である。この認識が、ほとんどすべてのベルンハルトの作品を貫いているのである。したがって、ベルンハルトの文学では、つねに「死」「病気」「狂気」といった現象が作品の支配的テーマとなり、「ベルンハルトの創作は、容赦のない過酷さで、人間の実存の暗黒面をわれわれに見せつけ、混乱の奈落と孤独の頂点とをきわめて、限界点を越えて、安全無事に生きることが不可能となる領域に足を踏み入れる」(ハルトムート・ラインハルト)のである。

ベルンハルトの文学は、人間存在への基本的な懐疑から出発している現代の文学のうちでも、もっともペシミスティックで否定的な文学といえるだろう。そうした人間存在のトータルな否定が、人間の在りようの真実を、赤裸々に明らかにしてゆく。人間は滑稽なまでにぶざまで、馬鹿げた存在で、等しくただ死ぬことを待つばかりなのだ。それをあばきたてるベルンハルトの筆致の巧みさと凄まじさ、爽快とすら感じられるその毒舌と断定ぶりが、ベルンハルト文学の魅力のひとつである。だが、人間を等しくそうした悲惨な存在であるとするとき、まさにそうした認識から人間同士の不思議な連帯感が、凍てつきと寒さの中での不思議なぬくもりのように、伝わってきもするのである。

この翻訳は、もともと『レコード芸術』誌の一九八八年五月号から一九八九年八月号まで、十六回にわたって連載してきたもので、今回単行本として出版するにあたって、それに若干手を入れている。なお原書のタイトルには「ある友情」というサブタイトルが付けられているが、本書では、なるべく内容が見通せる具体的なものをという出版社の要望にしたがって、それを「最後の古き佳きウィーンびと」と改めた。

このいささか長い「訳者あとがき」を終えるにあたって、さらにどうしても触れておきたいことがある。それは、ちょうどこの翻訳を『レコード芸術』誌に連載中に伝えられたベルンハルトの死についてである。毎月翻訳をしながら、いわばベルンハルトとの対話を重ねてきた訳者にとって、それはなによりも大きな衝撃だったからだ。連載の最終回にあたって一度『レコード芸術』誌に掲げた文章であるが、ここに（一部を改め加筆したうえで）再録することをおゆるしいただきたい。

〈ベルンハルトの死を知ったのは、ウィーンから航空便で送られてくる日刊新聞「プレッセ」紙の二月十七日付けの紙面だった。二月十二日、心臓発作のために死去。第一面上段に写真入りで大きく伝えられ、文化面と社会面にも大きなスペースの関連記事が掲載されていた。まだ五十八歳の誕生日を迎えたばかりだった。記事中の、遺体が「発見されたのは」トラウン湖畔グムンデンの住まいでだった、という表現が気になった。しかも、なぜかその死は当初ごく近親の人たちにしか明かされず、公表された時点では、遺体はすでにウィーンのグリンツィング墓地への埋葬が終わっていたという。

真冬の、孤独のなかの死。それをベルンハルトは疾《と》うに選び取っていたのではなかったか。『ヴィトゲンシュタインの甥』の中のこんな一節が思い出された。「パウルは、そもそも私に生きるということをじつにしばしば可能にしてくれた人たちの一人なのである。そのことを私は、パウルが死んでから二年経ったいま、わが家のこの一月の寒さと空虚さに目をやりつつ、確信するのである。私にとって、こうした目的にかなう人は生きている人ではもう誰もいはしないから、せめて死者たちとともにこの一月の寒さと空虚さに耐えることにしよう。そう私は自分に言って聞かせる。そして、そうした死者たちのうち、この日々、そしてこの今のとき、誰よりも私の近くにいるのはパウル、私の友であったパウルなのだ」（一部省略）。

ごく最近になって伝えられたところによると、ベルンハルトはまったく一人きりで死んだのではなく、父親違いの弟で医師のペーター・ファビヤンがその死を看取ったという。ファビヤンによると、ベルンハルトは死のわずかばかり前にオーバーナータール（物語中のナータール）にある自分の百姓家をいま一度訪ねたが、すでに呼吸が苦しく、お気に入りの中庭（物語中でパウルにレコードを聴かせたあの中庭）を見る気力すらもはやなくなっていた。それでも死の前日には、もうほとんど何も食べられなくなっていたにもかかわらず、カフェーハウスに連れていってもらい、震える手で新聞を手にしたという。そしてその翌日の朝早く「果実酒《モスト》の小さなグラスを持ったまま」世を去ったのだった。

こうしたベルンハルトの最後の日々の姿を思い浮かべると、訳者にはそれが、物語の中の晩年のパウル・ヴィトゲンシュタインの壮絶な姿とオーヴァーラップしてきてならない。パウルはたしかに一般社会では常軌を逸した奇人であり狂人ということになるが、ベルンハルトから見れば、パウルは孤立して社会に迎合せず、極端にまで突き詰めて自分の「真実」を生きた人間ということになる。そして、ベルンハルトじしんも、同じく孤立者、単独者として、最後までそうした自分の「真実」を生きようとしたのである。ベルンハルトにとってパウル・ヴィトゲンシュタインはいわば精神の双生児であったのだ。

「真実」と「見せかけ」との間に境界線を引くことは、物語中でベルンハルトも述べているように、きわめて難しい。ほんものの「贋物」であればあるほど、いかにもほんとうの「本物」らしい姿をしていることが多いからだ。逆に、ほんものの「本物」が、そうであるだけに、いかにもほんとうの「贋物」といった姿をしていることもある。互いにその程度が徹底したものであればあるほど、「本物」と「贋物」の境界はいっそう曖昧になってくる。となると、「真実」かどうかを外側から客観的に判定することは、ほとんど不可能事に近い。また、たとえ客観的な判定ができたとしても、それがどんな意味をもちうるだろうか。「真実」とは、畢竟自分の時間の経過の中で形成されてゆく自分の「真実」以外にはないのだ。物語中の、カラヤンが「本物」の芸術家であるか、それとも「贋物」なのかをめぐるパウルと「私」の永遠の論争も、じつにこの問題にかかわっていて、考えれば考えるほど面白い。

社会の中の部外者であり、また異常な存在であった、「放蕩者」で「狂人」のパウルのほうが、つねに誰にもまして自分の「真実」を語り、また自分の「真実」に生きていた。ベルンハルトは、この『ヴィトゲンシュタインの甥』という物語で、人間の「真実」をめぐる意味ぶかい永遠のパラドックスを、みずからも自分の「真実」にこだわる者として、パウル・ヴィトゲンシュタインをとおして描いたのである。〉

『レコード芸術』誌連載にあたっては、音楽之友社の同誌編集部、瓶子卓也氏に、さらに今回の単行本化にあたっては、同社の堀恭さんにたいへんお世話になった。また、本書の装幀をお引き受けくださり、視覚的にとても素晴らしい本にデザインしてくださったのは田淵裕一氏である。本書は、これらの方々のお力添えあってはじめて形となったといえる。最後に心からの感謝の気持ちを申し述べさせていただきたい。

一九九〇年六月　　岩下眞好

破滅者

グレン・グールドを見つめて

ずっと以前から、あらかじめ計算していた自殺、と私は思った。
それはけっして絶望からのとっさの行為ではなかった。

グレン・グールド、私たちの友人であり、今世紀最高のピアノのヴィルトゥオーゾだった彼も五十一になったばかりだ、と、その旅館に入るとき私は思った。ただこの男は、ヴェルトハイマーのように自殺したのではなく、世に言う自然死で死んだのだ。四ヵ月半はニューヨークにいてずっと〈ゴルトベルク変奏曲《ヴァリアツィオーネン》〉と〈フーガの技法《クンスト》〉、四ヵ月半はピアノの修行《エクセルツィティーエン》というわけさ、とグレン・グールドはいつもきまってドイツ語で言っていたっけ、と私は思った。
ちょうど二十八年前、私たちはレオポルツクローン[1]に住んでホロヴィッツのもとで勉強していた。そして（これはヴェルトハイマーと私について言えることで、当然のことながらグレン・グールドには当てはまらないが）、あの雨ばかりのひと夏のあいだに、それまで八年間モーツァルテウムとウィーン音楽院で学んだよりも多くのことをホロヴィッツから学んだのだった。ホロヴィッツは私たちの先生たちをみんな無に等しい存在にしてしまった。とはいえ、これらのひどい教師たちがいたからこそ、ホロヴィッツのありがたみがわかったのである。二ヵ月半のあいだ絶え間なく雨が降り続いていた。私たちはレオポルツクローンの自室に籠もりきりで、昼も夜も勉強した。不眠が（そもそもグレン・グールドのだった！）私たちの決定的状態になってしまっていた。昼間ホロヴィッツが教えてくれたことを夜にさらっていたのである。私たちはほとんど食事も取らないほどだったが、その間いちども背中に痛みを覚えはしなかった。それまでどんな教師に習ったときでも、いつもこの背中の痛みに悩まされてきた私たちだったのに、ホロヴィッツに習っているあいだは、まったく背中の痛みに襲われなかったのである。それは、襲われないほどの集中力で勉強していたからだった。私たちがホロヴィッツの講座を修了したときには、グレンがすでにホロヴィッツその人よりも優れたピアノ弾きであることがはっきりとしていた。あるとき突然、グレンの演奏はホロヴィッツよりも素晴らしいという印象を私は抱いたのだった。そしてその瞬間から、グレンは私にとって世界最高のピアノのヴィルトゥオーゾとなった。たくさんのピアノ弾きをこの瞬間《とき》以後も聴いたが、誰もグレンほどには弾けなかった。ルービンシュタインでさえ、私が愛し続けたあのルービンシュタインでさえ、彼にまさってはいなかったのである。ヴェルトハイマーと私もともに上手《うま》かったが、そのヴェルトハイマーもグレンが最高だといつも言っていた。まだ私たちには、グレンが今世紀最高だとまでは言えなかったが。グレンがカナダに帰国したとき、私たちは現実に私たちのカナダの友人を失ってしまったわけだった。彼といつか再会できるとは、私たちは思わなかった。彼は自分の芸術にとり憑かれていた。しかもその憑かれぶりといったら、そうした状態をとうてい長いこと引き延ばしてはゆけず、ほどなくして彼は死んでしまうだろう、と私たちがいやでも思わざるをえないような、そんな種類のものだった。ところが私たちがいっしょにホロヴィッツのもとで勉強してから二年後、グレンはザルツブルク音楽祭で、二年前私たちといっしょにモーツァルテウムで昼夜を分かたず練習し、何度も何度も稽古をしたゴルトベルク変奏曲を演奏した。コンサートのあと新聞は、ゴルトベルク変奏曲をこれほど見事に弾いたピアニストはひとりもいないと書きたてた。つまり新聞はザルツブルクのコンサートのあと、その二年前に私たちが知り、主張したのと同じことを書いたわけである。コンサートのあとマクスグラーン[2]のガンスホーフ、鵞鳥亭で会おうと、私たちはグレンと約束していた。私がお気に入りの古い旅館だった。私たちは水を飲み、なにもしゃべらなかった。この再会のとき、躊躇せずに私はグレンに、私たち、つまりヴェルトハイマー（ウィーンからザルツブルクにやってきたのである）と私は、彼、すなわちグレンに再会できるとは一瞬たりとも思っていなかったことを告げた。グレンはあの芸術へのとり憑かれぶりのため、あのピアノ・ラディカリズムのため、ザルツブルクからカナダに帰ったあと、すぐにも破滅してしまうだろう。私たちの頭にはそんな思いしかなかったと告げた。実際に私は彼に向かってピアノ・ラディカリズムという言葉を発したのだった。ぼくのピアノ・ラディカリズムと、その後グレンもまた繰り返しそう言った。そしてまた、彼がこの言い方をカナダでもアメリカでも、いつも用いていたということも、私は知っている。すでに当時から、つまりその死のほぼ三十年前から、グレンはバッハをあらゆる作曲家のうちでいちばん愛していた。次にヘンデル。ベートーヴェンを彼は軽蔑していた。モーツァルトすら、彼が語るモーツァルトは私が他の誰よりも愛していたあのモーツァルトとは違っていた、と、その旅館の中に入ったとき私は思った。たった一音だってグレンは歌わずに鍵盤をたたいたことがなかった、と私は思った。こんな習慣をもったピアノ弾きはかつてひとりとしていなかった。自分の肺の病気について、それがあたかも自分の第二の芸術であるかのように彼は話していた。私たちが同じときに同じ病気をもち、そしてずっともち続けたこと、そしてついにはヴェルトハイマーもこの私たちの病気に罹《かか》ってしまったこと、そんなことを私は思った。だがグレンはこの肺の病気で破滅したのではなかった、と私は思った。逃げ道無しの情況が彼を殺したのだ。そうした情況の中へと、彼はほとんど四十年にわたって演奏しては沈んでいったのだ、と私は思った。彼はピアノを演奏することをやめはしなかった。当然のことながら、と私は思った。いっぽうヴェルトハイマーと私はピアノを演奏することをやめてしまった。演奏を、グレンのようにとてつもないものにまでしなかったからだ。グレンはこのとてつもないものからもはや脱け出して来なかったし、このとてつもないものから脱け出そうという意志もなかった。ヴェルトハイマーはベーゼンドルファーのグランドピアノをドロテーウム(3)のオークションに出して売ってしまった。私はある日、自分のシュタインウェイを、もうこれに悩まされることのないようにと、アルトミュンスターの近くノイキルヒェン(4)の九歳になる教師の娘にやってしまった。この教師の娘は私のシュタインウェイをすぐに駄目にしてしまったが、私はそのことをなんら苦痛に思わなかった。むしろ逆に、この愚かしい破壊を倒錯的な快感を覚えながら見守っていたのである。ヴェルトハイマーは、彼じしん繰り返し言っていたとおり、精神科学に入っていった。私は枯れ死《しに》のプロセスをたどり始めた。ある日、一晩にしてもう耐えられないものとなってしまった音楽から離れて、私は枯れ死しだしたのである。実際にやるという意味での音楽を捨てたのだ。音楽を論じるということは、最初から私に壊滅的作用を及ぼすばかりだった。あるとき突然に、私はピアノがとても嫌《いや》になった。私のピアノが。自分の演奏を聴くのがもはや我慢ならなくなってしまった。楽器にもう、ぶざまな手出しをしたくはなかった。そこで私はある日、教師を訪ねて私のシュタインウェイをプレゼントする旨を伝えた。お嬢さんがピアノの才能がおありと耳にしたので、と私は彼に言い、彼の家にシュタインウェイを運んでくると伝えた。ちょうどいいときに、自分はヴィルトゥオーゾの道を進むのには向いていないとはっきり悟ったものです、と私は教師に言った。私は何事にもいつも最高を望むので、この楽器と別れねばなりません。というのもこれを弾いても私はぜったいに、突然それがわかったのですが、最高をきわめることはできません。だから才能のあるお嬢さんに私のピアノを使っていただくようにするのは当然のことなのです。もう鍵盤の蓋を開けることは一度だってないでしょう。そう私は啞然としている教師に言ったものだった。この男はかなり単純素朴な人間で、同じくアルトミュンスター近郊ノイキルヒェン生まれのもっと単純素朴な女と夫婦だった。運送費はもちろんこちらがもちます！と私はこの、子供のころからの知り合いで私には気心の知れている、そしてまた、愚かとまでは言わないまでもお人好しであることも知れている教師に言った。教師は私の贈り物をすぐに受け入れたっけ、と旅館に入ったとき私は思った。私は彼の娘に才能があるなどとは一瞬たりとも思ったことがなかった。田舎の教師の子供に関してはいつも、あの子は才能があるなどと言われる。しかもそれは音楽の才能であることが多い。だが、ほんとうはまったくなんの才能もないのである。それらの子供たちはすべて、つねに徹底して才能がない。そうした子供がフルートを吹けるからといって、チターをつまびいたりピアノがポロポロ弾けるからといって、それだけではちっとも才能の証明にはならないのである。私は自分の高価な楽器を、まったくそれに値しないところに引き渡したということを承知していた。むしろだからこそ、あの教師のところに持っていったのだ。教師の娘は私の楽器を、そもそも最高の楽器のひとつで、めったに無いしろもので、そのため欲しい人も多く、だからまた値もはるその楽器を、すぐにこわしてしまい、使い物にならなくしてしまった。だがまさに愛する私のシュタインウェイがこわれるという出来事を私は欲していたのである。ヴェルトハイマーは、彼じしんいつもそう言っていたように、精神科学に入り込んでいった。私は枯れ死のプロセスに入ったわけだが、自分の楽器を例の教師の家にやってしまったことによって、およそ考えられる最善の方法で枯れ死のプロセスをたどり始めていたことになる。だがヴェルトハイマーのほうは、私がシュタインウェイを教師の娘にくれてやったあともまだ何年ものあいだピアノを弾いていた。まだ何年ものあいだ、ピアノのヴィルトゥオーゾになれると信じていたからである。ちなみにヴェルトハイマーは、演奏会に登場して私たちの耳に触れるピアノのヴィルトゥオーゾたちの大部分より、はるかにうまく弾けた。それでも彼は、よくてもせいぜいヨーロッパの他のピアノのヴィルトゥオーゾなみということに結局のところ満足できず、ピアノをやめて精神科学に入っていったのである。私はといえば、ヴェルトハイマーよりもさらにうまく弾けたと思うが、とうていグレンほどに弾けるとは思えなかった。私はこの理由から（ということはヴェルトハイマーと同じ理由で！）ピアノを一瞬の決断でやめてしまったのである。どうしてもグレンよりうまく弾きたかった。だがそれは不可能で、とてもありえないことだった。それで私はピアノを棄てたのである。いつのことだったかもう正確には覚えていないが四月のある日、目覚めると私はこう自分に言い聞かせた。もうピアノは弾かない。そしてじっさい、もうピアノには手を触れなかった。すぐに教師のところに行き、ピアノを運んで来ると告げたわけである。

これからは哲学的な事柄に身を捧げよう。教師のところに行く道すがら私はそう思った。哲学的な事柄とは何であるのかを当然のことながらまったくわかっていなかったにもかかわらずである。私はぜったいにピアノのヴィルトゥオーゾではない。そう自分に言って聞かせた。私は演奏家ではない。再現芸術家ではない。そもそも芸術家ではないのだ。私はすぐに落ちぶれたものの考え方の虜《とりこ》になっていた。教師のところに行くあいだじゅう私は繰り返し、こんな三つの言葉を唱えていた。そもそも・芸術家では・ないのだ！　そもそも・芸術家では・ないのだ！　そもそも・芸術家では・ないのだ！　グレン・グールドと知り合わなかったならば、私はきっとピアノをやめてはいなかっただろう。そしてピアノのヴィルトゥオーゾになっていたことだろう。いやもしかすると世界最高のピアノのヴィルトゥオーゾのひとりとなっていたかもしれない、と、その旅館の中で私は思った。ナンバーワンに出会ったときには、私たちは諦めるよりほかはない、と私は思った。グレンとは奇妙なことにメンヒスベルク[5]の上で知り合いになった。私が子供の頃から親しんでいたメンヒスベルクである。それまでも彼をモーツァルテウムで見かけてはいたが、メンヒスベルクで出会うまでは言葉を交わしたことがなかったのである。この山はまた、他にはそうそうないほどに自殺に向いているので、自殺の山《ゼルプストモルトベルク》とも呼ばれている。実際に毎週少なくとも三、四人が、この山から飛び下りている。自殺者たちは山の内部をくりぬいて造られたエレベーターで上に昇り、数歩ばかり歩いたあと、眼下の町に向かって飛び込むのである。傷口をさらして通りに横たわっている死体に私はいつも心をそそられ、私じしんも（ちなみにヴェルトハイマーもまたそうだった！）上から飛び下りようという思いを抱いて、しばしばメンヒスベルクに徒歩やエレベーターで登ったものだった。だが私は（そしてヴェルトハイマーも！）飛び込まなかったわけである。何度か私は（そしてヴェルトハイマーも！）飛び込もうと身を構えまでした。だが私は、ヴェルトハイマーと同じく、飛び込みはしなかったのである。私は踵《きびす》を返した。もちろん、今日に至るまで飛び下りた人よりも踵を返した人のほうが多くはあったのだ、と私は思った。グレンに私はメンヒスベルクのいわゆるリヒターへーエ(6)で出会った。ドイツをいちばんよく見晴らすことができる場所である。私はグレンに声をかけた。いっしょにホロヴィッツに習ってますね。私はそう言ったのだった。ええ、と彼が答えた。私たちは眼下のドイツ領を見やっていた。するとまもなくグレンが〈フーガの技法〉について語り始めた。なんと知性豊かで学識ある人にめぐりあったのだろう。そう私は思ったものだった。ロックフェラーの奨学金を受けていると彼は言った。ちなみに父親は裕福な人だということだった。皮《ホイテ》、毛皮《フェレ》(7)だよ、と彼はドイツ語で言った。彼のほうが、いっしょに学んでいる学生たちのうちのオーストリアの田舎から出てきた連中よりは、よほどドイツ語が上手だった。ザルツブルクが四キロ先のドイツにではなく、ここにあるのは幸いだ、と彼は言った。ドイツにだったら自分は行かなかっただろう、というのだった。それは最初の瞬間から精神的交遊だった。もっとも有名な部類のピアノ弾きにしたって、たいていは自分の芸術をわかっていはしないんだ、と彼が言った。でもそれは他の芸術ジャンルでも同じことさ、と私は言い、絵描きや物書きもまったく同じだし、哲学者たちだって哲学というものを知ってはいない、と続けた。たいていの芸術家が自分の芸術というものを知ってはいない。ディレッタント的な芸術観をもっていれば、一生涯ずっとディレッタンティズムに漬かっていることになる。もっとも有名な芸術家たちだってそうなのだ。私たちはすぐに互いにわかり合うことができた。しかも、これは言っておかねばならないのだが、私たちは最初の瞬間から、互いの相反するものに惹かれていたのである。じっさい、私たちは同じ自明の芸術観をもっていながら、正反対のものを持ち合わせていたのである。メンヒスベルクでのこの出会いから二、三日して、ヴェルトハイマーが加わった。グレンとヴェルトハイマーと私、三人はそれまでの最初の二週間、それぞれ旧市街のまったく不充分な住まいに別々に住んでいたのだが、私たちがやりたいとおりにできるような一軒の家を、ホロヴィッツの講座が終わるまで共同でレオポルツクローンに借りることにした。旧市街は、なにもかも麻痺させてしまうような影響を私たちに及ぼしていた。空気はとても呼吸できないしろもので、人間たちは堪えがたい連中だった。壁から滲みでる湿気が私たちと楽器とを苦しめた。そもそも私たちがホロヴィッツの講座を続けることができたのはザルツブルクの町から出たからにほかならなかった。この町は、およそ考えられうるかぎり芸術と精神とにもっとも敵対する町であり、冷たい壁の中に愚かな人間たちが囲われている鈍く虚《うつ》ろな田舎町なのである。ここでは例外なく、時とともにあらゆるものがすべて鈍く虚ろなものとなってしまう。ささやかな荷物をまとめてレオポルツクローンに越したのは私たちにとって救いだった。レオポルツクローンは当時はまだ緑の草地で、牛が草を食《は》み、たくさんの小鳥たちの住みかとなっていた。ザルツブルクの町そのものは、今日では町の隅々まで真新しく塗りたてられて、二十八年前よりもなおいっそうひどい状態となっているが、当時からすでに、ひとりの人間に対してすべての点でマイナスに作用し、時とともにその人のすべてを破壊してしまうのだった。私たちはそのことをすぐに悟って、ザルツブルクからレオポルツクローンに移ったのである。ザルツブルクの人々は、その風土同様つねにじつにいやな人間たちだったが、今日でもザルツブルクの町に足を踏み入れると、自分のそうした判断が正しかったことがわかる。それればかりか、すべてにわたっていっそういやな町となっているのである。だが、精神と芸術とに敵対するまさにこの町でホロヴィッツに習うということは、きわめて大きな利点をもっていた。勉強するときの周囲の環境が自分に好ましくないものと思われるときのほうが、好ましいと思われるときよりもよく勉強ができるものなのである。勉強する者は自分に敵対すると思われる勉学地を選んだほうがよく、快適と思われる場所を選ぶべきではない。快適と思えるような場所は勉強への集中力の大部分を奪ってしまうからだ。これに対して敵対的と思うような場所では百パーセント勉強に打ち込むことができる。絶望しないためには勉強に集中するほかはないからである。この点ではザルツブルクはおそらく、他のすべてのいわゆる美しい町同様、勉学には絶対お勧めである。ただし強い性格をもっている人でなくてはだめだ。性格の弱い人は手を打つすべもないまますぐにも破滅してしまうだろう。グレンは三日間というもの、この町の魔法に骨抜きにされてしまったということだった。ところが急に、この魔法が世に言う見え透いたペテンであり、この美しさは本質的には嫌悪感を催させるものであって、そうした嫌悪感を催させる美しさの中にいる人間たちも低劣な人々なのだということがわかった、と言っていた。前《プレ》アルプス地方の風土が情緒に障害のある人間たちをつくり出すんだ。彼らは幼い頃から鈍さ虚ろさに取り憑かれ、時とともに陰険になってゆくのさ、と私は言った。ここで生活している人は、正直でさえあるならば、このことを知っている。ここにやって来る人間も、これにすぐ気づく。そして、あれらの鈍くて虚ろな住人たち、あれらの情緒障害のザルツブルク人たちのようになりたくないと思ったなら、手遅れにならないうちにここから立ち去るしかない。ザルツブルクの人たちときたら、まだ彼らと同じようにはなっていないものすべてを、持ち前の鈍さ虚ろさで殺してしまうからだ。こんな所で育ったらなんとすてきだろう、と最初はグレンも思ったという。だが、着いてからもう二、三日もすると、この土地で生まれ、育ち、成人しなければならないということが彼には悪夢に思えてきたのだった。この風土、そしてこの壁たちが感受性を殺すんだ、と彼は言った。私にはもうそれに付け加えることはなにもなかった。レオポルツクローンではザルツブルクのこの良くない雰囲気も私たちに危険なものとなりようもなかった、と、その旅館に入るとき私は思った。ほんとうのところ、私にピアノ演奏というものを徹底的に教えてくれたのはホロヴィッツだけではなかった。ホロヴィッツに習っているあいだじゅうグレン・グールドと毎日つき合っていて教えられたことも、同じほど大きかった、と私は思った。そもそも私に音楽というものを可能にしてくれた、そして音楽とは何かをわからせてくれたのはこのふたりだった、と私は思った。ホロヴィッツのまえに私が習っていたのはヴューラー(8)だった。生徒たちを平均的なところで窒息させてしまう、そうしたあの教師たちのひとりである。先輩たちについてはなにをか言わんやである。彼らはみな、世に言う有名人となり、大都市の舞台に常連として登場し、そしてわが国の音楽院の教授のポストに就いて高収入を保証されている。だが彼らは、ピアノを弾くぶち壊し屋にほかならないのだ。音楽とは何であるのかをまったくわかってはいない、と私は思った。そうした音楽教師たちがいたるところで演奏し、ポストを占め、すぐれた才能を蕾のうちに窒息させてしまうのがあたかも自分の生涯の務めであるかのように、何千何万という音楽学生をだめにしてしまうのだ。こんな無責任が幅をきかせているところは、わが国の音楽院以外にはどこにもない。最近は音楽大学というようになっているが、と私は思った。音楽教師のうち理想的な人間は二万人にひとりである。ホロヴィッツはそうした理想の教師だった、と私は思った。グレンも、もしそうしたことに手を染めたならば、そういう理想のひとりになったことだろう。グレンもホロヴィッツと同様に、教えること、つまり芸術を仲介するという目的にとって理想的な感覚、理想的な思考力をもっていた。毎年一万人の音楽学生が、音楽学校の鈍さ虚ろさへと道を進み、不適格な教師たちの手で台無しにされてしまう、と私は思った。場合によっては有名になるにしろ、なにもわかってはいない、と、その旅館に入るとき、私は思った。グルダやブレンデルにはなっても、取るにたる存在にはなれない。ギレリスにはなっても、取るにたる存在にはなれない。ヴェルトハイマーは、もしグレンに出会わなかったならば、きっと現代最高のピアノのヴィルトゥオーゾのひとりとなっていたことだろう、と私は思った。もし彼に出会わなかったなら、私がいわゆる哲学的なものを濫用せずにいられただろうと思われるように、彼もまた精神科学を濫用しないで済んでいたにちがいない。それというのも、私が長年、哲学あるいは哲学的なものを濫用してきたのと同じように、ヴェルトハイマーは最後までいわゆる精神科学を濫用し続けたのである。もし出会わなかったなら、ヴェルトハイマーはあんなにぎっしりとメモを書き残したりしなかったろうに、と私は思った。同じように私も、もし彼に出会わなかったなら原稿など書きはしなかっただろうけれど。精神的犯罪だ。その旅館に入ったとき、そう私は思った。私たちはピアノのヴィルトゥオーゾとしてスタートラインに並んでいたのに、精神科学や哲学のシュテーベラーやヴューラーになり下がり、落ちぶれてしまったのだ。それは、私たちが最高レヴェルにまで到達せず、また最高レヴェルを越えることなく、この分野のひとりの天才を目にしたとき、やめてしまったからである。

だが正直を言うと、私はけっしてピアノのヴィルトゥオーゾにはなれなかっただろうと思う。心の底ではピアノのヴィルトゥオーゾになろうとはまったく思っていなかったし、そうしたものになるということに心にきわめて大きなひっかかりがあったからである。私はピアノのヴィルトゥオーゾというものを、私の枯れ死のプロセスの中で濫用していたにすぎなかった。じじつ私はピアノ弾きというものを、最初からつねに笑止なものと感じていた。私は、まったくもって並みはずれていたピアノの才能にそそのかされてピアノ演奏に打ち込むことになり、十五年におよぶ呻吟のあげく、突然、容赦なく、それを切り捨てたのである。自分の存在をセンチメンタリズムの生贄《いけにえ》にするのは私の流儀ではない。私は大声で笑い出し、ピアノを教師の家に運搬させ、このピアノの運搬を面白がって一日中笑いころげていた。これはほんとうのことだ。自分の手で一瞬のうちにたたき壊してやったピアノ・ヴィルトゥオーゾへの道を、ざまを見ろとばかりに笑い草にしてやったのである。そしておそらく、自分の手でこうしてピアノ・ヴィルトゥオーゾへの道を一挙にたたき壊したことは、私の枯れ死のプロセスの必然的な一部であったのだ、と、その旅館に入ったとき私は思った。私たちは、ありとあらゆることを試みたあげく、いつもそれを投げ棄ててしまう。何十年もの年月をまったく突然、ごみの山に放り投げてしまうのである。ヴェルトハイマーはなにごとか決断するとき、私よりもいつもゆっくりで、煮え切らないでいた。ピアノのヴィルトゥオーゾへの道をごみの山に放り投げたのも、私よりも何年もあとのことで、しかも私とは違って、その後きれいさっぱり忘れてしまうこともできなかった。ピアノを弾くのをやめるのではなかった、続けるべきだった、という愚痴を、私は何度も聞かされている。この私にもある程度責任がある。大切な問題、つまり存在にかかわる問題ではいつも模範になっていたのだから、と彼は言っていたっけ、と、その旅館に入ったとき、私は思った。ホロヴィッツの授業に顔を出したことは私とヴェルトハイマーには致命的だったが、グレンにとってはインスピレーションだった。ピアノのヴィルトゥオーゾというものに関して、そして根本的にはそもそも音楽というものに関してヴェルトハイマーと私を殺したのは、ホロヴィッツではなくグレンだった、と私は思った。私たちふたりともが自分のピアノのヴィルトゥオーゾとしての才能をまだ固く信じていた、すでにその時点で、グレンは、私たちがピアノのヴィルトゥオーゾであることなどありえないことにしてしまったのだ。ホロヴィッツのコースのあと、まだ何年ものあいだ、私たちは自分がヴィルトゥオーゾであることを信じていた。グレンと知り合ったその瞬間に、すでにそれはおしまいになっていたのにである。もし私がホロヴィッツの門を叩かなかったなら、つまり師のヴューラーの言うことを聞いていたならば、今日、ピアノのヴィルトゥオーゾでいられたかどうか。あれらの、思うに自分たちの芸術をひっさげて一年中ブエノスアイレスとウィーンのあいだを行ったり来たりしている有名な連中のひとりでいられたかどうか。それは誰にもわからない。ヴェルトハイマーについてもそうである。だが私はすぐに、自分じしんにノーと言ってきかせた。

というのも、私は初めからヴィルトゥオーゾというものを、それに伴うさまざまの現象ともども嫌悪していたからである。とりわけ大勢の人のまえに出るのが嫌だったし、また、なににも増して拍手喝采というものが嫌だった。耐えられないのだった。コンサートホールの空気の悪さに耐えられないのか、あるいは拍手喝采になのか、それともその両方になのか、長いことわからないでいたが、ようやく、自分はヴィルトゥオーゾというものそれじたいに、とりわけピアノのヴィルトゥオーゾというものに耐えられないのだということがわかったのだった。というのも私は、なににも増して聴衆というものが嫌いだったし、この聴衆というものに関連したすべてが嫌いだったのである。だからまた、ヴィルトゥオーゾというもの（そして実際のヴィルトゥオーゾたち）も嫌いだった。そしてまたグレンも、公開の演奏をしたのはわずか二、三年だけで、その後はもうそれに耐えられなくなり、外には出ず、アメリカの自宅にい続けたまま、あらゆるピアノ弾きのうち最高かつ最重要な存在となったのだった。私たちが十二年前、最後に彼を訪ねたとき、もう十年間も公開のコンサートをやっていなかった。この間に彼は、あらゆる愚者のうちでもものいちばんよく見える人となっていた。そして、芸術上の頂点に達していた。脳卒中に見舞われねばならないのは時間の問題、それも間近なことに思われた。ヴェルトハイマーも当時同じ気持ちで、グレンはもうそう長くは生きられないだろう、卒中に見舞われるだろう、と私に向かって言っていた。私たちは二週間半グレンの家にいた。そこに彼はスタジオをこしらえていた。ザルツブルクでのホロヴィッツのコースのときと同じように、彼は多かれ少なかれ昼も夜もピアノを弾いていた。何年も、いや十年も。ぼくは二年間に三十四回のコンサートをやったんだ。一生これで充分だよ、とグレンは言った。ヴェルトハイマーと私は、グレンといっしょに午後の二時から夜の一時までブラームスを弾いた。グレンは家のまわりに三人のガードマンを置き、他人を遠ざけていた。最初、私たちは、彼をわずらわせたくなかったので、一泊しか考えていなかった。だがけっきょく二週間半いて、私とヴェルトハイマーは、ピアノのヴィルトゥオーゾの道を諦めたことがいかに正しかったかを、またもや思い知らされることになったのだった。やあ、ウンターゲーアー君、とグレンはヴェルトハイマーに挨拶した。アメリカ・カナダ的率直さで、グレンは、ヴェルトハイマーをいつもウンターゲーアー、破滅者と呼び、私のことを、いつもまったく素っ気なくフィロゾーフ、哲学者と呼んでいた。もっともこの呼び方は、私にはなんの関わりもないものだったが。ウンターゲーアーのヴェルトハイマーは、グレンからすると、いつも下《ウンター》に向かって歩んでいた。間断なく下に向かっていた。私は、グレンからすると、機会さえあれば、そしておそらく堪えがたい規則正しさでフィロゾーフという言葉を口にしていた。こうしたわけで私たちは、グレンにとってはまったく自然にウンターゲーアーとフィロゾーフだったのだ、と、その旅館に入りながら私は思った。そのウンターゲーアーとフィロゾーフは、アメリカに出かけて行ったことがあった。ピアノ・ヴィルトゥオーゾのグレンに再会するため、それだけを目的にして。四ヵ月半をニューヨークで。大部分はグレンといっしょだった。ヨーロッパを恋しくはない、とグレンはのっけから、挨拶に交えてそう言った。ヨーロッパなんてもう考えてはいない。家の中にわが身を閉じ込めてしまったのだ。終身にわたって、と、そう言うのだった。閉じ籠りへの願望を、私たち三人は終身にわたって持ち続けていた。私たちは三人ともがみな、生まれついての閉じ籠もり熱愛者《ファナティカー》だった。が、なかでもグレンは、その閉じ籠もり熱愛《ファナティズム》をとことんまで押し進めたのだった。ニューヨークで私たちは、ホテル・タフトのわきに住んだ。私たちの目的にとってこれほどいい場所はなかった。グレンはタフトの後ろ側のほうの部屋にシュタインウェイを運び込み、そこで毎日八時間から十時間、しばしば夜も弾いていたのである。彼がピアノを弾かない日はなかった。ヴェルトハイマーと私は最初からニューヨークが好きだった。世界でいちばん美しい都市《まち》だし空気も最高だ、と私たちはいつも言っていた。世界中のどこでも、私たちはこれほどいい空気を吸ったことがなかった。私たちが感じていたことをグレンはうけあってくれた。ニューヨークは、精神的な人間が足を踏み込んですぐ、なんの妨げもなく大きく息をつくことのできる世界でただひとつの都市なんだ。グレンは三週間ごとに私たちのところにやって来て、マンハッタンの裏道を案内してくれた。モーツァルテウムはひどい学校だった、と、その旅館に入るとき私は思った。だがいっぽうで、私たちにとってはまさに最高の学校だった。私たちに眼を開かせてくれたからだ。あらゆる大学はひどいものだが、通っているうちに私たちに眼を開かせてくれないとなると、その大学が、つねにいちばんひどい大学である。なんという惨めな教師たちを、私たちは耐え忍ばねばならなかったことだろう。なんという連中が私たちの頭に暴行を加えたことだろう。彼らはみな芸術の放逐者だ。芸術の破壊者、精神の殺害者、学生殺しである。ホロヴィッツは例外だった。マルケヴィッチュ、ヴェーグ(9)も、と私は思った。だが、ホロヴィッツのような人はまだ一流の学校をつくってはいない、と私は思った。能なしどもが、世界に比類するものなく有名だった、そして今日でもそうであるあの建物を牛耳っていた。モーツァルテウムを出ていますと私が言うと、人々は目を丸くする。ヴェルトハイマーはグレンと同様、たんに裕福なというばかりか、金持ちの家の息子だった。私じしんも経済的な心配はまったくなかった。同じ環境の、そして同じ経済的状況の友人をもつのは、いつも好都合なところがある、と、その旅館に入ったとき私は思った。本質的に金銭上の心配のない私たちだったので、とくもども勉強に専念することが、可能なかぎり徹底的に勉強を進めることができたのである。それ以外のことは私たちの頭にはなかった。ただ私たちは絶えず、私たちの発展を妨げるものたちを除去しなければならなかった。すなわち教授たちと、その劣等ぶり、醜悪ぶりをである。モーツァルテウムは今日でも世界的に有名だが、およそ考えられるかぎりで最悪の音楽学校だ、と私は思った。だが、モーツァルテウムに行かなかったならば、ヴェルトハイマーとグレンに出会うことはなかっただろう、と私は思った。この生涯の友に。どうして音楽の道に入ったのか、私は今日、もはやまったく述べることができない。家族はみな音楽は駄目で芸術に理解がなかった。みな生涯にわたって、なによりも芸術と精神とを嫌っていたのである。だがそのことがきっと私に決定的に作用し、ある日、それまで嫌いだったピアノを愛しはじめ、そして、古い家庭用のエールバールのピアノをやめて、じっさいにほんとうに素晴らしい楽器であるシュタインウェイを弾くようになったのだった。それは大嫌いな家族たちに、最初から彼らに大きなショックを与えるような道を進んでいることを見せつけるためだった。それは、芸術でも音楽でもピアノを弾くことでもなく、家族への抵抗だったのだ、と私は思った。エールバールを弾くのは嫌だった。家族の他の連中と同じく、両親にそれを強いられたのである。エールバールが彼らの芸術の中心点だった。彼らはこれで後期のブラームスやレーガーの作品まで演奏した。この、家庭の芸術の中心点を私は憎んだ。そして、無理強いして父から獲得し、ひどい状態でパリから運ばれてきたシュタインウェイを愛していた。私はどうしてもモーツァルテウムに行って、彼らに見せつけてやらねばならなかった。私はじっさい、音楽というものをそもそもわかっていなかったし、ピアノを弾くということにけっして情熱をもっていたわけではなかった。だが私はそれを、両親と家族全員に対抗するための手段として用いたのである。彼らに対抗して充分に使ったのである。そして私はそれを彼らに対抗してわがものとし始め、日に日にうまくなり、年を重ねるにしたがって、いっそうのヴィルトゥオーゾぶりを発揮できるようになっていったのである。彼らに対抗してモーツァルテウムに行ったのだ、と旅館の中で私は思った。わが家のエールバールは、いわゆる音楽室に置いてあった。彼らの芸術の中心点で、土曜の午後になると彼らは得意になってそれを弾いてみせていた。彼らはシュタインウェイを避けた。人々は顔を出さなくなった。シュタインウエイがエールバール時代に終止符を打ったのだった。私がシュタインウェイを弾いたその日から、私の両親の家には、もはや芸術の中心点がなくなってしまった。あのシュタインウェイは、と、その旅館の中に立ってまわりを見回しながら私は思った。家族に対して向けられたものだったのだ。私は彼らに復讐するためにモーツァルテウムに行った。ほかに理由はない。彼らが私について犯した罪を罰するために。こうして彼らは、彼らからみればおぞましい存在である芸術家を息子にもった。そして私は、彼らに対抗してモーツァルテウムを濫用した。彼らに対抗するあらゆる手段を投入した。彼らの育て方を受け入れて一生古いエールバールを弾いていたならば、彼らは満足したことだろう。こうして私は、音楽室に置かれたシュタインウエイによって彼らと離別したのだった。この楽器はひと財産に値したし、じっさいパリからわが家に運んで来なければならないような代物《しろもの》だった。最初に私はシュタインウェイを要求し、それからシュタインウェイにふさわしくモーツァルテウムに固執したのだった。私はいかなる反論も許さなかった、と、今日言えばそう言わざるをえない。私は一夜にして芸術家になろうと意を決していたのであり、すべてを要求した。彼らに不意打ちを喰らわしたのだった、と、その旅館の中でまわりを見回しながら私は思った。シュタインウェイは彼らに対する私の砦だった。彼らの世界に対する、家庭と世の中の馬鹿さかげんに対する、私の砦だった。私は、グレンがそうだったようには、また、百パーセントそうとは言えないが、もしかするとヴェルトハイマーがそうだったようにすら、ピアノのヴィルトゥオーゾに生まれついていなかった。だが私は、しゃにむに自分をそうし向けていった。自分にそう言って聞かせ、弾き込みを重ねた。彼らに対抗して脇目もふらずに、と、私は言わねばならない。シュタインウェイによって、彼らに反抗することがいっぺんにできるようになっていたのだった。私は破れかぶれとなって、彼らに対抗して自分を芸術家に仕立てたのである。そして、それはきわめて当然のことだったわけだが、ピアノのヴィルトゥオーゾに、しかもできるだけ早く世界的ヴィルトゥオーゾにと、自分をつくっていったのである。わが家の音楽室の大嫌いなエールバールがこのアイディアをもたらしてくれたのだったが、私はこのアイディアを、それを彼らに対する武器として使いこなしながら、最高度の、まったくもって最高度の完璧さで実現に向けていったのである。だが、グレンの場合も事情は変わりなかった。ヴェルトハイマーもそうである。彼が芸術だけ、つまり音楽を学んで、父親を憤慨させたのは知ってのとおりだ、と、その旅館の中で私は思った。ぼくがピアノを勉強するということが父には大破局《カタストローフ》だった、とヴェルトハイマーは私に言ったことがあった。グレンはもっとはっきりと言った。彼らは、ぼくとぼくのピアノを憎んでいる。ぼくがバッハと言うと、彼らはいまにも吐きそうになるんだ、とグレンは言った。世界的に有名になってからも両親の姿勢は和《やわ》らがなかった。だが、グレンが自分を貫きとおし、死の二、三年前ではあったが天才であることを両親に納得させることができたのにたいし、ヴェルトハイマーと私のほうは、ヴィルトゥオーゾの道に挫折してしまったため、しかもすでにきわめて早く挫折してしまったため、両親の言うことが正しかったと認める結果となってしまったのだった。まったく恥ずかしいことにと、父親から何度も聞かされた私だった。だが、ピアノのヴィルトゥオーゾとなることに挫折したということが、私の場合よりもいっそう心の重荷となっていたのは、ヴェルトハイマーだった。ヴェルトハイマーは、死ぬまでずっと、ピアノを諦めて精神科学に身をゆだねたことを苦にしていた。そして、精神科学というものがいったいなんであるのかが最後までわからないままだったが、それはちょうど私が、哲学的な事柄とはなんであるのかを、そもそも哲学とはなにかを、今日までわからないでいるのと同じことだ。グレンは勝利者で、私たちは敗残者だ、と、その旅館の中で私は思った。グレンは、これ一度きりの正しい時機に人生を終えたのだ、と私は思った。しかも彼は、ヴェルトハイマーのように自分で、つまり、みずからの手で人生の息の根を止めたのではなかった。ヴェルトハイマーのほうは首を吊る以外に選択はなかったのだ、と私は思った。グレンの最期が、はるか前から予測できていたように、ヴェルトハイマーの最期も、はるか前から予測がついていた、と私は思った。グレンは、ゴルトベルク変奏曲を弾いている最中に、卒中に見舞われたということだった。ヴェルトハイマーには、このグレンの死が堪えがたかった。グレンの死後彼は、自分がまだ生きているということが、いわば天才よりも長く生き延びてしまったということが、恥ずかしかった。このことに、最後の年、彼が苦しめられ続けたことを私は知っている。グレンが死んだということを新聞で読んでから二日後、私たちは、グレンの父親から、息子の死を知らせる電報を受け取った。ピアノに向かってすわったかと思うと、もはやそのまま彼はくず折れていたのだ、と私は思った。その姿は獣のようだった。もっと近づいて見ると、それは不具の生き物のように見えた。だがさらにもっと近づいてよく見ると、それはまさに彼その人の姿にほかならぬ、あの切れ味鋭い美しい人間のように見えた。母方の祖母から、彼、つまりグレンは、ドイツ語を学んだということだった。そのドイツ語は、すでに触れたように、流暢だった。グレンの発音を聞くと、いっしょに学んでいたドイツ人やオーストリア人の生徒たちはみんな恥じ入るばかりだった。彼らはまったくだらしのないドイツ語を話し、そのまったくだらしのないドイツ語を、自分が使う言語に対するセンスというものを持ち合わせていないがゆえに、一生のあいだじゅうしゃべり続けるのである。だけど芸術家たるものが、どうして自分の母国語に対するセンスをもたないでいられるのだろう！　グレンはしばしばそう言っていた。グレンは年がら年中同じズボンを、といっても同じ一本を取り替えずにということではないが、はいていた。歩き方は軽やかで、私の父親が見たら、「気品ある」と形容したことだろう。そして、明快な定義を好み、おおよそということを嫌っていた。グレンのお気に入りの言葉は自己鍛練だった。この言葉をいつも口にしていた。ホロヴィッツの授業の最中にもグレンがそう言っていたのを、私は覚えている。午前零時をまわってから通りへと、あるいはいずれにせよ家の外に駆け出してゆくのをとても好んでいたグレンだった。私はすでにレオポルツクローンで、そんな彼の姿を目にしていた。ぼくらはいつも新鮮な空気を補給しなくてはね、と彼は言った。さもないと先への歩みを妨げられてしまう。最高に到達しようというぼくらのこころざしが、しぼまされてしまう。彼は自分じしんに対してきわめて情け容赦のない人だった。不精確なことをけっして自分に許さなかった。そして、きちんと考えたうえでしか語らなかった。最後まできちんと考え尽くしていないことを語るような人間を嫌悪していた。だからほとんど全人類を嫌悪していた。そしてこの忌まわしい人類を避けて、彼はすでに二十年以上もまえに引き籠もってしまったのである。グレンは、聴衆を忌み嫌って、また実際に、そして最終的に、そうした忌まわしい聴衆の前から姿を隠してしまった唯一の世界的なピアノのヴィルトゥオーゾだった。彼には聴衆は必要でなかったのだ。彼は森の中に家を買い、その家でつましく生活し、自身を完成させた。彼の死の日まで、彼とバッハとが、アメリカのこの家に住まっていたのだった。彼は整理整頓魔だった。家の中は隅から隅まで整理整頓されていた。ヴェルトハイマーといっしょに初めて彼の家に入ったとき、私はただただ、自己鍛練という彼ならではの概念を思い出すばかりだった。私たちが家の中に入ると、彼は、なにか飲み物は、などと尋ねたりせず、シュタインウェイの前にすわると、かつてレオポルツクローンで、カナダに帰る前日に、弾いて聞かせてくれたゴルトベルク変奏曲のあのパッセージを弾き始めた。その演奏は今度もあのときと同じように完璧だった。こんなふうに弾く人は世界中に彼のほかには誰もいないということを、私はすぐさま、はっきりと思い知らされたのだった。彼は身体を深く沈めて弾き始めた。いわば下から上に向かって弾くのであり、他のすべての人たちがそうするように上から下に向かって弾くのではなかった。これが彼の秘密だった。長年のあいだ私は、彼をアメリカに訪ねることがいいかどうかを思い悩み続けていた。くだらない思案だった。ヴェルトハイマーは初め行こうとはしなかったが、結局は私が彼を説き伏せるかたちになった。ヴェルトハイマーの妹も、兄が、世界的に有名な、彼女の見方からすれば兄にとって危険な存在であるグレン・グールドを訪ねることに反対だった。だがヴェルトハイマーは、最終的には妹の意志にさからって自分を押し通し、私といっしょにアメリカに行き、グレンを訪ねたのだった。私は繰り返し自分に、これがグレンと会う最後の機会だと言って聞かせていた。じっさい私は、グレンが死んでしまうだろうと思っていたのであり、どうしてももう一度グレンに会いたかったのだった。そして彼の演奏を聴きたかったのだった、と、その旅館の中に立って、以前からおなじみの宿の中の悪臭を胸に吸い込んだとき、そう私は思った。私はヴァンクハム(10)を知っていた。ヴェルトハイマーを訪ねたときには、私はいつもヴァンクハムではこの旅館に宿をとっていた。ヴェルトハイマーのところには泊まれなかったからである。ヴェルトハイマーは自分の家に客が泊まることに堪えられなかったのである。私はあたりを見回して宿の女将《おかみ》をさがしたが、なんの物音もしなかった。ヴェルトハイマーは泊まってゆく客を嫌っていた。忌み嫌っていた。どんな人であれ、そもそも客というものが嫌いだったのである。客を迎え入れて丁重に中に案内するが、すぐにまたもや丁重な言葉で引き取りを願うのだった。私に対してはすぐに引き取りを願うようなことはなかったが、それは私とはあまりにも親しい間柄だからだった。とはいえ、彼は二、三時間もすると、私がいなかったのでまったりなどせずに、そのまま立ち去ることを望むのだった。私は彼のところに一度も泊まったことがなかった。そんなことは思いもよらなかったのだ、と、女将が出てくるのを待ち受けながら私は思った。グレンは大都会人間だった。ちなみに私じしんも、またヴェルトハイマーもそうだった。私たちは根本的に大都会に属するすべてが好きで、田舎が嫌いだった。だが私たちは、その田舎を（ちなみに大都会もまたそれに応じたやり方で）極端なまでに利用し尽くしていたのだった。ヴェルトハイマーとグレンは結局のところ肺の病気のために田舎に行っていた。そうするにあたっては、グレンよりもさらにヴェルトハイマーのほうが不承不承だった。グレンの場合は、とことん自分を突き詰めていった結果だった。それというのも彼には、結局のところ、もはや全人類が堪えがたいものとなっていたからだった。ヴェルトハイマーのほうは、町にいると咳の発作が治《おさ》まらないから、また、掛かりつけの内科医に大都会に住んでいては生きてはいられないだろうと言われたからだった。ヴェルトハイマーは二十年以上も、コールマルクト(11)に住んで妹に面倒を見てもらっていた。それは、ウィーンでもっとも豪華で大きな住まいのひとつだった。だがついに妹はスイスのいわゆる大工業家と結婚して、クール近郊のツィツェルス(12)の夫のもとへと行ってしまった。よりにもよってスイスへ、よりにもよって化学コンツェルンの持ち主のところへ。ヴェルトハイマーは私に向かってそんな言い方をしていた。恐ろしい結びつきだ。彼女は自分を見殺しにしたのだ。ヴェルトハイマーはいつもそう言って嘆いていた。急に空っぽになってしまった住まいで、彼は初めのうち萎えてしまったかのようになり、妹が引っ越してゆくと一日中身動きもせずに肘掛け椅子にすわっていたが、それから狂った人のように部屋から部屋へと走り回った。そして何度も行ったり来たりしたあげく、ついに父の狩猟のための別荘があるトライヒに引き籠もってしまった。両親の死後、ヴェルトハイマーはともかくも二十年、妹といっしょに暮らし、暴君のようにこの妹を思いのままにしてきた。私は知っている。彼のために妹は、長年にわたって、男たちと付き合うどころか、そもそも人と交際することさえできなかったのである。いわば彼は妹に覆いをかぶせ、妹を自分に縛りつけたのだった。だが彼女は逃げ出し、共同で親から遺産相続した古いがたがたになった家具の中に彼を置き去りにしたのだった。どうして彼女は自分にそんな仕打ちができたのだろう、と、そう彼は言っていたっけ、と私は思った。ぼくは彼女のためにあらゆることをした。彼女のために身を犠牲にしたのに、彼女はぼくを置き去りにした。まさに置いてきぼりを喰らわしたのだ。そして、この成り金野郎のあとを、このぞっとするような奴のあとをスイスまで追っかけてゆくのだ。ヴェルトハイマーはそう言っていたっけ、と、その旅館の中で私は思った。よりにもよってクールに、カトリックの臭気が天にまで立ち昇るこのひどい地方へとはね。ツィツェルス、なんといういやな地名だ！　ヴェルトハイマーはそう叫ぶと、私にツイツェルスに行ったことがあるかと尋ねた。サン・モリッツに行く途中、何度かツィツェルスを通ったことを覚えている、と私は思った。痴呆と修道院と化学コンツェルン、ほかにはなにもない所さ、と彼は言った。何度かヴェルトハイマーは、自分は妹のためを思ってピアノのヴィルトゥオーゾの道を諦めたのだという、思い上がった考えを口にした。彼女のために終わりにした、自分のキャリアを犠牲にしたんだ、と彼は言った。自分にとってすべてであったこと、そのすべてを生贄に捧げたんだ。そう言うことで、彼は嘘によって自分の絶望から逃れようとしていたのだ、と私は思った。コールマルクトの住まいは三つの階におよび、およそ考えられうるありとあらゆる芸術品に埋まっていた。私は、ヴェルトハイマーを訪ねるたびに、いつもそれに圧《お》し潰《つぶ》される思いだった。ヴェルトハイマーじしんも、これらの芸術品が嫌いだと言い張っていた。それらは妹の手でため込まれたもので、自分は大嫌いだし、たいしたものとも思ってはいない、ということだった。彼は、そもそも自分の不幸のすべてを妹のせいにしていた。妹は、スイスの誇大妄想的な男のために、彼を見殺しにしたというのだった。彼は、かつて私にむかって真顔で、自分はこのコールマルクトの住まいで妹といっしょに老いてゆくことになると思っていた、と言った。彼女といっしょにここで年をとる、これらの部屋の中でね、と彼は言ったことがあった。ところが事態は違ってしまったのだった。妹は彼の手のおよばぬところに逃れてゆき、彼に背を向けてしまった。おそらく最後の最後になって、と私は思った。妹が結婚してから何ヵ月かが経つと、ようやく彼はまたもや街にでるようになり、いわばふたたびすわっている人から歩く人になっていた。絶好調のときには彼はコールマルクトから二十区[13]に行き、そこから二十一区[14]に入り、レオポルトシュタット[15]を通って一区に戻り、それから何時間か、もう歩けなくなるまで一区の中をあちこちした。ところが田舎にゆくと、彼は萎えてしまったかのようだった。森に向かってほんの数歩ばかり歩くか歩かないかというところだった。田舎にはうんざりだ、と彼は繰り返し言っていた。グレンには、いつもアスファルト歩行者とも呼ばれていたが、それはまったく当たっている、と、ヴェルトハイマーはそう言っていた。アスファルトの上しか歩かないんだ。田舎では歩きはしない。どうせどうしようもなく退屈だから、小屋の中にじっとすわっているんだ。彼は、両親から遺産相続した十四部屋もある狩猟のための別荘を、小屋と呼んでいたのである。事実はこんな具合だった。彼はこの狩りの家で朝早くから身づくろいをして、あたかも五、六十キロも歩くつもりであるかのように、背の高い革紐の靴をはき、分厚いローデンのコートを着て、頭にはフェルトのつばなし帽をかぶる。だが彼が外に出るのは、ただただ出かける気がないということを確認するためだけだった。またもや彼は身じたくを解き、階下の部屋にすわったまま面と向かって壁を凝視し続けるのだった。内科医は都会暮らしをしていたら見込みはないと言っていたけれど、と彼は言った。ここにいたってまったく見込みはないのだ。ぼくは田舎が大嫌いだ。とはいえ内科医の指示はきちんと守るつもりだ。自分を責めないですむようにね。でも田舎では、外に出歩くことが、いやそもそも歩くことができないのだ。それはぼくにとって、いちばんナンセンスなことだ。ぼくは、こうしたナンセンスを犯さない。この気違いじみた罪は犯さない。規則正しく、ぼくは身じたくをして、と彼は言った。そして家の前に出ると、引き返し、身じたくを解く。季節がいつであれだ。いつも同じことさ。少なくとも誰にも、ぼくの気違いざたは見られてはいない。そう彼は言っていたっけ、と、その旅館の中で私は思った。グレン同様、ヴェルトハイマーも、まわりの人間に我慢ならなかった。だから彼は、時とともに堪えがたい人物になった。だが私じしんも、と旅館の中に立って私は思った。田舎に生活することはできないだろう。だからじっさい、私はマドリードに暮らしているのであり、あらゆる都市のうちでもっとも素晴らしい都市であるこのマドリードから出てゆこうとは思わないのである。この都市《まち》では、世界が与えてくれるすべてのものが私のものとなるのだ。田舎に暮らしている人間は、本人がそうとは気づかぬうちに、時とともに馬鹿になってしまう。彼はしばらくのあいだ、個性的でしかも健康に良いことをしていると信じているが、田舎暮らしというものは、そもそも個性的ではない。田舎生まれではなく、そして田舎向きにも生まれついていない人にとっては、味気なく、しかも健康に有害なものでしかないのである。田舎に行く人たちは田舎で駄目になってしまう。そして彼らは少なくともグロテスクな生き方をし、これによってまず馬鹿となり、そしてついには笑止な死に到るのである。大都会の人間に生き延びるために田舎にゆくことを勧めるのは内科医の卑劣さなのだ、と私は思った。これら、より快調に、より長く生きるために大都会から田舎に行った人たちの例は、すべてみな恐ろしい例ばかりだ、と私は思った。だがヴェルトハイマーは、結局のところは、内科医の犠牲になったというばかりではなく、むしろそれ以上に、妹が自分のためだけにいるのだということを信じて疑わなかったために、まさにそうした確信の犠牲となったのだった。実際に彼は何度も、妹は自分のために生まれたのであり、自分のもとにとどまって、いわば自分を守ってくれるはずの人間なのだ、と言っていた。妹ほど、ぼくを失望させた人間はない！　と叫んだこともあったっけ、と私は思った。彼は妹に致命的なほどに馴れてしまったのだ、と私は思った。妹が自分のもとを去ったその日、彼は永遠の憎しみをこめて妹を呪い、コールマルクトの住まいのカーテンをすべて閉め、もうけっして開けまいと誓った。ともかくも彼は二週間はこの決意を守ることができた。十四日目に彼はコールマルクトの住まいのカーテンを開け、食べ物と人間に飢えきって、狂ったように通りに飛び出した。だが彼、ウンターゲーアーは、私が知るところでは、ほどなくしてグラーベンで倒れてしまった。すぐに自宅に運んでもらうことができたのは、なんとも運よく親戚の人がちょうど通りかかったからにほかならなかった、と私は思った。そうでなかったなら彼はきっとシュタインホーフの精神病院に送られていたことだろう。というのも外見は狂人のそれだったからである。私たちのうち、いちばん難しい人間はグレンではなかった。それはヴェルトハイマーだった。グレンは強かった。ヴェルトハイマーがいちばん弱かったのである。グレンは、いつも繰り返し言われていたように、また、言われているように、気が違ってなどいなかった。そうだったのは、ヴェルトハイマーである。そう私は言いたい。二十年間も、ヴェルトハイマーは妹を自分に縛りつけておくことができた。何千、いや何十万もの手枷《かせ》足枷で。だがその後、妹は彼の手から逃れたばかりでなく、私が思うには世に言う玉の輿にさえ乗った。生まれついての金持ちである妹は、大金持ちのスイス人と結婚したのである。妹という言葉やクールという地名を自分はもう聞くに堪えない、とヴェルトハイマーは最後に会ったとき言っていた。葉書の一枚もよこさないんだ、と彼は言っていたっけ、と、その旅館の中で、あたりを見回しながら私は思った。妹はひそかに自分のもとを去ってしまった。家にはなにもかも残したままだった。なにひとつとして持たずに行ってしまったのだ。ヴェルトハイマーは何度もそう言っていた。このぼくを見捨てないと、けっして見捨てないと約束した彼女だったのに、と、そう彼は言っていたっけ、と私は思った。おまけに妹は転向者なのだ。ヴェルトハイマーはそんな言い方をしていた。深くカトリックで、救いがたくカトリックで、と、そう彼は言っていた。だが、こうした深く宗教的な連中、深くカトリックな連中、転向者たちというものはみなこうなのだ、と彼は言っていた。彼らは、なにものにも、とてつもなく大きな犯罪を犯すことにだって、たじろぎはしない。自分の兄を見捨てて、たまたま、しかも恥じ知らずなので金儲けができた、どこの馬の骨ともわからぬあやしげな男の胸に飛び込む。彼を最後に訪ねたとき、そんなふうに言っていたっけ、と私は思った。私は、そのときの彼の姿をありありと思い出す。そして、彼の言葉が今でもはっきりと聞こえる。あれらの途切れ途切れの文で述べられた言葉が。彼の話し方はただでさえいつもそうだったし、またそれは、いかにも彼その人にふさわしいものだった。ウンターゲーアー君は狂信的な人間だな、とグレンが言ったことがあった。あれは、ほとんどひっきりなしに、自己憐憫のために死んでいるんだ。私は、そう言ったときのグレンを今でも思い出す。そして今でも、彼の言葉づかいが聞こえる。それはメンヒスベルクの山上、いわゆるリヒターヘーエでのことだった。私はそこに、しばしばグレンとふたりだけで、つまりヴェルトハイマー抜きでやって来ていた。ヴェルトハイマーがなにかの理由から、私たちと離れてひとりでいたいということがあったからだ。そういうときのヴェルトハイマーは、たいていはなにか気分を害した状態だったのだ。私はいつも、彼のことを傷つき屋と呼んでいた。妹が出て行ってしまったあと、ヴェルトハイマーはますます短い間隔でトライヒに行って引き籠るようになっていた。トライヒが大嫌いだからトライヒに行くのさ、と、そう彼は言っていた。

コールマルクトの住まいは埃をかぶったままだった。自分がいないあいだ、彼は誰も中に入れなかったからである。トライヒでは、ヴェルトハイマーは、しばしば一日じゅう家の中にいて、自分の地所の木の伐採をさせている男にわずかにミルクを一罐、それにバターとパンと燻製肉をひと切れ、もってこさせるばかりだった。そして、彼の哲学者たち、すなわちショーペンハウアー、カント、スピノザを読むのだった。トライヒでも、彼は滞在中はほとんどずっとカーテンを閉めきっていた。もう一度ベーゼンドルファーを買おうかと思ったこともあったんだ、と彼は言っていた。だけどそんな考えはまたもや棄ててしまった。そんなことをしたらやっぱり気違い沙汰だからね。ちなみにもう十五年ピアノにさわってはいない、と彼は言っていたっけ、と私は思いながら、その旅館の中で、人を呼んだほうがよいのかどうか決めかねたままでいた。自分が芸術家でいられる、芸術家として生きられる、と信じていたのは大きな誤りだった。だけど、すぐには精神科学に逃げ込めはしなかったと思う。芸術家になるという、こうした回り道をすることが必要だったんだ、と彼は言っていた。きみはぼくが偉大なピアノのヴィルトゥオーゾになれたと思うかい、と彼は私に尋ねたが、当然のことながら答えを待たずに、恐ろしい調子でけっしてという言葉を笑いとともに身体からしぼりだした。きみならできたさ、と彼は言った。だけどぼくはだめだ。きみには素質があった、と彼は言った。それはぼくも見抜いていた。きみが弾いた数小節で、きみならできて、ぼくはだめだということがわかったのさ。そしてグレンはといえば、これは最初から天才だとわかっていた。われらのアメリカ・カナダ的天才。ぼくたちはそれぞれ、対照的な理由から破綻をきたしているんだ、とヴェルトハイマーは言ったっけ、と私は思った。ぼくはなにも示すことができず、ただただすべてを失うばかりだった、と彼は言ったっけ、と私は思った。ぼくらがもっていた能力は、もしかするとぼくらの不幸だったのかもしれない、と彼は言ったが、だがすぐに続けてこう言った。グレンは自分がもっていたものを殺さなかった。その、彼がもっていたものが、彼を天才にしたのだ。じっさいに、ぼくらがグレンと出会わなかったならば、とヴェルトハイマーは言った。ホロヴィッツという名前が、ぼくらになんの重みももっていなかったならば。そもそもぼくらがザルツブルクになど行かなかったならば、と彼は言った。この町で、ホロヴィッツのもとで学び、グレン・グールドと知り合ったことによって、ぼくらは、わが身に死を招いたのだ。ぼくらの友は、ぼくらの死を意味したのだ。ぼくらは、じっさい、ホロヴィッツに師事して学んでいた他のどの人よりも上手《うま》かった。だけどグレンは、ホロヴィッツその人よりも上手《うま》かったのだ。そうヴェルトハイマーは言った。その彼の言葉がまだ耳に残っている、と私は思った。またいっぽう、と彼は言った。ぼくらはまだ生きている。彼はもういない。これまで親戚、友人や知り合いなど、身のまわりで多くの人が死んだけれど、これらの死のどれひとつとして、ほんのこれっぽっちもショックではなかった。ところがグレンの死は致命的に身にこたえた。この致命的にという言葉を、彼はおそろしく克明に発音した。あるひとりの人間と誰とにもまして結びついていようと思うとき、ぼくらはなにもその人間といっしょにいる必要はない、と彼は言った。グレンの死は深くこころの底までこたえた、と彼は言ったっけ、と、その旅館の中に立ちつくしながら私は思った。この死は、またとないほどはっきりと予測できた死、自明のことだったのに、と彼は言った。にもかかわらず、ぼくらには理解できない。それが気持ちではわかっても、頭では理解できないのだ。グレンは、ウンターゲーアー、破滅者という言葉、そしてまたその概念を、とても気に入っていた。私はよく覚えている。ウンターゲーアーという言葉を、彼はジークムント・ハフナーガッセ[16]で思いついたのだった。人間をながめていると、ぼろぼろになった人たちを目にするばかりだ。そうグレンは私たちに言ったことがあった。外面か内面か、あるいは外面と内面がぼろぼろ。そうでない人はいない、と私は思った。ひとりの人間を長くながめればながめるほど、私たちには、その人間がぼろぼろに見えてくる。私たちが認めようとしている以上にぼろぼろだからそうなるのである。だが、実際はそのとおりなのだ。世界は、ぼろぼろの人間に溢れている。通りを歩けば、出会うのはぼろぼろの人間ばかりだ。誰かある人を招待すれば、それは、ぼろぼろの人間を家に招き入れたことになる。グレンはそう言っていたっけ、と私は思った。じっさい私じしんも、いつもこうした観察を繰り返したが、グレンの言っていることの正しさが確認できるばかりだった。ヴェルトハイマーとグレンと私、みんなぼろぼろだ、と私は思った。友達付き合い、しかも芸術家の資質をもった者同士のだって！　と私は思った。いやはや、なんという気違い沙汰だ！　私は取り残された人間だ！　今や私はひとりきりなのだ、と私は思った。なぜなら、ほんとうのことを言うと、私にとってこの人生に匹敵するほどの意味がある人間は、一生でふたりきり、つまりグレンとヴェルトハイマーだけだったのだ。そして今、グレンとヴェルトハイマーは死んでしまっている。私は、この現実をおしまいにしてしまわなければならない。その旅館は落ちぶれた印象を私に与えた。この地方の旅館の例にもれず、中のどこもかしこも薄汚く、空気も、世に言う切り刻めるほどによどんでいた。隅から隅まで、げんなりだった。顔見知りの女将を呼ぼうと思えば、とっくにそうできたはずだった。だが私は呼ばなかった。ヴェルトハイマーは女将と何度か寝たということだった。もちろんのこと彼の狩りの家でではなく彼女の旅館で、と、そんな話だったな、と私は思った。グレンは、本質的にはなんといっても、〈ゴルトベルク変奏曲〉と〈フーガの技法〉だけを弾いていた。別の曲を弾いているときもである。たとえばブラームスとか、あるいはモーツァルト、シェーンベルクやウェーベルンを弾いているときも。これらについて、グレンはきわめて高度な見解をもっていた。だが、シェーンベルクをウェーベルンよりも上に置き、人々が信じたがるような、その逆ではなかった。ヴェルトハイマーはグレンを何回かトライヒに招いた。だがグレンは、ザルツブルク音楽祭でのコンサート以後、もはや一度もヨーロッパにはやって来なかった。私たちはまた、手紙のやり取りもしていなかった。長い年月の間に私たちが出したほんの数枚の葉書をもって、手紙のやり取りとはとても言えないからである。グレンは、私たちに定期的にレコードを送ってくれた。そして私たちは、それに礼を述べた。それがすべてだった。本質的な点で考えれば、私たちを結びつけていたのは、私たちの友情のまったくもってセンチメンタルでないところだった。ヴェルトハイマーも、しばしそれと正反対に見えたが、やはりまったくセンチメンタルではなかった。彼が嘆きを口にするとき、それはセンチメンタリズムからではなく、計算ずく、あらかじめ目算を立ててのことだった。ヴェルトハイマーの死後、彼がいた狩りの家をもう一度見てみたいという思いつきが、急に馬鹿げたものに思えてきた。私は途方にくれて頭を抱えるばかりで、計画を実行には移さなかった。だがなんといっても、私の行動様式もけっしてセンチメンタルではないのだ、と、その旅館の中でまわりを見回しながら私は思った。初め私は、ウィーンのコールマルクトの住まいだけを訪ねようと思っていた。だがあとから、最初にトライヒに行って、ヴェルトハイマーが最後の二年間を、私が知るところでは身の毛もよだつ状態で過ごした狩りの家を、もう一度見ようと意を決したのだった。妹が結婚したあと、ヴェルトハイマーはウィーンでなんとか三ヵ月はもちこたえ、私には想像がつくのだが、妹への呪いを絶えず口にしながら、町じゅうをさまよい歩いたのだった。だがとうとう、もうなにはともあれウィーンを去らずにはいられなくなって、トライヒに身を隠したわけである。マドリードに届いた彼の最後の葉書には愕然とするものがあった。文字は老人のそれであり、脈絡のないことが綴られたこの葉書には、まごうかたなく狂気の兆しが覗いていたのである。だが私はオーストリアに来るつもりはなかった。カレ・デル・プラド[17]の住まいで、私は、グレン・グールドについてを書くことに集中していたのだった。この仕事を、私はどんなことがあっても中断しはしなかっただろう。もしそうしたならば、この仕事は続けられなかったことだろう。そうした危険をあえて冒したくはなかったので、読むそばからただならぬ気配が感じられたヴェルトハイマーの葉書に、私はなんの返事も書かなかったのである。ヴェルトハイマーは、グレンの埋葬に立ち会うためにアメリカに飛ぼうと言いだしたが、私はそれを拒んだ。彼はひとりでは飛んでゆかなかった。ヴェルトハイマーが首を吊ってから三日後になってはじめて、私は、彼がグレンと同じように五十一になっていたということに思い到った。満五十一を越えると、私たちは、自分が卑しく節操のない人間と思えてくる、と私は思った。この状態に私たちがいつまで耐えられるか、それが問題だ。多くの人が五十一年目に入って自殺している、と私は思った。五十二年目に自殺する人も多いが、五十一年目という場合のほうがもっと多い。五十一年目の年に自殺をしようと、あるいは五十一年目の年に世に言う自然死をしようと、それはどちらでもよい。グレンのように死のうと、ヴェルトハイマーのように死のうと、同じことだ。原因はしばしば、五十年を生き終えた五十歳の人間が感じる、限度を越えてしまったことへの恥ずかしさである。というのも、五十年でもう充分だからだ、と私は思った。私たちは五十年を越えてさらに生き、さらに生存すると、自分を卑しい人間にしてしまう。私たちは、限度を越えてしまった卑怯者だ、と私は思った。五十年生きて、二重にさもしい人間となった卑怯者だ。今や私は恥じ知らずなのだ、と私は思った。私は死者たちを羨んだ。一瞬は、その優越性のゆえに彼らを憎らしく思いもした。トライヒにやって来たという事実を私は過《あやま》ちと悟った。しかも好奇心から、つまりあらゆる動機のうちもっとも安手な動機から。その旅館の中に立ち、その旅館を嫌悪しながら、私は心底《しんそこ》自分じしんを嫌悪していた。だがそれにしても、と私は思った。いったい私を狩りの家に入れてくれる人がいるだろうか。とつくに新しい所有者たちがいるに違いなく、きっと誰も中には入れてもらえないだろうからだ。少なくともこの私は無理だろう。ずっと彼らに嫌われていたということを、私は知っている。ヴェルトハイマーが自分の親戚の者たちについて私にいつも話してくれていたことから、私は、彼らがヴェルトハイマーと同じほどに私のことを嫌っていると考えざるをえなくなっていたからだった。だから彼らはきっと私を、あらゆる人のうちもっとも無礼な闖入者と見なすだろうが、それも無理ないだろう、と私は思った。マドリードに戻っていたらよかったのだ。トライヒへのこのまったく余計な旅行など企てるべきではなかった、と私は思った。とんでもない状況に足を踏み入れてしまったものだ、と私は思った。自分がしようとしていたことが、急に、死体から物を掠《かす》め盗《と》るどろぼうのように思えてきた。狩りの家を子細に検分し、その家のすべての部屋に入り、なにひとつおろそかにせずに、それらを前にあれこれ思案してみようと、そう私はもくろんでいたのである。私は恐ろしい人間だ。不愉快で、人をむかつかせる人間だ。そんなことを思いながら、私は女将を呼ぼうとしたが、だが最後の瞬間になってそれを思いとどまった。彼女が出てくるのが早すぎる、私の目的にとって早すぎるかもしれない。私の思考の、ほとばしる流れを断ち切ってしまうかもしれない。今ここで一気に考えたことを、私が一気にあえて行った、グレンについての、またヴェルトハイマーについてのこの余話的考察を、ぶち壊しにしてしまうかもしれない。急にそれが不安になったのである。じっさい私は、うまくいったらヴェルトハイマーの遺稿をこの目で吟味してやろうという意図をもっていたし、今でももっているのである。ヴェルトハイマーはしばしば、自分が時とともに書き溜めたもののことを話題にしていた。くだらぬおしゃべり、と言ってはいたが、ヴェルトハイマーもまた不遜な人間だった。察するに、このくだらぬおしゃべりとは、もっとそれ以上に価値のあるもので、いずれにせよ、ヴェルトハイマーの思想にほかならず、それは保存される価値があり、集められ、安全なところに置かれ、整理される価値があるのだ、と私は思ったが、私にはすでに、大なり小なり数学的・哲学的な内容をもったノート（とメモ）の山が見えていた。だが、ヴェルトハイマーの遺産の継承者たちは、これらのノート（とメモ）を、これらすべての文書（とメモ）を、わたしてはくれないだろう、と私は思った。そもそも彼らは私を狩りの家に入れてくれないだろう。あなたは誰なのかと尋ね、私が名を名乗ると、私の鼻先でドアをぴしゃりと閉めてしまうだろう。彼らがすぐにドアを閉めて錠をおろしてしまうほど、私の評判はどうしようもなく悪いのだ、と私は思った。狩りの家を訪ねてみようなどという気違いじみたことを思いついたのは、すでにマドリードでだった。もしかすると、ヴェルトハイマーは、彼の文書（とメモ）のことについて、私のほかには誰にもなにも言っていなかったかもしれない、と私は思った。しかもヴェルトハイマーはそれらをどこかに隠しているかもしれない。だとすると私はヴェルトハイマーに対して、これらのノートと文書（とメモ）を見つけ出し保存する義務を負っている。事情がどうあろうとである。グレンについては、実際になにも残ってはいない。グレンはなにも書き留めはしなかったのだ、と私は思った。だがこれと反対に、ヴェルトハイマーはひっきりなしに書き続けていた。何年も、何十年も。とくにグレンについての面白い記述が、なにかしら見つかるだろう、と私は思った。いずれにせよ私たち三人については、繰り返しなにかが書かれているだろう。私たちの勉学時代のことについて、私たちの教師たちのことについて、私たちの成長について、そして世界全体の成長について、と、その旅館の中に立って調理場の窓をのぞきこみながら私は思った。とはいえ、窓の向こう側を見ることはできなかった。窓のガラスがどれも真っ黒に汚れていたからだ。この汚ない調理場で料理され、この汚ない調理場から食事が食堂の客のところに運ばれるのだ、と私は思った。オーストリアの旅館は、どれもみな汚ならしく、食欲をそそられない、と私は思った。これらのどの旅館に行っても、清潔なテーブルクロスにありつけることなど滅多とない。ましてや布のナプキンなど、たとえばスイスではそれが当たり前なのに、ここでは問題外だ。スイスでは、どんな小さな旅館だって清潔で、食欲をそそる。だが、わがオーストリアではホテルでさえ汚ならしく、食欲をそそらないのである。そして宿泊用の部屋ときたら！　と私は思った。しばしば、一度使われたシーツに上からアイロンをかけなおしただけで、それを次の客にも用いている。また、洗面台の流しに前の客の抜け毛が溜まっているということも稀ではない。オーストリアの旅館にはいつも吐き気をもよおす、と私は思った。食器も清潔ではなく、よく見るとナイフやフォークは、ほとんどいつも汚れている。だがヴェルトハイマーは、よくこの旅館に食べに来ていた。少なくとも一日に一回は人間に会いたくなるのさ、と彼はそう言っていた。しかもそれが、ここの落ちぶれた、だらしなさきわまる薄汚ない女将でも、というわけだった。こうして、ひとつの檻から別の檻へと行くんだ。そうヴェルトハイマーは言ったことがある。コールマルクトの家からトライヒに行き、また戻ってくるのさ、と彼は言っていたっけ、と私は思った。惨憺たる大都会の檻を出て、惨憺たる森の中の檻にもぐり込む。ここに身をひそめたり、あそこに身をひそめたり。コールマルクトの異常さの中に入り込んでは、田舎の森の中の異常さに入り込む。ひとつの所から抜け出しては、ただひたすら別の所にもぐり込む。一生にわたってだ。だがこれが習慣になってしまっていて、もう別のプロセスは考えられないんだ、と彼は言っていた。グレンは彼のアメリカの檻の中に自分を閉じ込めた。ぼくは、ぼくのオーバーエスターライヒの檻の中に自分を閉じ込めたのさ、とヴェルトハイマーは言っていたっけ、と私は思った。グレンは彼の誇大妄想を携えて、そしてこちらはこちらの絶望を携えて。三人とも自分たちの絶望を携えてなのさ、と彼は言っていたっけ、と私は思った。ぼくはグレンに、うちの狩りの家のことを話して聞かせたんだ、とヴェルトハイマーは言っていた。グレンが森の中に家を建てたのは、彼のスタジオ、彼の絶望の機械《マシーン》をしつらえたのは、じつにこれが引き金になったのだと、そうぼくは確信している。ヴェルトハイマーはいちどそんなふうに言っていたっけ、と私は思った。あらゆるものから何キロも離れた人里離れた森の中の家に音楽用のスタジオをしつらえるといった、ぼくの異常ぶりのような、そんな異常ぶりを発揮するのは、どう考えても頭のおかしな人間だけ。そう狂人さ、とヴェルトハイマーは言った。ぼくは自分の絶望のスタジオをわざわざ建てる必要はなかった。すでにトライヒに持っていたからね。父の遺産さ。父は長いあいだひとりでここにいたけれど、ぼくほどに神経過敏ではなく、ぼくほどに悲惨ではなく、ぼくほどにさもしくも、笑止な人間でもなかった。あるときヴェルトハイマーはそう言った。願ったりかなったりの妹がいたけれど、最悪のタイミングでぼくらを見捨てて行ってしまった。まったく恥じ知らずにも、とヴェルトハイマーは言った。スイスに行ってしまった。隅から隅まで腐りきったスイスへね。スイスはヨーロッパでいちばん節操のない国だ、と彼は言った。いつもスイスでは、自分は売春宿にいる、といった気持ちだった、と彼は言った。町でも田舎でも、あらゆるものが春をひさいでいる、と彼は言った。サン・モリッツ、ザース・フェー、グスタード、みんな女郎屋だ。チューリッヒ、バーゼルといった世界的売春宿に至っては、なにをか言わんやだ。ヴェルトハイマーは、そうたびたび言っていた。世界的売春宿、それ以外のなにものでもない。今でも大司教が「おはよう」と「おやすみ」を言う、この暗黒の町クール！　と彼は叫んだ。そんな所に妹は行ってしまった。残忍な兄であり、そして自分の人生と生活の破壊者でもあるぼくから逃れて、と彼は言っていたっけ、と私は思った。カトリックの臭気が天にまで立ち昇るツィツェルスへ。グレンの死は、ぼくには深くこたえた。そう言うヴェルトハイマーの声が、今またもやはっきりと聞こえた。私は旅館の食堂の同じ場所に立ったままだった。ただこの間に手さげかばんを床の上に置きはしていたが。ヴェルトハイマーは自殺せざるをえなかったのだ、と私は自分に言った。彼にもう未来はなかったのだ。彼は生き終えたのだ。存在し尽くしてしまったのだ。彼が女将と、彼女の家で寝たのは、まったくもって彼にふさわしいことだ、と私は思った。ふたりはちょうどこの上の女将のベッドでひとつになったのだと思いながら、私は食堂の天井を見上げた。超耽美主義者が不潔なベッドに、と私は思った。自分はショーペンハウアーとカントとスピノザとともにしか生きられないのだと信じ続けていた繊細な男が、大なり小なり大きな間隔をあけてヴァンクハムの女将と、鶏の羽毛の入った粗末な羽ぶとんの下で肌を合わせるとは。私はまず声をあげて笑いださずにはいられなかった。だがそれから、吐き気を催した。その笑い声も、しかし誰の耳にもとまらなかった。

女将の姿も見えないままだった。眺めているうちに食堂はますます汚ならしく見えてきた。この旅館全体が、いっそう我慢のならぬものに思えてきた。だが、ほかに選択はなかった。このあたりにはこの旅館しかなかったし、今でもないのだ。グレンは、と私は思った。けっしてショパンを弾かなかった。あらゆる招聘を断った。最高の報酬も。あらゆる人が彼のことを不幸な男だと語るのを、グレンは絶えず訂正し、そうした意見を引っ込めさせた。自分は、もっとも幸せな人間、もっとも成功した人間なんだ。音楽／取り憑かれ／功名心／グレン。私はかつて、私の最初のマドリード・ノートにそう書きつけた。プエルタ・デル・ソル[18]を歩くこれらの人間たち。彼らのことを、私はグレンに手紙でこまごまと書いた。一九六三年のこと、ハーディ[19]を発見したあとだった。闘牛のことを書いた。そして、レティーロ公園[20]での省察を、と私は思った。それらに、グレンは一度も返事をくれなかった。ヴェルトハイマーは、しばしばグレンを、トライヒに来るようにと招いた。グレンにはぜったい狩りの家が向いているとヴェルトハイマーは考えたのだった。グレンは一度もこの話に乗らなかった。ヴェルトハイマーですら狩りの家向きの人間ではなかったわけで、だとすると、グレン・グールドがそうであることなど、とうていありえなかったのである。ホロヴィッツは、グレン・グールドがかつてそうであったのとは違って、数学者ではなかった。かつてそうであったという言葉。私たちは、彼がいると言う。だが突然、彼がいたとなる。この恐ろしいかつてそうであったという言葉、と私は思った。ヴェルトハイマーは、私が

読者カード

みすず書房の本をご愛読いただき，まことにありがとうございます．

お求めいただいた書籍タイトル

ご購入書店は

・新刊をご案内する「パブリッシャーズ・レビュー みすず書房の本棚」（年
3月・6月・9月・12月刊，無料）をご希望の方にお送りいたします．

（希望する／希望しな

★ご希望の方は下の「ご住所」欄も必ず記入してくださ

・「みすず書房図書目録」最新版をご希望の方にお送りいたします．

（希望する／希望しな

★ご希望の方は下の「ご住所」欄も必ず記入してくださ

・新刊・イベントなどをご案内する「みすず書房ニュースレター」（Eメール配
月2回）をご希望の方にお送りいたします．

（配信を希望する／希望しな

★ご希望の方は下の「Eメール」欄も必ず記入してくださ

・よろしければご関心のジャンルをお知らせください．
（哲学・思想／宗教／心理／社会科学／社会ノンフィクション／
教育／歴史／文学／芸術／自然科学／医学）

お名前《ふりがな》　　様	〒
ご住所　都・道・府・県　市・区・郡	
電話　（　　）	
Eメール	

ご記入いただいた個人情報は正当な目的のためにのみ使用いたしま

ありがとうございました．みすず書房ウェブサイト http://www.msz.co.jp では
刊行書の詳細な書誌とともに，新刊，近刊，復刊，イベントなどさまざまな
ご案内を掲載しています．ご注文・問い合わせにもぜひご利用ください．

郵便はがき

113-8790

料金受取人払郵便

本郷局承認

3078

差出有効期間
2021年2月
28日まで

東京都文京区
本郷2丁目20番7号

みすず書房営業部
行

通信欄

(ご意見・ご感想などお寄せください．小社ウェブサイトでご紹介させていただく場合がございます．あらかじめご了承ください．)

たとえばシェーンベルクに取り組んでいると、それに口をはさんできた。グレンはけっしてそうではなかった。グレンには、他人が自分よりも多く知っているということが堪えられなかった。無知自分が知りえなかったことについて他人があれこれ注釈を加えるのは、我慢ならなかった。無知への恥、と、その旅館の中に立って女将を待ちながら、私は思った。いっぽう、ヴェルトハイマーは読書家だった。グレンも私もそうではなかった。私はあまり多く読まなかったし、読んだとしても、同じものを、同じ書き手の同じ本や同じ哲学者のものを、繰り返し、それがあたかもまったく違ったもののように読むのだった。私には、同じものをいつもまったく違ったものとして自分に受け入れるという技能があり、それを高度な、すばらしく高度な技能にまで発達させていたのだった。ヴェルトハイマーもグレンも、こうした特技はもっていなかった。グレンは、ほとんどまったく読書をしなかった。文学を忌み嫌っていたが、それはまったく彼に似つかわしかった。ぼくの本来の目的に役立つものだけ、と、彼はいちどそう言っていた。つまりぼくの芸術にね、と。バッハについては、あらゆることが頭に入っていたグレンだった。ヘンデルについても。モーツァルトについては、とても多くのことが。そしてバルトークについては、これまたあらゆることが。彼はじっくりと腰を落ち着けて、何時間も、彼じしんの言い方によると解釈、、、することができた。しかもそれはまったく誤りがなく、当然のことにグレンゲニアール、、、、、、、、、、これはヴェルトハイマーの表現であるが、つまりグレン的独創性に富んだものであった。もとをただせばメンヒスベルクの山上で初めて会ったその瞬間から、私にはグレンがこれまでの人生で一度も出会ったことのないような非凡な人間であることがはっきりとしていた、と私は思った。私は目の確かな観相学者なのだ。それから何年かしてそのことが、いわば世に認められるところとなったのである。だがそれは、私にとっては、新聞が認めるあらゆること同様、やりきれないものだった。ぼくらは存在している。ほかに選択はない。グレンはいちど、そんなふうに言ったことがあった。まったくのナンセンス。それを私たちは耐え忍んでいるのだ。彼もまた、と私は思った。ヴェルトハイマーの死も、またじゅうぶん予測できた事態だった、と私は思った。おかしなことに、だがヴェルトハイマーのほうが、この私が自殺するだろう、森で首を吊るだろう、と繰り返し言っていたのだった。きみが大好きなレティーロ公園でね、と言ったこともあったっけ、と私は思った。私が忽然と姿を消し、誰にも一言も告げず、オーストリアにすべてを残したままマドリードへ行ってしまったことを、ヴェルトハイマーは勘弁してはくれなかった。私といっしょにウィーンの町を歩きまわることが習慣になってしまっていたのだった。何年も、いや十年も。とはいえ、歩くのは彼の道で、私のではなかった、と私は思った。ヴェルトハイマーは、いつも私よりも歩くのが速かった。私がではなく、彼のほうが病気だったのにもかかわらず、彼に後《おく》れないように歩くのはひと苦労だった。まさに彼のほうが病人だったからこそ、思うに、いつもどんどん先に行ってしまい、いつも初めから私を置いてきぼりにしてしまうのだった。ウンターゲーアー、破滅者という言葉は、グレン・グールドの天才的な発明だった、と私は思った。グレンは、一目見てヴェルトハイマーという人間を見抜いてしまっていたのだった。グレンは、初対面の人をみな、すぐにすっかり見抜いてしまっていたのである。ヴェルトハイマーは朝五時に起き、私は五時半に起きたが、グレンが起きるのはいつも九時半になってからだった。朝の四時ごろになってようやく横になるからだった。眠るためではなく、消耗を終わらせるためにそうするのさ、とグレンは言っていた。私が自殺することだ、と、その旅館の中を見回しながら私は思った。グレンが死に、ヴェルトハイマーが自殺した今。グレンも、オーストリアの旅館の食堂の湿気をいつも恐れていた。これらオーストリアの旅館の食堂では、換気が良くないので、あるいはまったく換気が行われないので、死んでしまうのではないかと不安を覚えるのだった。実際に多くの人たちが、わが国の旅館で死を招いている。店の主人は窓を開けない。夏でさえも。だから湿気が永遠に壁の中に籠もってしまうことになるのである。そして、このいたるところで幅をきかせている新しい悪趣味、と私は思った。わが国きってのいい旅館さえ、軒並み完全なプロレタリア化が進んでいる。私には社会主義という言葉が他のどんな言葉にもまして吐き気を催させるものとなってしまった。この概念から何が出てきたかを考えたときである。いたるところに、わが国の低劣きわまりない社会主義者たちによるこの低劣きわまりない社会主義が顔をのぞかせている。彼らは社会主義を民衆に敵対する方向に使い尽くしているのであり、民衆を彼らと同じほどに低劣なものにしてしまったのである。今日どこを見てもいたるところに、この致命的な低級協調社会主義を見ることが、感じることができる。これが、あらゆるものに染《し》み込んでしまったのである。この旅館の客室なら知っている、と私は思った。あれらは死をもたらす部屋だ。狩りの家をもう一度この目で見るということだけが目的で自分はヴァンクハムまでやってきたのだと考えていることが、すぐに卑しい考え方に思えてきた。そう思いながらもまたもやすぐに、こう私は自分に言って聞かせた。私はヴェルトハイマーに対してそうする義務があるのだ、と。まったくこのとおりの言葉を、私は自分に向かって発したのである。私はヴェルトハイマーに対してそうする義務があるのだ、と、私は、はっきりと声に出して自分に言って聞かせたのだった。嘘が嘘を呼んでいたのである。好奇心というものに、それはつねに私の際立った特質となっていたものだったが、私はそれに、ここでも完全にとらえられていたのだった。もしかすると、遺産の継承者たちが狩りの家をもうすっかり片づけ、中の様子をまったく変えてしまったかもしれない、と私は思った。遺産相続人というものは、しばしば、私たちが想像もできないほどの容赦のなさで素早く事を運んでしまうからだ。世に言う被相続人が死んでからしばしばもう数時間後には、すべてを片づけ、すべてを運び去ってしまい、そもそも、もはやだれひとりとして近くには立ち入らせなくなるのである。ヴェルトハイマーほど自分の身内の者たちを悪く言う人間はなかった。彼らを完膚なきまでにこきおろしたのだった。父、母、妹を恨み、自分の不幸のすべてを彼らのせいだと非難した。おかげで自分は存在していなければならないのだ、と彼らを絶えず咎めた。自分は彼らに、恐ろしい実存の機械の中に上から投げ込まれて、まったくめちゃくちゃにされて下から出て来なければならなかった、というのだった。抵抗しても無駄だった、と彼はいつも言っていた。子供として、母親の手でこの実存の機械の中に投げ込まれ、父親が、息子を徹底的に切り刻むこの実存の機械を一生のあいだ動かし続けたのだ。親たちというものは、自分たちの存在そのものである不幸が子供たちにも引き継がれてゆくことを充分に承知していながら、無慈悲にも子供をつくるという挙に出て、子供たちを実存の機械の中へと投げ込んでゆく、と、そう彼は言っていたっけ、とその旅館の食堂を見わたしながら私は思った。私がヴェルトハイマーに初めて会ったのは、ヌスドルファーシュトラーセ[21]の市場の建物の前でだった。ヴェルトハイマーは、父のように商人になっているはずだった。だが実のところは、自分、つまりヴェルトハイマーじしんがなりたかった音楽家にもならず、いわゆる精神科学にめちゃくちゃにされたのだった。そう彼じしん言っていた。ぼくらはひとつのものから別のものへと逃げて、それで自分をめちゃくちゃにしてしまう、と、そう言っていた。ぼくらは動けなくなるまで退去を重ねるばかりだ、と、そう彼は言った。墓地が好きな男だった。私と同じに、と私は思った。一日中ずっとデーブリングとかノイシュテイフト・アム・ヴァルトの墓地[22]にい続けたっけ、と私は思った。いつもひとりでいたいという憧れを一生もっていた。私もそうだけれど、と私は思った。ヴェルトハイマーは、私のように旅行をよくする人間ではなかった。居場所を変えることに情熱を傾ける人間ではなかった。両親と一度エジプトに行ったことがあるだけだった。いっぽう私は、どこへであれ、旅行できるあらゆる機会を利用し尽くしていた。初めて飛び出したのは、祖父の医者用の手さげかばんと百五十シリングを手にしてヴェネチアへ十日間だった。しかもその十日間、毎日アカデミア美術館を訪ね、またフェニーチェ[23]でオペラを観たのだった。〈タンクレーディ[24]〉を初めてフェニーチェで観たんだ、と私は思った。初めて音楽をやってみようという願望を抱いたのだった。ヴェルトハイマーはいつもかわらずウンターゲーアー、破滅者だった。ヴェルトハイマーほどにウィーンの通りを歩き回っている人間はいなかった。あらゆる方向からあらゆる所に行き、まったく疲れ果てるまで行ったり来たりを繰り返すのだった。陽動作戦だ、と私は思った。ヴェルトハイマーの靴のはきつぶしようはただならなかった。靴のフェチシストとヴェルトハイマーを呼んだのもグレンだった。ヴェルトハイマーは、コールマルクトの住まいに何百足もの靴をためていたのではないかと思う。このことでも、ヴェルトハイマーは妹を狂気の際《きわ》にまで追い込んでいた。ヴェルトハイマーは妹を慕っていたし、それどころか愛していた、と私は思った。そして彼女を時とともに狂気にしてしまったのだ。最後の最後の瞬間に、彼女は兄のもとからクールの近くのツィツェルスに逃れたのだった。もうなにも言ってよこさず、兄を置き去りにしたままだった。ヴェルトハイマーは彼女の衣類を、彼女が残していったまま衣装戸棚に置いておいた。もう彼女のものにはいっさい手を触れなかった。考えてみれば、ぼくは妹を、なんといってもただ譜めくりのためだけにこき使ったのだ、とヴェルトハイマーはいちどそう言ったことがあったっけ、と私は思った。妹は、誰よりもうまく譜面をめくることができた。ぼくの容赦ないやり方で、それを教えこんだんだ。彼はいちどそう言っていた。じっさい妹は、もともとまったく楽譜が読めなかったんだ。ぼくの天才的な譜めくり、と彼はいちどそう言ったことがあったっけ、と私は思った。彼は自分の妹を譜めくりの地位に甘んじさせていた。妹はそれがずっと承服できなかった。彼女はけっして結婚相手を見つけられないだろうといった観測が、彼にとっては悲惨な誤りであったことが明らかとなったのだ、と私は思った。ヴェルトハイマーは、妹のためにまったく頑丈な牢屋をこしらえていたのだった。どこから見ても逃亡の危険のない牢屋を。ところが妹は逃げ出してしまった。世に言うように一夜明けてみると。これがヴェルトハイマーに恐ろしい恥辱感を与えることになった。肘掛け椅子にすわりこんで、ただただ自殺することばかりを考えた、と、彼じしんそう言っていたっけ、と私は思った。どんな方法でやるかと、一日中あれこれ思い悩んでいたものの、けっきょく実行しはしなかった。グレンが死んでからは、自殺をつねに考えるようになったが、妹に逃げ出されて、そうした状態はさらに進んだ。グレンが死んだとき、事実のずっしりとした重みをともなって、自分の挫折がはっきりとわかったのだ。だが妹について言えば、彼女が、骨の髄まで下賤なスイス人のためにこの自分を極度な苦境の中に置き去りにしたのは、彼女の下賤さ、彼女の低劣さのゆえだったのだ。襟元の折り返しをぴんと尖らせた悪趣味なレインコートを着て、真鍮製の留め金のついたバリー[25]の靴をはいたあんなスイスの男のために、と、そう彼は言っていたっけ、と私は思った。妹を、あのとんでもない内科医のホルヒ（彼女のかかりつけの医者である！）のところに行かせなければよかった、と彼は言った。というのも、彼女はそこでスイス人と知り合ったのだ。医者たちはあの化学コンツェルンの持ち主と手を結んでいるんだ。彼はそう言っていたな、と私は思った。行かせるのではなかった、と、彼は四十六歳になる自分の妹について言ったっけ、と私は思った。四十六歳の妹は、外出の許しを彼に願い出なければならなかったのだ、と私は思った。彼女は、このスイス人がやって来るたびに兄に釈明しなければならなかった。初めのうち彼、つまりヴェルトハイマーは、このスイス人をたちどころにやたら計算高い人間とふんだので、妹が金持ちだから結婚したのだと考えたという。だがその後、このスイス人が、自分と妹を合わせたよりもはるかに金持ちであることがわかったというのだった。つまりうなるほどの大金持ち。しかもスイスの。ということは、オーストリアの金持ちよりも何倍も金持ちだということだ、と、そう彼は言っていた。この（スイス人の）男の父親は、ヴェルトハイマーによると、チューリッヒのロイ銀行の重役のひとりだったということだった。いいかい、考えてみるがいい。その息子が最大の化学コンツェルンのひとつを所有しているんだ！いそうヴェルトハイマーは言った。このスイス人の最初の妻は謎めいた死に方をしているのだけれど、真実は誰にもわからないんだ。ぼくの妹が成り上がり者の二度目の妻とはね。そうヴェルトハイマーは言っていたっけ、と私は思った。あるとき、彼は凍《い》てつく寒さのシュテファン教会[26]の中に八時間すわり続けて、祭壇をじっと見つめていたという。堂守《どうもり》が旦那、閉めますよと言って彼をシュテファン教会から追い出そうとしたが、出しなに、彼はその堂守に百シリング札をくれてやったという。衝動的行《おこな》いさ、と、そうヴェルトハイマーは言った。ぼくは、自分がばったりと倒れて死ぬまでシュテファン教会にすわり続けていたかったのだ、と、そう彼は言った。だが、うまくいかなかった。これを望んで極度に精神を集中させたが駄目だった。このために極端なまでの精神集中をすることが、ぼくにはできなかった、と彼は言った。そして、ぼくらの望みが満たされるのは、そのための極端なまでの精神集中ができたときだけなのだ。子供の頃から自分は死ぬことを望んでいた。世に言うところの自殺を。しかし、このための極端なまでの精神集中ができなかったのだ。本質的に初めからあらゆる点で不快なこの世の中に生み出されてしまっているという事実を終わりにすることはできなかった。この死への願望は一挙に消えて無くなるだろうと年齢が増すにつれて思うようになったが、しかし、この願望は年毎につのってゆくばかりだった。でも極端なまでの精神的緊張と集中ができるようにはならなかったのだ、と、そう彼は言った。止《や》むことのない好奇心が自殺を妨げたのだ、と、そう彼は言っていたっけ、と私は思った。ぼくらをつくり出した父を、ぼくらは許さない。ぼくらをこの世にほうり出した母を、ぼくらは許さない、と彼は言った。ずっと続けてぼくらの不幸の証人である妹を許さない。だってこの世に実存するとは、ぼくらは絶望するということにほかならないではないか、と、そう彼は言った。起きると、辟易として自分のことを考え、自分の目の前にあるすべてのことにぞっとする。横になると、死ぬこと、もう目覚めないことだけを望み、しかしながらまたもや目覚めて、恐ろしいプロセスが繰り返される。ついには五十年も繰り返されているのだ、と、そう彼は言った。ぼくらには想像がついているのにだ。五十年間死ぬことだけを望んでいるのに生き続けてしまい、しかも、まったくもって首尾一貫していない人間なのでそれをどうすることもできないぼくらだということが。そう彼は言った。ぼくらは悲惨さそのもの、卑劣さそのものなのだから。音楽の才能なんかもってない！　と彼は叫んだ。この世に実存する才能なんかもっていない！　ぼくらは傲慢なのだ。生きることすらできないのに、この世に実存することすらできないのに、音楽の勉強はかくあるべきなどと信じていた。というのも、ぼくらはこの世に実存していない。実存させられているのだ。ブリギッテナウ(27)を四時間半、くたくたになるまでふたりで歩いたあと、ヴェーリンガーシュトラーセ(28)で彼はいちどそんなふうに言った。以前は夜半までコラッレにいたものさ。ヴェルトハイマーは言った。今ではコロッセーウム(29)にだって行きやしない！　なんとすべてが、絶対的に良くない方向に変わってしまったのだろう、と、そう彼は言った。だれか友達がいると思っていても、時がたつと、友達なんてひとりもいないことがわかるんだ。だってぼくらには、人間など絶対的に誰ひとりとしていはしないのだから。これはほんとうのことさ、と、そう言うのだった。ベーゼンドルファーにしがみついていたけれど、時を経て、すべてが思い違いで、ぞっとするばかりだとわかったんだ。グレンは運が良かった。シュタインウェイに向かいながら、ゴルトベルク変奏曲の真っ最中に倒れて。この自分は、何年にもわたって倒れようと試みたがうまくいかなかった。何度も妹を連れていわゆるプラーターハウプトアレー(30)を歩いた。新鮮な空気を吸って妹の健康状態が良くなるようにと思ってね、と、そう彼は言った。だけど妹はこの遠出をありがたがってはくれなかった。どうしてプラーターハウプトアレーだけで、ブルゲンラント(31)ではないの。どうしてプラーターハウプトアレーだけで、クロイツェンシュタインとかレッツ(32)ではないの。妹をけっして満足させることはできなかった。ぼくは妹のためになんでもしてやったのだ。欲しい洋服だって、どれでも買えるようにしてやった、と、そう彼は言った。ぼくは妹を甘やかしてしまったのだ、と、そう彼は言った。その甘やかしが頂点をきわめたとき、と、そう彼は言った。妹は逃げ出したのだ。クールのそばのツィツェルスへ、このぞっとする地方へね。もはやこの先どうしていいかわからなくなると、みんなスイスに駆け込むんだ、と、そう彼は言っていたっけ、と私は思った。だけどスイスは、いざ行ってみると、誰にとっても致命的な牢獄だ。しだいしだいに、スイスでは誰もがスイスに窒息する。同じように妹もスイスに窒息してしまうだろう。ぼくにはそれが見えている。ツィツェルスは妹を殺すだろう。スイス人が妹を殺すだろう、スイスが妹を殺すだろう、と、そう彼は言っていたっけ、と私は思った。よりにもよってツィツェルスなんて、へんな出来そこないの名前をもった場所へね、と、そう彼は言っていたっけ、と私は思った。もしかすると、これが両親が抱いた構想だったのかもしれない、と彼は言った。ぼくと妹が終生いっしょに暮らすということが。両親の計算だったかもしれない。だけど両親のこの構想どおりに、この計算どおりに、事は運ばなかった。息子をつくろう。そしてその妹も、と、両親はこんなふうに考えたのかもしれない。ふたりは、死ぬまでたがいに支えあいながら、たがいに滅ぼしあいながら暮らしてゆくのだ。これがもしかすると両親の考えだったのかもしれない。なんとも恐ろしい両親の考え、と、そう彼は言った。両親はなにか構想を抱くが、だが当然のことながら、この構想どおりには事は運ばない、と、そう彼は言った。妹はこの構想に従わなかった。彼女のほうが強く、ぼくはいつだって弱い男だったのだ、と、そう彼は言った。絶対的に弱いほうの側なのだ、と、そうヴェルトハイマーは言った。ヴェルトハイマーは、上り坂ではほとんど息も絶え絶えだったが、それでも私をどんどん引き離して歩いていった。階段を昇ることもままならぬありさまだったが、それでも四階に着くのは私より早かった。すべて自殺しようとしてのことだった。と今、その旅館の食堂を眺めながら、そう私は思った。この世に実存していることから逃れようとの無駄な試みだったのだ。ヴェルトハイマーは、いちど妹とパッサウ[33]に行ったことがあるということだった。父親にパッサウはきれいな町だから、心身が休まる素晴らしい町だからと説き伏せられたからだった。だがパッサウに着いてみてふたりがすぐに見て取ったのは、総じてパッサウという町が、ザルツブルクと競わんばかりの、もっとも見苦しい町のひとつであるということだった。倒錯的な高慢さから「三河川都市《ドライフリュッセンシュタット》」と自称してはいるが、救いようのなさと見苦しさとむかつくほどのぶざまさでいっぱいの町だったのである。ふたりは、この「三河川都市」の中にほんのちょっとだけ足を踏み入れたが、すぐにまた引き返し、ウィーン行きの汽車が出るまで何時間かあったので、タクシーでウィーンまで帰ったのだった。このパッサウでの体験があってから、ふたりは何年かのあいだあらゆる旅行の計画を断念したのだった、と私は思った。このあと何年かのあいだ、妹が旅行に行きたいと言いだすと、ヴェルトハイマーはパッサウを思い出してごらん！　とひとこと言うばかりだったという。これで旅行をめぐって妹と言い争いになることが未然に防がれたのである。競売に出したベーゼンドルファーのグランド・ピアノのかわりにヨーゼフ二世時代[34]の書きもの机が置かれていたっけ、と私は思った。だが私たちはじっさい、絶え間なくなにかしら勉強しようと思う必要はない、と私は思った。ただ考えるだけで、考える以外になにもせず、ただひたすら思考のおもむくままにまかせれば、じっさいそれでまったく充分なのである。世界観に身を屈し、そうした世界観にただひたすらわが身をゆだねること。だがこれはきわめて難しいことだ、と私は思った。ベーゼンドルファーのグランド・ピアノを競売にかけた当時、ヴェルトハイマーはそんなかたちで事を進めることはできなかった。そうすることができた私とは違って、のちになってもそうはできなかったのだ、と私は思った。私にはこうした取り柄《え》があったので、小さな旅行かばんだけを手に、ある日、オーストリアから姿をくらますことができたのだ。最初はポルトガルに行き、それからスペインに行ってカレ・デル・プラドに落ち着くことができた。サザビーのすぐとなりに。私は突然、いわば一夜にして世界観の芸術家になっていたのだった。急に思いついたこの言葉に、思わず笑いがこみあげてくる私だった。私は二、三歩、調理場の窓のほうに寄った。だが私には、すでにあらかじめ、調理場の窓からはなにも見えないことがわかっていた。世に言う足元から天井まで汚れているという状態だったからだ。オーストリアでは調理場の窓はすべて完璧に汚れていて、中を見ることはできない。そして思うに、中をのぞくことができないということは、当然のことながらきわめて大きな利点だ。中の惨状が、オーストリアの調理場のめちゃくちゃな汚なさが、直接目に入らないで済むからである。私は、調理場の窓のほうに寄っていった足をまたもやもとに二、三歩戻し、これまで立っていたのと同じ場所に立ち続けた。グレンは自分にとって好都合なときに死んだ、と私は思った。だがヴェルトハイマーは自分にとって好都合なときに自殺したのではなかった。自殺する人間は、けっして、自分にとって好都合なときに自殺しはしない。だがいわゆる自然死というものは、つねに好都合なときにやって来る死なのだ。ヴェルトハイマーはグレンを見習いたかったのだった、と私は思った。同時に妹に見せつけてやりたかった。彼女がしたことすべての仕返しをしてやりたかったのだった。よりにもよってツィツェルスの妹の家から百歩ほどしか離れていないところで首を吊ったのは、このためだったのだ。ヴェルトハイマーはクール近郊ツィツェルス行きの切符を買ってツィツェルスまで汽車に乗り、妹の家から百歩しか離れていない目と鼻の先で首を吊った。遺体が発見されてから数日のあいだ、それが彼であることが判明しなかった。ようやく発見後四日か五日たって、クールの病院のある事務員がヴェルトハイマーという名前にぴんときて、このヴェルトハイマーという名前を化学コンツェルン所有者の夫人と結びつけたのだった。この夫人が以前ヴェルトハイマー夫人と呼ばれていたことを知っていたのである。この事務員は慌てて、病理検査室に横たえられている自殺者のヴェルトハイマーとツィツェルスの化学コンツェルン所有者の夫人とのあいだに関係がないかどうかをツィツェルスに問い合わせた。自分の家から百歩しか離れていないところで首吊りがあったことを知らないでいたヴェルトハイマーの妹は、さっそくクールに行って病理検査室を訪ね、それが兄であるとの、世に言う確認をしたのだった。ヴェルトハイマーの計算は当たった。彼は自分の自殺のやり方とその場所の選択とによって、妹を一生消えることのない罪悪感の中に突き落としたのだ、と私は思った。いかにもヴェルトハイマーに似合った計算だ、と私は思った。だが彼は、これによって自分を惨めにしたのだ、と私は思った。妹の家の目の前、百歩しか離れていないところの木にわが身を吊るして死ぬということを、彼はすでに意図してトライヒを出発したのだ、と私は思った。ずっと以前から、あらかじめ計算していた自殺、と私は思った。それはけっして絶望からのとっさの行為ではなかった。マドリードからだったなら、彼の葬儀に出席するためクールにまで行かなかっただろう、と私は思った。だがすでにウィーンにいる以上、クールに行くのは当然だった。そしてクールからトライヒへ。だが今は、トライヒに寄らずにクールから真っ直ぐウィーンに帰ったほうがよかったのではなかったかと、心が大きく揺らいでいた。自分がここになにを求めていたのかが、今、一瞬にしてわからなくなった。このまったくもって安手の好奇心を満足させることのほかには、なにもなかったのではあるまいか。自分がここにいるのは必然的なのだ、と自分に言って聞かせて、みずからを欺いていた私だったのである。自分に対して必然性があるようにうわべをとり繕っていたのである。ヴェルトハイマーの妹にはトライヒに行くつもりだとは言いはしなかった。じっさいクールでは、まったくそんな考えは抱いていなかったのだ。列車に乗ってからはじめて、アットナング＝プーフハイム[35]で降りてトライヒに行こう、そして以前からトライヒを訪ねたときに泊まりつけていたヴァンクハムに泊まろうと思い立ったのだった、と私は思った。いつかはヴェルトハイマーの葬儀に行くことになると、いつも思っていた私だった。当然のことながらいつとはわからなかったが、いずれそんなことになるとは思っていたのである。とはいえ、この思いを口にしたことはなく、わけてもヴェルトハイマーじしんとこれを話題にしたことはなかった。だが、彼、つまりヴェルトハイマーのほうは、しばしば私に、彼がいつかこの私の葬儀に行くことになるだろうと言っていたのだった。そんなことを、女将が出てくるのを依然待ち続けながら私は思った。そして私は、ヴェルトハイマーがいつか自殺するだろうということも確信していたのだった。その理由のすべてを、私は絶えずありありと思い浮かべることができた。グレンの死は彼にとって、すでに明らかにしたように、自殺を決定づける要因ではなかった。さらに妹が彼のもとを去るということが必要だったのだ。しかしグレンの死は、すでにヴェルトハイマーの末期《まつご》の始まりだったのであり、妹がスイス人と結婚したことが最終的な引きがねとなったのだった。ウィーンを絶え間なしに歩くことによってヴェルトハイマーは自分じしんを救おうとしていたのだった。だがこの試みは失敗に終わった。救済はもはや不可能だったのだ。二十区や二十一区、とりわけブリギッテナウやカイザーミューレン、そして猥雑なプラーター、そうした地区の、大好きな労働者街。そしてツィルクスガッセ、シュッテルシュトラーセ、ラデツキーシュトラーセなどなど。何ヵ月ものあいだ彼はウィーン中を歩きまわったのだった。昼も夜も、倒れて動けなくなるまで。もはやそれもなんの効果もなかった。だがまたトライヒの狩りの家も、はじめヴェルトハイマーは自分の存在を救ってくれるものと考えていたが、それが誤った期待であることが明らかとなった。私が知っているところでは、彼は、最初三週間狩りの家に閉じ籠もりきり、それから地所の木の伐採をまかせている人たちのところに行って、自分の問題を述べたてて彼らを煩わせた。だが、素朴な人たちというものは複雑な人たちが言うことを理解できず、そうした人たちを自分の殻の中に突き戻してしまう。他のどんな人たちよりも情け容赦なく、と私は思った。いわゆる素朴な人たちが人を救ったと考えることは、たいへん大きな思い違いである。人はぎりぎりの苦境に立たされると彼らのところに行き、しゃちほこばって救済を乞い求める。だが彼らに、いっそう深く絶望の淵に突き落とされてしまうばかりなのである。常軌を逸した人間を常軌を逸したまま救うことなど、いったいどんなふうにしたら彼らにできるというのだろうか、と私は思った。ヴェルトハイマーは、妹に去られたあとは自殺する以外に選択はなかった、と私は思った。彼は一冊の本を出したいと思っていた。だがそれは実現しなかった。草稿に何度も何度も手を入れ、草稿がもはや体《てい》をなさなくなるまで何度も書き換えたからである。草稿に手を入れることが、草稿の全部を完全に抹消することにほかならなかったのだった。ついには、残ったのはデア・ウンターゲーアー、破滅者というタイトルだけだったのである。もうタイトルがあるだけなんだ、と彼は私に言った。それでいいのさ。もう一度書き直す力があるかどうか、ぼくにはわからない。ないと思う、と彼は言ったのだった。デア・ウンターゲーアーが出版されていたとしたら、ぼくは自殺せざるをえなくなっていたことだろう、と、そう彼は言ったっけ、と私は思った。だがいっぽうで彼はメモ魔だった。何千何万というメモをぎっしりと書いた。そして、これらのメモをコールマルクトの住まいにも、トライヒの狩りの家にも溜めこんでいた。私の興味を駆り立て、私をアットナング＝プーフハイムで汽車から降ろしたのは、もしかすると実際にこのメモ類なのかもしれない、と私は思った。あるいは、ウィーンに戻るのがぞっとしたがゆえの引き延ばし策にすぎなかったのか。何千というヴェルトハイマーのメモを整理して、と私は思った。そしてそれをデア・ウンターゲーアーというタイトルで出版するのだ。いや、馬鹿げている。トライヒとウィーンのメモ類を彼は廃棄してしまっただろう、と私は考えた。いかなる痕跡も残さずに、というのが彼のモットーとする言葉のひとつだった。友人が死ぬと、私たちはその友人を彼がモットーとしていた言葉や、またその発言に釘付けにし、彼が手にしていた武器で彼その人を殺してしまう。一面では、一生のあいだに私たちに（そして他の人たちに）言ったことの中で彼が生き続けるわけであるが、別の面では、そのことによって私たちが彼を殺すわけである。彼の発言や彼の手記に関するかぎり、私たちは（彼に対して！）情け容赦のない人間たちなのだ、と私は思った。賢明にも彼が廃棄してしまったので手記がもう手に入らなかったら、彼の発言を取り上げればいい。彼を滅ぼすために、と私は思った。私たちは遺産を悪用する。私たちにそれを遺した人をさらに滅ぼすために、死者をさらに殺すために。もし滅ぼすのに用いることのできるような適当な遺産を彼が遺さなかったなら、私たちはそれをつくり上げる。なんでもいいから彼に関係し対抗する発言とかなにかを、と私は思った。遺産継承者というものは残忍だ。あとに残された者たちというのは、わずかの気配りもしない、と私は思った。私たちは、私たちを利して彼に対抗する証拠を捜す。私たちは、彼に対抗して用いることのできるすべてのものを略奪する。私たちの立場を良くするために、と私は思った。これはほんとうのことだ。ヴェルトハイマーは、つねに自殺候補者だった。だが限度を越えてしまったのだ。実際に自殺したよりも何年も前に自殺していなければならなかったのだ。グレンよりもずっと前に、と私は思った。だから彼の自殺はやりきれないのだ。低級な自殺だ。それはなによりも、よりにもよって彼がツィツェルスの妹の家の前で自殺したからだ、と、なによりも自分の心のやましさに抗しながら私は思った。ヴェルトハイマーの手紙に返事を出さず、大なり小なり恥知らずにも彼をひとりぼっちにしてしまったという事実に、いまだ良心が咎めていたのだった。自分は今マドリードから離れられないというのは、わが身を友に引き渡さないですむようにと用いた卑しい嘘でしかなかったのだ。今思えば、友は生き続けるための最後の可能性を私に託して、自殺の前にマドリードの私に四通の手紙を書いたのである。私はそれらに返事を出さず、ようやく五通目の手紙に対して、自分はどうしても動けない、目的がなんであれ、オーストリアへの旅行のためだけで自分の仕事を台無しにしてしまうわけにはいかない、と書き送ったのである。グレン・グールドについてを、私は口実に用いたのだった。試みたものの、うまく書くことができなかった。ほんのわずかの価値もないものなので、マドリードに戻ったら原稿を暖炉の中に投げ入れてしまおうと今は思っていた。私は恥知らずにもヴェルトハイマーをひとりぼっちにしてしまった、と私は思った。彼が最大の苦境にあったときに背を向けたのだ。だが私は、ヴェルトハイマーの自殺についての罪の意識を猛烈な勢いで押し退けた。私がいたとしても、もう彼にはなんの役にも立たなかったことだろう。そう私は自分に言って聞かせた。彼を助けることはできなかっただろう。なんといっても彼はすでに自殺に向かって熟していたのだ。大学でなくてはならなかったのだ、と私は思った。しかも音楽大学でなくては！　いちばん最初にはこんな考えがあった。有名になるんだ。しかも、もっとも単純明快な方法で、できるだけ早く。それには当然のことながら音楽大学が理想的なスプリングボードなのだ。私たち三人は、グレンとヴェルトハイマーと私は、そう思ったのだった。だが、私たち三人ともが目指していたこと、それをなし遂げることができたのはグレンだけだった。グレンは私たちをさえ、結局のところは自分の目的のために利用し尽くしたのだ、と私は思った。無意識にとはいえ、グレン・グールドになるために、すべてを利用し尽くしたのだ、と私は思った。私たち、つまりヴェルトハイマーと私は、グレンに道を譲るために諦めねばならなかったのだった。最初のそうした考え方を、当初私は、いまそう思っているように馬鹿げた考え方だなどとはまったく感じないでいたのだ、と私は思った。だがグレンはすでに、ヨーロッパにやって来てホロヴィッツのコースに入ったときには天才だった。私たちのほうは、同じときすでに挫折者だったのだ、と私は思った。私は、心の底ではピアノのヴィルトゥオーゾになるつもりはなかった。モーツァルテウムとそれに関連したすべての事柄は、私にとっては、世界に向かって実際に感じている退屈から、もうずいぶん早くから抱いている生きることへの倦怠から、自分を救い出すための口実にすぎなかった。そしてヴェルトハイマーも根本的には私と同じように振る舞った。私たちが、世に言う、ものにならなかったのは、何かになろうなどとまったく思ってもいなかったからだった。これに対してグレンは、どんなことがあってもグレン・グールドになろうと思っていたのである。そして、ただホロヴィッツを利用することだけを考えて、どうしてもヨーロッパにやって来ざるをえなかった。自分がなによりも憧れ、そうなりたいと願っていた天才、いわばピアノにおける世界の驚異であろうとして。この世界の驚異という言葉を自分で面白がりながら、私はいまだにずっとその旅館の食堂に立ち続け、女将が現れるのを待っていた。思うに、女将は裏にいて、そちらのほうから聞こえてくる音からすると、どうやら豚に餌をやっているらしかった。私じしんは、世界の驚異となろうという欲求など一度も抱いたことはなかった。ヴェルトハイマーも、と私は思った。ヴェルトハイマーの頭はグレンの頭よりは私の頭に似ていたのだ、と私は思った。グレンは、分別の頭だったヴェルトハイマーや私と違って、どう考えてもヴィルトゥオーゾの頭をそなえていた。だが、いまヴィルトゥオーゾの頭とはなんなのかを言わねばならないとしたら、これは私には言えない。同じように、分別の頭とはなんなのか言えといわれても、これも無理だ。グレン・グールドと友達になったのはヴェルトハイマーではなく、私だった。私がグレンに近づき、グレンと友達になったのだ。そのあと初めてヴェルトハイマーが加わったのであるが、本質的にヴェルトハイマーは、私たちの中でやはりつねにアウトサイダーであり続けたのである。だが、私たち三人は、言ってみるならば一生にかかわる友情をとり結んでいた。ヴェルトハイマーは、ただひとえに兄が自殺したという事実をつくり出すことによって妹を苦境に追い込んだのだ、と私は思った。ツィツェルスのようなど田舎では、化学コンツェルン所有者夫人の兄の自殺は、以後つねにマイナスにカウントされてゆくことだろう、と私は思った。妹の家のすぐ向かいの木で首吊り自殺をするなどといった恥さらしな行為は、妹その人にさらにいっそう深刻な影響を及ぼすだろう。ヴェルトハイマーは、葬儀という儀式になんの価値も置いてはいなかった、と私は思った。とはいえ、たとえ彼が価値を置いていたとしても、埋葬されたクールでは、実際にそうした儀式はしてもらえなかったことだろう。なんとも変わったことに、埋葬は朝の五時に行われたのだった。クールの葬儀社の人たちのほかには、立ち会ったのはヴェルトハイマーの妹とその夫と私だけだった。ヴェルトハイマーの顔をもう一度見たいかと、私は（おかしなことにヴェルトハイマーの妹から）尋ねられたが、だがそれは即座に拒絶した。そんな申し出が不快だったのだ。そもそもこの成り行きの全体も、そしてこれに加わっている人間たちもだった。葬儀のためクールにまでやって来ないほうがよかった、と今、私は思った。ヴェルトハイマーの妹から来た電報からは、ヴェルトハイマーが自殺したとはわからなかった。ただ葬儀の日時しかなかったからだ。最初私は、妹を訪問中に死去したものと思っていた。当然のことながら私には、彼がこうして妹を訪ねたことが不思議に思われた。そんなことがあろうとはとても想像できなかったからだ。ヴェルトハイマーはツィツェルスの妹をけっして訪ねなかったはずだ、と私は思った。彼は妹を最高刑で罰し、と私は思った、妹の脳味噌を一生にわたってめちゃくちゃにしたのだ。ウィーンからクールまでは十三時間かかった。オーストリアの列車は手入れが行き届かず、食堂車の食事は、そもそもそれが連結されていればの話だが、最悪だ。私は一杯のミネラル・ウォーターだけを前に置いて、二十年ぶりにムージルの『生徒テルレスの惑い』[36]を読もうとしたが、できなかった。物語というものに私はもはや堪えきれず、一ページ読むと、もう先に進むことができない。描写というものに私はもはや堪えられないのである。またいっぽう、パスカルを読んで時間をつぶすこともできなかった。パンセを隅から隅まで知り尽くしていた私だったが、パスカルの文体をたどる喜びもじきに萎えてしまうのだった。そこで私は風景を観察することで満足した。通り過ぎてゆく町々は、すさんだ印象だ。農家はみな台無しにされている。持ち主たちが古い窓を取り外して殺風景なプラスチック製の窓を嵌め込んだからだった。教会の塔も、もはや風景の中にそびえ立つものではなくなっていた。かわりに輸入されたプラスチック製の円筒穀舎《サイロ》や、やたらと巨大で背の高い倉庫がそびえている。ウィーンからリンツまでの汽車の旅は、殺風景さの中を行く旅にほかならない。リンツからザルツブルクまでも同様だ。そしてチロルの山々を見て、重苦しい気分となる。スイスとまったく同じように、フォアアールベルク[37]はいつも嫌だった。スイスには愚かさ鈍さが巣くっている。

これは父がいつも言っていたことだが、この点では父に異論はなかった。クールは、両親と何度も泊まったので知っている。サン・モリッツに旅行しようというとき、クールで泊まったのである。それはいつも同じホテルで、ペパーミント・ティーのにおいがぷんぷんとしていた。父はこのホテルでは顔で、二十パーセントの割り引きをしてもらっていた。このホテルの四十年以上にわたる常連客だったからだ。町の中心にあるいわゆるいいホテルだったが、なんという名だったか私はもうよく覚えていない。思い違いをしていなければ、町の中でいちばん日陰になるあたりにあったのにツア・ゾンネ、日向《ひなた》館という名前だったように思う。クールのワイン酒場《シュトゥーベ》で出されるのはとてもまずいワインで、ソーセージもおいしくなかった。父は私たちといつもホテルで夕食をとったが、いわゆるスナックを注文するのであり、クールを快適な中継地と呼んでいた。いつもクールをとりわけ不快なところに感じていた私には、これはとうてい理解できなかった。ちょうどザルツブルクの人たちと同じように、クールの人たちは、山岳地方特有の愚鈍さのために、なおいっそう嫌な人間だった。両親といっしょに、またしばしば父とふたりだけで、サン・モリッツまで行かねばならず、クールで一旦降りて、湿気が建物の三階にまで伝わるようなじめじめとした細い小路に向かって窓のついたこのどうしようもないホテルに投宿せねばならないとき、私には、それがいつも刑罰のように感じられた。クールでは一度も眠れたためしはなかった、と私は思った。絶望でいっぱいになって、目覚めたまま横たわっていたものだった。クールはじつさい、私がこれまでこの目で見たうちいちばん陰鬱な土地だ。ザルツブルクさえクールほどには陰鬱ではなく、つまるところ病人をつくってはいない。そして、クールの人たちはこのことに対応しているのである。クールでは、たとえ一晩過ごしただけでも、ひとりの人間が一生にわたって駄目にされてしまうことがありうるのだ。だが今日まで、ウィーンからサン・モリッツに鉄道を使って一日で行くことはできない、と私は思った。私は今回、クールの郊外に宿泊した。クールそのものの思い出は、言わば子供の頃から憂鬱なものだったからだ。私はクールをそのまま通り過ぎ、クールとツィツェルスの間で降りた。そこでホテルの看板を見つけたのだった。ブラウアー・アードラー、青鷲館という看板の文字を読んだのは翌朝、つまり葬儀の日ホテルを発つときだった。当然のことながら、私は眠れない晩を過ごしていた。グレンは、実際のところヴェルトハイマーの自殺にとってそれだけで決定的な要因ではなかった、と私は思った。妹が離れていったこと、彼女がスイス人と結婚したことが決定的だったのだ。ところで私はクールに出発する前、ウィーンの自宅で、グレンのゴルトベルク変奏曲を聴いた。最初から何度も繰り返して。その最中何度も、すわっていた肘掛け椅子から立ち上がり、書斎の中を行きつ戻りつした。そうしながら、なにかグレンがゴルトベルク変奏曲をほんとうに私の家で弾いているような、そんな気持ちがしていたのだった。私は行ったり来たりしながら、このレコードでの解釈と、二十八年前、モーツァルテウムでホロヴィッツと私たち、つまりヴェルトハイマーと私の耳に入った解釈との違いがどこにあるのか、見つけ出そうとした。違いはわからなかった。グレンは、すでに二十八年前、ゴルトベルク変奏曲をこのレコードにあるのと同じように弾いていたのだった。ちなみにこのレコードは、グレンが私の五十歳の誕生日に送り届けてくれたものだった。彼は、ニューヨークに住んでいる私の女友達に、ウィーンに行くときにいっしょに持っていってくれるようにと託したのだった。私は、グレンがゴルトベルク変奏曲を弾くのを聴いて思った。彼は、自分がこの解釈によって不滅になったと信じたのだ。もしかするとほんとうにそれに成功したのかもしれない、と私は思った。というのも、これまで彼のほかに、ゴルトベルク変奏曲を彼のように、つまりグレンのように天才的に弾いたピアニストがいるとは思えないからだ。グレンについての文章を書くことを念頭に置いてグレンのゴルトベルク変奏曲に耳を傾けているうちに、私は、自分の住まいが荒れほうだいなことをいっそうはっきりと認めた。三年間まったく空《あ》けていたのである。この間ほかの人も、だれひとりとして私の住まいに入らなかったのだ、と私は思った。私は三年間留守にしていた。カレ・デル・プラドに引き籠もりきりだった。この三年のあいだ、ウィーンに帰ることなど、もはやまったく想像できなかった。そしてまた、いつの日か、心底嫌いな町であるウィーンに、心底嫌いな国であるオーストリアに戻ることになることを、もはや考えてもみないでいた。ウィーンからいわば最終的に逃げ出し、まっすぐマドリードに行ったのは、私にとって救いだった。マドリードは私が生きてゆくための理想的な中心点となった。しかも時とともにではなく、最初の瞬間から、と私は思った。ウィーンにいたならば、私は次第に食い尽くされてしまったことだろう。ヴェルトハイマーがいつも言っていたように。ウィーン人たちによって締め殺されていたことだろう。オーストリア人たちによってそもそも抹殺されていたことだろう。私の中にあるすべてのものは、ウィーンでは扼殺され、オーストリアでは根絶やしにされねばならないようなものなのだ、と私は思った。同じようにヴェルトハイマーも、自分を必ずやウィーン人が締め殺し、オーストリア人が抹殺するだろうと考えていた。だがヴェルトハイマーは、一夜にしてマドリードとか、あるいはリスボンとかローマに行ってしまう人間ではなかった。そんなことは私とは違ってできなかった。そのため、つねに彼にはトライヒに逃げるしか可能性がなかった。だがトライヒでは、すべてが彼にとっていっそう悪かった。トライヒで、いわばひとりで精神科学に向かいながら、彼は破滅しなければならなかったのだ。妹といっしょなら大丈夫だった。だがトライヒで精神科学にひとりきりで向かっていたのでは、これは駄目だ、と私は思った。そもそもクールという町をまったく知らなかったのに、ヴェルトハイマーはこの町を憎み、ただただクールという町の名前を、クールという言葉を憎悪して、そのためにどうしてもクールまで行って自殺せざるをえなかったのだ、と私は思った。クールという言葉、また同じくツィツェルスという言葉、けっきょくこれに突き動かされて彼はスイスに行き、一本の木に首を吊って自殺することになったのだ。当然のことながらそれは、妹の家の近くの木だった。仕組まれたという言葉も、じっさいヴェルトハイマーが口にしていたものだった。この自殺には、この概念がまったくのところよく当てはまる、と私は思った。彼の自殺は仕組まれたものだったのだ、と私は思った。自分がもって生まれた資質はすべて死に向かう資質なのだ、と、そうヴェルトハイマーは私に向かって言ったことがあった。すべてにわたって、死に向かうようにと生まれついている。自分を産んだ者たちがそうしたのだ、と、そう彼は言っていたっけ、と私は思った。彼はいつも、自殺者についてや病気や死亡の事例について書かれた本を読んでいたっけ、と、その旅館の食堂に立ちながら私は思った。人間の悲惨さが、出口無しの情況や無意味さ無益さが描かれた本、すべてが壊滅的で死に向かう本、そうした本を読んでいた。だから彼はドストエフスキーとそれに続く人たちがことのほか好きだった。総じてロシア文学を、それらが実際に死をもたらすものであることから好んでいた。それからまた、フランスの、陰鬱な気持ちにさせる哲学者たちも。だがヴェルトハイマーがもっとも好んで、また、もっとも執拗に読んだのは医学関係の文章だった。そして彼は、しじゅう病院や療養施設に、また老人ホームや遺体安置所に足を運んでいた。こうした習慣を彼は最後まで棄てなかった。病院や療養施設を、また老人ホームや遺体安置所を恐れていたにもかかわらず、しじゅうそうした病院や療養施設や老人ホームや遺体安置所の中に足を踏み入れていたのだった。そして、どうしても無理で病院の中に入れないときには、病人と病気についての文章や本を読み、療養施設の中に入るチャンスが得られないときには、不治の長期療養者たちについての文章や本を読み、またあるいは、老人ホームに行けないときには、老人たちについての文章や本を読み、遺体安置所に行くチャンスが得られないときには、死者たちについての文章や本を読むといった具合だった。ぼくらは当然のことながら自分を魅惑するものと生き身の付き合いがしたいわけだ、とヴェルトハイマーはいちどそう言ったことがあった。だからとりわけ、病人たちと不治の長期療養者たちと老人たちと死者たち、そうした人たちと交際したいんだ。頭の中だけでの付き合いでは満足できないからだ。だけど長い期間のうちには、頭の中での付き合いに頼らざるをえない。ちょうどぼくらがじっさい長いこと、音楽に関して頭の中の付き合いに頼らざるをえなかったようにね、と、そう彼は言っていたっけ、と私は思った。ヴェルトハイマーを魅惑していたのは、不幸の中にいる人間だった。人間そのものに魅力を感じていたのではなかったのである。人間の不幸というものに魅せられていたのであり、しかも彼はそれに、およそ人間のいるところならどこででも出会うことができたのだ、と私は思った。彼が人間を異常に求めたのは、彼が不幸を異常に求めていたからだったのだ。人間は不幸そのものだ、とヴェルトハイマーはいつも言っていたっけ、と私は思った。おめでたい奴だけがこれと反対のことを主張する。生まれるということがひとつの不幸なのさ、と彼は言った。そしてぼくらは、生きているかぎりこの不幸を継続してゆく。死だけがそれを断ち切ってくれるのだ。だがこれは、ぼくらがただただ不幸であるということを意味するのではない。ぼくらの不幸は、ぼくらがまた幸福でもありうるための前提だ。不幸という回り道をしてはじめて、ぼくらは幸福であることができる、と、そう彼は言っていたっけ、と私は思った。両親は不幸しか見せつけてくれなかった、と彼は言った。これは真実だ、と私は思った。それにもかかわらず彼らはいつも幸福だった。だから自分は、と彼は続けた。両親が不幸な人間であったとは言えないし、また同様に、彼らが幸福な人間だったとも言えない。さらに自分じしんについても、幸福な人間であるとも不幸な人間であるとも言えない。すべての人間は不幸であると同時に幸福であるからで、自分の中の不幸が幸福より大きかったり、またその逆だったりするのだ。だけど実際のところは人間の中には幸福よりも不幸のほうが多く詰まっている、と彼は言ったっけ、と私は思った。ヴェルトハイマーはアフォリズム書きだった。彼が書いたアフォリズムは数えきれないほどある、と私は思った。彼はそれを廃棄してしまったものと思われる。ぼくはアフォリズムを書いている、と彼は繰り返し言っていたっけ、と私は思った。これは精神的な息の短さからつくられる価値の低い芸術で、思うにある種の人たちは、とりわけフランスでは、これを生業《なりわい》として飯を食ってきたし、今日でもそうしている。夜勤看護婦の読書用の、いわゆる半哲学者というやつで、万人向きのカレンダー哲学者と言うこともできるだろう。そうした連中の言葉は時とともに、あらゆる病院の待合室で上から下へ読み流されるばかりとなるのだが、いわゆるネガティヴなものでも、いわゆるポジティヴなものと変わることなく胸をむかつかせる代物だ。とはいえ、そんなものであるアフォリズムを書くのをやめることはできなかった。とうとうぼくは、書いたものがもうすでに何百万にもなることを恐れずにはいられない、と、そう彼は言ったっけ、と私は思った。これらを廃棄しにかかったほうがいいと思っている。というのもぼくは、いつか自分のものが病室や司祭館の壁に、ゲーテやリヒテンベルク[38]とその仲間たちよろしく貼られるようになることなど、もくろんではいないからだ、と、そう彼は言ったっけ、と私は思った。哲学者に生まれついてはいないので、いくぶん意図的にではなくもなく、と、そう言わざるをえないのだが、ぼくはアフォリズム家になったのだ。あれらの何千といる、むっとする哲学関係者のひとりにね、と彼は言ったっけ、と私は思った。ほんのちっぽけな思いつきでうんと大きな効果をめざし、それで人々を欺く、と、そう彼は言ったっけ、と私は思った。ほんとうに、ぼくは、あれら社会に害を及ぼすアフォリズム家たちのひとりにほかならない。あいつら、際限のない破廉恥ぶりと、そしてどうしようもない厚かましさで、まるで鹿にたかる虫けらが鹿の仲間と称するのと同じように、哲学者たちの中にまぎれてその仲間然とした顔をしているアフォリズム家たちのね、と、そう彼は言ったっけ、と私は思った。なにも飲まないでいると、のどが渇く。なにも食べないでいると、腹が減る。これらのアフォリズムは、と彼は言った。すべてこうした類《たぐい》の教訓を語っているにすぎない。ノヴァーリス[39]のものなら別だが、そのノヴァーリスだって馬鹿げたこともたくさん述べている、と、そう彼は言ったっけ、と私は思った。砂漠では水を渇望するものだ。パスカルの箴言ではそんなことが言われている、と、そう彼は言ったっけ、と私は思った。この事実を厳格に考えてみるならば、きわめて偉大な哲学上の構想からだって、ぼくらが受け取るのは情ないアフォリズム的な残滓にすぎないということになる、と彼は言った。それがどんな哲学であれ、またどんな哲学者であれ事情は同じだ。ぼくらが能力の限りを尽くして、ということはあらゆる精神上の装置を動員してことにあたるならば、すべてが粉々にされているのがわかるだろう、と彼は言ったっけ、と私は思った。これまでずっと精神科学についてあれこれ語ってはいるけれど、精神科学とはなにかということすらわからない。ぜんぜんね、と彼は言ったっけ、と私は思った。哲学について語ってはいても、哲学についてなにも知らないんだ。実存について語ってはいても、それについてなにも知らないんだ、と、そう彼は言った。ぼくらの基盤《ベース》となる出発点は、ぼくらがなにも知らない、これっぽっちすら知らない、ということだ、と彼は言ったっけ、と私は思った。ぼくらがなにかに取りかかるや、あらゆる領域で、ぼくらが使うに任せられている膨大なマテリアルに、もうすぐにも窒息してしまう。これはほんとうだ、と彼は言ったっけ、と私は思った。でも、これがわかってはいても、ぼくらはいわゆる精神的問題に繰り返し取り向かい、不可能な事柄に巻き込まれてしまう。精神的生産物をつくり出すこと、これはもう狂気だ！　と、そう彼は言ったっけ、と私は思った。根本的に、ぼくらはすべてを行うことができ、同じく根本的に、ぼくらはすべてに失敗してしまう、と彼は言ったっけ、と私は思った。たった一つの絶えて妙なる命題へと、偉大な哲学者たち、偉大な詩人たちが萎《しな》びて縮んでしまっている、と彼は言ったっけ、と私は思った。これはほんとうだ。ぼくらは、しばしばいわゆる哲学的色調《いろあい》を思い出すばかりだ。それだけさ、と彼は言ったっけ、と私は思った。巨大な著作、たとえばカントを勉強するとする。だが時とともに、それがカントの小さな東プロイセン頭《あたま》に、夜と霧に包まれたまったく曖昧模糊とした世界に収縮してしまう。そしてそれは、他のすべての世界と変わることなく、同様の救いようのなさのうちに終わるだけだ、と彼は言ったっけ、と私は思った。途方もない巨大さをもったひとつの世界になろうとしていたものが、終わってみれば笑止な細部《デテール》としてしか残らなかった、と彼は言ったっけ、と私は思った。すべて同じさ。いわゆる偉大さというものも最後には、その笑止千万さ、哀れさに感動を覚えるような段階に到達する。シェークスピアだって、ぼくらの見る目が鋭ければ、笑止千万なものに収縮してしまう、と彼は言ったっけ、と私は思った。神々がぼくらの前に現われるのは、もう長いこと、髭を生やした姿で陶製のビア・ジョッキの上におわすときだけなのさ、と彼は言ったっけ、と私は思った。驚嘆するのは馬鹿者だけ、と彼は言ったっけ、と私は思った。いわゆる精神的人間は、自分がこれだと思ったエポックメーキングな仕事をするうちに消耗してしまい、やはり最後には、みずから笑止なものになるばかりだった。それがショーペンハウアーという名前だろうと、ニーチェだろうと同じだ。クライストだろうとヴォルテールだろうと。自分の頭を濫用し、とうとう最後には自分じしん不条理な存在になってしまった感動的な人間をここに見るのだ。歴史に飲み込まれ、追い越されてしまった人間を。偉大な思想家たちを、ぼくらは書棚の中に閉じ込めてきた。永遠に笑止なものと宣告されて、彼らはその書棚から、ぼくらをじっと見つめているんだ、と彼は言ったっけ、と私は思った。ぼくは昼も夜も、ぼくらが書棚に閉じ込めてしまった偉大な思想家たちの絶え間ない嘆きの声を聞く。頭が萎縮してガラスの後ろに並んでいるこれら笑止千万な精神界の大物たち、と彼は言ったっけ、と私は思った。これらの人たちはみな自然に対して暴行を加えたんだ、と彼は言った。精神に対する重罪を犯した。だから罰せられて、ぼくらの手で書棚の中にほうり込まれたのだ。しかも永遠に。というのも、書棚の中で彼らは窒息してしまうからだ。これはほんとうだ。図書館など、本が集まっている所というものは、精神界の大物たちを閉じ込めるいわば監獄なのだ。カントは当然のことながら独房だ。ニーチェも、ショーペンハウアーも、パスカルも、ヴォルテールも、モンテーニュも、超大物はみな独房だ。その他はみな雑居房。でも全員が永遠にわたってだ。ねえ君、ずっと、永久に入っているんだよ。これはほんとうだ。そして可哀相に、これらの重罪人のひとりが逃げ出そうものなら、脱走しようものなら、すぐにもいわばぶちのめされ、笑いものにされてしまう。これはほんとうだ。人類は、これらすべてのいわゆる精神界の大物に抗して身を守ることを心得ているのさ、と彼は言ったっけ、と私は思った。精神は、それが姿を現せばどこでであれ、ぶちのめされ、閉じ込められ、そして当然のことながら、いつもすぐに異常精神という烙印を押される、と彼は言ったっけ、と、その旅館の食堂の天井を眺めながら私は思った。だけどぼくらが述べることはすべてナンセンスなのさ、と彼は言ったっけ、と私は思った。ぼくらがなにを話そうと、それは等しくナンセンスなのさ。ぼくらの人生すべてが、唯一並ぶもののないナンセンスなんだ。このことを、ぼくはずいぶん早くからわかっていた。考えるということを始めるか始めないかのうちから、それがわかっていた。ぼくらはナンセンスばかりを述べる。ぼくらが話すことのすべてはナンセンスだ。だがしかし、ぼくらに向かって話されることも同じくナンセンスなのだ。そもそも話されるもののすべてはナンセンスなのだから。この世界では今日までナンセンスだけが話されてきた。そして、と彼は言った。実際に、また当然のことながら、ナンセンスばかりが書かれてきた。書かれたものでぼくらがもっているものはナンセンスばかりだ。それは、歴史が示すとおり、ナンセンスにしかなりようがないからだ、と彼は言ったっけ、と私は思った。こうしてついにぼくはアフォリズム家という概念の中に逃げ込んだ、と彼は言った。そしてじっさい、あるとき職業を尋ねられて、アフォリズム家だと答えたんだ、と、そう彼は言った。だけど人々はぼくがなにを言っているのか理解できなかった。いつものようにだ。ぼくがなにかを言っても、彼らには理解できない。なぜなら、ぼくが言うことというのは、ぼくが言ったことをぼくは言ったのだということを意味してはいないからだ、と彼は言ったっけ、と私は思った。ぼくがなにかを言う。するとぼくはまったく別なことを言っているわけだ、と彼は言ったっけ、と私は思った。こんなふうにして、ぼくは自分の全人生を言葉の誤解のうちに過ごさなければならなかった。誤解以外のなにものでもない、と彼は言ったっけ、と私は思った。ぼくらは、厳密に言うと、なんといってもただただ言葉の誤解をするように生まれついている。そして生きているかぎり、この誤解からもはや抜け出せはしない。どんなに奮闘しても無駄だ。だがこうしたことには誰もが気付いているんだ、と彼は言ったっけ、と私は思った。というのも誰もがひっきりなしに話し続け、そして誤解されているからだ。この点だけでは、どっこいみんなが理解し合えるわけだ、と彼は言ったっけ、と私は思った。言葉の誤解が、ぼくらを言葉の誤解からなる世界の中に置く。ぼくらはそうした世界を、ただただ誤解から構成されているものとして耐えねばならず、そして、唯一最大の誤解でそこから立ち去るのだ。というのも死が最大の誤解だからだ、と、そう彼は言ったっけ、と私は思った。ヴェルトハイマーの両親は小柄な人たちだった。ヴェルトハイマーのほうが両親よりも大きかった、と私は思った。ヴェルトハイマーは、世に言う恰幅のいい人物だった、と私は思った。ヒーツィングにだけでも、ヴェルトハイマー家は大きな別荘を三軒持っていた。グリンツィングにある父の別荘のひとつの名義を自分のものに書き換えておいてもらいたいかどうか決断しなければならなくなったとき、ヴェルトハイマーは父に、自分はこの別荘にこれっぽっちの関心もない、父が持っているこれ以外の別荘にだってそもそも関心がないのだ、と告げた。ヴェルトハイマーの父親は、ローバウ[40]にいくつかの工場を持っていたばかりか、オーストリアじゅうに、そして外国にも事業を広げていたのだ、と私は思った。ヴェルトハイマー家の人々は、いつも、世に言うところの大名暮らしをしていたが、誰もそれに気付きはしなかった。気付かれないようにしていたのである。少なくとも一目見ただけでは、その姿から彼らの富を読み取ることはできなかった。ヴェルトハイマー兄妹は、両親の遺産にまったくこれっぽっちの関心も持ち合わせていなかった。ヴェルトハイマーも妹も、遺書の封を切るその時点になっても、自分たちに転がり込む財産の規模がどれほどかぜんぜんわからなかった。ウィーンの旧市内に事務所をかまえるある弁護士が作成した財産目録に、ふたりはほとんど関心をもたなかった。むろんふたりとて、こうして目の前に実際にある富に驚き呆れはした。そうした富が急に自分たちのものになったわけだったが、ふたりにとって、それは、たんに煩わしいというどころではなかった。ふたりは、コールマルクトの住まいとトライヒの狩りの家のほかはすべて金に換え、一族にごく近しいある弁護士に依頼して世界中に投資した。そんなことを、ヴェルトハイマーはいちど、自分の資産状況など口にしたことのない男だったのに、その習慣を破って話してくれたことがあった。両親の財産の四分の三がヴェルトハイマーのものになり、四分の一が妹のものとなったが、その妹も自分の資産をオーストリアやドイツやスイスのいろいろな銀行に出資していたっけ、と私は思った。ヴェルトハイマー兄妹は生活が保証されていたのだ、と私は思った。ちなみに私じしんもそうだった。私の場合は、とてもヴェルトハイマーやその妹のものと比較できるような資産状況ではないにしてもである。ヴェルトハイマーの曾祖父母は、まだ貧乏暮らしをしていた、と私は思った。レンベルク[41]の郊外の町々で鵞鳥の首を締めていた人たちだった。だが私じしんと同じように、彼もまた商人の家の出なのだ、と私は思った。ヴェルトハイマーの父は、ある時、息子の誕生日に、マルヒフェルト[42]にある、もともとハルラッハ家[43]が所有していた城をプレゼントしようと思い立ったことがあった。だが息子のほうは、父がすでに購入していたというのに、その城を見ようという気さえ示さなかった。そこで父は、当然のことながら息子の醒めた心根に激憤しながら、それをまた売りに出したのだった、と私は思った。ヴェルトハイマー兄妹は本質的に慎ましく生活していた。控え目で、目立たず、大なり小なりいつも後ろに引っ込んでいた。これに対して彼らのまわりの人たちはみな、つねに高飛車な態度で人に接していた。モーツァルテウムでもヴェルトハイマーの富はけっして人目につかなかった。ちなみにグレンの富も、グレンも金持ちだったのだが、けっして人目につかなかった。あとになってから、まあ言ってみれば金持ち同士が出会っていたんだ、とわかったのだった、と私は思った。ふたりとも自分たちと同じ背景をもっている人を嗅ぎわけることができたのだ。グレンの天才ぶりはそうなると、まあ言ってみれば歓迎すべきおまけだった、と私は思った。友情というものは、と私は思った。これはつまるところ、経験からもわかるように、同じ背景をもっている人同士のあいだに築かれたときにだけ長続きしうるのだ、と私は思った。これ以外の結論は、すべてまやかしだ。私は急に、自分の醒めた心根に驚き目をみはった。そんな醒めた心で、トライヒのヴェルトハイマーの狩りの家に行こうとアットナング＝プーフハイムで汽車を降り、ヴァンクハムに向かったのだ。デッセルブルン(44)の自分の家を訪ねようとは一瞬たりとも思わなかった。この家は五年前から空っぽだが、金を払って、しかるべき人たちに頼んであるので、四、五日おきには風を入れてもらっているものと思う。いったいなんという醒めた心根で、このヴァンクハムの、およそ私が知るうちでいちばんひどい旅籠《はたご》屋に泊まろうという気持ちになることができているのだろう。十二キロも離れていない所に自分の家があるというのに。だがこの家を、どんなことがあっても訪ねはしないだろう、と私はすぐに思った。というのも五年前に、少なくとも十年はデッセルブルンに帰らないと自分に誓っていたからだった。しかも今日まで、その誓いを守ることに、つまりそれは自分をコントロールすることだが、それに私はなんの困難も覚えていないのだった。デッセルブルンが、私にはある日、ひどく惨憺たる場所に思えてき、そのうち、完全にどうしようもない場所になってしまったのだった、と私は思った。デッセルブルンでの不断の自己放棄のうちに。自己放棄の始まりは、シュタインウェイを売り払ってしまったことだった。これが、デッセルブルンで辛抱することがどんどん不可能になっていった、言うならばその出発点だった。急に私は、デッセルブルンの空気を呼吸することができなくなった。そしてデッセルブルンの家の壁が私を病気にし、その部屋が私を窒息させそうになったのである。あれらの大きな部屋、九掛ける六メートルとか、あるいは八掛ける八メートルの部屋を考えてみるがいい、と私は思った。私は、これらの部屋がたまらなく嫌だった。また、これらの部屋の中身がたまらなく嫌だった。そして家から外に出ると、家の前の人たちがたまらなく嫌だった。急に私は、これらの人たちすべてに対して不当な思いを抱いたのだった。ただ私のためだけを考えてくれるこれらの人たちに対して。だがまさにそのことが、時とともに神経にさわるようになったのだった。彼らのたゆまぬ親切心、それに突然、私は心の底から反感を覚えたのである。私は、仕事部屋に自分を封じ込め、窓越しにじっと外を眺めた。見えたものは自分じしんの不幸ばかりだった。私は外に走り出て、だれかまわず罵《ののし》った。森の中に駆け込み、くたくたになって一本の木の下にしゃがみ込んだ。ほんとうに気違いになってしまうといけないので、私はデッセルブルンに背を向けたのである。少なくとも十年は、少なくとも十年は、少なくとも十年はと、ポルトガルに行くために家をあとにしてウィーンに向かうとき、私は自分に言って聞かせたのだった。シントラ[45]に親戚がいたのである。シントラのあたりはポルトガルでいちばん美しい地方で、ユーカリの木が三十メートルの高さにまで生い茂っていて、最上の空気を吸うことができるのである。シントラで、また音楽に戻ることになるかもしれない。デッセルブルンで断固として、言わば永久にわが身から追い払った音楽に、と当時私は思ったっけ、と私は思った。そして、大西洋の空気を綿密な数学的秩序にしたがって呼吸することによって、体も元に戻るだろう。当時はまたこうも思っていた。デッセルブルンでやめてしまったが、シントラのおじのシュタインウェイでまた続けることができるだろう、と、そんなことも。だがそれは馬鹿げた考えだった、と私は思った。シントラで私は、大西洋岸を毎日六キロ走り、八ヵ月のあいだピアノの前にすわることなど考えはしなかった。おじや、また家のほかの人たちから、なにか弾いて聴かせて欲しいと絶えず言われたが、シントラで私は、鍵盤に一指たりとも触れなかった。とはいえシントラでは、新鮮な空気の中で、そしてまた、世界でもっとも美しい地方のひとつにいて、と言わずにはいられないのだが、そうした中で、正直否定しがたく素晴らしい無為の生活を送るうちに、グレンについてなにか書いてみようという気になったのだった。なにか、だが私はそれが何かは知りえなかった。なにか彼について、そして彼の芸術について。こうした考えを抱きながら、私はシントラとその周辺を歩きまわった。そしてとうとう、この、なにかグレンについて書くということを始めぬまま、そこでまる一年を過ごしてしまったのである。文章を書き始めるということは、もっとも難しいことで、私は、いつも何ヵ月、いやそれどころか何年も書き始めることができずに、ただそうした文章を書こうという考えを抱いたまま歩きまわるのだった。グレンについての場合もそうだった。グレンについては文章が書かれなければならない、と、私は当時そう思っていた。とはいえむろんそれは、彼の存在とピアノ演奏とをわが身で体験した見識ある証人の手で、彼のまったくもって非凡な頭をわが身で体験した見識ある証人の手で書かれなければならないのだ。ある日私は思い切って文章を書き始めてみる気になった。イングラテッラでだった㊻。そこには二日間だけ滞在するつもりだったのに、グレンについての文章をずっと書き続けて、けっきょく六週間とどまることになってしまった。だが最後になっても、ちょうどそれはマドリードに移るときだが、かばんの中には、ただそのスケッチがあるだけだった。そして、それらのスケッチを、私は無に帰せしめてしまったのである。それらが突然、私の役に立つどころか、文章を書くための障害になったからだった。私はスケッチを多く書き過ぎてしまったのだった。これが禍いして、私はすでに多くの仕事を駄目にしていた。私たちは仕事のためにスケッチを書かなくてはならない。だがスケッチを多く書き過ぎると、すべてを駄目にしてしまう、と私は思った。当時、イングラテッラでもそうだった。ずっと部屋の中にすわり続けて、スケッチを書きまくったのだ。ついにはもう頭がおかしくなってしまったと思い、このグレン・スケッチがその原因なのだとわかったとき、ようやくグレン・スケッチを廃棄することができたのだ。私はまよわずそれらを紙屑籠の中に棄てて、部屋掃除の女の子がその紙屑籠をむんずと摑んで部屋の外に運び出し、それがゴミの中に消えてゆくのを眺めた。それは私にとって心地好《よ》い光景だった、と私は思った。何百どころか何千とある私のグレン・スケッチを掃除の女の子がむんずと摑んで棄てるのを見る。気持ちが軽くなった、と私は思った。午後はずっと、窓の前のひじ掛け椅子にすわっていた。夕暮れになってようやくイングラテッラを引き払い、リスボンに出てリベルダーデ通りをくだり、ガレット通りの気に入りの店に行くことができたのだった。八回もそんなふうにして手を着け始めたが、いつもスケッチを無に帰せしめることに終わっていた。ようやくマドリードで、グレンについての文章をどのように始めたらよいかがわかり、実際にカレ・デル・プラドで書き上げることができたのだ、と私は思った。だがすでに私は、この文章にほんとうになにがしかの価値があるかどうか、またもや自信がなくなっていたので、戻ったらそれを無に帰せしめようと思った。書いたものというのはすべて、長い時間ねかせておいて冒頭から何度も繰り返して検討しなおしていると、当然のことながら我慢のならないものに思えてき、それを無しにしてしまうまで落ち着きが得られないものだ、と私は思った。来週にはマドリードに戻るだろうから、そしたら最初にやることはグレン論を無に帰せしめることだ。新しいのを書き始めるのだ、と私は思った。もっと集中力を傾けた、もっと本物を、と私は思った。というのも、いつも私たちは本物なのに実際にはそうなっていない、自分たちは集中力を傾けているのに実際にはそうなっていない、と思うものだからだ。だがやはり、こうした思いを抱いていたために、私の文章はひとつも出版されていないのだ、と私は思った。二十八年間というもの文章を書いているのに、たったひとつだって。グレンについての文章だけでも手を染めてから九年になるのに、と私は思った。これら書きかけの不完全な文章が出版されていないのは、なんと幸いなことだろう、と私は思った。それらを公《おおやけ》にしていたならば、しかもそれはけっして難しいことではなかっただろう。だがもしそうしていたならば、今日私は、およそ考えられうるかぎりもっと不幸な人間となっていたことだろう。誤りと、そして不正確さと、いい加減さとディレッタンティズムとでいっぱいの惨憺たる文章を、毎日毎日わが目で見なければならないのだから。こうした罰から、私は無に帰せしめることによって逃れたのだ、と私は思った。そして無に帰せしめるという言葉がいっぺんに大好きになっていたのだった。何度もその言葉を私はつぶやいた。マドリードに着いたら、すぐにグレン論を無に帰せしめるのだ、と私は思った。新しいのが書けるようになるために、あれはできるだけ早く棄ててしまわなくてはならない。いま私は、この文章をどんなふうにしたらいいかがわかる。いままでそれがわからなかった。早く書き始めすぎたのだ、と私は思った。ディレッタント的だったのだ。一生のあいだ私たちはディレッタンティズムの手から逃れようとする。だがいつもそれに捕まってしまう、と私は思った。一生にわたって、ひとえにディレッタンティズムから逃れることだけを願って意を傾けているのに、いつもそれに捕まってしまっていた。グレンと傍若無人さ、グレンと孤立、グレンとバッハ、グレンと〈ゴルトベルク変奏曲〉、と私は思った。森の中の自分のスタジオにいるグレン、その、人間への憎悪、音楽への憎悪、音楽家嫌い、と私は思った。グレンと簡素さ、と、その旅館の食堂を見ながら私は思った。私たちは最初から、自分が望んでいるものがなんなのか知っている、と私は思った。もう子供の頭の中で、人間が望むこと、何が欲しく何を持たねばならないのかは、はっきりとしている、と私は思った。私がデッセルブルンにいて、ヴェルトハイマーがトライヒにいたとき、と私は思った。あれは致命的な時間だった。互いに訪ね合い、こきおろし合った、と私は思った、それが私たちをめちゃめちゃにしたのだ。私がトライヒのヴェルトハイマーのところに行ったのは、ただただ彼をめちゃめちゃに、邪魔をしてめちゃめちゃにするためだった。逆にヴェルトハイマーも、ただただそのために私のところにやって来た。トライヒに行くということは、気をまぎらわして自分の恐ろしい精神情況を忘れ、ヴェルトハイマーを邪魔する、ということだけを意味していた。若い頃の思い出話をし合ったっけ、と私は思った。ティー・カップを傾けながら。そしていつもグレン・グールドのことが話の中心だった。グレンではなく、私たちふたりを無に帰せしめたあのグレン・グールドのことが。ヴェルトハイマーは、私の邪魔をするためにデッセルブルンにやって来た。今から来ると告げられたその瞬間に、私のほうでは、手を着け始めていた仕事が進まないまま潰れてしまうのだった。ヴェルトハイマーは、ぼくらがグレンと出会わなかったならと、こればかりを言い続けていた。だがまた、世界的名声を博すまえにグレンが早死していたならばとも言っていたっけ、と私は思った。思うに私たちは、グレンのような人間に出会うと無にも等しく滅ぼされてしまうか、あるいは救われるかだ。私たちの場合は、グレンは私たちを滅ぼしたのだ、と私は思った。ベーゼンドルファーだったなら、けっして弾かなかっただろう、と、そうグレンは言ったっけ、と私は思った。ベーゼンドルファーでは、ぼくはなんにも達成できなかったと思う、とも。ベーゼンドルファー弾きに対してシュタインウェイ弾き、と私は思った。シュタインウェイ・ファンに対してベーゼンドルファー・ファン。最初、グレンのためにベーゼンドルファーが部屋に運び込まれた。グレンはすぐにそれを持って帰らせ、シュタインウェイと取り替えさせたっけ、と私は思った。自分ならとてもこんな要求はできなかっただろう、と当時、ちょうどザルツブルクでのホロヴィッツのコースが始まった頃、私は思ったものだった。グレンは、この頃すでに自分の道にまったく自信を持っていた。彼にはベーゼンドルファーなど考慮の外で、もし使ったならば彼のコンセプトを破壊するものでしかなかったのだ。グレンは、まだグレン・グールドになっていなかったのにもかかわらず、とくに文句も言われずにベーゼンドルファーをシュタインウェイに替えてもらえた、と私は思った。ベーゼンドルファーを運び出し、シュタインウェイを運んで来た作業員たちの姿が今でもありありと目に浮かぶ、と私は思った。だけどザルツブルクはピアノ弾きが成長できる場所ではない、とグレンはしばしば言った。気候がじめじめし過ぎていて、楽器と、同時にまた演奏家をも駄目にしてしまう。またたく間に演奏家の手と脳を駄目にしてしまう。だけどぼくはホロヴィッツのところで勉強したかった、とグレンは言った。これは決定的なことだったんだ。ヴェルトハイマーの部屋はずっとカーテンが引かれ、ブラインドも降ろされていた。グレンは、カーテンもブラインドも開けたまま弾いていた。私にいたっては窓も開けて弾いていた。幸いなことに隣家がなく、したがってまた私たちに腹を立てる人たちもなかった。そんな人たちがいたならば、私たちの仕事はおしまいにされていたことだろう。一年前に死んだナチの彫刻家[47]の家を、私たちはホロヴィッツのコースのあいだ借りていたのだった。巨匠と、この彫刻家はこのあたりではそう呼ばれていたのだが、その創造になる作品が天井の高さが五メートルから六メートルの部屋部屋のあちこちにまだ置かれていた。この天井の高さのゆえに私たちは即座にこの家を借りることに決めたのだった。彫刻があちこちに置かれていることは邪魔にはならなかった。むしろ音響のためには有益だった。というのも、何十年にもわたってヒトラーのために仕事をし、世界的に有名な大理石の芸術家であると私たちの耳にも伝えられてきたこの彫刻家のこれら不細工な作品が、押しやられて壁際に並べられていたのである。じっさい、これらの大理石の巨大な怪物は、私たちのために、家主の人たちの手で四方の壁際に押しやられていたのだったが、これは音響の面で理想的だった、と私は思った。最初、これらの彫刻を見て、その大理石と花崗岩による馬鹿げたモニュメンタリズムを目の当たりにして、私たちはびっくり仰天してしまった。とりわけヴェルトハイマーは逃げ腰になった。だがグレンがすぐに、この家の部屋は理想的であり、しかもモニュメントが置いてあるので私たちの目的にはいっそう理想的だと主張したのだった。彫刻はたいへん重く、いちばん小さいものを動かそうとしても、私たちにはかなわなかった。力が足りなかったわけだが、とはいえ私たちはけっして、ひ弱な人間などではなかった。ふつう人が考えているのとはまったく違って、ピアノのヴィルトゥオーゾというのは桁はずれの耐久力をもった頑強な人間なのである。グレンについても、今日なおみんながきわめて虚弱な体質だったと思っているが、彼は筋骨たくましいタイプだった。身体を沈めるようにしてシュタインウェイを弾いている姿は人目に不具者のように映り、音楽の世界の誰もがそんなふうなグレンしか知らないでいる。だがそうした音楽界は、こぞってまったくの思い違いをしているのだ、と私は思った。グレンの写真を見ると、どこに出ているものであれ、不具でひ弱な人間に写っている。不具と、そしてこうした不具と手を結んだ過敏性だけを人々が認めるような知性の人に写っている。だがほんとうのグレンは筋骨たくましいタイプで、ヴェルトハイマーと私とを合わせたよりもはるかに頑強だった。このことをたちどころに再度思い知らされたのは、グレンが、彼じしんの表現によればピアノを弾くのに邪魔になる窓の前のトネリコの木を、自分の手で切ろうとしたときだった。グレンは、少なくとも直径が半メートルはあるトネリコの木を、私たちをその木のそばにまったく寄せつけずに、ひとりでのこぎりを使って切り倒し、すぐにそれを細かく割って薪にして、家の外壁に沿って積み上げげた。典型的なアメリカ人だ、と当時私は思ったものだ、と私は思った。自分で邪魔だと言ったトネリコの木を切り倒した直後に、グレンは、部屋のカーテンを閉めてブラインドを降ろしさえすればよかったことに気がついた。トネリコの木を切り倒さないですんだかもしれないね、と彼は言ったっけ、と私は思った。ぼくらはしばしば、そんなようなトネリコの木を倒す。非常に多くの精神的なトネリコの木をね、と彼は言った。でもぼくらは、ちょっとした取るに足らない手立てを弄すれば、そんなことをしないですんだかもしれないんだ、と彼は言ったっけ、と私は思った。レオポルツクローンで最初にシュタインウェイの前にすわったときから、すでに彼には、窓の前にあるトネリコの木が邪魔だった。家主の人たちに一言も尋ねずに、彼は納屋に行き、斧とのこぎりを持ってきてそのトネリコの木を切った。悠長に答えを求めたりすれば、と彼は言った。時間とエネルギーを失うばかりだ。ぼくはすぐにトネリコの木を切ってしまう、と彼は言ってそれを切ったっけ、と私は思った。トネリコの木が倒れるか倒れないかのうちに、彼は、カーテンを引いてブラインドを降ろすだけでよかったということに気づいた。切り倒したトネリコの木を、彼は、私たちの助けを受けずに細かく割り砕き、と私は思った。そのトネリコの木が立っていたところに、自分にふさわしい完全な秩序をつくり出したのだ。なにか邪魔するものがあれば、ぼくらはそれを取り除かなくてはならない、とグレンは言ったのだった。それが一本のトネリコの木にすぎなくてもね。しかも、そのトリネコの木を切っていいかどうかとわざわざ尋ねたりしてはいけない。そんなことをすれば自分を弱らしてしまうことになる。ちょっと尋ねただけで、もう有害となるほどに、ぼくらは弱らせられてしまっている。壊滅的なほどにということだってあるかもしれない、と、そう彼は言ったっけ、と私は思った。彼の聴き手、彼の崇拝者の誰にも、これはじっさい、思いもよらないことだろう、と私は、またもやすぐに思った。芸術家のうちでいわばいちばんひ弱な存在として世界中に知られ、そしてそれで名高いこのグレン・グールドに、元気でしっかりとした太さ半メートルもあるトネリコの木をひとりで、しかもまたたく間に切り倒し、さらにその切り倒したトネリコの木片を、おまけにひどい気候でもあったのに、家の外壁に沿ってきれいに積み上げることができるとは、と私は思った。崇拝者たちは幻影を崇拝しているのだ、と私は思った。彼らは、いちども存在したことがなかったグレン・グールドを崇拝している。だが私のグレン・グールドのほうが、彼らのよりも、もっと途轍《とてつ》もなく偉大で、もっと崇拝に値する存在だったのだ、と私は思った。私たちが引っ越したのは有名なナチの彫刻家の家だと言われたとき、グレンは、あたりに響きわたるような大声で笑い出した。ヴェルトハイマーもこの笑いに加わって大声を響きわたらせたっけ、と私は思った。ふたりは完全にへとへとになるまで長いこと笑い続け、そして最後に地下室からシャンパンを一本持ってきたのだった。グレンは、カラーラ産大理石でできた高さ六メートルの天使の顔にコルク栓を命中させ、あたりに立っているそのほかの怪物たちの顔にシャンパンをまき散らした。瓶にはもうほんの僅かしか残っていなかったが、それを私たちは瓶ごと回し飲みした。最後にグレンは、隅にあったローマ皇帝の頭めがけて瓶を投げつけた。そのあまりの激しさに、思わず身をすくめた私たちだった。グレン崇拝者たちの誰ひとりとして、ほんとうのグレンがいつもそうしていたような、そんな笑いかたをすることがグレン・グールドにできるとはまったく信じられないだろう、と私は思った。私たちのグレン・グールドは、そうした奔放な笑いかたをすることができた。誰にもまして、と私は思った。まただからこそ、その言葉をもっとも真《ま》に受け止めねばならない人間だったのだ。笑うことができない人の言葉は真に受けることができない、と私は思った。だからグレンのようには笑えない人の言葉は、グレンの言葉ほどに真に受ける必要はないのだ。朝の三時頃、彼はすっかり憔悴しきってローマ皇帝の像の足元にしゃがみこんでいた。ゴルトベルク変奏曲といっしょに、と私は思った。ローマ皇帝のふくらはぎのあたりに寄り掛かって床を見つめているグレン。何度もそんな光景を目にした。声をかけがたい雰囲気だった。明け方、彼は、彼じしんの言葉によると、新しく生まれかわったのだ、と、そう言った。ぼくは毎日、新しい頭をのつけているんだ、と、そう彼は言った。世間向けには古い頭があるわけだけど、と、そう彼は言った。ヴェルトハイマーは、一日おきに朝五時、ウンタースベルク[48]に向かった。幸いなことにウンタースベルクの麓まで通じているアスファルト舗装の通りを見つけていたので、その道をまた戻って来るのだった。私じしんは、朝食の前に家のまわりをひと回《まわ》りするだけだった。とはいえ、どんな天気の日も、身体を洗うまえの衣服をすっかり脱いだ姿で。グレンが家の外に出るのは、ホロヴィッツのコースに出て帰ってくるときだけだった。ぼくは根本的に自然が嫌いだ、と彼はいつも言っていた。私じしんもこれと同じ言い方をしていた。そして、私は今でもこの言葉を口にするし、これからも口にすると思う、と私は思った。自然はぼくに敵対する、とグレンは言っていたが、それは私と同じ考え方であり、私もいつもそれを口にしている、と私は思った。ぼくらが生きるということは、不断に自然に敵対し、自然に立ち向かうということさ、とグレンは言った。むろん、ぼくらが自然に立ち向かえるかぎりだが、ついにはぼくらは降参してしまう。自然のほうが、ぼくらよりも、思い上がりから自分を芸術製品《つくりもの》にしてしまったぼくらよりも強いからだ。ぼくらは、じっさい人間じゃない。ぼくらは芸術製品《つくりもの》だ。ピアノ弾きは芸術製品《つくりもの》なんだ。しかもひどく不快なね、と彼はそう言って口をつぐんだ。ぼくらは絶えず自然から逃れようとする。だが当然のことながらそれはうまくいかない、と彼は言ったっけ、と私は思った。ぼくらは道なかばで立ちつくすばかりなのだ。ほんとうのところは、ぼくらはピアノでありたい、と彼は言った。人間でありたくはない。ピアノでありたいんだ。一生、ぼくらはピアノでありたい。人間でいたくはない。今ぼくらがそうであるような、そんな人間であることから逃れて、全身ピアノそのものになるんだ。だが、それは絶対にうまくゆかない。でもそうだとは、ぼくらは思いたくない、と、そう彼は言った。理想的なピアノ弾きは（彼はけっしてピアニストとは言わなかった！）、ピアノになりたいと欲する。ぼくはじっさい毎日、目覚めると、シュタインウェイでありたい、シュタインウェイを弾く人間ではありたくない、と、つぶやく。シュタインウェイそのものになりたい。時たま、ぼくらはこの理想に近づく、と彼は言った。すごく近づく。頭がおかしくなってしまい、ほとんど狂気への道をたどっているんだと思うようなとき。ぼくらがほかにないほどに恐れているあの狂気への道をね。グレンは一生のあいだ、シュタインウェイそのものでありたかったのだった。バッハとシュタインウェイの間に自分がいるという感じを嫌った。たんなる音楽の仲介者として、ある日、バッハとシュタインウェイの間で擦り潰されてしまうと思うのが嫌だった。ある日、と、そう彼は言った。ぼくは、いっぽうでバッハ、またいっぽうでシュタインウェイ、その間で擦り潰されてしまうだろう、と彼は言ったっけ、と私は思った。生涯ずっと、バッハとシュタインウェイの間で擦り潰されることに不安を感じてきた。この恐怖から逃れるのに、ぼくは大奮闘しなければならないのさ、と彼は言った。理想はといえば、ぼくがシュタインウェイであることだ。グレン・グールドである必要はかならずしもない、と彼は言った。シュタインウェイであることによって、グレン・グールドというものをまったく余計な存在にすることができるだろう。とは言っても、シュタインウェイであることによって、自分じしんを余計な存在にすることのできたピアノ弾きは、これまでひとりとしていやしない、と、そうグレンは言った。ある日、目を覚ましてみると、するとシュタインウェイとグレンがひとつの存在になっている、と彼は言ったっけ、と私は思った。グレン・シュタインウェイ、シュタインウェイ・グレン、ただバッハのためだけの。もしかするとヴェルトハイマーはグレンを憎悪していたかもしれない。もしかすると私のことも憎悪していた、と私は思った。そう思うに足ることを、ヴェルトハイマーに関して、またグレンに関して、そしてまた私に関して、何万回とは言わないまでも何千回となく観察していたからだった。そして私じしんもグレンへの憎悪から自由になってはいなかった、と私は思った。グレンをたえず憎悪し、また同時に徹底的に愛しぬいた私だったのだ。実際にこれほど恐ろしいことはない。ある人間に会って、その人がとても偉大であるがために、その偉大さに自分の存在が無に帰せしめられてしまう。そしてそのプロセスを自分で眺め、それに耐え、そしてついに最後にはそれを受け入れなければならない。実際にはしかも、そうしたプロセスがあるということを、それがくつがえしがたい事実となってしまうまではずっと信じることができないのだ、と私は思った。それがすでに私たちにとって手遅れになっている場合でも。ヴェルトハイマーと私はグレンの成長にとって不可欠だったのだ。彼の他のあらゆるものと同様に。グレンは私たちを不当に用いたのだ、と、その旅館の食堂で私は思った。あらゆるものに取り組むときのグレンの臆面の無さ。これに対してヴェルトハイマーは恐ろしく躊躇屋で、私はといえば、なににも手放しでは乗らない質《たち》だった、と私は思った。突然、グレンはグ、い、グ、い、トールドになっていた。グレン・グールドになる瞬間を、こう私は言わざるをえないのだが、誰もが見逃していた。ヴェルトハイマーと私だってそうだったのだ。グレンは、何ヵ月かをかけていっしょに痩せ細ってゆくプロセスへと私たちを引きずり込んだのだ、と私は思った。ホロヴィッツのとりことなることへと。というのも実際に、私がもしひとりきりだったなら、二ヵ月半のザルツブルクでのホロヴィッツとの月日に耐えられなかったということだってなくもなかったからだ。ヴェルトハイマーにいたってはまったくそうだったと言えるだろう。グレンがいなかったなら、私だってやめてしまっていたかもしれない。ホロヴィッツその人でさえ、グレンがいなかったなら、こうしたホロヴィッツではなかったことだろう。このふたりは互いに一方が他方を条件づけていたのだ。あれはグレンのためのホロヴィッツのコースだった、と、食堂の中に立ちながら私は思った。それ以外のなにものでもなかった。グレンがホロヴィッツを教師に仕立てあげたのだ。ホロヴィッツがグレンを天才に仕立てあげたのではない、と私は思った。グレンは自分の天才の力で、ホロヴィッツをザルツブルクでの二ヵ月半のうちに自分の天才にとって理想的な教師に仕立てあげたのだ、と私は思った。ぼくたちは、全身でまるごと音楽の中に入ってゆくか、あるいはまったく入らないかのどちらかしかない。グレンはしばしば、またホロヴィッツに向かっても、そう言った。だがそれがなにを意味するかを知っていたのは彼だけだったのだ、と私は思った。どうしてもグレンのような人間はホロヴィッツのような人間に出会わねばならなかった、と私は思った。しかもただ一度きりの正しい時点に。この出会いの時点が正しくないと、グレンとホロヴィッツが成し遂げたことを成し遂げることはできない。天才でない教師はこうしたある一定の時点、ある決まった特別の時期に、天才の手で、その天才にとって天才的な教師となるのだ、と私は思った。だが、このホロヴィッツのコースのそもそもの犠牲者は私ではなく、ヴェルトハイマーだった。ヴェルトハイマーは、グレンがいなければきっと傑出した、おそらく世界中に名の知れわたったピアノのヴィルトゥオーゾとなっていたことだろう、と私は思った。その彼が、この年にザルツブルクでホロヴィッツの門を叩くという誤りを犯し、ホロヴィッツによってではなく、グレンによって滅ぼされねばならなかったのだ。ヴェルトハイマーは実際にピアノのヴィルトゥオーゾになりたかったのだった。私はぜんぜんなりたくはなかった、と私は思った。私にとってピアノのヴィルトゥオーゾとなることは逃げ道にすぎなかった。引き延ばし策だったのだ。とはいえ、なんのためのそれだったのかは今日にいたるまで、はっきりとはしていない。とにかくヴェルトハイマーはなりたかった。私はなりたくはなかった、と私は思った。グレンのせいで彼は身を滅ぼしたのだ、と私は思った。グレンがほんの数小節弾くと、ヴェルトハイマーはもうピアノをやめることを考えたのだった。私はよく覚えている。モーツァルテウムの二階のホロヴィッツに割り当てられた部屋に入ってきたヴェルトハイマーは、グレンの音を聞き、その姿を目にして、ドアのところに立ち尽くしたまま席に着くことができなかった。ホロヴィッツがすわるように言っても、グレンが弾いているあいだはすわれなかった。グレンが弾き終えたとき、やっとヴェルトハイマーはすわったが、目を閉じたままだった。今でもその光景がありありと目に浮かぶ、と私は思った。ヴェルトハイマーは一言もしゃべらずにいた。大げさに言えば、これが終わりだった。ヴェルトハイマーのヴィルトゥオーゾへの道の終わりだった。自分で選んだひとつの楽器を十年ものあいだ勉強し、まさにそうした辛い、大なり小なり陰鬱な十年を過ごしたあとにひとりの天才の弾く数小節を聞き、私たちはおしまいになったのだ、と私は思った。ヴェルトハイマーは、そうだということを何年ものあいだ白状しはしなかった。だがグレンが弾いたこの数小節が彼の終わりだったのだ、と私は思った。私にとってはそうではなかった。すでにグレンと知り合いになるまえから、やめることを考えていたからだ。自分の努力の意味の無さを考えていたからだ。どこへ行っても、つねに私が最高だった。こうした状態に慣れきっていた私だったが、だからといって、もうやめよう、馬鹿げたことを打ち切りにしようと考えることが抑えられたりはしなかった。私を最高の部類に属していると認める意見にも、すべて耳を貸さなかった。最高の部類に属するという言葉では満足できなかったのだ。最高をきわめるか、さもなくばただの人か、そのどちらかでしかありたくなかった。だから私はやめたのだ。私のシュタインウェイをアルトミュンスターの教師の子供にくれてやったのだ、と私は思った。ヴェルトハイマーは、自分がピアノのヴィルトゥオーゾとなるということにすべてを賭けていた。そう言わざるをえない。だが私は、そうしたヴィルトゥオーゾとなることにまったく意を注いではいなかった。これが違いだ。彼のほうは、だからグレンのゴルトベルク変奏曲の数小節に死ぬほど衝撃を受けた。私はそうではなかった。最高をきわめるか、さもなくばただの人か、ということに、あらゆる面で私はこだわった。その結果ついに私は、まったくの無名者となって、カレ・デル・プラドにたどり着くことになったのだ。馬鹿げた書きものに手を染めながら。ヴェルトハイマーの目標はピアノのヴィルトゥオーゾだった。それは、音楽の世界に向かって来る年も来る年も、私がヴエルトハイマーに見たように、倒れるまで、そして高齢になるまで、みずからの名人ぶりを証明しなければならない存在である。ヴェルトハイマーのこの目標はグレンのためにまったく狂わされてしまったのだった、と私は思った。グレンがピアノの前にすわってゴルトベルク変奏曲の最初の数小節を弾いたときに。ヴェルトハイマーはグレンを聴か
ざるをえなかった、と私は思った。彼はグレンによって無に帰せしめられざるをえなかったのだ。あのときザルツブルクに行ってなにもわざわざホロヴィッツに習おうなどとしなかったならば、ずっと続けられただろう。求めたものに到達しただろう。ヴェルトハイマーはしばしばそう言っていた。だが、ヴェルトハイマーはザルツブルクに行って、ホロヴィッツのコースに、世に言う履修登録をせずにはいられなかったのだった。私たちはすでに無に帰せしめられていても、それでも諦められるものではない、と私は思った。そのいい例がヴェルトハイマーなのだ。グレンに無に帰せしめられたあとも何年も諦めることができないでいた、と私は思った。そして彼じしん、ベーゼンドルファーと別れるなどとは思いもよらぬことだった、と私は思った。まず私がシュタインウェイを人にやってしまわざるをえなくなり、これがきっかけとなって彼はベーゼンドルファーを競売に出すことができたのだ。彼は自分のベーゼンドルファーをけっして人にやりはしなかっただろう。どうしてもドロテーウムの競売に出すほかはなかった。これはいかにも彼らしい、と私は思った。私はシュタインウェイを人にくれてやり、彼は自分のベーゼンドルファーを競売にかけたのだ、と私は思った。

これによってすべてが語られている。ヴェルトハイマーの行《おこな》いのすべてはヴェルトハイマーじしんから出たことではなかった、と私は、今思う。ヴェルトハイマーの行いのすべてはつねに他人を見習ったもの、模倣したものだった。彼はすべてにわたって私を見習った。模倣した。そのようにして彼は私の挫折を見習い、それを模倣したのだ、と私は思った。ただ自殺だけはようやく自分の決心で行ったことで、まったくヴェルトハイマーじしんから出たものだった、と私は思った。だから彼は最後になって、ようやく世に言うところの勝利感を味わったかもしれない。そしてもしかすると、いわば進んで自殺したということによって、すべての点で私を追い越したと言えるかもしれない、と私は思った。性格の弱い人物は、せいぜいつねに弱い芸術家になるばかりだ、と私は自分に向かって言った。ヴェルトハイマーはこのことをはっきりと身をもって実証したのだ、と私は思った。ヴェルトハイマーの人となりはグレンの人となりとまったく対照的だった、と私は思った、彼はいわゆる芸術観をもっていたが、グレン・グールドはそんなものを必要としていなかった。ヴェルトハイマーが絶えず人にものを尋ねていたのに対して、グレンはそもそも人にものを尋ねなかった。彼がものを尋ねたのを耳にしたことは一度もない、と私は思った。ヴェルトハイマーは、自分の力を越えたところに来てしまうことにつねに不安を感じていた。グレンは、自分が自分の力を越えたところに来てしまうことがあろうなどとは考えだにしなかった。さらにまた、ヴェルトハイマーはことあるごとに、なにかしら謝っていた。しかもそれは謝る理由のないことだった。いっぽうグレンは、そもそも謝るという概念を知らなかった。グレンはけっして謝らなかった。われわれの概念にしたがえば絶えず謝る理由があったにもかかわらず、そうなのだった。ヴェルトハイマーは、人々が自分のことをどう考えているのかをなんとしても知りたがった。グレンはそうしたことになんの価値も置いていなかった。私じしんもまたそうであり、グレン同様、いわゆる周囲が自分のことをどう思っているかなど、つねにどうでもよかった。ヴェルトハイマーは、なにも言うことがなくても、沈黙していることがただただ恐ろしくなったがために、話をした。グレンは、とても長いこと口をきかないでいることができた。私もまたそうだったが、グレン同様、少なくとも一日中、口をきかないでいられた。とはいえグレンのように一週間も口をきかないでいることはできなかったが。ひとえに、自分の言うことを真面目に受け取ってもらえないのではないかという不安から、われらのウンターゲーアー君はおしゃべりになったのだ、と私は思った。そしてまたそれは恐らく、彼が当時すでにウィーンでも、またトライヒでも、たいていまったくひとりきりの世界に生きていたということにも原因があったと思う。ウィーンをあちこちと歩きまわって、しかも妹とは一言もしゃべらなかった、と彼はいつも言っていた。妹とは一度だって会話にならなかった、ためしがない、というのだった。自分の財産関係の用件があったが、ヴェルトハイマーは彼じしんの呼び方によれば恥知らずの管財人たちとは手紙でしか付き合わなかった。こうしてみるとヴェルトハイマーも徹底して口をきかずにいることのできる人間だったのだ。もしかするとそれどころかグレンや私よりも長いこと黙っていられる人間だったかもしれない。だがひとたび私たちといっしょになるとしゃべらずにはいられなかったのだ、と私は思った。旧市内のいちばんいい場所に住んでいた彼なのに、機関車工場があるので有名になった労働者地区のフロリーツドルフに行くのがとても好きだった。カグランに、もっとも貧しい人たちが住んでいるカイザーミューレンに、いわゆるアルザーグルントやオタックリング[49]に出掛けるのが大好きだった。これは明らかに倒錯だ、と私は思った。探索の最中に目立たぬようにと、着古した服を着てプロレタリアの身なりで裏口から出て行ったのだ、と私は思った。何時間もフロリーツドルフ橋の上に立って行き交う人々を観察し、とうに化学の手で台無しにされてしまったドナウの茶色の水を覗き込み、黒海をめざしてロシアやユーゴスラヴィアの貨物船が下ってゆくのを眺める。彼はそんなときしばしば、資産家の家に生まれてしまったのが自分の最大の不幸ではないのだろうかと考えたのだ、と私は思った。というのも、彼はいつも、自分は一区にいるよりもフロリーツドルフやカグランにいるほうが気持ちがいい。根っから大嫌いな一区の人たちの中にいるよりもフロリーツドルフやカグランの人たちの中にいるほうが気持ちがいいと言っていたからだった。彼はプラーガーシュトラーセやブリュナーシュトラーセ[50]の食堂に入り、ビールと酢漬けソーセージを注文して何時間もすわり続け、人々の話に耳を傾け、また人々を観察する。彼にはいわば空気が乏しくなってきて、外に出て息をつかずにはいられなくなるまでそこにいて、ようやく家に帰るのだ。当然のことながら徒歩で、と私は思った。とはいえ彼はいつも、自分がフロリーツドルフやカグランやアルザーグルントの人間だったならもっと幸せだっただろうなどと考えたなら、それは思い違いというものだ、と言っていたっけ、と私は思った。こうした所の人たちが、少なくともより良い性格をもっているという点で一区の人たちに勝《まさ》っているなどと考えたなら、それは思い違いだとも言っていた。よく観察してみると、そう彼は言っていた。いわゆる不利な境遇にある人たち、いわゆる貧しい人たち、またいわゆる取り残されている人たちというものも、その本質においては無節操で不愉快な、避けて通りたい連中であり、それは他の人たち、つまり自分がそれに属していて、まさにそれだからこそ反発を感じるような人種となんら変わるところがない。下の層の人たちも、上の層の人たちと同じようにみんなに有害なのだ、と彼は言った。彼らは同じ醜悪さをもって振る舞う。彼ら以外の他の人たちと同じく、こちらとしては御免こうむりたい存在だ。彼らはたしかに違っている。だが同じように醜悪なのだ、と彼は言ったっけ、と私は思った。いわゆるインテリは、自分じしんのいわゆるインテリ性を嫌い、自分はいわゆる貧しい人たちや不遇な人たち、以前は卑しく貶《さげす》まれた連中だとされたそうした人たちのところでのほうが平安が得られると考える、と彼は言った。だがそうした人たちのところでは、平安のかわりに同じ醜悪さを見い出すのだ、と彼は言ったっけ、と私は思った。二十回か三十回、フロリーツドルフとかまたカグランに行ったところで、とヴェルトハイマーは言った。

思い違いをしていたことがわかったんだ。ブリストル[51]に入り込んで自分と同じような人種を槍玉に上げるほうがよっぽどよかったわけさ。ぼくたちは自分から抜け出そうと何度も何度も試みる。でもその試みは失敗に終わり、頭から打ちのめされる。死による以外には自分から抜け出せないのだということをわかろうとしないからだ。いま、彼は自分じしんから抜け出したのだ、と私は思った。大なり小なりげんなりとする方法で。五十で、おそくとも五十一でおしまいにする、と彼は一度口にしたことがあった。最後に彼は、自分が言ったことを本気で受け止めたのだ、と私は思った。私たちはひとりの同級生が音楽院の廊下を歩いているのを眺め、と私は思った。そして彼に話しかけ、いわゆる一生の友情を結んだのだった。むろん最初は、それがいわゆる一生の友情などとは思わない。そうした友情もその始まりのときには、自分が前進するために今この瞬間にどうしても結んでおきたい、役に立つ友情と感じるばかりだからだ。だが、私たちが話しかけたのは、誰でもいいひとりの人間ではなく、その瞬間に唯一可能であった男なのだ、と私は思った。じっさい私には同級生に話しかけるという可能性なら何百回となくあった。みんな同じモーツァルテウムで勉強していたわけだし、当時ホロヴィッツのコースに顔を出していた人もたくさんいたのだから。ところが、よりにもよってヴェルトハイマーに私は話しかけたのだった。ウィーンで一度会ったことがあって、お話ししましたね、と。すると彼のほうもそれを覚えていたのだった。ヴェルトハイマーは、なんといっても主にウィーンで勉強していた。私のようにモーツァルテウムでではなく、ウィーン音楽院でだった。ウィーン音楽院は、モーツァルテウムのほうから見ると、つねにいい音楽学校に思われた。逆にモーツァルテウムは、ウィーンから見ると、つねに入ってためになる学校だった、と私は思った。あるひとつの学校で学んでいる学生たちは、その自分の学校を実際以上に低く評価し、競争関係にある学校に羨望の眼差しを向ける。とりわけ音楽学生が競争関係にある学校をつねに過大に評価することはよく知られていて、ウィーンの音楽学生は、モーツァルテウムのほうがいいとつねに思い、そう信じているし、また逆にモーツァルテウムの学生は、ウィーンの音楽院のほうがいい学校だと思い、またそう信じている。ほんとうのところは、ウィーンの音楽院にもモーツァルテウムにも、いつだって、今日までずっと、同じようにいい、あるいは同じように悪い教師がい続けてきたのだ、と私は思った。そうした教師たちを自分の目的のために最高度に、とことんまで利用し尽くすかどうかは、ひとえにその生徒しだいだった。教師の質などまったく問題ではない、と私は思った。自分じしんが問題なのだ。悪い教師も結局のところは天才をたくさんつくり出してきたし、逆にいい教師が天才を駄目にしてもいるではないか、と私は思った。ホロヴィッツの名声は最高を極めていた。この最高の名声に私たちは従ったのだ。だが私たちは、グレン・グールドについては、この男が私たちにとってどんな意味をもっているのか皆目見当がつかなかった。グレン・グールドはほかの誰とも変わらないひとりの生徒だった。初めのうちは人と違った変わった振る舞いが目につき、ついには、今世紀がこれまでにもった最大の才能であることが見えてきたのだ、と私は思った。私にとっては、ホロヴイッツのコースを受講したことは、ヴェルトハイマーにとってのように破局ではなかった。ヴェルトハイマーは、グレンに比べてあまりにも弱すぎたのだった。そう見るならば、ヴェルトハイマーは、ホロヴィッツのコースに受講を申し込むことによって、人生の罠にはまってしまったということになる、と私は思った。グレンの演奏を初めて聴いたときに罠は彼の身体に食い込んだのだ、と私は思った。この人生の罠からヴェルトハイマーはもう逃れられなかった。ヴェルトハイマーはどうしてもウィーンから出ずにウィーン音楽院で勉強を続けていればよかったのだ、と私は思った。ホロヴイッツという言葉が彼を無に帰せしめたのだ、と私は思った。ホロヴィッツという概念が間接的に。実際にはグレンが彼を無に帰せしめたのではあるが。私たちがアメリカを訪ねていたとき、私はグレンに、君がヴェルトハイマーを滅ぼしたのだと言ったことがあったが、グレンは私がなにを言おうとしたのかまったくわからなかった。その後はもう、私はこうした考えを述べて彼を煩わせはしなかった。ヴェルトハイマーは、いやいやアメリカにやってきたのだった。旅行中、彼は何度も私にこんな考えを伝えた。自分の芸術家としての在り方を、と、これはヴェルトハイマーの言葉どおりなのだが、グレンのようにとことん突き詰め、また、ヴェルトハイマーの当時の表現によれば、自分の人格を滅ぼして天才となったような芸術家、そんな芸術家は御免こうむりたいというのだった。結局のところ、グレンのような種類の人間は最後には芸術機械になってしまっていて、並みの人間と共通するところがなにもなく、したがって人間だということをほとんど思い出させないのだ、と私は思った。ヴェルトハイマーはだが、グレンの芸術家としての在り方を絶えず羨んだ。そうした在り方に驚き目を見張り、羨みの気持ちを抑えることができなかった。とはいえ、彼がそうした在り方に驚き賛嘆したとまでは言わない。私もまた、驚き賛嘆するにはあらゆる前提条件を欠いていたし、今も欠いている。私は一度だってなにかに驚き賛嘆したことはない。だがしかし驚き目を見張ったことなら人生で数えきれないほどある。そのうちのたいていは、こう言ってよければ、おそらくこれでも芸術家の人生と呼ばれるに値する私の人生のうちでも、グレンについて驚き目を見張ったものだったのだ。驚き目を見張りながら彼の成長を眺め、また驚き目を見張りながら、彼に繰り返し接し、彼の演奏解釈を、世に言う言い方にしたがえば受け入れてきたのだった、と私は思った。私はいつも、自分を驚き目を見張るままにさせておくことができた。誰にも、また何事によっても、この驚き目を見張ることが制限されたり弱められたりするのを許さなかった、と私は思った。ヴェルトハイマーにはこうした能力がまったくなかった。いかなる点でも、と私は思った。私は、グレン・グールドになれたらどんなにいいだろうと思っていたヴェルトハイマーとは違って、一度もグレン・グールドになろうとは思わなかった。私はつねに自分じしんでありたかった。だがヴェルトハイマーは、つねにあれらの人たち、つまりいつも、そして一生のあいだ、しかも絶望にさいなまれ続けられるようになるまで、別の、恵まれた人生を送っているといつもそう思わずにはいられないような人物になりたいと願う、そんな人たちのひとりだった、と私は思った。ヴェルトハイマーは、グレン・グールドになりたかったし、ホロヴィッツになりたかった。きっとグスタフ・マーラーにも、あるいはアルバン・ベルクにもなりたかった。ヴェルトハイマーは、自分じしんを唯一これきりの存在と考えることができなかった。これは、絶望したくなければ、誰もができ、またしなくてはならないことだ。どんな人間であれ、唯一これきりの存在なのだ。私は、繰り返し自分で自分にそう言って聞かせては救われたのだった。ヴェルトハイマーは、この頼みの綱、すなわち自分を唯一これきりの存在であると考えることに一度も思い到らなかった。そうするための前提条件をまったく持ち合わせていなかったのだ。あらゆる人間は唯一その人だけの存在であって、また実際にそれ自体として見ると全時代を通しての最大の芸術作品だ、と、そう私はいつも考えていたし、また考えることができた、と私は思った。ヴェルトハイマーはそう考えることができず、つねになんとしてもグレン・グールドに、あるいはまさにグスタフ・マーラーとかモーツァルトとかその仲間たちになりたかったのだ、と私は思った。そのことが彼を非常に早くから、そして繰り返し不幸の中に落とし込んでいた。私たちはべつに天才でなくても、唯一これきりの存在でいられるし、またそのことを認識できもする、と私は思った。ヴェルトハイマーは負けず嫌いの不断の努力家だった。自分よりも優れていると思えるすべての事柄に向かって負けじと努力を重ねた。いまから思えば、そうなるための前提条件を欠いていたにもかかわらず、と私は思った。彼はどうしても芸術家になりたいと思っていたのだったが、そのことによって破局に到ったのだ。ここに彼の落着きの無さ、つねにつねならぬ歩き方走り方をし、少しもじっとしてはいられないことの原因があった、と私は思った。この彼の不幸は妹のところで弱まってはいたのだが。妹を彼は何十年も苦しめ、と私は思った。もうけっして外に出られないようにと、自分の頭の中に閉じ込めたのだ、と、そんなふうに私は思った。学生たちをコンサート活動に慣れさせるために設けられ、すべていわゆるウィンナー・ザールで[52]開かれるいわゆる発表の夕べで、私たちは一度いっしょに出演したことがあった。世に言うブラームスの四手を弾いた。ヴェルトハイマーは、コンサート全体をとおして自分の考えを押し通そうとし、そのためにコンサートはまったくめちゃくちゃになってしまった。完全に意図してめちゃくちゃにしたのだと今日では思う。コンサートの後、彼は私にごめんと言い、その一言きりだった。これが彼独特のやり方だった。彼は人と合わせることができなかった。彼は、自分が、世に言う光り輝きたかったのだ。そして当然のことながらそうできなかったので、コンサートをめちゃくちゃに潰してしまったのだ、と私は思った。ヴェルトハイマーは一生のあいだいつも自分を押し通そうとしたが、いかなる点でも、またいかなる情況でも、それがうまくいったためしはなかった。だから彼はやはり自殺せざるをえなかったのだ、と私は思った。グレンだったなら自殺する必要などなかっただろう、と私は思った。

なぜならグレンは自分を押し通そうと心がける必要がけっしてなかったからだ。彼はいつでもどこでも、またいかなる情況でも自分を押し通した。ヴェルトハイマーは、ますますそんなふうにしたくなった。そうできる前提条件がないにもかかわらず、と私は思った。いっぽうグレンには、あらゆることのためのあらゆる前提条件が備わっていたのだ。私じしんは、ここで自分のことを考慮に入れてはいないのだが、しかし私については、こうしたことが言えるだろう。私はつねに考えられるあらゆることに対するあらゆる前提条件を備えていた。だがそれらの前提条件を、たいていはまったく意図的に利用し尽くさなかったのだ。いつも不精から、思い上がりから、怠惰から、倦怠から、と私は思った。だがヴェルトハイマーは、手を染めたあらゆることに対してけっして前提条件を備えてはいなかった。世に言う、まったくの無駄な骨折りだった。ただひとつ、不幸な人間となるためのあらゆる前提条件を備えていたということをのぞいて。こうした限りでは、私やグレンではなく、まさにヴェルトハイマーが自殺したということは、なんら驚くべきことではなかった。もっともヴェルトハイマーのほうは、この私の自殺を繰り返し予言していたのだった。ほかの多くの人たちもまた、自分たちは、この私が自殺するということはわかっている、と私にいつもほのめかしているが、それらの人たちと同様な見解だったのだ。ヴェルトハイマーのピアノ演奏は、実際にモーツァルテウムで誰の演奏よりも優れていた。これを言っておくことはとても重要だ。だがグレンの演奏を聴いてからは、彼にはこの事実ではもう満足できなくなった。ヴェルトハイマーが弾けたようにならば、有名になろう、完璧な技巧を身につけようと志してピアノに向かい、必要な何十年かの研鑽を積めば、誰でも弾けるようになる、と私は思った。だがグレン・グールドのような人に遭遇して、そうしたようなグレン・グールドの演奏を聴いてしまうと、ヴェルトハイマーのような人ならば誰でも破滅してしまっている、と私は思った。ヴェルトハイマーの埋葬式は三十分とかからなかった。初め私は、埋葬式にいわゆる黒のスーツを着て行こうと思っていた。だがあとになってやはり旅行のときの身なりのままで埋葬式に行くことに決めた。あらゆる服装の決まり同様これまでずっと自分が嫌悪してきた葬儀の服装の決まりに従うのが、急に滑稽に思われたのだった。そこで私はクールに向かって旅立ったときと同じ服装で、つまり普段着ている服で埋葬式に向かった。初めはクールの墓地まで歩いて行こうと思っていたが、しかしやはりタクシーに乗り、正門の前で降りた。今はドゥットヴァイラーという姓になっているヴェルトハイマーの妹からの電報を私は大事にポケットにしまいこんでいた。精確な埋葬の時間が書いてあったからだ。事故にちがいない、と私は思っていた。ヴェルトハイマーはもしかするとクールで車に轢かれたのかもしれない。ヴェルトハイマーが生命を脅かされるような重い病気に罹っているとは聞いたこともなかったので、私はありとあらゆる事故の可能性を、なかでも今日では日常茶飯のこととなっている交通事故の可能性を考えていたのだった。しかし、自殺したのかもしれないというところに思い到りはしなかった。いま思ってみると、と私は思った。そう考えるのが当然だったのに。ドゥットヴァイラー夫人が電報をマドリードにではなく、ウィーンの私の住所に宛てて打ったということを私は不思議に思った。それというのも私がウィーンにいて、マドリードにはいないということをヴェルトハイマーの妹はどこから知りえたのだったか、と私は思った。マドリードではなくウィーンで私に連絡がつくということを彼女がどこから聞いていたのか、いまだに私にはわからない、と私は思った。もしかすると彼女は兄が自殺するまえに、兄とそれでもなんとかコンタクトがあったのかもしれない、と私は思った。もちろんマドリードからだって私はクールにやって来たことだろう、と私は思った。それは面倒ではあったろうが。それともそうでもないだろうか。というのもチューリッヒからクールに入るのは楽だからだ。またもや私は、何人かの購入希望者をウィーンの私の住まいに案内していたのだった。何年も前から売ろうと思っていたのだが、適当な買い手が見つからないでいたのだ。今回名乗りを上げてきた連中も問題外だった。私が要求している金額を払おうとしないか、あるいは他のなんらかの理由で、みな願い下げにした。私は自分のウィーンの住まいをいまあるがままのかたちで、つまり一切合財ひっくるめて売ろうと考えていた。だがそうできるためには、買い手が私に見合った人物でなくてはならない。だが世に言う私に見合った人物は、そのなかに誰ひとりとしていなかったのである。また私は、ウィーンの住まいをまさに今この難しい時代に手放すのは、まったく不安定な時期に放棄するのは、馬鹿げたことではありはしまいか、と考えもした。今は困らないかぎり誰も売りには出さない、と私は思った。そして私はといえば、住まいを売りに出さねばならぬほど困ってなどいないのだった。私にはデッセルブルンがある、と私はいつもそう思っていたのだった。ウィーンの住まいは要《い》らない。なぜなら、じっさい私はマドリードに住んでいるのだし、ウィーンに帰るつもりなど金輪際ないのだ、と私はいつもそう思っていたのだった。だが、これらのおそろしい買い手たちの顔を見て、ウィーンの住まいを売ろうという考えはなくなってしまった。そしてつまるところ、と私は思った。デッセルブルンでは長いこと満足してはいられない。片足をウィーンに突っ込んで、もう片一方の足をデッセルブルンに入れておくというかたちのほうが、デッセルブルンだけというよりいいのだ。しかも思うに、よくよく考えれば私はデッセルブルンにも、もう帰ることがないだろう。だがデッセルブルンも売ったりはしないだろう。私はウィーンの住まいも売らないし、デッセルブルンも売らないだろう。ウィーンの住まいを放棄はするだろう。いや、じっさいにもう放棄したのだ。デッセルブルンも放棄するし、すでにもうそうしている。だが、ウィーンもデッセルブルンも私は売りはしないだろう、と私は思った。そうする必要がないのだ。正直を言えば、実際に私はデッセルブルンもウィーンも売らないで、いやそもそもなにも売らないで充分やっていけるだけの蓄えをもっている。売ってしまったら馬鹿者だ、と私は思った。だからウィーンもデッセルブルンももっているのだ。ウィーンもデッセルブルンも使わないにもかかわらず、と私は思った。だが予備としてウィーンとデッセルブルンをもっている。このことによって、私の自立性は、私がウィーンあるいはデッセルブルンをもっていなかった場合、またはウィーンとデッセルブルンをもっていなかった場合の自立性に比べると、はるかに大きな自立性となっている、と私は思った。早朝の五時、そんな時間に、人目にどうしてもついてはいけない埋葬式の時刻は定められるのだ、と私は思った。そしてヴェルトハイマーの埋葬式については、ドゥットヴァイラー家の人たちもクールの墓地管理事務所も、まったく世間の注目を引かないようにしたかったのだ。ヴェルトハイマーの妹は、この兄の埋葬式は仮のものであって、いずれ兄をウィーンに移送して、デーブリング墓地[53]のヴェルトハイマー家の墓所に埋葬するつもりであると何度か言っていた。だが今のところは兄の移送は考えられない、ということだった。どうしてだめなのかは彼女は言わなかったっけ、と私は思った。ヴェルトハイマー家の墓所はデーブリング墓地でいちばん大きなもののひとつだ、と私は思った。もしできたなら秋にと、そうヴェルトハイマーの妹、つまり現ドゥットヴァイラー夫人は言っていたっけ、と私は思った。かのドゥットヴァイラー氏はモーニングを着ていたっけ、と私は思った。そして、ヴェルトハイマーの妹を墓のところまで導いていった。それはクールの墓地の裏側のいちばん端、つまりごみ棄て山のすぐわきに掘られていた。だれの埋葬の辞もなく、また、葬儀屋がヴェルトハイマーの柩を信じがたい器用さで異常に素早く墓の中に降ろしたので、埋葬式は二十分もかからなかった。黒服の紳士が、これは明らかに葬儀社の人間だったが、いやそれどころか間違いなく葬儀会社の社主だったのだが、と私は思った。その男がなにか言おうとしたが、それをドゥットヴァイラー氏は、まだそのスピーチが始まるまえに遮ってしまった。私じしんはといえば、花を手に入れて持参することができなかった。私は花の持参など生涯一度もしたことがなかった。いっそう陰鬱な気分にしたのはドゥットヴァイラー家のほうも花を持ってきていないという事実だった。おそらく、と私は思った。ヴェルトハイマーの妹が、兄の埋葬式には花はふさわしくないと考えたのだろう。そしてじっさい、それは正しい考え方だったのだ、と私は思った。このまったく花のない埋葬式が参列者のすべてにぞっとするような印象を与えたとはいえである。ドゥットヴァイラー氏は、まだ墓が開いているうちに葬儀屋に札を二枚ずつわたした。いやな感じだったが、それもこの埋葬式の全体の経過にかなっていた。ヴェルトハイマーの妹は墓の中をのぞき込んだが、夫はそうしなかった。私もまたそうだった。私はドゥットヴァイラー夫妻のあとについて墓地を出た。表門のところでふたりは私のほうに向き直って昼食に誘ってくれたが、私はそれに応じなかった。これはよくなかった、と私は今、その旅館の中で思った。きっとふたりから、とりわけヴェルトハイマーの妹から大切なこと、私に役立つことを聞くことができただろう、と私は思った。そんなわけで、別れを告げた私は、急にひとりきりになってその場に立ち尽くしていた。クールにはもはや興味がなかった。そこで駅に行き、いちばん近い汽車でウィーンの方向に向かった。埋葬式のあとかなり長いこと、葬られた人のことばかり考え続けるのはまったく自然なことだ。加えてその人が近しい人、さらにまた親友であったらなおさらだ。何十年も付き合いがあり、いわゆる同級生で、また、言ってみればわれわれの関係の原証人として人生と生活を共にした特別の人であったらなおさらだ、と私は思った。汽車がブクス[54]を経てリヒテンシュタインの国境を越えて進んでゆくあいだ、私はヴェルトハイマーのことばかり考えていた。彼がほんとうに莫大な財産の中に生まれついていたこと、この莫大な財産があるのに一生のあいだなにも始めることができず、この莫大な財産の中でつねに不幸だったことを、私は思った。両親には、世に言うところにならえば、息子の目を開かせることはできなかったこと、はやばやと子供の気持ちを憂鬱にしてしまったのは両親だったこと、そうしたことを私は思った。憂鬱な子供時代だった。そうヴェルトハイマーはいつも言っていた。憂鬱な少年時代だったと、そうも言っていた。憂鬱な学生時代だった。憂鬱な気持ちにさせる父だった。憂鬱な気持ちにさせる母だった。憂鬱な気持ちにさせる教師たち。周囲の世界は憂鬱な気持ちにさせるばかりだった。彼ら（両親と教師たち）が、彼の気持ちをいつも傷つけ、彼の知性を同じようにいつも軽んじていたことを、私は思った。彼が一度だってアット・ホームな気持ちだったことはなかったことを、その旅館の食堂に依然として立ちながら私は思った。両親が彼をアット・ホームな気持ちにさせてやらなかったからだ。アット・ホームな気持ちを与えることができなかったからだ。彼ほどにいつも家族について話していた人はなかった。それは彼の一家は家族ではなかったからだ。結局のところ彼はなににもまして両親を憎んでいた。両親のことを、いつも、ぶち壊し人、破壊者、と呼ぶばかりだった。両親の死後は、両親はブリクセン(55)の近くで車ごと深い谷に転落したのだったが、つまるところ彼には妹しかいなくなった。私も含めて他のあらゆる人の感情を害して、妹を完全にわが物としたからだった、と私は思った。恥知らずなことに。彼がつねにすべてを要求し、なにも与えなかったこと、それを私は思った。何度もフロリーツドルフ橋に行っては飛び込もうとしたが、実際には飛び込まなかったこと、音楽を勉強してピアノのヴィルトゥオーゾになろうとしたが、ピアノのヴィルトゥオーゾにはなれなかったこと、そしてとうとう、彼じしんがいつもそう言っていたのだが、精神科学とはなんであるかも知らぬままに精神科学に逃げ込んだこと、そうしたことを私は思った。彼が一方では自分の可能性を過大評価し、他方では過小評価していたこと、それを私は思った。彼は私に対してもつねに、彼のほうが私に与える以上に要求したこと、それを私は思った。彼が私に要求することは、ほかの人に対してもそうだったが、つねにあまりにも高すぎ、そのためそうした彼の要求はけっして満たされず、そのことによって彼はつねになるべくして不幸になったということ、それを私は思った。ヴェルトハイマーは、不幸な人間に生まれついていた。そのことを彼もわかっていたのだったが、だがしかし、他のすべての不幸な人間同様、自分がなるべくして不幸になっているということをわかろうとしなかった。彼が思っていたようには他人は思っていなかった。これが彼を憂鬱にし、絶望からもはや立ち直れなくした。グレンは幸せな人間で、ぼくは不幸な人間だ、と、そう彼はしばしば言ったが、私はその言葉に対して、グレンが幸せだとは言えないが、彼、ヴェルトハイマーはじっさい不幸な人間だと応じた。誰かある人が不幸な人間であると言うときには、それはいつも当たっている、と私はヴェルトハイマーに言ったっけ、と私は思った。いっぽう、だれかある人が幸せだと言うときには、それはけっして当たってはいないのだ。だがヴェルトハイマーからみればグレン・グールドはいつも幸せな人間だった。私も幸せな人間だった。私はそれを承知している。さんざん彼にそう言われたからだ、と私は思った。彼は私を責めた。私が幸せである、あるいは少なくとも彼よりも幸せである、というのだった。しかもその彼はといえば、自分のことをたいていはいちばん不幸な人間だと評価している人間なのだった。ヴェルトハイマーは、不幸になるために、彼がいつも話題にしていたあの不幸な人間となるために、ありとあらゆることを行った、と私は思った。というのも、疑いなく彼の両親は息子を幸せにしようと思っていたからだ。いつもいつも。だがヴェルトハイマーは、彼らをいつも突っぱねていた。同じように妹のことも、妹が彼を幸せにしようとすると、いつも突っぱねていた。誰もがそうでないように、ヴェルトハイマーも、彼が思っていたような、不幸の手に完全に身をゆだねられた不幸《ふしあわ》せな男で絶えずあり続けたわけではなかった。ちょうどあのホロヴィッツのコースのとき、彼が幸せだったのを私は思い出す。私と（そしてグレンと）いっしょに散歩をして幸せだった。また彼はレオポルツクローンでの孤独をひとつの幸福な状態とすることができた。私が観察したところからわかるように、と私は思った。だが、グレンのゴルトベルク変奏曲の演奏を初めて聴いたとき、そのすべてが実際に終わりとなった。ヴェルトハイマーは、その後けっしてこの曲に挑戦する気にはなれなかった。私じしんは、すでに早くから、グレン・グールドよりずっと前から、ゴルトベルク変奏曲を弾くことを試みていた。ヴェルトハイマーと違って、私はこの曲に不安を抱いたことはまったくなかった。ヴェルトハイマーはゴルトベルク変奏曲をいわばいつも先送りにしていたのだ、と私は思った。私は、ゴルトベルク変奏曲のような凄い作品に対して怖《お》じ気《け》づくことはけっしてなかった。そのような弱気に悩んだことは一度もなかった。そのような恥知らずな態度をめぐって頭を痛めたことはけっしてなかった。いや実際にそんなことは考えたこともなかったのだ。だから躊躇することもなく練習を始め、すでにホロヴィッツのコースより何年も前に演奏を敢行したのだった。もちろん暗譜で、しかも多くの有名な人たちに劣らぬレヴェルで。だが当然のことながら自分が思っていたようには弾けなかった。ヴェルトハイマーは不安になるタイプだった。これは重大なことで、すでにそれからして、まったくヴィルトゥオーゾのキャリアを積むには不向きなのだ。おまけにピアノでというのだからなおさらだった。ヴィルトゥオーゾとしてやってゆくためには、なにごとに対しても徹底して恐怖心をもたないことが要求される、と私は思った。ヴィルトゥオーゾというものは、ましてや世界的ヴィルトゥオーゾというものは、そもそもなにごとも恐れてはならない、と私は思った。それがなんのヴィルトゥオーゾであろうとも。ヴェルトハイマーの不安はつねにはっきりと目に見えた。彼はそれをまったくほんのわずかも隠すことができなかったのだ。ある日、彼の構想は崩壊せねばならなかったのだ、と私は思った。そして実際に崩壊したのだった。しかも芸術家としての構想のこの崩壊すら、彼じしんのものではなく、私の決心、最終的にシュタインウェイとヴィルトゥオーゾの道とに別れを告げようという私の決心によって引き起こされたのだった、と私は思った。彼はすべてを私から受け取った。あるいはほとんどすべてを、と私は思った。そしてさらに、私にはふさわしいが彼にはふさわしくないすべてのものを、そして、私には役に立ち、だが彼には有害であるに違いなかった多くのものを、と私は思った。この負けず嫌いの男はなにごとにつけても熱心に私を見習った。明らかに彼にはマイナスの作用を及ぼしたようなところも、と私は思った。私はヴェルトハイマーにとって、ひたすらつねに有害だった、と私は思った。そして私は、私に対するこの責めを、生きている限り頭から抜き去ることはできないだろう、と私は思った。ヴェルトハイマーは依存心の強い人間だった、と私は思った。多くの点で私よりも鋭敏なセンスをそなえていたが、だがそれが彼の最大の欠陥だった。つまるところ、誤ったセンスばかりをもっていたのであり、ほんとうにウンターゲーアー、破滅者だったのだ、と私は思った。グレンを見て自分にとって大切なことを学び取る勇気がなかったので、すべてのことで私を見習ったのだったが、それは彼にとってなんの益にもならなかった。つまり私からは自分に役立つことを学び取れず、つねに役立たないことばかり学んだのだった。だが彼は、私が何度も目を開かせようとしたにもかかわらず、そのことをわかろうとはしなかった、と私は思った。もしか彼が商人となって両親の帝国の経営者となっていたならば、と私は思った。そうしたなら彼は幸せだったことだろう。彼が考える意味での幸せだったことだろう。だがそうした決断をする勇気もなかった。ちょっとした回れ右をするだけさ、と私は彼に向かっていつもそう言っていたのだったが、けっしてそれには踏み切らなかった彼だったのだ。彼は芸術家でありたかった。人生の芸術家、つまり人生の達人では満足できなかった。まさにこの概念だけが、やはりなんといっても、私たちが慧眼であれば、私たちを幸せにしてくれるものであるにもかかわらず、と私は思った。ついには彼は自分の挫折に惚れ込んでしまった。それどころか、のぼせあがってしまったのだったとさえ言えるかもしれない、と私は思った。自分のこの挫折に彼はその最期まで執着していたのだ。じっさい私はこんなふうに言うことができるかもしれない。たしかに彼は自分の不幸の中で不幸ではあったが、もし一夜にして自分の不幸を失ってしまうようなことがあったとしたら、もし一瞬のうちに不幸を取り上げられてしまったとしたら、もっと不幸だったことだろう。これはいっぽうで、彼が根本的にはまったく不幸ではなく、むしろ幸せだったことの証明となる。それが彼の不幸によって、また不幸とともに、もたらされたものであるにしてもだ、と私は思った。多くの人が、深く不幸の中に漬かっているがゆえに根本的には幸せなのだ、と私は思い、さらに自分に向かってこう言った。ヴェルトハイマーはきっとほんとうに幸福だったのだ。自分の不幸を絶えず自覚していたし、自分の不幸を楽しむことができたのだから。私には急にこうした思いが馬鹿げたものには思えなくなった。つまりこんなふうに思えてきたのだった。彼は、私にはわからないなんらかの事情から自分の不幸を失ってしまうかもしれないと思い、それが不安になり、そのためにクール、そしてツィツェルスに行って自殺したのだ。もしかすると私たちは、いわゆる不幸な人間などまったく存在しないということから出発しなくてはいけないのかもしれない、と私は思った。というのも、私たちは、たいていの場合、他人から彼らの不幸を取り上げることによって、はじめてその人を不幸にするものだからだ。ヴェルトハイマーは彼の不幸を失うのではないかと不安になり、ほかでもないまさにこの理由から自殺したのだ、と私は思った。凝った手を使って彼は世間から逃れたのだ。いわば約束を果たしたわけだ。もはや誰も信じていなかった約束を、と私は思った。彼、そして何百万もの彼と同じ苦しみをもつ人たちを、じっさいつねにひたすら幸せにしようとしている世間、まさにそうした世間から逃れたのだ。そうした世間の作用を、だがしかし彼は、自分じしんに対する、また他のすべての事柄に対する、恐ろしいばかりの情け容赦のなさをもって阻むことができた。それは彼が、これらの他の人たちと同様、致命的なかたちで、なににも増して自分の不幸に慣れ親しんでいたからだったのだ。卒業後ヴェルトハイマーはいくつかコンサートのチャンスがあったが断ってしまったっけ、と私は思った。グレンのせいで話を受けなかったのだ。公開の席で演奏することができなくなっていたのだった。舞台に上《のぼ》らなければならないと思っただけで吐き気がしてくるのさ、と彼は言ったっけ、と私は思った。たくさん招聘を受けたが、と私は思った。それらの招聘を彼はすべて断ってしまった。イタリアに行くこともできただろう。ハンガリーやチェコスロヴァキアやドイツにだって。というのも、モーツァルテウムの演奏会だけで、彼は世に言うエージェントのあいだで評判になっていたのだった。どんなふうにしてグレンがゴルトベルク変奏曲で勝利を収めたかを考えてみると、ヴェルトハイマーの場合はすべてにわたって意気地無しだったというほかはない。グレンを聴いてしまった以上どうして舞台に出られようか、と彼はしばしば言っていた。これに対して私は彼にいつもこんなことをほのめかしていた。ほかの誰よりもきみは上手《うま》い。グレンほどではないにしても。そうは直接彼に言ったわけではないが、つねに私の言葉の端々からそうしたニュアンスが漏れていたのだった。ピアノ芸術家というものは、と私はヴェルトハイマーに言ったが、ちなみにこのピアノ芸術家という概念を、私はピアノ芸術についてヴェルトハイマーと話すとき、ピアニストという不快な言葉を避けるためにいつも用いていたのだった。ピアノ芸術家というものは、天才に出会っても、自分が萎えてしまうほどに心を動かされてはいけないんだ。ところがきみはグレンに心動かされて、こんなにも萎えてしまっている。モーツァルテウム始まって以来の並外れた才能をもったきみが。そう私は言ったが、ほんとうのことを言ったまでだった。ヴェルトハイマーはじっさい、そうした並外れた才能の持ち主だったし、もはやそうした並外れた才能の持ち主はモーツァルテウムにはいないのだった。ヴェルトハイマーが、グレンのような、いわゆる天才ではなかったにしても。そんなカナダ・アメリカの旋風に、そうすぐにやられてしまいなさんなよ、とヴェルトハイマーに言ってやったっけ、と私は思った。ヴェルトハイマーほどに並外れた存在ではなかった連中は、グレンからこれほどまでに致命的な刺激を受けはしなかった、と私は思った。だがいっぽうでこうした連中は、天才グレン・グールドというものがわからなかったのだ。ヴェルトハイマーはグレン・グールドの天才がわかり、そのために致命傷を負わされてしまった、と私は思った。そして、あまりにも長いこと遠ざかり拒絶していると、舞台に立つ勇気が、またそれゆえそのための力が、突然なくなってしまうものだ、と私は思った。だから卒業してから二年間あらゆる招聘を断ってきたヴェルトハイマーには、もはや舞台に立つ勇気がなく、それどころかエージェントに返事を出す力もなかったのだ、と私は思った。グレンができたこと、すなわち、もう舞台に立たないという決断を一瞬のうちにきっぱりと実行し、それにもかかわらず自分の可能性の、そして根本的にはピアノという楽器がもつあらゆる可能性の限界を極めるまでに自分を磨き、孤立して生きることによって、いよいよもってあらゆる並外れた人間のうちでもっとも並外れた存在となり、ついにはそれに加えて世界でもっとも有名な人となるといったことが、ヴェルトハイマーには当然のことながらできなかった。舞台に立つことに尻込みしていたために、彼はしだいに、これは簡単に言えることだが、コンサート・マネージメントとの関係を失ったばかりか、自分の能力までも失ったのだ。というのも、ヴェルトハイマーは、グレンのように、まさに孤立して生きることによって自分の芸術の中でいまひとたび、しかも最高度に高まるということができなかったからだった。ヴェルトハイマーは、その反対に、孤立することによって大なり小なり消耗してしまったのだ。私はと言えば、リンツとグラーツで数回、また同窓の女性の仲介でライン河畔のコーブレンツで一度演奏をし、それから完全にやめてしまった。ピアノを弾く喜びがもうなくなってしまい、一生にわたって自分を世間になんとしても認めさせてゆこうというつもりもなかった。世間というものがいつのまにか、そして思うにまったく自然なことながら一夜にして、自分には完全にどうでもよいものとなってしまっていたのだった。だがヴェルトハイマーは、こうした世間にまったくもって無関心ではいられず、芸術家として認められねばならないという脅迫観念に絶えず苦しめられていた、と私は言わざるをえない。ちなみにグレンもまたそうだった。しかもグレンはもしかするとヴェルトハイマーよりもっとその程度が高かったかもしれない。だがグレンは、ヴェルトハイマーがつねに夢見ていたまさにそのことをみごとになし遂げたのだ、と私は思った。グレン・グールドは、あらゆる点で生まれながらのヴィルトゥオーゾだった。ヴェルトハイマーは初めから挫折者だったのだ。その自分の挫折を悟ることができず、またそれを一生理解することができなかった。そもそも私たちの時代の最高のピアノ弾きのひとりだったというのに、と、そう私は言ってはばからないが、それにもかかわらず、彼はやはり典型的な挫折者だったのだ。いちばん最初の対決で、すなわちグレンとの対決で挫折した、また挫折せざるをえなかった挫折者だったのだ。グレンは天才だった。ヴェルトハイマーは功名心そのものだった、と私は思った。じっさいヴェルトハイマーはのちに、世に言うコンタクトを求めようとしたが、もうコンタクトは得られなかった。彼は突然ピアノ芸術から切り離されていたのだった、と私は思った。そして、彼じしんいつも言っていたように、いわゆる精神科学に入っていった。この精神科学というものがなんであるのか知らないままに、と私は思った。アフォリズムに行き、ということは意地悪く言えば似而非《えせ》哲学主義に行き、と私は思った。何年ものあいだ誰にも聴かせることなくひとりで弾き、そこでほかならぬ音楽上の屈辱感を大なり小なり味わうはめになり、と私は思った。急に、かくなるうえは言ってみれば第二のショーペンハウアー、第二のカント、第二のノヴァーリスとしてやってみようとし、このおぼつかなげな似而非哲学にブラームスとヘンデルで、ショパンとラフマニノフでバックミュージックを付けたのだ。そして、自分じしんをもはやただ嫌な人間だと思うばかりとなる。いずれにせよ、何年かして彼と再会したとき、私はそんな印象をもったのだった。ベーゼンドルファーは、こうなるとただただ彼の精神科学修行を音楽的に飾り立てる道具にすぎなくなったのだった。ここにはこの嫌な言葉がぴったりだ、と私は思った。二年のうちに彼は実技面ではすべてを失ってしまった。それ以前の十二年の勉学時代に獲得していたもの、それが、と私は思った。もはやまったく聴き取れなかったのだった。十二年か十三年前トライヒに彼を訪ねたときのことを思い出す。へたくそな演奏に震撼としたのだった。芸術センチメンタリズムにとらえられて、そうしか弾けなかったのだった。なにか弾いて聴かせようと彼が言い出したのはまったく意識的に自分の芸術上の崩壊を私に聴かせようとしてだったとは私は思わない。むしろそれは、それでも私が彼を元気づけ、彼じしんはじっさいもう十年ちかくも価値を認めることができなくなっていたキャリアに精進するようにと、いまやなおのこと励ましてくれるだろうという希望をもってのことだったのだ。だが、私のほうから元気づけの言葉を発するどころではとてもなかった。もうおしまいだね、と私は、はっきり言ってやったのだった。もうピアノの鍵盤には指を触れさせないことだ、と。聴くのは苦痛でしかない。きみの演奏を聴いていると、こちらはまったく当惑し、また悲しみに沈んでしまう、と、そう言ってやったのだった。彼はベーゼンドルファーの蓋を閉め、立ち上がって外に出ていったまま二時間も戻って来ず、その夜は一言も口をきかなかったっけ、と私は思った。ピアノは、彼にはもはや不可能だったのであり、精神科学はその代用にはならなかったのだ、と私は思った。偉大なヴィルトゥオーゾになるべく第一歩を踏み出した人たちが、何十年もかろうじてピアノ教師として細々と暮らしてゆくのだ、と私は思った。かつていっしょに学んだ連中のことだ。彼らは大学出の音楽教育家と自称し、ぞっとするような教育家の生活を営んでいて、才能のない生徒たちと、誇大妄想狂的にして芸術で儲けようとする貪欲なその両親たちとを頼みの綱として生きている。そして、小市民的な住まいの中で音楽教育者年金が貰える日を夢見ているのだ。音楽大学の生徒のうちの九十八パーセントが、きわめて高い要求を胸に入学したものの卒業後にはいわゆる音楽教授として何十年も生活するのだ。笑止千万きわまりなく、と私は思った。そうした在り方を私は、そしてまたヴェルトハイマーもしないですんだ、と私は思った。だがまたああした、私がつねになによりも嫌っている在り方をしないでもすんだ。つまり、大都市から大都市へ、ついには保養地から保養地へ、またついには糞田舎から糞田舎へと、指が萎え、演奏家として老衰し果てるまで演奏してまわる、あのわが国で名の知れた有名なピアノ弾きたちと同じ在り方をしないでもすんだのだ。片田舎の町に来てみると、木の幹に画鋲で留められたポスターの中に、必ずやかつていっしょに学んだ人間の名前があって、その地のたったひとつのホールで、それはたいてい落ちぶれた旅館のホールなのだが、そこでモーツァルトやベートーヴェンやバルトークを弾くことが広告されているのを見る、と私は思った。そんなときは胃がひねくりかえるような思いがするものだ。そうした自分を貶めるような運命に私たちは見舞われずにすんだ、と私は思った。千人のピアノ弾きのうちひとりかふたりだけがこうした憐れむべき厭わしい道を進まないですむのだ、と私は思った。今日では誰ひとりとして、私が、世間の言い方にしたがえば、かつてピアノを勉強したと言うことができ、音楽大学に通ってそこを卒業し、ヨーロッパでとは言わないまでもオーストリアでは最高のピアニストのひとりだった、ということを知らない。ヴェルトハイマーについてもそうだ、と私は思った。今日、私はこうした馬鹿げたことを書いている。それはエッセイ的なものだと私はあえて言う。この嫌な言葉を私の自己崩壊の途上でもう一度使うのだ。私はこのエッセイ風の述懐を書き、そしてそれを最後には、つねに呪い、引き裂き、つまり廃棄してしまわざるをえないのだ。そしてもはや誰ひとりとして、私が、みずからゴルトベルク変奏曲を弾いていたことを知らない。グレン・グールドほど良くはなかったにしても。そのグレン・グールドのことについて書こうと、私はこの数年間がんばっている。というのも、それを書くには他の誰よりも自分が正当性をもっていると思うからだ。また誰ひとりとして、私が、世界の筆頭に立つ音楽大学のひとつとしていまだに世に通っているモーツァルテウムに通っていた人間で、コンサートを、しかもバート・ライヒェンハルやバート・クロツィンゲン[56]などでばかりではなく行ったことがあることを知らない、と私は思った。私がかつて狂信的なピアノのヴィルトゥオーゾで、ブラームスとバッハとシェーンベルクでグレン・グールドと優劣を競い合うほどであったことを、誰も知らないのだ。だが、こうした韜晦《とうかい》は、私個人にとってはつねにうまみのある、つまり大いに役に立つことだったが、と私は思った。だが、わが友ヴェルトハイマーにとっては、こうした韜晦がつねにきわめて深い傷を負わせるものとなっていた。私はこうした韜晦でつねに立ち直った。彼はこうした韜晦によってどんどん衰弱させられてゆくばかりで、病気にさせられ、そしてついに、と、今や私はまったく固くそう信じるのだが、殺されたのだ。私にとっては、自分が十五年以上にわたって日夜ピアノを弾き続け、そうした練習によってついにはまったくもって異常なまでに完璧な演奏ができるようになったという事実は、つねにひとつの武器、それはたんに周囲に対するばかりではなく、自分に対する武器でもあったのだった。ヴェルトハイマーはつねにこれに苦しんでいた。私にとっては、すべての点で、自分がピアノを勉強したという事実がつねに役に立っていたというか、言ってみれば決定的なことだった。しかも、みんなが忘れてしまっているために、そして私が押し隠したままでいるために、もはやそうした過去について誰も知ってはいないということによって、まさにそうなのだった。だがヴェルトハイマーにとっては、同じ事実が、つねに不幸なことに、この世に在ることへの絶え間のない憂鬱となったのだった、と私は思った。私は音楽学校にいた他のほとんどの人たちよりもはるかに優れていた、と私は思った。なのに私は一瞬のうちにやめてしまったのだ。これが私を強くしたのだ。あの連中よりも強くしたのだ、と私は思った。やめなかったあの連中、私よりも優れていなかったあの連中、彼らはディレッタンティズムの中に生涯の逃げ場を見い出し、人から教授と呼ばれ、表彰と勲章でわが身を飾り立てるのだ、と私は思った。これらみんな、音楽学校を卒業し、世に言うコンサート活動を始めた音楽界の馬鹿者たち、と私は思った。私はけっしてコンサート活動など始めはしなかった、と私は思った。私の頭脳がそれを禁じたのだ。だが、私がいわゆるコンサート活動を始めなかったのは、ヴェルトハイマーとはまったく違った理由からだった。ヴェルトハイマーは、すでに述べたようにグレン・グールドゆえにそれを始めなかった。あるいは少なくともグレン・グールドゆえにまたすぐにそのキャリアを、世に言う中断ということにしてしまった。私にあっては、私の頭脳がコンサート活動に入ることを禁じたのだが、ヴェルトハイマーはグレン・グールドによってそれを阻まれたのだった。コンサート活動というものは、およそ考えられるかぎりのもっとも恐ろしいものだ。それがどんなものであれだ。聴衆の前でピアノを弾く。ぞっとすることだ。聴衆の前でヴァイオリンを弾く。ぞっとすることだ。そして聴衆の前で歌うとなったら、いったいどんな恐ろしさに堪えねばならないか。これはもう論外だ、と私は思った。有名な大学に学び、そして世にいう卒業というかたちでそうした有名な大学を終え、それにもかかわらずそんなことを意に介せず、そうしたすべてを黙したままでいる。自分がそんなふうであると言えるならば、それはとても大きな資本だ、と私は思った。この財産を何年何十年にもわたってコンサートに出演することによって浪費せずに、などなどと私は思った。そうではなく、そのすべてをひとまとまりの財産と考えて隠匿するのだ。しかし私じしんはつねに隠匿の天才だったが、と私は思った。ヴェルトハイマーとはまったく反対に。ヴェルトハイマーは、つまるところなにひとつとして隠匿できなかった。生きていた間は、あらゆることについていつも語らずにはいられなかったし、すべてを自分のところから取り出して人手に渡さずにはいられなかったのだ。だがもちろん、私たちは他のたいていの人々とは異なり、かねを稼がなくともよいという幸福を手にしていた。最初から充分にあったからである。だがヴェルトハイマーがこうしたかねをいつも恥じていた人間だったのに対して、私のほうはこうしたかねを一度だって恥じたことがなかった、と私は思った。だって生まれながらに持っているかねを恥じるなどまったく気違いじみたことではないか。少なくとも私の考えでは一種の倒錯ということになる。いずれにせよ気色わるい偽善行為だ、と私は思った。あたりを見渡してみると、人々は、他人がかねを持っていないのに自分が持っているのは恥ずかしいと絶えず口にして偽善をおかしている。かねのある人たちがいるいっぽうでかねのない人たちがいるのがごく自然の理《ことわり》であるにもかかわらずである。しかも、その人たちにかねがなく別の人たちにあったかと思うと、また逆のこともある。これは変わることがないだろう。かねがあるからといって、それはそのかねがある人たちの罪ではない。かねがないからといって、それがそのない人たちの罪ではないのと同様に、などなどと私は思った。だがこのことは、かねのある人たちからも、ない人たちからも理解されない。結局のところ彼らは、やはり偽善的な振る舞いしか知らないからだ。ほかにはなにもないのだ。かねを持っているからといって自分を非難したことなど私はない、と私は思った。ヴェルトハイマーは、いつもそうした非難を自分に向けていた。ヴェルトハイマーのように、自分が金持ちであることを悩んでいるなどと言ったことも、私は一度もない。ヴェルトハイマーはいつもそう言い、馬鹿げた募金キャンペーンにも尻込みしなかった。そんなものは、けっきょくはなんの役にも立たなかったのに。つまりそうした何百万ものかねを、たとえば彼はアフリカのサヘル地帯[57]に送ったが、のちになってわかったことには、そのかねは目的地にまったく届いていないのだった。募金の振込先の例のカトリックの組織に全部喰いつぶされてしまったのである。人間のおぼつかなさは、その本性なのだ。その絶望をヴェルトハイマーは、とてもしばしば、しかもとても的確に言い表した。ただどうしてもうまくゆかなかったのは、当の自分が言った言葉に従うこと、そうした言葉に自分をしっかりと縛りつけておくことだった。彼は、つねに途方もない、ほんとうに途方もない理論的なことがらを頭の中に（そしてそのアフォリズムの中に！）収めていた、と私は思った。ほんとうにそれは救いになる人生哲学、実存哲学だったが、それを自分じしんの糧にすることが彼にはできなかった。理論のなかで、彼は人生のあらゆる居心地の悪さ、あらゆる絶望状態、人をぼろぼろにするこの世の悪のいっさいを克服していた。だが実践のうえでは、けっして、そしていちどもそれができなかった。そのために彼は、まったく自分じしんの理論とは逆にどんどん落ちぶれてゆき、自殺することにまでなってしまったのだ、と私は思った。ツィツェルスにまで行って。彼のなんとも笑止な終着駅、と私は思った。理論《くち》では、彼はいつも自殺に反対すると言っていた。自殺しそうなのは問題なく私のほうだと言って、しばしば私の埋葬式の話に向かっていった彼だったのに、実際には彼のほうが自殺して、私が彼の埋葬式に行くことになったのだ。理論《あたま》では、彼は世界最大のピアノのヴィルトゥオーゾのひとりになった、いやそれどころか世界でいちばん有名な芸術家のひとりになった（グレン・グールドほどではないにしろだ！）。だが実際には、ピアノでなにも達成できなかった、と私は思った。そのあげく惨めきわまりない状態でいわゆる精神科学に逃げ込んだのだ。理論《あたま》では、彼は自分の人生を支配している男だった。だが実際には、自分の人生を支配していないどころか、それに滅ぼされたのだ、と私は思った。理論《りくつ》では、彼は私たち、つまり私とグレンの友人だったが、実際はけっしてそうではなかった、と私は思った。というのも彼には、ヴィルトゥオーゾとなるためにはすべてが欠けていたのと同様、実際に現実の友情を結ぶにはすべてが欠けていたのだ。その自殺が示すように、と私は思った。結論は、彼が自殺したのであって、私ではないということだ、と私は思った。そして手さげかばんを床から取って椅子の上に置こうとしたそのとき、女将が入ってきた。驚いたわ、と女将は言った。私が来たのに気づかなかったというのだ。嘘をついている、と私は思った。間違いなく女将は、なんとすでに私が旅館に入ってくるのを見ていたのであり、ずっと私を観察していたのだ。わざと食堂に入ってこないで。いやな、反感をおぼえる人間だが、同時に気をそそられる。ブラウスの前を腹のところまではずして着ていた。これらの人間たちの低俗さ。それをまったくもう取りつくろおうともしないのだ、と私は思った。衆目にさらしているのだ、と私は思った。こいつらは低俗さや下劣さを隠す必要がないのだ、と私は自分に向かって言った。私がいつも取る部屋は、女将が言うには暖房が入っていなかったが、おそらく暖房する必要がないだろう、ということだった。だって暖かい風が吹いていますもの、部屋の窓を開けて春の暖かい空気を入れることにしましょう、と女将は言いながら、ブラウスの前を合わせようとしたが、実際にはブラウスのボタンを嵌めはしなかった。ヴェルトハイマーはツィツェルスに発つ前にここに泊まったわ。自殺したことは運送屋から聞いたのだけれど、運送屋は、ヴェルトハイマー家の地所を管理し守っている木こりのひとり、コールローザー（フランツ）からそれを聞いたのよ。これから誰がトライヒを所有することになるのかは、わからない、と彼女は言った。きっとヴェルトハイマーの妹ではないと思う。あの妹はずっとスイスに行ったきりなのだから。この十年間に二回見かけただけで、近寄りがたい女だ。人付き合いの良かった兄さんとはまったく違って。女将が気さくな人という表現すら用いたのには驚いてしまった。「気さくな」という言葉をヴェルトハイマーに結び合わせたことが、私にはなかったからだ。ヴェルトハイマーは誰に対してもいい人だったと彼女は言った。実際に女将はいいという言葉を口にしたのだが、それに続けて、トライヒを放りっぱなしにしていたとも言った。最後の頃には知らない人たちがトライヒにやって来て、一日中、いやまるまる一週間い続けたが、ヴェルトハイマー自身はトライヒに現れなかった。そう女将は言って、ヴェルトハイマーからトライヒの鍵を預かってきた連中は、芸術家、音楽家だったと言ったが、芸術家と音楽家という言葉を発するときのその調子には軽蔑の色が含まれていた。これらの連中は、と女将は続けた。ヴェルトハイマーとそのトライヒの家をただただ利用し尽くしたのであり、一日中、そして何週間も、彼の払いで飲んだり喰ったりし、昼まで寝ていて、おかしな身なりをして大きな笑い声をあげながら辺りをうろつき廻る。みんなすさんでいる、と彼女には思え、とても悪い印象をもったというのだった。ヴェルトハイマーじしんについても、どんどんすさんでゆくのがはっきりわかった、ということだった。このすさんでゆくという言葉を、彼女は音を長く引き延ばして言ったが、これはヴェルトハイマーからうつったのだ、と私は思った。夜にヴェルトハイマーがピアノを弾いているのを耳にした、と女将は言った。しばしば宵の口から明け方まで、ろくに眠りもせず、よれよれで擦り切れた服を着て、ヴェルトハイマーは辺りをついにはうろつき廻り、彼女の旅館に入って来て食堂にすわり込んだが、それはただただぐっすり眠るのが目的だった。最後の何ヵ月かはもうウィーンにも行かず、もうウィーンに来ている郵便のこともどうでもよく、郵便を回送してもらうこともしなかった。四ヵ月というもの、ひとりでトライヒにいて、一度も家から出ず、木こりたちが食料品を届けていた。そう女将は言って、私の手さげかばんを持ち上げて、上の私の部屋へとあがっていった。彼女はすぐに窓を開け、冬中ずっと、もう誰もこの部屋には泊まらなかった、と言った。どこも汚くて、と彼女は言い、差しつかえなければ雑巾をもってきて拭きましょう、少なくとも窓の下枠の汚れは、と言ったが、私は、汚れなんかかまわない、と、それを断った。女将はベッドの寝具を折り返し、清潔よ、風にあたれば湿気が取れるでしょう、と言った。お客たちはみんな同じ部屋に泊まりたがる、と彼女は言った。以前はヴェルトハイマーは誰もトライヒには泊めなかったのに、その家に突然人が群がりだして、と女将は言った。三十年間、ヴェルトハイマー以外はひとりとしてトライヒで夜を明かした人はいなかったのに、死ぬまえの何週間かは大勢の都会の人たちが、と彼女は言った。そんな人たちがトライヒで過ごし、トライヒに泊まって、家じゅうがめちゃくちゃにひっくり返されてしまった、というのだった。芸術家というのはおかしな人間たちだこと、と彼女は言ったが、そのおかしなという言葉も彼女の言葉ではなくヴェルトハイマーの言葉だ。ヴェルトハイマーはおかしなという言葉が好きだった、と私は思った。長いことヴェルトハイマーのような人たちが（私もそうなのだが！）孤立に耐えぬくと、と私は思った。そうすると、仲間をもたずにはいられなくなる。二十年間、ヴェルトハイマーは仲間をもたずに耐えぬいた。それから彼は家をありとあらゆる人々でいっぱいにした。そして自殺したのだ、と私は思った。デッセルブルンの私の家と同様、トライヒも、ひとりきりでいるのに向いている、と私は思った。私とかヴェルトハイマーのような頭に、と私は思った。芸術家的な頭に、いわゆる精神的な頭に。だがそうした家を、ある一定の限界を越えて使い過ぎると、それに殺されてしまう。絶対に致命的なものとなる。初めは、そうした家を私たちは芸術上の目的、そしてまた精神的な目的からつくり上げる。そして私たちがそれをそのために建ててしまうと、それに私たちは殺されるのだ、と私は思ったが、その間に女将は、ワードローブの扉の埃を素手のまま指で拭っていた。まったく臆するところもないどころか、逆に、私がそれを観察しているということを、いわば私が彼女から目を離さないでいるということを、楽しんでいるのだった。急に私には、ヴェルトハイマーが彼女と寝たということがもはや理解できないものではなくなった。私は、おそらく一晩だけ泊まることになると言った。急にもう一度トライヒに行く必要ができたので、お宅に泊まる必要も生じたわけなのだけど。ところでグレン・グールドという名前を覚えているかい、と私は訊ねた。ええ、というのが彼女の答えだった。あの世界的に有名な人でしょう。あの男はヴェルトハイマーと同じく五十歳を過ぎたんだ、と私は言った。あのピアノのヴィルトゥオーゾ、あの世界中でいちばんの男は、かつてトライヒにやって来た。二十八年前にね、と私は言った。覚えてはいないだろうけれど。だがそうではないことがすぐにわかった。女将が、あのアメリカ人ならよく覚えている、と言ったからだ。でもこのグレン・グールドは自殺したんじゃない、と私は言った。卒中に見舞われたんだ。ピアノのまえにすわったまま死んで倒れたのだ、と私は言った。こう言ったときの自分のぎこちなさがわかった。だがそれは、女将のまえでだと、自分だけのときよりも気づまりではなかった。死んで倒れたと、私はさらに言ってみたが、すでに女将は開け放った窓のところにいて、製紙工場の悪臭が流れてきていることに気づいていた。フェーンのときはいつもなの、と彼女は言った。ヴェルトハイマーは自殺だ、と私は言った。このグレン・グールドはちがう。自然死だったのだ。こんなにわざとらしくものを言ったことはこれまでなかった、と私は思った。もしかするとヴェルトハイマーは、このグレン・グールドが死んだから自殺したのだ。卒中の発作っていいものよ、と女将は言った。みんな卒中の発作を願っているわ。致命的なのを。突然の終わりを。今すぐにトライヒに向かうつもりだ、と私は言い、トライヒに誰かいるのかどうか、今そもそも誰がトライヒの番をしているのか知っているかと女将に訊ねた。知らない。でもトライヒには間違いなく木こりの人たちがいるだろう、というのが答だった。女将の見解によれば、ヴェルトハイマーが死んだときと、なにひとつトライヒでは変わってはいないということだった。間違いなくトライヒを相続したはずのヴェルトハイマーの妹は現れない。またほかの相続権者も、と彼女は言うのだった。晩ごはんをうちの食堂で食べようと考えているのかと女将に訊ねられたが、私は、晩になにが起こるか今はまだわからない、と言った。もちろんここでなら酢漬けソーセージを食べるだろう。ほかでは食べられないものだから、と私は思った。だが口に出しては言わなかった。そう心の中で思っただけだった。彼女が言うには、商売は相変わらずで、いつも同じように製紙工場の労働者たちが通ってくるけれど、みんな夕方からなので昼にはほとんどお客がいない。ずっとずっとそうだったわ。もし昼にいたとしても、ビールの運搬人か木こりたちが食堂にすわってシュペック・ソーセージをつまむだけ、と彼女は言った。でもうんざりする、というのだった。彼女はある製紙工と結婚していたのだったっけ、と私は思った。三年間連れ添ったその男は、恐れられていたパルプ攪拌器の中に転落し、攪拌器に挽きつぶされてしまい、それ以後彼女はもう結婚はしなかったのだ、と思っていると出し抜けに、夫が死んでからもう九年、と彼女は言い出し、窓の下枠に腰をおろした。結婚はもう考えてはいないの、と彼女は言った。ひとりでいるほうがいい。だが最初は、ひとは結婚して夫を得ることに全力を傾ける。彼がいなくなったので私は嬉しかったとは言わなかったが、間違いなく彼女はそう思っていたのだ。事故であるはずがない、と彼女は言った。ヴェルトハイマーさんは葬儀が終わったばかりの頃とても親切にしてくれたわ。夫との生活にもはや耐えきれなくなったちょうどそのときに、と、女将を見ながら私は思った。夫は攪拌器の中に落ち、そして逝ってしまったのだ。充分ではないが定期的な収入をもたらす年金を彼女に残して。夫はいい人だったわ、と彼女は言った。夫を知っているでしょう。そう言われても、私にはほとんど思い出すことができなかった。覚えていることといえば、いつもおんなじ製紙工場のフェルトの上下を着て製紙工場のフェルトの帽子をかぶって店のテーブルでよく食事をしていたことぐらいだった。そう、女房が出してくれる切り身にした大きな燻製肉を食べていた。夫はいい人だったわ、と女将は何度も繰り返し、窓の外を眺め、髪の毛を直した。ひとりきりでいるってことにもいい点がある、と彼女は言った。もちろん埋葬式に行ったんでしょう、と彼女は言い、ヴェルトハイマーの埋葬式について一部始終をすぐにも聞きたがった。それがクールで行われたということはもう知っていた彼女だったが、ヴェルトハイマーのその埋葬式に至るまでの詳しい情況についてはまだ知らなかったのである。そこで私はベッドに腰をおろして話して聞かせた。当然のことながら私には切れ切れの話しかできなかったが、ウィーンにいて、住まいを手放そうとしていたときのことから始めた。大きな住まいで、と私は言った。たったひとりの人間にとってはあまりにも大きすぎ、しかもマドリード、あの、あらゆる都市のなかでいちばん素晴らしい都市に定住してしまった人間にとってはまったく余計なものだったので、と私は言った。だが私は住まいを売らなかった、と私は言った。同様にデッセルブルンを売ろうとも思わない。あそこを知っているだろう。デッセルブルンにはご主人といっしょにいちど来たことがあったから。何年も前、酪農場が燃えたときのこと、と私は言った。現在のような経済危機にあっては地所を売るなんて愚かなことだ、と私は言い、地所という言葉をわざと何度か口にした。話のなかで重要な言葉だったのだ。国家は破産している、と私は言った。それを聞いて女将は頭《かぶり》を振った。政府は腐敗している、と私は言った。社会主義者たちは、もうすでに十三年も政権についているのだが、この権力を極端なまでに使いに使い尽くして国家をまったくめちゃくちゃにしてしまった。私が話しているあいだ、女将は首を振ってうなずきながら、窓の外と私とを交互に眺めていた。みんな社会主義の政権を望んでいたのに、と私は言った。だが今ではみんなが、まさにその社会主義政権が無駄がねをばらまき散らして全部浪費してしまったと考えている。ばらまき散らすという言葉を私は他の言葉よりもわざとはっきりと発音した。そんな言葉をそもそも使ったということを私はなんら恥ずかしいとは思わなかった。私は、ばらまき散らすという言葉を、わが国の社会主義政権下での国家破産に関連して何度か繰り返し、さらにこう言った。首相は卑しく抜け目のない、ずる賢い男であり、社会主義を自分の倒錯的な権力欲の道具として濫用した。もっとも政府全体がそうだけれど、と私は言った。これらの連中はみんな、ただただ権力欲が強く、下劣で恥知らずであるばかりだ。自分じしんそのものだと思っている国家が連中にはすべてで、と私は言った。人民のことなど、自分たちが統治していたにもかかわらず、彼らにとっては無にも等しいのだ。私はこの国の人間であり、この国の人間が好きだが、この国家とは関わりをもちたくない、と私は言った。わが国は歴史上これまでなかったほどのどん底にまで落ちてしまった、と私は言った。歴史のなかでこれまで一度だって、こんなに下賤な、つまりこんなに節操もなく愚かな連中に統治されたことはなかったんだ。だがこの国の人間も愚かだ、と私は言った。こうしたような状態を変えるには、あまりにも弱い。あんな、政府を現在《いま》つくっているような、権力欲の強いずる賢い連中にひっかかってしまう。おそらく今度の選挙でもこの憐れむべき状態はなにも変わらないだろう、と私は言った。なぜならオーストリア人は習慣性の強い人間であり、自分が今すでに十年以上もはまり込んでいる泥沼にさえ慣れてしまっているのだ。この可愛そうな国民、と私は言った。そして社会主義という言葉にも、とりわけオーストリア人がいまだにひっかかってしまっている。社会主義という言葉が価値を失ってしまったということを誰もが知っているというのに。社会主義者たちはもはや社会主義者ではない、と私は言った。現在の社会主義者たちは新しい搾取者なのであり、すべては嘘なんだ！　と私は女将に言った。だが女将は、このばかげた脱線話など聞きたくはなかったのだ。私は急にそれに気づいた。なぜなら女将は埋葬式の話を切に聞きたがっていたのだから。そこで私は言った。ウィーンでツィツェルスからの電報を受け取って驚いた。ドゥットヴァイラー夫人からの電報が、と私は言った。つまりヴェルトハイマーの妹からのだ。それがウィーンの私に届いたんだ。有名なパルメンハウス[58]に行っていたのだが、と私は言った。戸口に電報が置いてあった。ドゥットヴァイラー夫人がどこから私がウィーンにいるということを知ったのかは、今もってわからない、と私は言った。以前とは比べようもないほど醜い町になってしまったウィーン。ぞっとする体験だ。何年か外国にいてこの町に帰って来るのは、そもそもこの落ちぶれた国に帰って来るのは、と私は言った。ヴェルトハイマーの妹が私にそもそも電報を打ってきたこと、彼女が私にそもそも兄の死について知らせてきたことが不思議だった。ドゥットヴァイラー、と私は言った。なんとひどい名前だろう！　金持ちのスイス人の一族で、と私は言った。そこにヴェルトハイマーの妹は嫁入りした。化学コンツェルンなんだ。だが知ってのとおり、と私は女将に向かって言った。ヴェルトハイマーは妹をつねに押さえつけ、対等に扱わなかった。最後の最後の瞬間になってあの妹は彼から逃げ出したんだ。女将が今もしウィーンに行ったならば、と私は言った。もしそうしたなら、ぎょっとすることだろう。どんなにこの町が良くないほうに変わってしまったことか、と私は言った。偉大さの名残りすらなく、なにもかもが浮きかすだ！　と私は言った。いちばんいいのは、すべてにかかわらず、すべてから身を引くことだ、と私は言った。もう何年も前におさらばしてマドリードに行ってしまったということを一瞬だって後悔したことがなかった。だが出てゆくことができず、このような阿呆な国にいなければならないとすると、ウィーンのような阿呆な町にいなければならないとすると、もうおしまいだ。じっさい長くは生き延びられない、と私は言った。二日間、ウィーンでヴェルトハイマーのことについてよくよく考えてみる時間があった、と私は言った。それからクールに向かった。埋葬式の前の晩だ。ヴェルトハイマーの埋葬式に何人ぐらいの人が集まったの、と女将は知りたがった。ドゥットヴァイラー夫人とその夫と私だけ、と私は言った。それに、もちろん葬儀屋の人たちも、と私は言った。すべては二十分もかからないうちに終わってしまった。女将が言うには、ヴェルトハイマーは、自分が先に死んだらネックレスを形見にあげようと、いつもそんな約束を口にしていたということだった。高価な、と女将は言った。彼のおばあさんが持っていたものなの。でもきっとヴェルトハイマーは遺書でそれを認《したた》めてくれてはいないと思う、というのが彼女の意見だったが、私は、ヴェルトハイマーはぜったいに遺書を書くなどしていないだろう、と思った。ヴェルトハイマーがネックレスを約束したのなら、そのネックレスをもらうことができるだろう、と女将に向かって私は言った。ヴェルトハイマーはときどき泊まっていったと、女将は顔を赤らめて言った。トライヒにいるのが怖いときには、そんなことがしばしばあったのだけれど、ウィーンからやって来ると、まずこちらに来て泊まっていった。冬にしばしば突然ウィーンからトライヒにやって来るんですもの、トライヒの部屋は暖められていなかったし。ヴェルトハイマーが最後の頃トライヒに来させた連中はへんてこな服を着ていた。サーカスにいるような、と彼女は言った。役者よね。彼女の店では飲み食いせず、ありとあらゆる飲み物を食糧雑貨品店で買い込んでいたということだった。あの連中は彼を利用できるだけ利用したのよ、と女将は言った。何週間も彼の払いでトライヒに巣くって、なにもかもめちゃくちゃにして、明け方まで一晩中うるさくして。そんなならず者たちなのよ、と彼女は言った。何週間も彼らだけがトライヒにいて、ヴェルトハイマーはいなかった。彼が現れたのはクールに出かけるほんの数日前のことだったの。しばしばヴェルトハイマーは女将に向かって、自分はツィツェルスの妹と義弟のところに行こうと思っているが、それをいつも延期してしまっている、と言っていたということだった。自分はツィツェルスの妹に何度も手紙を書いた。夫と別れてトライヒの自分のところに来てほしい、と。自分は、つまりヴェルトハイマーは、奴をこれっぽちも評価できない、と、女将によればそう言っていたらしい。あの身の毛もよだつ人間、と女将はヴェルトハイマーじしんの言葉をあげた。でも妹は返事を出さなかったのだった。私たちはいかなる人間も自分に繋ぐことはできない、と私は言った。その人間がそれを望まなければそっとしておくほかはない、と私は言った。ヴェルトハイマーは妹を永遠に自分に繋いでおきたかった、と私は言った。それが間違いだった。彼は妹をおかしくし、いっしょに自分も狂ってしまった、と私は言った。自殺するというのはやはり狂っているのだ。たくさんのお金はどうするんでしょう、と女将は訊ねた。ヴェルトハイマーが残したかねである。わからない、と私は言った。相続したのはきっと妹だろう、と私は述べた。お金がたくさんあるところには、さらにたくさんお金が入ってくる、と女将は言い、それから埋葬式についてもっと知りたがったが、私はもう話すことがなかった。実際にもうヴェルトハイマーの埋葬式についてのすべてを話してしまっていたのだった。大なり小なりすべてを。ユダヤ教の埋葬式だったのかどうか女将は知りたがった。私は、いや、ユダヤ教の埋葬式ではないと言った。彼はもっとも短時間で済むやり方で埋葬された、と私は言った。すべてがとても早く進んだので、うっかりしていると見逃してしまいそうだった、と私は言った。ドゥットヴァイラー夫妻は埋葬式のあと食事に誘ってくれたが、と私は言った。でも断った。彼らといっしょにはいたくなかったから。でも、それが間違いだった、と私は言った。招待を受けて彼らといっしょに行くべきだった。急にひとりになると、なにをしたらいいのかわからなくなってしまった、と私は言った。クールは醜い町だ、と私は言った。こんなに陰気なところはない。ヴェルトハイマーはクールに差し当たってのところ埋葬されているだけで、と唐突に私は言った。最終的にはウィーンに埋葬しようということになっている。デーブリング墓地に、と私は言った。一族の墓所があるところだ。女将は立ち上がり、外からの暖かい空気が部屋を晩までには暖めてくれるだろう、と述べた。安心していい、というのである。冬の冷たさがまだ中に残っている、と彼女は言った。じっさい私は、すでに何度も眠れない夜を過ごしたことのあるこの部屋に泊まらざるをえないと思うと、風邪をひくのではないかと不安だった。だが余所《よそ》に行くことはできなかっただろう。あまりにも遠いか、ここよりもずっと粗末であるかどちらかだ、と私は思った。もちろん以前はずっと要求が少なかった、と私は思った。まだ今ほど軟弱ではなかった。いずれにせよ就寝する前に女将から毛布をもう二枚もらっておこう、と思う私だった。トライヒに行く前に熱いお茶を一杯入れてもらえないだろうか、と私が言うと、女将は下の調理場に熱いお茶を入れるために降りていった。この間に私は手さげかばんの中の荷物を広げ、いわば喪服としてクールにもっていった濃いねずみ色のスーツをワードローブの中につるした。どこでも寝室に趣味の悪いラファエロの天使を掲げているのだから、と、壁に掛かったラファエロの天使を見ながら私は思った。でもそれはすっかり黴が生えていたので、なんとか我慢できるものとなっていた。私は、以前ここで、朝の五時頃、ブタたちが飼料槽に突進する音でたたき起こされたことを思い出した。女将が無神経にも、ドアを閉めるとき、ばたんと大きな音をさせたからだった。自分に間近に迫っている事柄《こと》がわかれば、と私は思った。そうならば、私たちはもっと楽にそれに耐えることができる。

鏡を見ると、自分の顔を見るためには身をかがめなくてはならなかったのだが、こめかみのあたりに苔癬《たいせん》を発見した。何週間も中国の軟膏を塗ったところ消えていたものだったが、今また現れたのだった。それを確認したことが私を不安にした。すぐに私はたちのわるい病気のことを考えた。それを医者は私に黙っていて、ただただ私を落ち着かせるためだけにこの中国の軟膏を塗らせているのだ。ほんとうのところは、今わかったようにこんなものは役立たずなのだった。こうした苔癬は、当然のことながら、たちの悪い重い病気の発端であるかもしれない、と私は思って向き直った。トライヒに行こうとアットナング＝プーフハイムで列車を降りてヴァンクハムに来てしまったことが、にわかにまったく馬鹿げたことに思われた。このぞっとするヴァンクハムを避けて通ることもできたのではなかったか、と私は思った。だからこんな羽目になってしまったのだ、と私は思った。いきなりこの冷たい黴臭い部屋の中に立ち、夜を恐れている。ここでの夜についてはあらゆる恐ろしいことが容易に想像できるのだ。もしもウィーンにいたままで、ドゥットヴァイラー夫人の電報にまったく応じず、クールに行かなかったとしたら、と私は自分に向かって言った。そのほうがよかっただろう。こうしてクールへ旅をし、アットナング＝プーフハイムで降りてヴァンクハムにやって来るよりも。もう一度トライヒに行こうなんて、自分にはほんとうは関わりのない場所なのに。ドゥットヴァイラー夫妻とはなにも話さなかったし、開けられたヴェルトハイマーの墓のそばに立ってもなにも感じなかったのだから、と私は思った。あらゆる苦悶から難なく身をかわすこともできただろう。それらをわが身に引き受ける必要はなかっただろう。自分のことの進め方が嫌になった。いっぽうで私は、ヴェルトハイマーの妹となにを話せばよかったのだろうと自問してもみた。あるいは彼女の夫と。あの男は私とはそもそもまったく関係のない人間で、ほんとうに面白くない奴だった。実際に会ってみると、ヴェルトハイマーが言っていた以上だった。ヴェルトハイマーも彼のことを単に悪く描くどころではなかったけれど。ドゥットヴァイラーのような連中とはしゃべらないぞ、と、最初にドゥットヴァイラーと会ったとき、私はすぐにそう思ったのだった。だが、なんとそうしたドゥットヴァイラーのような奴が、ヴェルトハイマー家の女をその兄から去らせ、スイスに行かせたのだ、と私は思った。なんとそうした不快なドゥットヴァイラーのような奴が！　私はふたたび鏡を見て、苔癬が今や右のこめかみにだけではなく、後頭部にも巣くっていることを認めた。もしかするとドゥットヴァイラー夫人はウィーンに戻るかも知れない、と私は思った。兄が死んで、コールマルクトの住まいを自由に使えるようになった。必ずしもスイスにいなくてよいのだ。トライヒ同様、ウィーンの住まいも彼女のものだ。それに加えてコールマルクトの住まいにはお気に入りの家具があるとなると、と私は思った。兄はその家具を、彼じしんいつも言っていたように、ひどく嫌っていたけれど。これからは彼女はあのスイス人とツィツェルスでうまく暮らせる、と私は思った。なぜならいつでもウィーンに戻ったりトライヒに行ったりできるからだ。あのヴィルトゥオーゾはクールの墓地でごみの山のそばに眠っているのだ、と一瞬私は思った。ヴェルトハイマーの両親はまだユダヤ教の規則に則って埋葬された、と私は思った。ヴェルトハイマーじしんは最後の何年かの時代、自分は無宗教だと言っていた。デーブリング墓地のヴェルトハイマー家の墓所は、いわゆるリーベン廟[59]とテオドール・ヘルツル[60]の墓のすぐとなりにあり、私は何度かヴェルトハイマーといっしょに訪ねたことがあった。ヴェルトハイマー家の墓所に眠るヴェルトハイマー家の人々の名前を刻み込んだ花崗岩の大きなブロックが、墓所のところから伸びた一本のブナの木によって時とともに十センチか二十センチ押しのけられているのを見ても彼は苛立たなかった。妹は絶えず、なんとしても彼をその気にさせてブナの木を取り除き、花崗岩のブロックをもとの位置に戻したがっていたということだったが、ヴェルトハイマーじしんにとっては、ブナの木がすくすくと墓所の中から伸びて花崗岩のブロックを押しのけるまでになったという事実は不愉快ではないどころか、むしろ逆で、ブナの木と、来るごとに毎回さらに少しずつ後ろに押しやられている花崗岩のブロックとを墓所の前に立って見るたびに、彼は賛嘆の声を上げるのだった。これから妹はブナの木を取り除き、花崗岩のブロックをもとの場所に戻すことだろう。それよりもまえに彼女はヴェルトハイマーをクールからウィーンに移送して、墓所に埋葬させるだろう、と私は思った。ヴェルトハイマーは、およそ私が知るかぎりもっとも熱狂的な墓地探訪者だった。私じしんよりも、もっと熱狂的な、と私は思った。右の人指し指で私はワードローブの扉の埃の上に大きなWの文字を書いた。デッセルブルンのことが、この機会に思い浮かんだ。一瞬のこと、もしかしてやはりデッセルブルンに行こうかというセンチメンタルな考えにおそわれている自分に気づいたが、あわててこの考えを打ち消した。私はきちんと筋を通したかったので、自分に、デッセルブルンには行かないぞ、あと四年か五年はデッセルブルンには行かない、と言って聞かせた。そんなふうにしてデッセルブルンに行くことは、きっと何年にもわたって自分を弱める、と自分に向かって言った。私はデッセルブルンに行くことはできない。窓の外の風景は荒涼として人を病気にするようであり、何年か前から急にもう目にすることができなくなった、あのよく知っているデッセルブルンの風景と同じだった。デッセルブルンから出ていかなかったならば、と私は自分に向かって言った。もしそうだったなら、破滅していたことだろう。もう生きてはいないだろう。グレンよりも先に、そしてヴェルトハイマーよりも先に破滅し、死に絶えていたことだろう、と言わざるをえない。なぜなら、デッセルブルンとその付近の風景は窓の外のヴァンクハムの風景と同じ死滅の風景だからだ。それは誰をも脅かし、じわじわと圧殺し、けっして助けてくれたり守ってくれたりはしない。私たちは自分の出生地を選び出すことはできないが、と私は思った。だが、それが私たちをいまにも圧殺しそうになったなら、こうした出生地から離れ去ることはできる。立ち去り、遠ざかることによって。だが立ち去り遠ざかるチャンスを見逃すと殺されてしまう。私は幸運だった。正しい瞬間《とき》に立ち去った、と自分に向かって言った。そして結局のところウィーンからも立ち去った。ウィーンもまた、私をいまにも圧殺し締め殺しそうになったからだ。なんといっても、私がまだ生きているのは、まだ存在することが許されているのは、父の銀行口座のおかげだ、と私は突然自分に向かって言った。生命《いのち》を恵んでくれるような土地ではない、と私は自分に向かって言った。人を落ち着かせてくれる風景ではない。気持ちのよい人たちではない。こちらの様子を待ち伏せして窺っている、と私は思った。私を不安にする連中だ。私を欺く連中だ。私はこの土地でいちども安心した気持ちになったことはない、と私は思った。絶えず病気に見舞われ、不眠のためについには殺されそうになった。アルトミュンスターから人々がやって来てシュタインウェイを運んでいったとき、ほっと息をついた、と私は思った。突然に楽な気分でデッセルブルンを行ったり来たりできた。芸術、あるいはそれがなんと呼ばれようともとにかくそうしたものを、シュタインウェイをアルトミュンスターの教師の子供にやってしまったからといって諦めたわけではない、と私は思った。卑しい教師に引き渡された、愚かな教師の子供に引き渡されたシュタインウェイ、と私は思った。私のシュタインウェイがほんとうのところどれほどの値段がするのか、もしあの教師に言ってやったとしたら、彼はびっくりしたことだろう、と私は思った。楽器の値打ちというものをまったくわからない人間だったから。すでにシュタインウェイをウィーンからデッセルブルンに運んだとき、それが長いことデッセルブルンに置かれることはないだろうと心得ていた。だがむろん、当然のことながら、それを教師の子供にやってしまうことになろうとは思いもしていなかった、と私は思った。シュタインウェイをもっていた頃は書くほうで一人前ではなかった、と私は思った。シュタインウェイが最終的に家から出ていったあの瞬間《とき》以後のように自由ではなかった。書けるようになるためにはシュタインウェイから離れねばならなかったのだ。正直言って、私は十四年間ものを書いてきたが、ただただシュタインウェイから離れなかったがために、実際にいつも大なり小なり使いものにならないようなことばかり書いてきたのだった。シュタインウェイが家からなくなるや、うまく書けるようになった、と私は思った。カレ・デル・プラドにいても、シュタインウェイがウィーン（あるいはデッセルブルン）にあるから、そのために、結局のところいずれにせよいつもうまくいかず、いいものが書けないのだ、と、いつも思っていた。シュタインウェイに反発するようになるや、書きぶりが変わった。あのとき以後、と私は思った。とはいえそれは、シュタインウェイとともに音楽を諦めたなどというわけではない、と私は思った。逆だ。だがもはや音楽が破壊的な力を私におよぼすということはなくなった。要するに、もはや私を苦しめるということがないのだ、と私は思った。この風景をじっと眺めていると不安を覚える。どんなことがあっても、もうこの風景の中に帰りたくはない。すべてがいつもただ灰色で、人間たちは絶えず、ひとを陰鬱にするような印象を与える。それを目の当たりにすれば、私は自分の部屋に逃げ帰り、ろくでもないことを考えるようになるだろう、と私は思った。そしてここのすべての人間たちと同じようになるだろう。女将を見るだけで充分だ。この地のすべてを支配している自然によって完全に破壊されたこの人間を。卑しさと低劣さからもはや抜け出せない人たちなのだ、と私は思った。この陰険な風景の中にいたなら、私はおしまいになっていたことだろう。だがそもそもデッセルブルンになど行く必要がなかったのではないか、と私は思った。あそこを遺産として受け取る必要がなかったのではあるまいか。あれを放棄できたはずだ。だって放りっぱなしにしてしまったではないか、と私は思った。もともとデッセルブルンは製紙工場の経営者だった私の大おじのひとりが建てた家で、大おじはたくさん子供がいたので、たくさんの部屋がある豪奢な家を建てたのだった。それをそのまま放っておく。それが私の救済だったのだ。間違いなく。最初は両親といっしょに夏にだけデッセルブルンに行った。それから何年もデッセルブルンとヴァンクハムで学校に通った、と私は思った。そしてザルツブルクのギムナジウムに入り、モーツァルテウムに入学する。一度は一年間ウィーンの音楽院にも行き、と私は思った。それからまたモーツァルテウムで学び、続いてウィーンに戻り、そして最終的に、精神的な野心を携えて永遠にあそこに引き籠もろうと考えてデッセルブルンへ。そこで私は、袋小路に入り込んでしまったとの思いにとらわれ、ほんのわずかばかりで挫折してしまったのだった。ピアノのヴィルトゥオーゾのキャリアは口実だった。だがそれを最高度の完成に到るまで追求し、と私は思った。力量が頂点に達したとき、と私は言うことができるが、全部やめにしてしまった。放り出してしまったのだ、と私は言わねばならない。自分に一発かまして、シュタインウェイを人にやってしまった。この辺りでは六週間とか七週間絶え間なく雨が降り続き、この絶え間なく降る雨によって彼らは頭がおかしくなってしまうが、と私は思った。だから自殺しないだけの極度な意志の力が必要となる。だが、これらの人の半分がここでは自殺する。遅かれ早かれ。世に言う、自然に死んでゆくというのではない。そして、人々の半分は、カトリックであるか社会党であるか、この両方ともわれわれの時代のもっとも不快きわまりない組織だが、そのどちらかであるということ以外にはなにもない人たちなのだ。マドリードでは、私は少なくとも一日一回は家の外に出る。食事のために、と私は思った。もしここにいたならば私はけっして家から外に出ることはなく、救いようのない荒廃のプロセスが進むのに身をまかせていることだろう。とはいえ本気で売ることを考えたことはなかった。最近の二年間もあれこれ算段してはみたが、むろん無駄だった。その際、誰かしかるべき人に、デッセルブルンは売らないと約束したわけではなかった、と私は思った。不動産屋ぬきでは売るのは不可能だが、その不動産屋というものに身の毛がよだつのだ、と私は思った。デッセルブルンのような家をあっさり何年も放りっぱなしにしておいてもかまいはしない、と私は思った。荒れるにまかせておいても、と私は思った。なぜいけないことがあろうか。どんなことがあってもデッセルブルンには行かないぞ、と私は思った。女将がお茶を入れてくれたので、私は下の食堂に降りていった。私は窓際のテーブルについた。昔もすわったことのある場所だ。だが私は、時間が止まったままだといったような印象はなかった。女将が調理場で働いている物音が聞こえた。きっと、一時か二時頃に学校から帰ってくるわが子のために食事をつくっているのだろう、と思った。グラッシュを暖めなおしているのだろうか、それとも野菜スープだろうか。私たちは理論《りくつ》では人間を理解できるが、実際には人間というものが我慢ならない、と私は思った。彼らとたいていは不承不承付き合うだけで、自分のほうから見た見方で対応している。だが私たちは人間を、自分のほうから見た見方で見るべきではなく、あらゆる視角から眺め、対応しなければいけない、と私は思った。つまり彼らと、いわばまったく先入観にとらわれていない仕方で付き合っていると言えるような、そんな仕方で付き合うべきなのだ。だがそんなことはできない。私たちは実際のところ誰に対しても先入観にとらわれてばかりいるからだ。女将はかつて私と同じく肺病だったっけ、と私は思った。その肺の病気を彼女は私と同様に自分の内から追い出し、清算することができたのだ。生きようという意志の力で。世に言うところのアップアップで小学校をなんとか卒業でき、と私は思った。その後、自分のおじから、このおじというのが今もって完全には解明されていない殺人事件に巻き込まれて二十年間の投獄を言い渡された人物なのだが、そのおじから旅館を引き継いだのだった。その女将のおじは、旅館に泊まっていたウィーンのいわゆる裁縫用品のセールスマンを、私が泊まっている部屋のとなりの部屋で近所の男といっしょに絞殺したということだった。このウィーンのセールスマンが持っていたとされる多額の金銭を手に入れるためだったという。ディヒテルミューレは、これがこの旅館の名前なのだが、この殺人事件以来いわば悪名を世にとどろかせることになった。最初の頃、つまり殺人事件が世間に知れ渡った当初、ディヒテルミューレは左前になり、二年以上も閉められていた。その後、裁判所が殺人犯の姪に、つまり女将のことだが、彼女にディヒテルミューレを帰属させると決定したのだった、と私は思った。ディヒテルミューレは再開し、姪が経営することになったわけだが、再開後は、当然のことながら、もはや殺人の前と同じディヒテルミューレではなかった。女将のこのおじの消息についてはなにも聞こえてこなかった、と私は思った。だがおそらく彼は、あらゆる殺人犯、そして二十年の判決を喰らった者と同様、それでも十二、三年後には釈放されたことだろう。もしかするともう生きていないのかもしれない、と私は思った。だが、女将におじさんのことを聞いてみようというつもりはなかった。なぜならこの殺人事件についてのすべての経緯《いきさつ》を、これはすでにもう何度か、しかも私のほうから女将にたのんで話してもらっているので、もう一度聞く気はなかったのだった。ウィーンのセールスマン殺しは当時大きなセンセーションを巻き起こし、裁判のあいだ新聞は毎日これをたくさん記事にしていた。そしてディヒテルミューレは、すでに閉められていたのだが、何週間も野次馬に取り囲まれた。ディヒテルミューレにはとくに注目すべきものなどなにもないのにである。ディヒテルミューレは、殺人事件以後、殺人の家《モルトハウス》ともっぱら呼ばれるようになった。ディヒテルミューレに行くと言おうとするとき、殺人の家《モルトハウス》に行くと人々は言い、この言い方はすっかり定着してしまったのだった。裁判は情況証拠をめぐる裁判だった、と私は思った。そして実際に女将のおじについても、またその共犯者についても、殺人を立証できなかった。共犯者とされた男の家族は、この殺人事件の経緯から世に言う不幸のどん底に落ちていった。いわゆる道路工夫だったこの男については、裁判所さえもが、こうした卑劣な殺人を女将のおじといっしょに行うとは思えないとしたということだが、彼女のおじという人もまた、いつもどこでも、慎ましく、いい人で、またどこまでもしっかりとした性格の人だと言われていたし、また今でも、そうした慎ましくいい人で性格もしっかりとした人だと、彼を知っていた人たちから言われている。だが陪審員たちは、最高刑を女将のおじについてばかりではなく、元道路工夫についても言い渡した。こちらの男は、私の知るところではこの間に死んだのだが、その夫人が繰り返し言うには、ほんとうに無罪なのに人間憎悪の陪審員たちの犠牲になってしまったことに絶望して死んだということだった。裁判というものは、たとえ罪のない人々とその家族をその一生にわたって滅ぼしたとしても、ほおかぶりなのだ、と私は思った。陪審員たちというものは、いつもそのときの気分にしたがって評決を出すというばかりではなく、さらに自分となんら変わらぬ人たちへの抑えがたい憎悪というものをもっていて、自分たちが罪のない人たちに対して取り返しようもない犯罪行為を犯してしまったということが早々にわかっていたとしても、そうした誤った判断と自分じしんとを、あっという間にもうよしとばかりに許してしまうのだ。陪審員たちによるすべての評決の半分が、言わせてもらえば誤った判断に基づいている、と私は思った。そして私は確信しているのだが、いわゆるディヒテル、ミュール訴訟は百パーセントそのケース、つまり陪審員たちの誤った判断でけりがついた事件なのである。オーストリアの地方裁判所は、そこでは陪審員たちの誤った評決が毎年何十となく下されるというこ とで、つまり何十という無罪の人たちの不幸の責を負っているということで有名だ。それらの人たちは刑務所の中で多くは終身にわたる刑期をつとめ上げるのだ。世に言う社会復帰をいつかさせてもらえるといった見込みもなしに。そもそも、と私は思った。わが国の監獄と刑務所には有罪者よりも無罪者のほうが多く入っている。良心を欠いた裁判官や、人間を憎悪している、つまり自分となんら変わらぬ人たちを憎悪している陪審員たちがそれだけ多くいるからだ。その彼らは自分たちじしんの醜悪さと不幸のうらみを、ぞっとするような情況によって法廷に引き出され、彼らに引き渡されたあれらの人たちに向かって晴らしているのである。オーストリアの裁判というものは非道きわまりないもので、と私は思った。新聞をていねいに読めば繰り返しそれがわかるはずだ。だがその犯罪行為のごくわずかの部分しか発覚せず、公表されもしないということがわかれば、もっと極悪非道ということになるにちがいない。私じしんは、女将のおじが、十三、四年前に烙印を押されたような殺人犯とか、あるいは殺人の幇助者とかではないと確信している、と私は思った。道路工夫についても私はほんとうに罪を犯していないとみなしている。じっさい私は裁判についての報道をいまだによく覚えているが、ほんとうのところは、ふたりとも、つまり女将のおじ、いわゆるディヒテルの亭主《おやじ》も、その隣人、つまり道路工夫も、どう考えても無罪が言い渡されねばならないはずだったのだ。これには最終的には検事も賛成していたのだが、陪審員たちが共犯による卑劣な謀殺と評決し、ディヒテルの亭主と道路工夫をガルステン(61)の刑務所にぶち込んだのだった、と私は思った。そして、こうした恐るべき裁判を世に言うむしかえしをして再検討を迫る勇気と力とかねをもっている人がいない場合には、ディヒテルの亭主と道路工夫の場合のような、あのような誤った判決がそのまま存続する。二名のほんとうに無実の人たちに対する、あのような恐るべき不法行為が。そうした人たちと、人々、すなわち社会は、結局のところ永遠にこれ以上関わりたくないのであり、罪を犯しているのかそれとも無実なのかということは、なんの役割も果たさないのである。ディヒテルミューレ訴訟のことを、この事件はいつもそう呼ばれているのだが、私は思い出し、窓際の席にすわっている間じゅうずっと、そのことを考え続けていたのだった。それは写真を見つけたからだった。その写真というのは、目のまえの壁に留められていたもので、旅籠《はたご》の亭主の服装をしてパイプをふかしているディヒテルの亭主を写したものだった。そして私が思ったのは、おそらく女将は、ディヒテルミューレが、つまり自分が生きてゆけるということが、おじのおかげであるという感謝の気持ちだけから、この写真をあそこの壁に鋲で留めたわけではなく、ディヒテルミューラーという男が、あるいはディヒテルの亭主と呼んだほうがふさわしいだろうが、その彼が完全に忘れられてしまうことがないようにという目的もあってそうしている、ということだった。だが、実際に、そして深くディヒテルミューレ訴訟に携わっていた多くの人たちは、とうに死んでしまっている、と私は思った。そして今日の人々は、この写真を見てもまったくどうしようもない。ディヒテルミューレには、だが疑いなく、ひとつの重大犯罪のこうしたある種の臭いが残っていた、と私は思った。それは当然のことながら人々を惹きつける。私たちは、人々が嫌疑を受け、訴追され、投獄されるのを見るのは嫌いではない、と私は思った。これはほんとうだ。犯罪が明るみに出ると、と自分の目のまえの写真を眺めながら私は思った。私は、調理場から出てきたら女将に、おじさんはどうしたのかと聞いてみよう、と思った。私は自分に向かって、女将に聞いてみようと言ったり、聞かないことにしようと言ってみたりだった。女将に聞く、聞かない、と繰り返しながら、ディヒテルの亭主が写った写真をずっと眺めていた。そして、女将に彼のことを訊ねよう、いや、彼のことを訊ねないことにしよう、などなどと思っていた。いわゆる単純素朴な人間が、ほんとうは単純素朴な人間などではないのだが、そんな人間が突然、自分の身のまわりから引き離され、実際に一夜にして刑務所に送られる、と私は思った。そこから彼は、そもそも出られたとしてだが、もはや完全に破壊された人間となって出て来るばかりなのだ。司法による廃人となって、と、私は自分に向かって言わずにはいられなかった。これには最終的には社会全体が罪を負っているのだ。じつさい新聞各紙は、すでに裁判が終わった直後に、ディヒテルの亭主ならびに道路工夫がほんとうは無実なのではないだろうかという疑問を投げかけた。そして、これに関連したコメントも掲載されたのだったが、裁判が終わってから二、三日もすると、ディヒテルミューレ訴訟についてはは、もうなにも語られなくなってしまったのだった。このコメントからはっきり読み取れたことは、殺人犯という烙印を押され判決されたふたりはまったく殺人を犯しようがなかったということであり、第三の人物、あるいは何人かの第三の人物たちが、殺人を行ったにちがいないのである。だが、じっさい陪審員たちはすでに評決を述べてしまっていたし、裁判はむしかえしにはされなかった、と私は思った。実際に生涯で、われわれの世界のこうした刑法的側面ほどに情熱を掻きたて、私の心を奪うものはほとんどなかった。われわれの世界の、ということはこの社会の、こうした刑法的側面を追うと、私たちは、世に言われるように、毎日驚きを体験するのだ。女将が大なり小なり疲れ果てて調理場から出て来て私のテーブルのところにすわったとき、彼女は洗濯物を洗い、そしてしばらくのあいだ調理場でむっとした空気にげっそりとして出て来たのだが、私はそれでも彼女に、おじさんは、つまりディヒテルの亭主はどうなったのかと訊ねた。だが、ぶっきらぼうにではなく、きわめて注意ぶかい聞き方でだった。おじはヒルシュバッハ(62)の兄弟のところに行ったと彼女は言った。ヒルシュバッハはチェコとの国境の小さな村で、彼女じしんも一度しか行ったことがなく、それももう何年も前のことだという。当時は息子が三歳になったばかりだった。彼女のつもりでは、おじに息子を見せて、まだ充分にそのためのかねを持っていると思われるおじに窮状を救ってもらう、つまりかねをもらおう、ということだったのだ。ただただこの目的のために息子を連れてチェコとの国境のヒルシュバッハまでの辛い旅を思い立ったのだった。夫が、つまり息子の父親が死んでから半年後のことで、不運なことばかりだったにもかかわらず息子はしっかりと育っていた。だが彼女をおじはまったく歓迎せず、兄弟を通じて、いないと伝え、彼女が息子といっしょに待つのを諦めてヴァンクハムに帰るまで姿を現さなかったという。無駄足だった。ひとりの人間がこんなにも冷酷になりうるなんて、と彼女は言った。だがいっぽうで彼女はおじが理解できるという。あの人はディヒテルミューレとヴァンクハムについてなにも聞きたくなかったのよ、と彼女は言った。どれほどの期間であれ刑務所に入っていた人たちは、釈放されても、自分がそこからやって来たその場所にはもう帰らないものだ、と私は言った。女将はおじから、少なくとも二番目のいわゆるヒルシュバッハのおじからは、今後の生活のための援助が得られることを期待していたのだったが、そうした援助は、最後の親類縁者であった、また今でもそうである、ほかならぬこのふたりからは得ることはできなかったのである。しかも女将は、ふたりが、ヒルシュバッハのような所では当然の貧しい暮らしぶりではあるものの、なおかなりの自由に使える財産をもっているということを知っていた。ふたりのおじの財産がどれほどのものと見込まれるか、女将は正確な数字こそ出さなかったが、およその見当をほのめかしさえした。涙が出るほど少ない額だ、と私は思った。それが女将には、自分にとって決定的な援助をじゅうぶん捻出できるほどたくさんの額に思えたのだ、と私は思った。老人たちは、もうなにも使わないにもかかわらずけちであり、年を取れば取るほどそれだけいっそうけちになり、ほんのこれっぽっちも出しはしない。自分の子孫が目の前で餓死するかもしれなくてもだ。まったくおかまいなしなのだ。それから女将はヒルシュバッハまでの旅の模様を述べ立てた。ヴァンクハムからヒルシュバッハまで行くのはどれほど厄介か、病気の子供を連れて三回も乗り換えなければならなかったこと、ヒルシュバッハまで行って一銭にもならなかったばかりか咽喉炎をもらってきてしまったこと、そんなことをだった。重い咽喉炎で何ヵ月も治らなかった、と彼女は言った。ヒルシュバッハを訪ねたあと、女将は、おじが写った写真を壁から取りはずしてしまおうと思ったが、結局はそれを壁にかけたままにしておいた。お客のことを考えてである。もしそんなことをしたら、客たちはきっと、なぜ写真を壁からはがしたかと訊ねたことだろう。みんなに何度も同じ話をする気はしなかった、と彼女は言った。もしそんなことをしたら急にまたみんな訴訟のことについてのすべてが知りたくなったことだろう、と彼女は言った。そんなことには関わり合っていられなかった、と言うのだった。だが、写真のおじのことをヒルシュバッハに行く以前は愛していたが、ヒルシュバッハから戻って来た以後はもう憎むことしかできないのは事実だと彼女は言い、おじに対して自分は理解の気持ちを注ぎ尽くしたのに、おじのほうは自分を少しも理解してくれなかった、と言うのだった。結局のところ自分がディヒテルミューレをふたたび旅館としてやってゆくことになったとき状況は最悪だったわけだけれど、と彼女は言った。でも駄目にはしなかったし、売りもしなかった。そうする機会はいくらでもあったのに。夫は旅館業にまったく関心がなかった人で、と彼女は言った。レーガウ(63)の謝肉祭の催しで出会ったのだった。レーガウの旅館が売り払おうとしていた肘掛け椅子を自分の旅館のために買おうと、レーガウまで出掛けて行ったのだということだった。人の好さそうな男が連れもなく、まったくひとりきりですわっているのがすぐに目に入った。同じテーブルにすわって、そしてヴァンクハムまで連れて来てしまった。それでそのままい続けることになったわけだけれど、旅館の主人にはまったく向かない人だった、と彼女は言った。ここでは妻たちはみな、と、実際に彼女は妻たちという言葉を使ったのだが、ほんとうに妻たちはみな、夫がパルプ攪拌機の中に落ちたり、あるいはパルプ攪拌機に少なくとも片手とか指の何本かをもぎ取られるということをつねに覚悟しておかねばならないの、と彼女は言った。ほんとうのところパルプ攪拌機での怪我は日常茶飯事だし、このあたりにはパルプ攪拌機のために不具になった男たちばかりがごろごろしているわ。ここの男たちの九十パーセントは製紙工場で働いているの、と彼女は言った。子供の将来についても、ここではみんなが、自分と同じく製紙工場に行かせようということのほかにはなにも考えない、と彼女は言った。何世代にもわたって同じメカニズムなのだ、と私は思った。だから製紙工場が廃止されれば、と彼女は言った。そうしたらみんな茫然とつっ立っているしかない。この製紙工場が閉鎖されるのはまったく差し迫った時間の問題だと彼女は言うのだった。製紙工場は国営の事業だから他の国営の事業と同様に何十億もの赤字があり、そのために間もなく閉鎖せざるをえないのはどこからみても確かだというのである。ここでは何もかもが製紙工場の上に成り立っているから、もしもこれが閉鎖されたらみんなおしまいだ。そうしたら自分もやってはゆけない。客の九十パーセントは製紙工たちなので、と彼女は言い、製紙工たちは少なくともかねを落としてくれる、と言った。木こりたちのほうはぜんぜん。農民は何人かがせいぜい年に一、二度顔を見せるだけ。あの連中は裁判沙汰があって以来ディヒテルミューレを避けていて、入って来れば来るで必ず不愉快な質問をする、と、そう彼女は言うのだった。こうした絶望的な将来については、もう長いこと、なんのかんのと考えたりしないことにしている。なにがやって来ようと、どうでもいい。とうとう息子も十二になった。十四歳になれば、じっさいこのあたりではみんないつも自立できるようになっている。将来にはまったくなんの関心もないわ、と彼女は言った。あのヴェルトハイマーさんは、と、そう彼女は言った。いつも大歓迎のお客だった。でもああした上流の旦那がたは、この自分のような生活、こうしたディヒテルミューレのような旅館をやってゆくということがどんなことなのか、まったくわかってはいない。あの人たち（上流の旦那がた！）は、いつも意味がよくわからないことばかりしゃべっていて、なんの心配もなく、自分のかねと時間でなにをしたらよいかとあれこれ考えることに全時間を費やしている。この自分は一度だって充分なかねを、そして一度だって充分な時間を手にしたことがないけれど、一度も不幸だったためしがない。上流の旦那がたとは違って、と彼女は実際にそんな言い方をした。そういう人たちとは違ってね。いつも充分にかねと、そして充分に時間がありながら、自分の不幸についていつも語っているような。女将は、いつも自分に向かってヴェルトハイマーが、ぼくは不幸な人間だとばかり言っていたが、それがまったく理解できない、と言った。しばしばヴェルトハイマーは真夜中の一時まで食堂にすわって女将に向かって泣き言を言っていたということで、女将が言うには、かわいそうになり、ヴェルトハイマーが夜中にはもうトライヒに帰りたくはないと言うので、上の自分の部屋まで連れていったということだった。なんといっても幸せになるためのあらゆる可能性を手にしている、あのヴェルトハイマーさんのような人たちが、そうした可能性のすべてをぜんぜん一度だって使わないとは、と彼女は言った。あんな立派な家があって、ひとりであんなにたくさんの不幸を抱えるとは、とも彼女は言った。根本的にはヴェルトハイマーの自殺は自分には驚きではなかった。ただあんなことをしてはいけなかった。よりにもよってツィツェルスに行って妹の家の前の木で首を吊るなんて。それは許せない。女将がヴェルトハイマーさんと言うときのその言い方は、心がこもっているようでもあり、同時に不快な感じでもあった。一度あの方にお金を無心したことがあるの。でもくれなかったわ、と彼女は言った。新しい冷蔵庫を買うために貸付金がどうしても必要だったのですもの。でも、あの人たち、お金持ちの人たちって冷たいのね、と彼女は言った。ことお金のこととなると。しかもヴェルトハイマーは何百万ものかねを窓からばらまいて暮らしていたのに、と言うのだった。私についても女将はヴェルトハイマーと同じだと値踏みしているということだった。裕福で、いやそれどころか金持ちで、そしてしかも非人間的だというふうにである。というのも彼女は出し抜けに、裕福な人や金持ちの人はみな非人間的だと言ったからだ。そこで私は、ではそう言う彼女は人間的なのだろうか、と訊ねたのだったっけ。それには彼女はなにも答えなかった。そして立ち上がると、ビール運搬人たちを出迎えに行った。彼らは大きなトラックをとめて旅館の前で立ち続けていたのである。女将が話してくれたことで頭がいっぱいだった。そのために私はトライヒに行こうとすぐには立ち上がらず、そのまますわってビール運搬人たち、そしてなによりも女将を観察していた。女将は明らかにこのビール運搬人たちとは、旅館にやって来る他のどんな人たちよりも親密な仲のようだった。ビール運搬人というものに小さな子供の頃から魅了されていた私だったが、じつにこの日もそうだった。彼らはトラックからビールの樽を降ろすと、それらを入り口のところを通って転がしてきて、それから女将の前でなんと最初の樽の口を開け、女将といっしょにわきのテーブルを囲んだのだったが、私はその模様にすっかり見惚れてしまった。子供の頃はビール運搬人になりたかったし、やってみたかったものだった。ビール運搬人にすっかり感心し、と私は思った。ビール運搬人をいくら見ても見飽きることがなかった。かたわらのテーブルについてビール運搬人を観察しながら、私は、ふとこうした子供の頃の気持ちにふたたびとらわれていたのだったが、それほど長い間これにひたっていたわけではなかった。立ち上がり、ディヒテルミューレを出て、トライヒに向かったのである。女将に、夕方、あるいはもっと早く、都合しだいで帰って来るし、夕食を楽しみにしている、と言うことも忘れなかった。外に出るとき、ビール運搬人が女将に、あいつは何者だと訊ねているのが聞こえた。私は誰にもまして耳がいいので、さらに女将が私の名前を囁き、スイスで自殺したヴェルトハイマーの友達なの、と言い添えるのも聞いた。よくよく考えてみると、今トライヒに行くのはよして、食堂にすわってビール運搬人と女将との話に聞き耳を立てていたほうがよかったかもしれない、と私は立ち去りながら思った。いちばんいいのは、ビール運搬人と同じテーブルを囲んで、彼らとビールを飲むことだった。私たちはいつも、まさにこうしたいわゆる素朴な人たちに対したとき、これまでずっと心ひかれるものを感じてきた、そんな人たちといっしょにすわっているのだといった思いを抱くが、私たちは、こういう素朴な人たちというものについて、当然のことながら彼らのほんとうの姿とはまったく異なったイメージを抱いている。というのも私たちがもし実際に彼らといっしょにすわれば、彼らが、私たちが思っていたのとは違った人たちであり、私たちは絶対に彼らの一員ではないということがわかる。私たちが自分にそう信じ込ませていたのとは違っているのであり、私たちは、彼らのテーブルにつき、彼らに囲まれていると、あの恐れていた、ずしりと身にこたえる侮辱をつねにこうむるばかりなのだ。そうした侮辱を理の当然として私たちは感じるわけで、私たちが彼らのテーブルについてなお、彼らの一員であるとか、ほんの一瞬でも罰を受けずに彼らといっしょにすわっていられるなどとか思ったとしたら、それは最大の誤りなのだ、と私は思った。一生にわたって私たちはこうした人たちに憧れを抱き、彼らのところに行きたく思う。ところが、彼らと向かい合ったとき感じたことを実行にうつしてみると、彼らにはねつけられるのだ。しかも容赦のないやり方で。しばしばヴェルトハイマーは、いわゆる素朴な人たちと、つまりいわゆる民衆と席をともにしたい、彼らの一員となりたいと切に思いながら、それにいかに挫折したかを話して聞かせてくれた。また彼はよく、民衆と同じテーブルにつくためにディヒテルミューレに行ったと話していた。だが、すでにこうした方向での最初の試みをしたときに、彼、つまりヴェルトハイマーとか、あるいは私のような人たちが、あっさりと民衆のテーブルにつけるなどと考えるのは誤りだということを思い知らされねばならなかったというのだった。私たちのような人間は、すでに早くから民衆のテーブルからは締め出されているのだ、と彼が言ったことを私は覚えている。私たちはすでにまったく別のテーブルにつくべく生まれついているのだ、と彼は言った。民衆のテーブルにではなく。だが私たちのような人間は、当然のことながら、いつも民衆のテーブルに惹かれる、と彼は言った。だが、民衆のテーブルにはなにもさがし求めることはできないのだ、と、そう彼が言ったことを私は覚えていた。ビール運搬人をやって生きていて、と私は思った。そして毎日毎日、ビールの樽を上げたり降ろしたりしては、それを転がしてオーバーエスターライヒの旅館や飲食店の門口を入り、こうした店の落ちぶれた女将たちみんなといつもいっしょにテーブルを囲み、そして毎日死ぬほど疲れてベッドに倒れ込む。三十年、四十年ものあいだ。私は深く息をつき、それからできるだけ早くトライヒに向かって歩いていった。私たちは田舎にいると、どんな時代になっても、そしていついかなる未来にあっても解決しがたい世界の問題と、都会にいるときよりもはるかに情け容赦のないかたちで対決させられている。都会でならば、なんといっても私たちは望みさえすればまったく無名《アノニム》のかたちで暮らせるのだ、と、そんなことを私は思った。私たちは田舎の醜悪さと恐ろしさに直接がつんと顔面を叩かれ、それから逃れられない。私たちは、この醜悪さと恐ろしさに、もし田舎に暮らそうものなら、間違いなくほんのごくわずかのうちに滅ぼされてしまう。こうした事態は変わることがなかった、と私は思った。私が田舎を去ってからも。デッセルブルンに戻れば、おしまいになるのは絶対確実だ。デッセルブルンに戻ることはもう考えられない。五、六年あとであっても、と私は自分に向かって言った。しかも長く離れていればいるほど、もうデッセルブルンに戻らないことがいっそう不可避なこととなる。マドリードかあるいは他の大都会にいて、と私は自分に向かって言った。田舎にだけはいないぞ。しかもオーバーエスターライヒの田舎なんか、金輪際ごめんだ、と私は思った。寒くて風が強かった。トライヒに行こうとアットナング＝プーフハイムで降り、ヴァンクハムまでやって来るなどとは、まったくの狂気に頭がやられてしまっていたのだ。この地方でヴェルトハイマーはおかしくなり、最後には気が狂わざるをえなかったのだ、と私は思い、そして自分に向かってこう言った。彼はつねに、まさにグレン・グールドがいつも言っていたとおりの破滅者《ウンターゲーアー》だった。ヴェルトハイマーは典型的な袋小路人間だったのだ、と私は自分に向かって言った。ひとつの袋小路から抜け出すと、またもやかならず別の袋小路に入ってしまった。なぜならトライヒはすでにひとつの袋小路だったし、のちにはウィーンもそうだった。もちろんザルツブルクも。というのもザルツブルクは彼にとって唯一無二の袋小路にほかならなかったからだ。モーツァルテウムもひとつの袋小路だったし、ウィーンの音楽院も。ピアノの勉強全体がひとつの袋小路だったのだ。そもそもこうした人間には、つねにひとつの袋小路かあるいは別の袋小路かという選択しかないのだ、と私は自分に向かって言った。この袋小路のメカニズムからけっして抜け出すことはできないのだ。彼ヴェルトハイマー、つまりあの破滅者《ウンターゲーアー》君はすでに破滅者《ウンターゲーアー》として生まれついていたのだ、と私は思った。彼はいつでも破滅者《ウンターゲーアー》だった。とは言え、よく身のまわりを見渡してみると、身のまわりはほとんどこうした破滅者の寄り集まりだということがわかる、と私は自分に向かって言った。ヴェルトハイマーのような袋小路人間の寄り集まりだ。ヴェルトハイマーはそうした袋小路人間で破滅者であることをすでに最初からグレン・グールドに見抜かれていた。彼のことを最初に破滅者《ウンターゲーアー》と呼んだのもグレン・グールドだった。容赦のない、だがどこまでもオープンなカナダ・アメリカ的な言い方で。グレン・グールドは、他の人たちが考えてはいても、けっして口には出さなかったことを、まったく遠慮会釈なく口にした。こうしたオープンで容赦のない、だがしかし役に立つアメリカ・カナダ的やり方を身につけていない他の人にはできないことだったのだ、と私は自分に向かって言った。みんなつねにヴェルトハイマーを破滅者《ウンターゲーアー》だとみてはいたが、破滅者《ウンターゲーアー》と呼ぶ勇気がなかった。だがもしかすると、想像力がないので、みんなそうした適切な呼び方を思いつかなかったのかもしれない、と私は思った。グレン・グールドはヴェルトハイマーに会った最初の瞬間にこの呼び名をつくり出した。冴えている、と、私は言わずにはいられない。ヴェルトハイマーをまず長いあいだ観察するといったこともせずに、すぐに破滅者《ウンターゲーアー》という呼び名を思いついたのだ。長いあいだ観察し、しかも何年もいっしょにいて、ようやく袋小路人間という概念にたどりついた私とは違う。私たちはつねに、こうした破滅者たち、またこうした袋小路人間たちと関わり合わねばならない、と私は自分に向かって言い、向かい風を受けながら足早に歩みを進めた。これらの破滅者たち、そしてこれらの袋小路人間たちから逃れるのは並大抵のことではない。というのもこれらの破滅者たち、そしてこれらの袋小路人間たちは、自分の身のまわりの人たちを暴君のように支配することに、いっしょにいる人間を殲滅することに全力をそそぐからだ、と私は自分に向かって言った。彼らは弱いので、そしてまさに弱い構造につくられているがために、まわりの人たちに壊滅的な作用をおよぼす力をもっているのだ、と私は思った。まわりの人たちやいっしょにいる人間への彼らの対し方は、と私は自分に向かって言った。私たちがはじめに想像するよりもずっと情け容赦がない。そして、私たちがその原動力、つまり彼らにまったく固有の破滅者メカニズム、袋小路人間メカニズムに気づいたとしても、たいていは、彼らから逃げ出すにはもう遅すぎるのだ。彼らはあらんかぎりの力をふりしぼって引きずり落とそうとする、と私は自分に向かって言った。彼らにとってはあらゆる犠牲が正当なのであって、たとえそれが自分の妹であってもそうなのだ、と私は思った。彼らは自分の不幸から、その破滅者メカニズムから、きわめて大きな利益をあげる、と、私はトライヒに向かいながら自分に向かって言った。だがもちろん、最終的にはそうした利益も彼らにはほとんどなんの役にも立たないのではあるが。ヴェルトハイマーは、つねに誤った前提にもとづいて人生に向かっていった、と私は自分に向かって言った。グレンとはちがって。グレンは、いつも正しい前提にもとづいて自分の生活を進めていた。ヴェルトハイマーは、その死についてさえグレン・グールドをねたんでいた、と私は自分に向かって言った。グレン・グールドの死さえもが堪えがたく、その後わずかして自殺してしまったのだ。ほんとうのところ自殺の引きがねとなったのは妹がスイスに去って行ってしまったことではなく、グレン・グールドがその芸術の頂点で、と私は言わざるをえないが、そうした頂点で卒中に見舞われたことに堪えられなくなったということだったのだ。ヴェルトハイマーが我慢できなかったのは、はじめは、グレン・グールドが自分よりもピアノを上手《うま》く弾くということだった。そして、急に天才グレン・グールドとなってしまったことが、と私は思った。それどころか世界的に有名になり、しかもそのうえさらに、その天才ぶり、その世界的名声が頂点をきわめたところで卒中に見舞われたということが、と私は思った。これに対してヴェルトハイマーにとっては自分の死、自分の手による死しかなかったのだ、と私は思った。誇大妄想の発作にとらわれながら彼はクールまでの列車の座席に腰をおろしたのだ、と私は今や自分に向かって言った。そしてツィツェルスまで行ってドゥットヴァイラー家の家の前で首を吊ったのだ。恥知らずにも。ドゥットヴァイラー家の連中といったいなにを話すべきだったのだろう、と私は自問したが、すぐになにもとほんとうに大きな声で自答した。妹に兄のヴェルトハイマーについて私がほんとうのところなにを思っていたのか、そして思っているのかを言うべきだったのだろうか、と私は思った。それはとても馬鹿げたことだ、と私は自分に向かって言った。ドゥットヴァイラー家のふたりは私があれこれ言ったら煩わしく思うばかりだったろうし、私もうまく話を続けてゆけなかったことだろう。でもドゥットヴァイラー家のふたりから食事に招かれたときはもっとていねいな調子で断ったほうがよかっただろう、と私は今になって思った。私は実際にふたりの招待をぞんざいであるばかりか絶対にそんなふうにしてはならないような調子で断ったのだった。にべもなく。がつんとくるような侮辱を彼らに与えたのだったが、今や私はそれが気になるのだった。私たちが不当に振る舞い、がつんとくるような侮辱を人々に与えるのは、ただただ今すぐにも大きな緊張から、人との不愉快な対面から逃れるためなのだ、と私は思った。というのも、ヴェルトハイマーを埋葬したあとドゥットヴァイラー家のふたりと顔をつき合わせているのは、きっと不愉快以外のなにものでもなかったことだろうと思われるのだ。私はすべてを、これ以上はっきりと見せられないくらいに取り出して見せてやったことだろう。ヴェルトハイマーに関するすべてのことを、私にとってつねに命取りとなっている不公正さと不精確さで。一言で言えば主観性によって。これは自分でつねに嫌ってきたものだったが、じつはこれに私はいつも陥りそうだったのである。そして、ドゥットヴァイラー家のふたりのほうも彼らのやり方でつくり上げてヴェルトハイマーの情況を話すことになったことだろう。そしてそれが、同じく誤った、不当なヴェルトハイマー像をつくり出すことになったことだろう、と私は自分に向かって言った。私たちは人間をいつもただただ誤って描写し、判断する。私たちは人間を不公正に判断し、卑劣に描写するのだ、と私は自分に向かって言った。描写するときでも、判断するときでも、いずれの場合も同じだ。クールでドゥットヴァイラー家のふたりとあのようなままで昼食を共にしていたならば誤解ばかりすることになり、最終的には両方の側ともやりきれない気持ちになったことだろう、と私は思った。だから招待を断ってすぐにオーストリアに戻ったのは、なかなか良かったのだ、と私は思った。アットナング＝プーフハイムで汽車を降りるべきではなかったのに。すぐにウィーンまで戻るべきだった。そして私の家に行き、一晩過ごしてマドリードに向かえばよかった、と私は思った。ヴェルトハイマーが遺産に残したトライヒを訪ねるために、不快きわまることながらヴァンクハムで不可欠なこうした一泊をすべく、あのようにアットナング＝プーフハイムで途中下車したことがもつセンチメンタルな要素について、私は自分を大目に見はしなかった。少なくともドゥットヴァイラー夫人に、誰が今トライヒにいるのか訊ねることはできたはずだ。というのも私は実際にトライヒに向かっていながら、誰がトライヒにいることがありうるのか、まったく見当もつかないでいたのだった。それというのも女将の情報はあてにはできなかったからだった。彼女はいつもたくさんしゃべるが、と私は思った。だがそれは、旅館の女将たちがみんなそうなように、いつも馬鹿げたことや間違ったことばかりなのだ。いやそれどころか、ドゥットヴァイラー夫人じしんがもうトライヒに来ているということだってありうる、と私は思った。それはあってもまったく不思議ではないことだった。つまり、彼女が私のように晩にではなく、もしかするとすでに午後のうちに、あるいはそれどころか昼にクールからトライヒに向かったかもしれないのだ。ほかに誰が今トライヒのめんどうを見るというのだろうか、と私は思った。妹がやらなければ。妹は今ならば、ヴェルトハイマーが死んでクールに葬られているのだから、もう彼を恐れる必要はまったくないのだ。彼女を苦しめる人は死んだ、と私は思った。彼女をめちゃくちゃにする人はあの世に行ってしまって、もうここにはいない。自分についてとやかく言われることも、もうないだろう。いつものように私は今も誇張した言い方をしてしまった。ヴェルトハイマーのことを突然、妹を苦しめる人、めちゃくちゃにする人と呼んでしまったことには自分でも心苦しい思いがする。こんなふうに、と私は思った。いつも私は他人に対して振る舞うのだ。不公正に、いやそれどころか犯罪的に。こうした不公正な性質につねに私は悩まされてきた、と私は思った。あのドゥットヴァイラー氏だって、最初に会ったときからいやな感じがしたが、今思うに、もしかするとそれほどいやな人物ではないのかもしれない。きっと彼はトライヒには関心がないだろう。そもそもヴェルトハイマーの利害関係に少しも関心がないだろう、と私は自分に向かって言った。ヴェルトハイマーがトライヒとウィーンに遺産として残したものについてはそもそもまったく関心がないように思われる、と私は思った。もし関心があるとすれば、ドゥットヴァイラー氏はヴェルトハイマーが残した金銭にだけであって、それ以外のヴェルトハイマーの遺産にはほとんどまったく関心がないのだ。だがこれに、思うにあの妹は絶大な関心をもっているに違いない。というのも私には、と私は思った。彼女がドゥットヴァイラー氏と結婚したことによって、兄の遺産などどうでもいいというほどきっぱりと、かつ最終的に、兄から離れることができたとは思えないからだ。まったくその反対に、今やここで私は、彼女がまさに兄から、そのいわばこれ見よがしの自殺によって解放された今となって、ヴェルトハイマーに関連したすべてについて、急に、これほどの強い関心をもったことはないというほどに強い関心をもち始めていると推測し、それどころか今や兄のいわゆる精神科学上の遺産にも関心を示しているのではないかと思いさえするのである。世に言うところの胸中に、私は、彼女がもうすでにトライヒにいて、何十万とは言わないまでも兄が残した何千ものメモ書きを一心に読みふけり、くまなく調べつくしている姿を思い浮かべた。それから私はまたもや、ヴェルトハイマーは一枚のメモだって残していない、と思った。そのほうが、いわゆる文学的な遺産を残すよりも彼にはふさわしい。そうしたものに彼じしんはまったく関心がなかった。それは、とにもかくにも彼からいつも聞いていたとおりだ。本心から彼がそう言っていたとは言うことができないにしても、と私は思った。というのも、精神的な生産に従事している人たちは、自分はこれをたいしたこととは思っていないといつも口では言うが、じつは反対にたいへん大切に思っているのであり、ただそれを口に出さないだけなのである。彼らは、そうした彼らの言うところの勝手な思い込みを恥じているからで、少なくとも人前で恥じないですむようにと自分の仕事をこきおろすのだ。ヴェルトハイマーも彼のいわゆる精神科学についてそのような偽装工作を行ったのではなかったか、と私は思った。彼ならいかにもやりそうなことだった。そうだとすれば、彼の精神的仕事を眺めわたすチャンスがほんとうにある、と私は思った。急に寒くなってきたので私は上着の襟を立てずにはいられなかった。私たちは何度も原因を問い、しだいに次から次といろいろな可能性を考えてきている、と私は思った。グレンの死がヴエルトハイマーの死のほんとうの原因だ、と何度も私は思った。ヴェルトハイマーの妹がツィッツエルスのドゥットヴァイラーのところに行ってしまったためではない。原因は、私たちが言っている以上に、もっとはるかに深いものがあるのだ。ホロヴィッツの講座のときザルツブルクでグレンが弾いたゴルトベルク変奏曲に原因があったのだ。〈平均律ピアノ曲集〉が原因だ、と私は思った。ヴェルトハイマーの妹が四十六歳で兄のもとを去ってしまったということが原因ではないのだ。ヴェルトハイマーの妹は、実際にヴェルトハイマーの死について責任はない、と私は思った。ヴェルトハイマーは、と私は思った。自分の自殺の責任を妹になすりつけようとしたのだ。ほかならぬグレンが演奏した〈ゴルトベルク変奏曲〉、そしてまた〈平均律ピアノ曲集〉に自殺の、またそもそも人生の破局の責任があるのだという事実をはぐらかすためにそうしたのだ。だがヴェルトハイマーの破局の始まりは、グレン・グールドがヴェルトハイマーに向かって、きみは破滅者《ウンターゲーアー》だ、と言ったその瞬間にじっさいすでにやって来ていた。自分がそれであることをヴェルトハイマーはすでにいつも自覚していたのだったが、グレンにまったく突然、しかも先入観なく、と私は言わねばならないのだが、そんなかたちで、カナダ・アメリカ的にずばりと表現されたのだった。グレンは破滅者《ウンターゲーアー》という彼の言葉でヴェルトハイマーに致命傷を負わせたのだ、と私は思った。それは、ヴェルトハイマーがこの概念をそのとき初めて耳にしたからではなく、ヴェルトハイマーが破滅者《ウンターゲーアー》という言葉を知りはしなかったものの破滅者《ウンターゲーアー》という概念はとうに熟知していたところに、グレン・グールドが決定的瞬間に破滅者《ウンターゲーアー》という言葉を発したからだった、と私は思った。私たちはひとつの言葉を口にして、ひとりの人間を滅ぼす。この滅ぼされた人間のほうは、彼を滅ぼす言葉を私たちが発したその瞬間には、その致命的な事態についてさとりはしない、と私は思った。致命的な概念であるそうした致命的な言葉に直面させられたそうした人は、当の言葉とその概念がもつ致命的な作用につゆほども気づかない、と私は思った。グレンは、ホロヴィッツの講座が始まるより前に、すでにヴェルトハイマーに向かって破滅者《ウンターゲーアー》という言葉を口にしていた、と私は思った。それどころか私は、グレンがヴェルトハイマーに向かって破滅者《ウンターゲーアー》という言葉を口にした正確な時間さえ言ってみせることができる。私たちは致命的な言葉を人に向かって口にするが、当然のことながら、口にしたその瞬間に、自分がほんとうに致命的な言葉をその人に向かって口にしたのだということがわかるわけではない、と私は思った。きみは破滅者《ウンターゲーアー》だ、とグレンがモーツァルテウムでヴェルトハイマーに向かって言ってから二十八年たって、そしてアメリカで彼にそう言ってから十二年して、ヴェルトハイマーは自殺したのだ。自殺者なんてくだらない、とヴェルトハイマーはしばしば言っていた。首を吊る連中は中でもいちばん忌まわしい、とも言っていたっけ、と私は思った。むろん今となってみると奇妙に思われるのは、彼はよく自殺について話したが、そのさいつねに自殺者のことを大なり小なり、こう言わざるをえないのだが、笑い草にしていたということだ。いつも自殺と自殺者とについて、どちらの概念ともあたかも自分にはいささかも関係ないかのように語り、どちらとも自分にとっては問題外のことだと言っていた彼なのだった。この私のほうが自殺人間だ、と彼がしばしば言っていたのを、トライヒに向かいながら私は思い出した。あぶないのはこの私であって自分ではない、と。彼はまた自分の妹も自殺しかねないと思っていた。おそらくは妹の実際の状況をいちばんよく知っていたから、妹の絶対に逃げ道のない状態を熟知していたからだろう。しかも誰よりも。彼はしばしば自分で言っていたように、自分の手足である妹のことは見抜いていると思っていたのだった。だがしかし妹は、自殺するかわりにスイスのドゥットヴァイラーのもとに去り、ドゥットヴァイラー氏と結婚したのだ、と私は思った。結局のところヴェルトハイマーは、反感をおぼえる忌まわしいやり方だと自分で言っていたやり方で、よりにもよってスイスで自殺した。つまり妹のほうはスイスに行き、自殺するかわりに、化学を営んで金持ちのドゥットヴァイラーと婚姻を結んだが、彼のほうは、ツィツェルスで木に首を吊って死んだのだ、と私は思った。彼はホロヴィッツのところで学ぼうと思い、と私は思った。グレン・グールドに滅ぼされたのだ。グレンは自分にとって理想的な時点で死んだ。だがヴェルトハイマーは自分にとって理想的な時点で自殺したのではなかった、と私は思った。もし私がグレン・グールドについての記述をほんとうにもういちど試みるとするならば、と私は思った。そうしたら私は、これにヴェルトハイマーについての彼の記述も含めなければならないだろう。となると、誰がこの記述の中心になるのかおぼつかない。グレン・グールドか、それともヴェルトハイマーか、と私は思った。グレン・グールドから始めることになるだろう。〈ゴルトベルク変奏曲〉と〈平均律ピアノ曲集〉から。だがヴェルトハイマーがこの記述では決定的な役割を演じることになるだろう。私に関連してはそうだ。なぜなら私にとってグレン・グールドはつねにヴェルトハイマーと結び合わさっていたからだ。それがどんな関係であったにせよである。逆にまたヴェルトハイマーはグレン・グールドと結び合ってもいたのだ。だがもしかすると結局全体としては、やはりグレン・グールドがヴェルトハイマーへの関係においてより大きな役割を演じたのであって、その逆ではないのだ。実際の出発点はホロヴィッツの講座となるはずだ、と私は思った。レオポルツクローンの彫刻家の家。たがいにまったく依存し合うことなしにたがいに近づき合っていったという事実。二十八年前、人生にとって決定的だった、と私は思った。ヴェルトハイマーのベーゼンドルファーに対してグレン・グールドのシュタインウェイ、と私は思った。グレン・グールドの〈ゴルトベルク変奏曲〉に対してヴェルトハイマーの〈フーガの技法〉、と私は思った。グレン・グールドが天才なのはホロヴィッツのおかげではないことは明らかだ、と私は思った。だがヴェルトハイマーの崩壊と破滅についてはホロヴィッツに責任があると言っていい、と私は思った。なぜなら、ヴェルトハイマーはホロヴィッツの名前に惹かれてザルツブルクにやって来たのであり、ホロヴィッツの名前がなければけっしてザルツブルクになどやっては来なかっただろうからだ。いずれにせよ、この彼にとっての宿命の年にはやって来なかっただろうからだ。なんといっても〈ゴルトベルク変奏曲〉は、一生のあいだ不眠に苦しめられていた人がただただ不眠を我慢できるようにとの目的で作曲されたものだったのに、と私は思った。それがヴェルトハイマーを殺した。そもそも気持ちを慰めるためにと作曲されたものだったのに、ほぼ二百五十年ののちに、絶望的なひとりの人間を、つまりヴェルトハイマーを殺したのだ、と、トライヒに向かいながら私は思った。もし二十八年前、ヴェルトハイマーがモーツァルテウムの二階にある三十三号室の前を通りかからなかったならば、それはちょうど午後の四時だったことを私は覚えているのだが、そうだったなら、彼は二十八年後にクールまで行ってツィツェルスで首を吊ったりなどしなかったことだろう、と私は思った。ヴェルトハイマーの不運は、モーツァルテウムの三十三号室の前を、その部屋でグレン・グールドがいわゆる「アリア[64]」を弾いていたまさにそのときに通りかかったことだった。三十三号室のドアの前に立ったままで「アリア」が終わるまでグレンの演奏を聴いていたと、ヴェルトハイマーはその体験を私に話して聞かせてくれた。なにがショックなのか、当時私にははっきりとわかっていた、と今、私は思った。いわゆる神童グレン・グールドということについては、私たち、つまりヴェルトハイマーと私はまったく知らなかった。たとえそうしたことについてなにがしか知っていたとしても、私たちはそれを本気にはしなかっただろう、と私は思った、グレン・グールドは神童などではなかった。最初からピアノの天才だったのだ、と私は思った。すでに子供のときから彼は名人芸では満足できなかったのだ。私たち、つまりヴェルトハイマーと私は、いわば自分を隔離するための家を田舎にもち、そしてそこを逃れた。グレン・グールドは隔離用の檻、と彼は自分のスタジオをそう呼んでいたのだが、それをアメリカ、ニューヨークの近くに建てた。彼がヴェルトハイマーを破滅者《ウンターゲーアー》と呼んだのに対して、私は、彼、つまりグレンを非順応者《ニヒト・アクツェプティーラー》と呼ぶことにしよう、と私は思った。だが一九五三年を、私はヴェルトハイマーにとっての宿命の年と呼ばざるをえない。というのも一九五三年に、グレン・グールドはレオポルツクローンで〈ゴルトベルク変奏曲〉を、私たちが住んでいた彫刻家の家で、誰のためでもない、ヴェルトハイマーとこの私のために弾いてくれたのだ。それは彼がまさに同じ〈ゴルトベルク変奏曲〉で、世に言うところの一夜にして世界的に有名になる数年前のことになる。一九五三年にグレン・グールドはヴェルトハイマーを滅ぼしたのだ、と私は思った。一九五四年は彼の消息をぜんぜん耳にしなかった。一九五五年に彼は〈ゴルトベルク変奏曲〉を祝祭劇場[65]で演奏した。ヴェルトハイマーと私は舞台の天井の梁構えのところから彼を聴いた。何人かの劇場の裏方の人たちといっしょだった。彼らはふつう、けっしてピアノのコンサートなど聴かなかったのだが、グレン・グールドの演奏には心を奪われていたのだった。まさに吹き出すような汗をかいていたグレン。ヴェルトハイマーを遠慮会釈なく破滅者《ウンターゲーアー》と呼んだカナダのアメリカ人、グレン。あのガンスホーフで、およそ人間の笑いでそれ以前にもそれ以後にも聞いたことがないような笑い方で笑ったグレン。と、ヴェルトハイマーと比較しながら、そう私は思った。ヴェルトハイマーはちょうどぴったり正反対の人間だった。私にはこの正反対ぶりを書き表わすことができないにしてもだ。でもやってみることにしよう、と私は思った。グレンについての試論にふたたび手をつけ始めたならば。カレ・デル・プラドに自分を閉じ込めてグレンについて書くことになるだろう、と私は思った。そうすればまったくひとりでにヴェルトハイマーのことがはっきりとわかるようになるだろう、グレン・グールドについて書くことによって、ヴェルトハイマーについてはっきりと解明することができるだろう、と、トライヒへの道すがら私は思った。速く歩きすぎていたので歩きながら息切れがしてしまっていた。もうすでに二十年以上も苦しんでいる私の宿痾《しゅくあ》である。ひとり（グレン・グールド）のことについて書くことによって、もうひとり（ヴェルトハイマー）のことについてはっきりと解明することができるだろう、と私は思った。ひとり（グレン）の〈ゴルトベルク変奏曲〉（と〈フーガの技法〉）を何度も聴くことによって、それらについて書くことができるようになり、そのことによって、もうひとり（ヴェルトハイマー）の芸術（あるいは非芸術！）にいっそう通じるようになり、それを書くこともできるようになるだろう、と私は思ったが、すると急にマドリードが、私のカレ・デル・プラドが、私のスペインの住まいが、これまでひとつの場所についてこれほど恋しいとは思ったことのないほどに恋しくなった。もともと、こうしてトライヒまで行くのに陰鬱な気持ちになってはいたが、さらにそれが、何度も思ったことなのだが、無意味なことに思われてきた。あるいは、それほど無意味ではないということになるのではないだろうか。この瞬間《とき》思ったほどには、と思い、さらに歩みを速めてトライヒに向かっていった。私はその狩の家を知っていた。ぜんぜん変わっていなかった、というのが最初の印象だった。ヴェルトハイマーのような人間には理想的な建物であるにちがいない、というのが二番目の印象だった。だがしかしすぐに、彼にとってけっして理想的な建物ではなかったのではないか。まったく逆だ、と思った。同じようにデッセルブルンも私にとってけっして理想的な建物ではなく、その逆だったのであるし、いまでもそうなのであり、と私は思った。デッセルブルンが私（そして私と同じような人たち）にとって理想的であるかのようにすべての点で見えたにしてもである。私たちはひとつの建物を見て、それが私たち（そして私たちと同じような人たち）にとって理想的なものと思うが、それは、そもそも私たちの目的にとって、そして私たちと同じような人たちの目的にとって理想的ではないのだ、と私は思った。それはちょうど、私たちがひとりの人間を自分にとって理想的だと見るが、しかしその人間はなにはともあれおよそ自分にとって理想的ということだけはありえないのと同じだ、と私は思った。トライヒは閉められているという私の推測は当たってはいなかった。庭への門は開いていたし、家のドアさえも開いていた。私は遠くからそれを見てとり、そのまま庭を通り抜け、家のドアから中に入った。顔見知りの木こりのフランツ（コールローザー）が私にあいさつした。ヴェルトハイマーの自殺を今朝になって聞いたということだった。みんなぎょっとした、と彼は言った。ヴェルトハイマーの妹は明日やって来ると知らせてきた、と彼は言った。あのドゥットヴァイラー夫人が。中に入ってください。部屋の窓を全部開けて新鮮な空気を入れておきました、と彼は言った。まったく不運なことに相棒がリンツに行ってしまっていて三日間は戻ってきません。ひとりでトライヒにいるのです。あなたがいらっしゃったのは幸いでした、と彼は言った。水を飲みますか、と彼は訊ねた。私が水を好んで飲む人間だということを彼はすぐに思い出したのだった。いや、と私は言った。いまはいい。泊まろうと思っているヴァンクハムの旅館でお茶を飲んできたから。ヴェルトハイマーはいつものように二、三日だけ出かけに行ったのだったけれど、クールの妹のところに行くとだけは言っていた、とフランツは言った。派手なこととか妙なこととかをやりそうな気配は、車でトライヒを出て行ったときにはヴェルトハイマーにはなかった、とフランツは言った。車でアットナング＝プーフハイムまで運転して行ったので、車はきっとまだ駅前の広場にあるはずだ、というのだった。フランツは計算して考えながら、自分の主人がスイスに出かけてからちょうど十二日になり、はじめてあなたから聞いて知ったわけだけれど、死んでもう十一日になるのか、と言った。首を吊った、と私はフランツに言った。彼、つまりフランツは、雇い主であるヴェルトハイマーが死んで、これからトライヒではなにもかもが変わってしまうのではないかと恐れていた。そしてさらに、ドゥットヴァイラー夫人は変わった人なのでと言い、ドゥットヴァイラー夫人がやって来ることになったのを恐れているとは言わなかったものの、彼女が夫のスイス人の影響下でトライヒをまったく変えてしまうのではないかと不安に思っていることをほのめかした。トライヒを売ってしまうこともあるかもしれない、とフランツは言った。スイスに行って結婚した彼女が、しかもスイスに行って結婚してとても金持ちになった彼女が、トライヒにどんな用があるというのか、というのだった。だってトライヒはすっかりどこまでも彼女の兄の家だったではないか。兄が自分の目的のために改造し、修理し、家具調度を整えたのではなかったか。しかも誰であれ他人にはじっさい不都合であるにちがいないような具合に。私が思うには、ヴェルトハイマーのやり方で彼のためだけに手を入れた家なのだ。ヴェルトハイマーの妹はじっさいトライヒで快適ではなかったということで、フランツによれば、兄は彼女が自分と肩をならべるのをけっして認めず、彼女のトライヒに関連した要望をけっしてかなえてはやらなかった。トライヒを自分の趣味にしたがって変えようという彼女のいろいろな思いつきを彼、つまりヴェルトハイマーは、いつも芽のうちに摘みとってしまった。そう、彼女をトライヒで苦しめてばかりで。かわいそうな女《ひと》とフランツはそんなふうに表現した。ドゥットヴァイラー夫人はじっさいトライヒを文字通り嫌っているにちがいない、と彼は自分の見方を述べた。トライヒで一日だって幸せな日を過ごしはしなかったのだから、と、そうフランツは言い、あるとき彼女が、いいかどうかと聞かずに兄の部屋のカーテンを開けたところ、兄は激怒して彼女を部屋から追い出した、そんなことがあったのを思い出す、と言った。彼女が客を呼ぼうとすると兄はそれを禁止した、とフランツは言った。彼女はまた、自分が着たいような服を着ることが許されなかった。彼が着て欲しいと思う服だけをいつも着ていなければならないのだった。冬のいちばん寒い盛りでもチロル帽をかぶることはけっして許されなかった。兄がチロル帽を嫌っていたからであり、また、これは私も知っているのだが、民族衣装《トラハト》に関わりのある一切を嫌っていたからだ。じじつ彼は自分でも、民族衣装をほんの少しでも思い出させるようなものはけっして身につけなかった。だから当然のことながら、この地方ではいつもすぐに人目についた。ここではみんなが民族衣装を着ているからだった。とりわけチロル・ローデンでできたものが好まれているが、それは、この山脈のふもとにあたる地方の恐ろしい気候条件にこれ以上なく理想的な服装だからだ、と私は思った。彼は、民族衣装に対して、民族衣装を少しでも思い出させるようなものともども、我慢がならなかったのだ。いちど妹が、五月一日に関連したダンスの催しに、近くの女性といわゆるベッカーベルク(66)に行く許しをもとめたとき、彼はそれを許さなかった、とフランツは言った。そして、司祭が開くパーティーも、もちろん諦めねばならなかった。ヴェルトハイマーがカトリックを嫌っていたからで、そのカトリックに妹が最近夢中なのはごぞんじでしょう、というのだった。彼の習慣のひとつが、妹を真夜中に自分の部屋に呼んで、部屋に置いてある古いハルモニウムでヘンデルの曲をなにか弾かせることだった、ともフランツは言ったが、このときフランツはほんとうにヘンデルと言ったのだった。妹は夜の一時か二時に起き、ナイト・ガウンを着て彼の部屋に行き、そして寒い部屋の中でハルモニウムに向かい、ヘンデルを弾かねばならなかった、とフランツは言った。もちろんその結果、と彼は言った。風邪をひくことになり、実際に彼女はトライヒでは絶えず風邪をひいていた。彼、つまりヴェルトハイマーは妹に優しくなかった、とフランツは言った。古いハルモニウムで一時間もヘンデルを弾かせて、とフランツは言った。それから翌朝いっしょに朝食をとらせる。キッチンで朝食をとるのだった。おまえのハルモニウムの演奏には我慢できなかったと言いながら。彼はなんとか眠りにつけるようにと妹に弾かせていたのであって、とフランツは言った。ヴェルトハイマーさんはいつも不眠に悩まされていたから。そして朝になって妹に向かって言った言葉は、おまえの演奏は豚みたいだというものだった、というのである。ヴェルトハイマーは、トライヒに来るようにいつも妹に無理強いせずにはいられなかったばかりか、彼、つまりフランツが思うには、ヴェルトハイマーは妹を憎んでいた。だがしかし妹がいなくてはトライヒにいることはできなかった。つまり、私はこう思うのだが、ヴェルトハイマーは、ほんとうはひとりではいられないのに、いつも孤独について語っていたのだ。彼はけっして孤独人間ではなかった、と私は思った。だからこそ彼は妹を、ところで彼は妹を、この世のどんな人間よりも憎み、愛していたのだが、その妹をいつもトライヒにいっしょに連れて来て、そして彼のやり方でいたぶったのだ。寒くなると、と、そうフランツは言った。彼は、妹に命じて自分の部屋に暖房を入れさせながら、妹の部屋を暖房することは許さないのだった。散歩も、いつも兄が決めた方角に行くだけで、しかも兄が決めた距離だけしか認められないのだった。しかも兄が決めた散歩のための時間を正確に守らなければならなかった、と、そうフランツは言った。たいていの時間を彼女は、と、そうフランツは言った。自分の部屋にすわっていたが、音楽を聴くことは許されなかった。妹がレコードをかけることが、できるものなら彼女はぜひそうしたかったのだろうが、それが兄には耐えられなかったのだった。彼、フランツはヴェルトハイマー兄妹が子供だった頃のことをまだよく覚えていた。ふたりがまだ楽しくトライヒにやって来た頃のことを。何でもやってみようとする陽気な子供たちだった、と、そうフランツは言った。狩の家は兄妹のいちばん好きな遊び場だったということだった。ヴェルトハイマー家の人たちがイギリスに行っていた時代、つまりナチの時代に、とフランツはそう言った。ナチの管理者がトライヒに住んでいたけれど、恐ろしいほどにトライヒは静かだった。すべてこの時代になって荒れ果ててしまったのだ。まったく修理も行われず、すべてがそのままに放っておかれた。管理者がなにも気を配らなかったのだ。ナチの落ちぶれた伯爵がトライヒに住んでいたのだけれど、こいつはなにもわかっていなかった、と、そうフランツは言った。このナチの伯爵がトライヒをほとんど廃墟にしたというのだった。ヴェルトハイマー家の人たちは、イギリスから戻ると最初はウィーンにいて、それからずっと経ってからトライヒにやって来たのだが、と、そうフランツは言った。すっかり自分たちだけで引き籠もって、まわりとはもういっさい付き合わなかった。彼、つまりフランツはふたたび彼らに仕えることになったが、いつもたっぷりと彼らは支払ってくれたし、ナチ時代、そして彼らがイギリスに行っていた時代中ずっと変わることなく忠実だったという事実をいつも勘定に入れていい、と、そう彼は言った。いわゆるナチ時代、自分は、ナチにとって都合のいい度合いを越えてトライヒに手をかけたので、と、そうフランツは言った。ナチの当局から警告を受けたばかりか二ヵ月間ヴェルス[67]の監獄にぶち込まれさえした。それ以来ヴェルスが嫌いで、祭りのときにだってもうあそこには行っていない、というのだった。ヴェルトハイマーさんは、妹が教会に行くのも許そうとはしなかった、とフランツは言った。でも彼女はひそかに夕方のお祈りに行っていた。ヴェルトハイマー兄妹の両親は、もうそんなにトライヒには用がなかったのだったけれど、とフランツは、私といっしょにキッチンの中に立ちながら言った。事故であまりにも早く死んでしまった。メラーノ[68]に行く途中、とフランツは言った。老ヴェルトハイマーはメラーノに行きたくはなかったけれど、奥方のほうが行きたかったので、と彼は言った。事故を起こした車が見つかったのは、ブリクセンの近くの深い谷間に転落してからようやく二週間後だった、と彼は言った。ヴェルトハイマー家はメラーノに親戚があるのだ、と私は思った。すでにヴェルトハイマーの曾祖父が、彼、つまりフランツをトライヒに雇い入れたのだと彼は言った。彼の父親も生涯ヴェルトハイマー家に雇われて生活していたということだった。主人は彼らみんなにいつも良くしてくれて、なにひとつ悪いことをせず、だからむろん逆に非難されることもなかった、と、そうフランツは言った。トライヒがこれからどうなるのか、自分にはまったく見当がつかないと言って、私がドゥットヴァイラー氏のことをどう思っているかをフランツは知りたがったが、私はただ頭《かぶり》を振っただけだった。もしかすると、とフランツは言った。トライヒを売るために、ヴェルトハイマーの妹はトライヒにやって来るのかもしれない。そうは思わない、と私は言い、ドゥットヴァイラー夫人がトライヒを売るとはまったく考えられない、と言った。とはいえ私は、彼女がトライヒを売ろうと考えていることは充分にありうることだと思った。だが私はフランツに私が思ったことを言わなかった。私はきっぱりとこう言った。いや、ドゥットヴァイラー夫人がトライヒを売るとは思わない。ほんとうにそうは思わない。私はフランツを安心させたかった。当然のことながら彼は自分の終身の職業を失うのではないかと不安になっていたのだった。ドゥットヴァイラー夫人、つまりヴェルトハイマーの妹がトライヒにやって来てトライヒを売ってしまうということは、いとも簡単に起こりうることだ。もしかするときわめて素早いやり方で、と私は思ったが、フランツにはこう言った。ヴェルトハイマーの妹が、私の友人の妹が、と私ははっきりと強調したのだったが、彼女がトライヒを売ることはないと確信している。あの人たちは充分にかねをもっている。ドゥットヴァイラー夫妻は。彼らはトライヒを売る必要はない、と私はフランツに言ったが、そう言いながら、ドゥットヴァイラー夫妻は充分にかねをもっているから、だからこそきわめて素早いやり方であっさりとトライヒをぜったい売り払ってしまおうと考えているかもしれない、と私は思った。あの人たちはトライヒをそれどころかすぐに売りはしない、と自分で言いながら、もしかすると彼らはトライヒをそれどころかすぐに売ってしまうかもしれない、と思い、そしてフランツに向かって、ここトライヒはなにも変わらないと信じていていい、と言いながら、トライヒはきっとなにもかも変わってしまうだろう、と思う私だったのだ。ドゥットヴァイラー夫人はやって来て整理すべきことをきちんと整理し、と私はフランツに言った。そして遺産を手にする、と私は言い、フランツに、ドゥットヴァイラー夫人はトライヒにひとりで来るのか、それとも夫といっしょに来るのかと訊ねた。わからない。そのことについて彼らはなにも知らせてこなかった、という返事だった。私は水を一杯飲み、飲みながら、いつもトライヒでこれまでの人生でいちばんおいしい水を飲んでいたな、と思った。ヴェルトハイマーはスイスに出かけるまえ、二週間にわたって、たくさんの人たちをトライヒに招待したが、彼、つまりフランツとその同僚が、後片付けをしてすべてをもとに戻すのに何日もかかったということだった。ウィーンの連中で、とフランツは言った。それまで一度もトライヒにやって来たことのない人たちだったが、明らかに主人の親しい友人たちだとわかった、と、そういうことだった。その連中のことなら女将から聞いた、と私は言った。これらの連中があたりをうろつきまわっていた、と。芸術家たち、と私は言った。おそらく音楽家だ。そして、これらの芸術家、音楽家は、かつてヴェルトハイマーがいっしょに学校に通った連中、ウィーンとザルツブルクの音楽学校時代のいわゆる学友ではないだろうか、と私は思った。最後に私たちは、いっしょに大学に行ったみんなを思い出し、彼らを招待する。自分がもはや彼らとほんの少しも同じではないということをはっきりとさせるために、と私は思った。ヴェルトハイマーは私のことも招待したっけ、と、すぐに私は思った。なんという冷たさだ。私は、マドリードの私に宛てた彼の手紙、とりわけ最後の葉書のことを思った。私は当然のことながら今では気がとがめていた。というのも、この彼の側の芸術家招待を自分のほうに結びつけて考えたからだ。でも彼はこれらの連中のことは書いてはこなかった、と私は思った。これらの連中みんなと顔を合わせるのだったら、私はそれだけでけっしてトライヒには行かなかったことだろう、と私は自分に向かって言った。なにがヴェルトハイマーの中に起こったと言うべきなのか。誰ひとりトライヒに呼んだりしなかった彼が、急にたくさんの人をトライヒに来させるとは。それがかつての学友たちであるにせよだ。なにしろ学友といっても彼らのことを彼はつねに嫌っていたのだから。彼がかつての学友たちのことについて話すとき、つねに少なくとも軽蔑の色が感じられた、と私は思った。女将がただ漠然と私に教えてくれたこと、そしてそれについては女将は実際に、彼らがああした人目をひく変な服装で、人目をひく芸術家の恰好であたりを歩きまわり、笑い、そしてついには大騒ぎをするのを見たということ以上のことはなにも知ることができなかったのだったが、私には事態がいちどに明らかになった。ヴェルトハイマーは、かつての学友たちをトライヒに呼び、しかもすぐに追い返さずに何日も、いや何週間もトライヒで暴れ狂わせたのだ。自分に向かって、私にはまったく理解できないと思わざるをえなかった事実である。ヴェルトハイマーは何十年ものあいだ、これらの学友たちの消息を知ろうともしなかったし、彼らの消息についてなにか聞こうともけっしてしなかったからだ。彼らをある日トライヒに招待するなどということは夢にも思いつかなかったことだろう。だが彼はそれを今、明らかにやってしまっているのである。そしてこの馬鹿げた招待と彼の自殺とのあいだにはもちろんのこと関係がある、と私は思った。この連中はトライヒであれこれたくさんのものをめちゃくちゃに壊してしまった、とフランツは言った。ヴェルトハイマーは、これはフランツも目を見張ったことなのだが、彼らとはしゃいでいたという。彼はこれらの日々、これらの仲間たちの中でまったく完全に別人になってしまったというのである。フランツはまた、彼らは二週間以上トライヒにいて、しかもヴェルトハイマーに喰わせてもらって、と言った。彼は実際に喰わせるという言葉を口にしたのだが、それは女将がウィーンからやって来たこの人たちについて話したときに口にしたのと同じ言葉だった。これらの連中全員が、毎晩うるさく騒いで毎日酔いつぶれたあげく帰って行ったあと、ヴェルトハイマーはベッドに入ったまま二昼夜のあいだ起き上がれなかった、と、そうフランツは言い、自分はこの間に、これら都会の人間が残した汚れを取り除き、およそ家の全体を人間にふさわしいものになおした。ヴェルトハイマーさんが起きたとき、トライヒが荒廃した模様を見ないですむようにと、と、そうフランツは言った。だが彼、つまりフランツがとりわけ目を見張ったのは、すなわち、ヴェルトハイマーがザルツブルクからピアノを持って来させ、それを弾いたということで、これはきっと私にとっては重要なことだろうというのだった。彼は、人々がウィーンからやって来る一日前にザルツブルクにピアノを注文し、トライヒに運んで来させ、そのピアノを弾いた。最初はひとりきりで、それからみんながやって来るとみんなのために。バッハを、とフランツは言った。ヴェルトハイマーは彼らのまえで弾いた。ヘンデルとバッハを。もう十年以上もしなかったことだ。ヴェルトハイマーは、と、そうフランツは言った。休みなくバッハをそのピアノで弾き続けたので、みんなはそれに耐えられなくなり家の外に出て行った。みんながまた戻って来るやいなや彼はまた、みんながまた外へ出てゆくまでバッハを弾き始めた。もしかするとピアノを弾いてみんなの気を狂わそうとしたのかもしれない、とフランツは言った。というのも、彼らがやつて来るや、彼らが外に逃げ出すまでバッハとヘンデルを弾いて聴かせ、そして帰って来ると彼らは、またもや彼のピアノを我慢して聴かねばならなかったからだ。こうして二週間以上にもわたつて、とフランツは言った。自分の主人は気が狂ってしまったと、間もなく、そう思わざるをえなかった。客たちはこれに長くは耐えられないだろう。ヴェルトハイマーがずっと、そして絶え間なくピアノを弾いて聴かせることに、と彼は思ったが、なんと彼らは二週間、二週間以上もい続けた。だれひとり欠けずに。彼、つまりフランツは、ヴェルトハイマーがピアノで客たちの気をほんとうに狂わしてしまったことを見ていただけに、ヴェルトハイマーが彼らをトライヒにとどまるようにと買収した、つまり彼らにかねをやったのだという疑いをもったということだった。そうした買収でもしなければ、すなわちかねを恵んでやらなければ、と、そうフランツは言った。彼らは二週間以上もいて、ヴェルトハイマーのピアノに気を狂わされるがままにされてはいなかったに違いない、というのだった。そして私はといえば、ヴェルトハイマーが連中にかねをやった、実際に彼らを買収したというフランツの意見はもしかすると正しい、と思った。ひょっとすると金銭によってではないかもしれないが、それでもなにかべつなものによって、彼らが二週間、いや二週間以上とどまっているようにと。なぜなら彼は間違いなく、彼らが二週間以上とどまることを欲していたからだ、と私は思った。さもなければ彼らは二週間以上もとどまらなかったことだろう。私はヴェルトハイマーをよく知っていたので、彼がそうした強要を行う人間であることをよく承知している、と私は思った。ずっとバッハとヘンデルだけ、とフランツは言った。絶え間なく、気を失うまで。最後にヴェルトハイマーは、これらの連中全員のために下の食堂室に、フランツの表現によれば王侯貴族のような夕食を用意し、それから彼らに向かって、明日の朝にはいなくなってほしいと言ったのだったが、彼、つまりフランツが自分の耳で聞いたところによれば、ヴェルトハイマーは、明日の朝にはもうみんなの顔を見たくない、と言ったということだった。実際に彼は、ひとりの例外もなく彼ら全員のために、翌朝、しかも明け方の四時にアットナング＝プーフハイムからタクシーを来させ、彼らはみんなそれらのタクシーで去って行ったという。家を惨憺たる状態のままにして。彼、つまりフランツは、ためらわずすぐに家を片づけ始めたが、主人が二昼夜にわたってベッドに横たわるとは知るべくもなかった、と、そう彼は言った。だがそれはよかったと思う。なぜなら、ヴェルトハイマーはそうする必要があったし、また、あの人たちが家をどんな状態にしていったか知ったとしたら間違いなくショックを受けただろうからだ、と、そうフランツは言った。実際に彼らは悪ふざけをしていろいろなものを破壊した、と、そうフランツは言った。椅子とか、さらにはテーブルまでも投げ倒した。トライヒを去る前にだ。鏡を何枚かとガラス戸を何枚か、おそらくは調子に乗ってたたき割り、と、そうフランツは言った。ヴェルトハイマーにいいようにされたことに怒り狂って、と私は思った。フランツといっしょに二階に上がって見てみると、実際にピアノが、十年というもの運び去られたままになっていたその場所に、今は置かれていた。ヴェルトハイマーが書き留めたものに関心があるのだが、と私が下のキッチンでフランツに向かって言ったところ、彼はすぐ、ためらわず二階に私を案内したのだった。ピアノはエールバールで、まったく値打ちのないものだった。しかも、すぐにわかったのだが、完全に音が狂っていた。まったくどこからどこまで素人の楽器だ、と私は思った。そこで私は振り返って、後ろに立っていたフランツにまで、まったくどこからどこまで素人の楽器だ、と言ってやった。私は自分を抑えることができずピアノの前にすわったが、すぐにまた蓋を閉めてしまった。ヴェルトハイマーがぎっしりと書き込んだメモに関心があるんだ、と私はフランツに向かって言った。どこにそれらのメモがあるのか教えてくれないだろうか。どんなメモのことを言っているのかわからない、とフランツは言ったが、だがそのあと、ザルツブルクに、モーツァルテウムにと彼は言ったが、そこにピアノを注文した日に、つまり、トライヒを大なり小なり荒れ果てさせたあの大勢の連中がトライヒにやって来る前日に、ヴェルトハイマーは山のようなメモ類をぜんぶいわゆる下の暖炉で、つまり食事室の暖炉で燃やしてしまったという事実を話して聞かせてくれた。彼、つまりフランツは、そのとき主人を手伝ったということだった。ヴェルトハイマーがじぶんで下の部屋にひっぱってゆくには、メモ類が多すぎて重かったからだった。彼は、ありとあらゆる戸棚や引き出しから何百、何千のメモをかき集め、彼、つまりフランツといっしょにそれらを食事室まで引きずってゆき燃やした、というのである。ただメモ類を燃やすという目的のためだけに、彼はこの日フランツに朝の五時から食事室の暖炉に火を入れさせた、とフランツは言った。メモ類がぜんぶ燃えたあと、書いたものぜんぶが、とフランツはそう表現したが、そうすると彼、つまりヴェルトハイマーはザルツブルクに電話をかけてピアノを注文した。主人が電話で、まったく価値のない、おそろしく音の狂ったグランド・ピアノをトライヒに運んで来てほしい、と何度も強調していたのをフランツは今でもはっきりと思い出すということだった。まったく価値のない楽器、おそろしく音の狂った楽器とヴェルトハイマーは電話口で何度も言ったという。フランツによればそうだった。それからすでに何時間かのちに四人の人たちがピアノをトライヒに届けにやって来て、かつての音楽室に置いた、と、そうフランツは言った。ヴェルトハイマーは、ピアノを音楽室に設置してくれたというので、男たちに、もし自分の勘違いでなければとてつもない酒手を渡した、と彼は言った。二千シリングも。ピアノの配送人がまだいるうちに、と、そうフランツは言った。ヴェルトハイマーは、ピアノに向かい弾きはじめた。おそろしかった、と、そうフランツは言った。主人は気が狂ってしまったのだろうという印象を彼、つまりフランツはもったということだった。だがヴェルトハイマーが狂人になることを彼、つまりフランツはやはり信じたくはなかったので、自分の主人であるヴェルトハイマーのなにはともあれ奇妙な振る舞いを真面目にはとらなかったという。こうしたことについてさらになにかを知りたいと思っているのなら、このあとの日々そして週にトライヒで起こったことをそのうち話してあげましょう、とフランツは私に向かって言った。しばらくヴェルトハイマーの部屋でひとりにしてほしい、とフランツに私は頼み、それから、グレンの〈ゴルトベルク変奏曲〉に針を下ろした。それが開けっ放しのままのヴェルトハイマーのレコード・プレーヤーの上に置かれているのを私は目にしたのだった。

訳註

（1）レオポルツクローン　ザルツブルク旧市内の南側に位置する地域で、一七二七―四四年に建てられたレオポルツクローン城がある。

（2）マクスグラーン　ザルツブルク郊外。旧市内の西側に位置する。

（3）ドロテーウム　ウィーン一区ドロテーアガッセにある公営の競売施設。

（4）アルトミュンスターの近くノイキルヒェン アルトミュンスターは、ザルツブルク州からオーバーエスターライヒ州にかけての湖沼地帯ザルツカンマーグート地方の湖のひとつトラウン湖の湖畔の町。ノイキルヒェンは、その近郊の小村。

（5）メンヒスベルク　ザルツブルク旧市街を、ザルツァッハ川とホーエンザルツブルク城を結んで西から南にとり囲む岩山で、ここからの旧市街の見晴らしはとくに美しく、散歩道が広がる。

（6）リヒターヘーエ　メンヒスベルクにある眺望の開けた高台。アルプス研究家エドゥアルト・リヒターの記念碑があるのでそう呼ばれる。旧市街側とは反対側の絶壁の上にあり、レオポルツクローンをはじめ市の南西部の郊外やドイツ領を眺めわたすことができる。

（7）皮《ホイテ》、毛皮《フェレ》だよ　グレン・グールドの生家は祖父の代から毛皮商を営んでいた。

（8）ヴューラー　オーストリアのピアニスト、フリードリヒ・ヴューラーのこと。

（9）マルケヴィッチュ、ヴェーグ　指揮者イーゴル・マルケヴィッチとヴァイオリニスト、シャーンドル・ヴェーグのこと。前者はかつてモーツァルテウムで指揮のコースを担当し、後者は同校で後進の指導にあたった。

(10) ヴァンクハム　オーストリア、オーバーエスターライヒ州、トラウン湖の北十キロほどのところにある小村。作者ベルンハルトの家があったオールスドルフはこの近くにある。
(11) コールマルクト　ウィーンの旧市内、一区にあるウィーンのメーンストリートのひとつ。
(12) クール近郊のツィツェルス　スイス、グラウビュンデン州の州都クールは人口三万三千あまりの小都会だが、司教座聖堂と神学大学があり、地方のカトリックの中心でもある。ツィツェルスはその北方十キロほどの小さな町。
(13) 二十区　二十三あるウィーンの区のひとつで、旧市内一区のすぐ真北にあり、地区名はブリギッテナウ。
(14) 二十一区　二十区からドナウ運河をはさんで北東に広がる地区で、フロリーツドルフと呼ばれる。
(15) レオポルトシュタット　一区の東どなり、ドナウ運河に沿って南東に広がる二区のこと。
(16) ジークムント・ハフナーガッセ　ザルツブルクにある通りの名前。
(17) カレ・デル・プラド　マドリードにある通りの名前。
(18) プエルタ・デル・ソル　マドリードの中心部にある広場。スペイン語で「太陽の門」という意味で、かつては城門があったが現在は存在しない。
(19) ハーディ　イギリスの作家トーマス・ハーディ（一八四〇―一九二八）のこと。
(20) レティーロ公園　マドリード市内の公園。もともとは、一六三〇年にフェリペ四世のために建てられた広大な王宮庭園の一部だった。
(21) ヌスドルファーシュトラーセ　ウィーンの通り。市中から郊外のヌスドルフまで通じる。
(22) デーブリングとかノイシュティフト・アム・ヴァルトの墓地　いずれもウィーンの墓地。註53参照。
(23) フェニーチェ　ヴェネチアのオペラ・ハウス。世界有数の美しい劇場として有名。
(24) 〈タンクレーディ〉　ロッシーニのオペラ。一八一三年、ヴェネチアのフェニーチェ座で初演された。
(25) バリー　スイスの靴の有名ブランド。
(26) シュテファン教会　ウィーンの中心にあるウィーンのシンボルである司教座聖堂。

(27) ブリギッテナウ　ウィーン二十区。旧市内の北側でドナウ運河沿いの地区。註13参照。
(28) ヴェーリンガーシュトラーセ　ウィーンの中心から西にのびる通り。
(29) コラッレ、コロッセーウム　ウィーンの夜の溜まり場の店名と思われるが不詳。
(30) プラーターハウプトアレー　「プラーター大並木通り」ほどの意で、ウィーンの有名なプラーター遊園地からプラーターの森を南東に向かって貫通する長い並木通。
(31) ブルゲンラント　オーストリアの州のひとつで、首都ウィーンの西どなりに広がり、ハンガリーと国境を接する。州都はアイゼンシュタット。
(32) クロイツェンシュタインとかレッツ　クロイツェンシュタインはウィーンからドナウ川を十数キロ上ったところで、古城がある。レッツはウィーンの北西、チェコスロヴァキア国境のすぐ近くにある小さな町で、中世の街並みと良質のワインで知られる。
(33) パッサウ　オーストリア、オーバーエスターライヒ州との国境にあるドイツ、バイエルン州の町。人口約五万。この町でドナウ川にイン川とイルツ川が合流するので「三河川都市《ドライフリュッセンシュタット》」と呼ばれる。この地方のカトリックの中心地で、大司教の司教座のある壮大なシュテファン教会がある。
(34) ヨーゼフ二世時代　ヨーゼフ二世はオーストリア皇帝で、その統治は一七六五年から一七九〇年まで。
(35) アットナング＝プーフハイム　スイスからインスブルック、ザルツブルク、ウィーンと、オーストリアを横切る鉄道の幹線上の駅で、ザルツブルクとリンツの中間、ザルツカンマーグート地方への鉄道の支線の分岐点となっている。ヴァンクハム、デッセルブルンはいずれもこの近くにある。
(36) ムージルの『生徒テルレスの惑い』　ローベルト・ムージル（一八八〇―一九四二）はオーストリアの二十世紀でもっとも重要な作家のひとりで、代表作は長篇小説『特性のない男』。『生徒テルレスの惑い』（一九〇六）は初期の名作で、映画化もされている。
(37) フォアアールベルク　スイス、ドイツと国境を接するオーストリアの西端に位置する州。州都はブレゲンツ。

(38) リヒテンベルク　ゲオルク・クリストフ・リヒテンベルク（一七四二―一七九九）は、ドイツの物理学者・著述家。
(39) ノヴァーリス　ノヴァーリス（一七七二―一八〇一）はドイツ・ロマン派の代表的詩人。本名はフリードリヒ・フォン・ハルデンベルクという。そのアフォリズムはドイツ・ロマン派精神の精華のひとつと評価されている。
(40) ローバウ　ウィーンの東部郊外のドナウ川沿いの地域。
(41) レンベルク　ウクライナ西部の都市。人口約六十五万。一七七二年から一九一九年までオーストリア帝国領で旧ガリシアの首都。その後この地城は一九三九年まではポーランドに帰属し、その後ソ連に編入され、現在はルヴォフと呼ばれる。
(42) マルヒフェルト　ウィーンの東部、チェコスロヴァキアとの国境を流れるマルヒ川の河岸の地域。
(43) ハルラッハ家　旧オーストリア帝国の貴族の家柄。
(44) デッセルブルン　オーストリア、オーバーエスターライヒ州の小村で、ヴァンクハムから北東に数キロのところ。
(45) シントラ　リスボンの北西にある人口一万六千ほどの小都市。
(46) イングラテッラ　ポルトガル語で「イギリス」という意味であるが、ここではリスボン近郊、大西洋岸のエストリルにあるホテルの名前。
(47) 一年前に死んだナチの彫刻家　ザルツブルク生まれの彫刻家ヨーゼフ・トラーク（一八八九―一九五二）のこと。ナチズムの芸術を代表するひとりだった。
(48) ウンタースベルク　ザルツブルクの旧市街から南方十二キロほどのあたりに広がる山で、標高千九百八十七メートル。山頂からはザルツブルクと背後の山々を一望することができる。
(49) フロリーツドルフ、カグラン、カイザーミューレン、アルザーグルント、オタックリング　いずれもウィーン市の周辺部の地域で、本文にもあるとおりウィーンの労働者地区。

(50) プラーガーシュトラーセ、ブリュナーシュトラーセ　それぞれプラハ通り、ブリュン通りの意味で、両方の通りとも旧市内からドナウ川を越えたウィーン市の北東端にある。
(51) ブリストル　ウィーンの国立オペラ劇場の並びにある高級ホテル。
(52) ウィンナー・ザール　モーツァルテウム音楽院の中のホール。
(53) デーブリング墓地　ウィーンの北西部十九区にある墓地。有名人や名家の墓が多くある。
(54) ブクス　スイスの東端、リヒテンシュタイン公国やオーストリアとの境にある人口九千ほどの町。
(55) ブリクセン　イタリアの南チロル州の人口一万六千ほどの町。
(56) バート・ライヒェンハル、バート・クロツィンゲン　前者はドイツ、バイエルン州、後者は同バーデン・ヴュルテンベルク州にある温泉保養地。
(57) サヘル地帯　サハラ砂漠の南のへりに位置する北緯十二度から十八度付近にかけての帯状のサバンナ地帯。スーダン、チャド、ニジェール、モーリタニアといった国々にまたがる。
(58) パルメンハウス　椰子の木の家という意味だが、ここでは建物の通称で、ウィーンのシェーンブルン宮内の庭園の一角にあるガラスでできた温室用の大きな建物を指す。
(59) リーベン廟　ラジオ増幅管の発明者として知られるローベルト・フォン・リーベン（一八七八―一九一三）が眠るリーベン家の墓所。
(60) テオドール・ヘルツル　一八六〇年ブダペストに生まれ、一九〇四年ウィーン近郊で没したユダヤ系の著作家で、「ユダヤ国家」の創設をめざす政治的シオニズムの創始者として知られる。
(61) ガルステン　オーストリア、オーバーエスターライヒ州の小さな町で、シュタイアの近く、州都リンツの南方三十キロあまりのところにある。かつての修道院を使った刑務所がある。
(62) ヒルシュバッハ　オーストリア、ニーダーエスターライヒ州の小村で、チェコスロヴァキアとの国境の町グミュントの近くにある。
(63) レーガウ　オーストリア、オーバーエスターライヒ州の小村で、アットナング＝プーフハイムに近く、ヴァンクハムとはほぼ隣町のような位置にある。

(64)「アリア」　バッハの〈ゴルトベルク変奏曲〉の冒頭の全曲の主題部分。曲の最後にも反復される。

(65) 祝祭劇場　音楽祭の会場となるザルツブルクの祝祭劇場のこと。なお一九五〇年代にはまだ今日の祝祭大劇場は完成しておらず、祝祭劇場といえば現在の祝祭小劇場にあたる。

(66) ベッカーベルク　オーストリア、オーバーエスターライヒ州に同名の小集落がある。

(67) ヴェルス　ザルツブルクとリンツの中間にあるオーストリア、オーバーエスターライヒ州の町で人口約五万五千。

(68) メラーノ　イタリアの南チロル地方の町で人口約三万五千、保養地として知られる。ドイツ語圏に属し、ドイツ名はメラン。

訳者あとがき

本書はトーマス・ベルンハルトの長篇小説『破滅者』（Thomas Bernhard : *Der Untergeher*）の全訳である。原作は一九八三年に出版され、その前年に世を去ったばかりのグレン・グールドが主要登場人物のひとりとなっていることもあって大きな話題となった。ベルンハルトは、グールドの死を受けて、この作品をわずか一年あまりでまとめ上げたわけであるが、全篇はさながら、グレン・グールドの死を発端とし、その生と死に絶えず思いを馳せながら展開する長大な思索の変奏曲といったものとなっている。今回この訳書の出版に際して、出版社の要望にしたがって原書にはないサブタイトルをつけることにしたが、それを「グレン・グールドを見つめて」としたのもこのためである。

さて作品であるが、「ずっと以前から、あらかじめ計算していた自殺……」という作中の文章をモットーとして引用したあと、冒頭には、それ自体がそれぞれ独立した短い段落となっている三つの文が置かれている。最初の文のキーワードは「グレン・グールド」、二番目の文のそれは、もうひとりの主要登場人物である「ヴェルトハイマー」、三番目の文のそれは「ゴルトベルク変奏曲」（と「フーガの技法」）であり、小説の全体は、この三つの文によって語られるグレン・グールドの死、ヴェルトハイマーの自殺、グレンの〈ゴルトベルク変奏曲〉を話の発端として、この三つのモティーフを絶えず繰り返しながら「破滅者」ヴェルトハイマーの破滅のプロセスを螺旋的に追ってゆき、グレンの〈ゴルトベルク変奏曲〉に話が戻って終わる。一般の小説のように何か特別の出来事があって、それが展開し結末を迎えるというわけではなく、そのため、いわゆるあら筋というものもほとんど述べることができない。全体が書き手である「私」の《思い》なのであって、それが微妙に形を変えながら多層的に進行し、膨大な思考の流れを形成してゆく。なんと原書では、第一ページのこの三つの短い段落のあと、全篇にわたってまったく段落の切れ目がなく、「私」の思いが、長いセンテンスの積み重ねによって、つねに止まることなく進行し増殖するかたちで綴られてゆくのである。（本訳書では、読みやすさを考えて訳者の判断で適宜段落分けを行い、最初の三つの文については、それぞれ一行分のブランクを取ることによって、それが原書における本来の段落であることを明らかにした。――新版への注。本書では原書どおり改行はせず、最初の三つの文についても原書どおりとした。）

思うに冒頭の三つの文は小説全体の主題提示部であり、この小説は、単なる比喩的な意味でではなく、きわめて本質的な意味でこの主題による巨大な変奏曲なのである。しかもそれは、さらに厳密に言うならば、古典派以降に多く見られるような、主題の旋律を装飾的に変形・発展させてゆくかたちの、いわゆる装飾的変奏曲ではなく、バス声に定旋律としての同じ旋律型（バッソ・オスティナート）をつねに置くバッソ・オスティナート変奏曲であると言うことができるだろう。すなわちこの小説では、すでに冒頭の三つの文の一番目と三番目に現れる「と私は思った」という表現が、全篇にわたってつねに繰り返し執拗に現れ、これがいわば文体的な面でバッソ・オスティナートとなっている。また内容的な面では、微妙に視点を変えながらも同じく繰り返し執拗に述べられるヴェルトハイマーの「破滅《ウンターゲーエン》」がこの小説のバッソ・オスティナートであると言うことができるのである。

　ところでバッハの〈ゴルトベルク変奏曲〉は周知のようにきわめて緻密に構成されたバッソ・オスティナート変奏曲である。その、バッソ・オスティナートの旋律型はシャコンヌ・バスと呼ばれる、開始音から四度下の音程まで順次下降《ウンターゲーエン》してゆく音型である。どうやらベルンハルトは〈ゴルトベルク変奏曲〉を、グレン・グールドを扱ったこの小説の通常の意味での単なるひとつのモティーフとして用いているばかりではなく、この小説の発想や構造の原点、言わばこの小説の構想そのものの《原理》としているようなのである。特定の音楽形式を小説に取り入れた例はこれまでにもないわけではないが、こうした点をめぐって詮索してみるのは謎解きのようでなかなか興味ぶかい。

　〈ゴルトベルク変奏曲〉の主題のアリアは三声からなっている。このことは、形の面ではこの小説の冒頭の三つの文に対応していると言えるが、内容的に言えば、グレン・グールドとヴェルトハイマーと「私」というこの小説の三人の主要登場人物に対応している。つまり小説の冒頭は三つの声部による主題提示となっているのである。〈ゴルトベルク変奏曲〉は主題のアリアのあと、二声か三声か四声かによる三十の変奏曲が続き、民謡や俗謡のメロディを用いてつくる《クォドリベット》の第三十変奏曲のあと、主題のアリアに戻って終わる。ベルンハルトの小説は、主題提示のあと、「私」とグレン・グールド、あるいは「私」とヴェルトハイマー、あるいはグレン・グールドとヴェルトハイマーといういずれか二者にかかわる考察（二声）か、グレン・グールドとヴェルトハイマーと「私」という三者の関係についての考察（三声）が纏綿《てんめん》と続き、ときにこの関係にヴェルトハイマーの妹、ないしは旅館の女将が入り込む（二声から四声までの可能性）。そして全篇は、最後にヴェルトハイマー家に忠実に仕える年老いた朴訥《ぼくとつ》な木こりのフランツの語りという民衆的なトーンを響かせ（クォドリベット）、死んだヴェルトハイマーのレコード・プレーヤーの上に置かれたままのグレンの〈ゴルトベルク変奏曲〉のレコードを「私」が見出すところで終わる（主題の回帰）。

先ほど、この小説を、グレン・グールドの死を発端とし、その生と死に思いを馳せる思索の変奏曲であると言ったが、より正確に言えば、この小説『破滅者』は、グレン・グールドの死と、そのグレン・グールドが死の直前まで取り組み続けた〈ゴルトベルク変奏曲〉とを発端として、まさにその〈ゴルトベルク変奏曲〉をとおしてその生と死に思いを馳せる思索の〈ゴルトベルク変奏曲〉、下降《ウンターゲーエン》する音型（＝ヴェルトハイマーの破滅《ウンターゲーエン》）を定旋律とする思索の〈ゴルトベルク変奏曲〉なのである。

だからむろん、これを普通の意味での「グレン・グールド物語」として読むことはできない。したがってまた、この小説からグレン・グールドについての伝記上の何事かの事実を知ろうとしても無駄である。たとえばグールドがザルツブルクでホロヴィッツのマスター・コースに参加していたということをはじめとして、この小説の中に述べられている（ごく僅かの）表面的な事実に関しては、むしろそのほとんどがフィクションであると考えるべきである。よく知られているグレン・グールドのザルツブルク音楽祭出演についても、一見すると事実と一致しているようだが、この小説の中ではそれが一九五五年のこととされ、事実とは微妙なずれが生じているのである。（グレン・グールドがザルツブルク音楽祭に出演したのは一九五八年と五九年で、祝祭劇場でのソロ・リサイタルで〈ゴルトベルク変奏曲〉を弾いたのは五九年のことだった。）

この小説は、グレン・グールドについてのノン・フィクションではない。フィクションである、と言うほかはあるまい。だがそれは、作者ベルンハルトが勝手につくり上げたグレン・グールドの物語《フィクション》という意味ではなく、ある人間について書かれたものは――それが小説というかたちをとっていようと、伝記とか評論、あるいは学術論文といった体裁をとっていようと――およそすべてがフィクションであらざるをえないといった意味においてそうなのである。ベルンハルトも作中で「私たちは人間をいつもただ誤って描写し、判断するだけだ」と言っているではないか。

ところでいったい、この小説、この特殊な、やはり思索の〈ゴルトベルク変奏曲〉と言うしかないこの小説の中で、グレン・グールドはなんなのだろうか。通常の意味での小説の主人公ではない。むろん話のきっかけをつくるだけの脇役でもない。それともこれは小説のかたちで書かれた「グレン・グールド論」であって、ここでのグレン・グールドはその論述の対象なのだろうか。そうではあるまい。そもそもこの作品は「グレン・グールド論」ではない。グレン・グールドの人と芸術についてなにも具体的に論じたり、見解を述べたりはしていないのだから。ここではとりあえず、抽象的に、〈ゴルトベルク変奏曲〉がこの小説の構想の《原理》であるとすれば、グレン・グールドはこの小説の創造上の《源泉》、つまりこの涸れることなく湧いてきては進行し増殖してゆく膨大な思索の《源泉》であるとでも言っておくほかはない。言い方を変えれば、ベルンハルトは、グレン・グールドのことを考え、見つめながら、そのグレン・グールドにならって自分の〈ゴルトベルク変奏曲〉を弾いて見せた、つまり言葉による〈ゴルトベルク変奏曲〉をつくり上げて見せたのである。その意味では、グレン・グールドは、やはり深いきわめて特殊な意味でこの小説の主人公であるのだ。

この翻訳は、冒頭から全篇の約三分の二ほどを一九八九年九月号から九〇年十二月号までの十六回にわたって『レコード芸術』誌に連載し、今回それに残りの部分を加えて完訳としたものである。『レコード芸術』連載時にはタイトルを『デア・ウンターゲーアー〈落ちゆく人〉』とした。原書のタイトルのドイツ語をそのまま片仮名書きにして、それにその訳語を添えたものである。『デア・ウンターゲーアー』とは「ウンターゲーエン」する人ということであり、「ウンターゲーエン」とは「下へと（ウンター）行く（ゲーエン）」、つまり「下降する、落ちぶれる、破滅する」という意味である。今回の単行本化にあたっては、より直接的で意味が明快な『破滅者』とした。むろんタイトルほか、連載時の訳文にも手を入れた。訳者の怠慢も手伝って、こうした作業や連載で未訳の部分の訳出に思いのほか手間取り、連載の終了からそうとうの時間が経ってしまった。またそのため、この間に熱心な読者の方々からたびたびお問い合わせをいただく結果となった。このけっして読みやすいとはいえない作品の、しかも非力な翻訳に関心を寄せてくださった方々にここで心からの感謝の気持ちを申し述べさせていただくとともに、長くお待たせしてしまったことを深くお詫び申し上げたい。

作者トーマス・ベルンハルトについては、同じく音楽之友社から一昨年出版した『ヴィトゲンシュタインの甥』の「訳者あとがき」に詳しく書いたので、ここでは簡単に述べるにとどめたい。トーマス・ベルンハルトはオーストリアの劇作家、小説家、詩人で、一九三一年生まれ。辛辣な筆致と、権威や凡庸な常識を徹底して攻撃し、欺瞞を容赦なくあばく妥協を知らぬ態度とによって、しばしばその作品や発言をめぐってスキャンダルを引き起こし、読者の熱狂的な支持と強い反発の両方に囲まれながら創作を続けてきた。一九八〇年代に入り、持ち前の旺盛な創作力で『ヴィトゲンシュタインの甥』や『破滅者』などの散文作品のほか演劇作品の分野でも次々と話題作を発表。フランスをはじめドイツ語圏以外の諸国でも大きな関心を集め、現代のドイツ語圏文学を代表するひとりとしての全ヨーロッパ的評価を確立したが、まさにそのさなかの一九八九年二月に惜しくも急逝した。演劇とともにザルツブルク・モーツァルテウム音楽院とウィーン音楽院で正式に音楽を学び、音楽に造詣が深く、作品の中でもしばしば音楽が重要な役割を果たしてきた。

前回の『ヴィトゲンシュタインの甥』と同じく、『レコード芸術』誌連載にあたっては、当時音楽之友社の同誌編集部に在籍されていた瓶子卓也氏に、また単行本化にあたっては、同社の堀恭さんにたいへんお世話になった。装幀は今回も田淵裕一氏にお引き受けいただくことができた。また、いちいちお名前はあげないが、さまざまな方からご教示やご助力をえた。最後にここで、こうしたすべての方々に厚くお礼を申し上げたい。

一九九二年六月　　　　岩下眞好

編集部注記

一、本書は、岩下眞好訳により音楽之友社から刊行されたトーマス・ベルンハルト『ヴィトゲンシュタインの甥――最後の古き佳きウィーンびと』（一九九〇年）と『破滅者――グレン・グールドを見つめて』（一九九二年）を一書にして、新たに刊行するものである。表題は『破滅者』とした。原書は Thomas Bernhard, *Wittgensteins Neffe: Eine Freundschaft*, Suhrkamp Verlag, 1982; Thomas Bernhard, *Der Untergeher*, Suhrkamp Verlag, 1983 である。

一、新版刊行にあたり、音楽之友社版（以下、旧版）では訳者の判断で適宜加えられていた改行はやめ、原書どおり一切改行のないかたちにした。また、原書のイタリック体は旧版ではすべてゴシック体になっていたが、新版では基本的に強調の場合は傍点を付し、音楽作品名は〈 〉、書名・新聞雑誌名などは『 』であらわした。その他、最低限の表記の統一など、訂正をほどこした。

一、本文中には不適切な表現があるが、原著者の意図を尊重し、そのままとした。

一、各編末にある「訳注」は旧版当時のままであるが、現在からみて訂正したほうがよいと判断したところは、書き改めた。

著者略歴

(Thomas Bernhard, 1931-1989)

20世紀のオーストリア文学のみならず世界文学を代表する作家・劇作家．1931年，オランダのマーストリヒト近傍に生まれる．ザルツブルク・モーツァルテウム音楽院で音楽と演劇を学ぶ．1957年に詩集『地上で，そして地獄で』でデビュー，その後小説『凍』(1963)『石灰工場』(1970)，自伝的5部作『原因』(1975)『地下室』(1976)『呼吸』(1978)『寒さ』(1981)『ある子供』(1982) などを発表し，独特の作風を確立する．劇作家としても『座長ブルスコン』(1984)『リッター，デーネ，フォス』(1984)『ヘルデンプラッツ』(1988) など多数の作品がある．邦訳書に『消去』『私のもらった文学賞』(以上，みすず書房)『石灰工場』(早川書房)『凍』『アムラス』(以上，河出書房新社)『ある子供』『原因』(以上，松籟社) ほか．

訳者略歴

岩下眞好〈いわした・まさよし〉 1950年生まれ．慶應義塾大学名誉教授．ドイツ文学者，音楽評論家．2016年歿．著書『ウィーン国立歌劇場』(1994)『マーラーその交響的宇宙』(1995) (以上，音楽之友社)．共編『200CD ウィーン・フィルの響き』(立風書房 2000)．訳書 ツォーベライ『ベートーヴェン』(理想社 1983)，ゼーボーム編『ウィーン・オペラ 栄光と伝統の350年』(リブロポート 1990，監訳)，シュライバー『マーラー 大作曲家』(音楽之友社 1993) ほか．

トーマス・ベルンハルト

破滅者

岩下眞好訳

2019年11月8日　第1刷発行

発行所　株式会社 みすず書房
〒113-0033 東京都文京区本郷2丁目20-7
電話 03-3814-0131(営業) 03-3815-9181(編集)
www.msz.co.jp

本文組版　キャップス
本文印刷所　萩原印刷
扉・表紙・カバー印刷所　リヒトプランニング
製本所　松岳社

ISBN 978-4-622-08846-2
[はめつしゃ]